# 原野《ムーア》の館

ダフネ・デュ・モーリア



母が病で亡くなり、叔母ペイシェンスの住むジャマイカ館に身を寄せることになったメアリー。だが、原野《ムーア》のただ中に立つ館で見たのは、昔の面影もなくやつれ、怯えた叔母と、その夫だという荒くれ者の大男ジョスだった。寂れ果てた館、夜に集まる不審な男たち、不気味な物音、酔っ払っては異様に怖がるジョス。ジャマイカ館で何が起きているのか？　メアリーは勇敢にも謎に立ち向かおうとするが……。『レベッカ』「鳥」で知られる名手デュ・モーリアが、生涯の多くの時を過ごしたコーンウォールの原野を舞台に描くサスペンスの名作、新訳で登場！

## 登場人物

メアリー・イエラン……………本書のヒロイン
ペイシェンス・マーリン……………メアリーの叔母
ジョス（ジョシュア）・マーリン……ジャマイカ館の主。ペイシェンスの夫
ジェム（ジェレマイア）・マーリン……ジョスの末弟
ハリー……………………………ジョスの仲間
バサット…………………………ノースヒルの治安判事
リチャーズ………………………バサットの従僕
フランシス・デイヴィ……………オルタナンの牧師

# 原野《ムーア》の館

ダフネ・デュ・モーリア
務台夏子訳

創元推理文庫

JAMAICA INN

by

Daphne du Maurier

# 原野《ムーア》の館

# 1

十一月下旬の陰鬱《いんうつ》な寒い日だった。天候は夜のあいだに変わり、反時計回りの風が空を一面灰色に固めたうえ、霧雨を降らせており、まだ午後の二時を回ったばかりだというのに、山々は霞《もや》に包まれ、青白い冬の薄暮がすでに迫っているようだった。四時までにあたりは暗くなるだろう。空気はじっとりと冷たく、窓がしっかり閉ざされていてさえも、馬車の車内には冷気が浸透してくる。手に触れる革張りの座席は湿っぽく、屋根に小さなひびでもあるのか、ときおり雨の雫《しずく》が静かに滴り落ちてきて、革の張地にインクの染みに似た青黒い痕を残していた。突風がつぎつぎと吹き寄せ、馬車はその都度、揺さぶられつつ、道のカーブを進んでいく。高地の吹きさらしの地帯を通るとき、風はとりわけ強くなり、大きな車輪の上で高い車体全体が震え、ぐらつき、酔っ払いさながらによろめくのだった。

御者は大外套に耳まで埋《うず》め、御者台で体をふたつ折りにして、自らの肩で雨風を防ごうと無駄な努力をしている。意気阻喪《そそう》した馬たちは御者の指示に従い、重たい足でどうにかこうにか前進していた。風雨でへたばった彼らは、ときおり頭上で鞭が鳴っても何も感じていない。御者のほうもその鞭を、もはや感覚のない手で振るっているのだった。

馬車の車輪は轍《わだち》に落ち込んでは、きしみ、うめいた。ときどき泥の撥《は》ねが窓に飛び散り、降りしきる雨と混ざり合って、そこに見えるはずの野山の風景はすっかり霞《かす》んでいた。

数少ない乗客はぬくもりを求め、互いに身を寄せ合っている。格別深い轍に馬車が落ち込むと、彼らは一斉にあっと声をあげた。トゥルーロで乗ってきて以来ずっと不平を垂れつづけてきたひとりの老人が、逆上して立ちあがり、窓枠を不器用にいじくったすえ、窓をバタンと落下させた。本人と他の乗客たちに雨がザーザー降り注ぐなか、老人は窓から頭を突き出して、ごろつきだの人殺しだのとギャンギャン御者をののしった。こんな猛スピードで走りつづけるなら、ボドミンに着く前に全員、死んじまうぞ。このとおりみんな息も絶え絶えだ。わしにかぎっちゃ馬車の旅なんぞ二度とごめんだね。

御者にその声が届いたかどうかは定かでない。一連の非難の言葉は、おそらく風にさらわれていったのだろう。しばらく待って、車内がすっかり冷えきってから、老人はふたたび窓を押しあげて、もとどおり隅っこの席に落ち着いた。毛布で膝をくるみこみ、彼はひげの奥で何やらぶつくさつぶやいていた。

老人のいちばん近くの乗客、青いマントを着た陽気な赤ら顔の女が、同情的に重いため息をついた。誰にともなく目配せし、頭を傾けて老人を指し示すと、女はすでに二十回は述べた自らの所見をまたしても口にした。こんなひどい夜は覚えてるかぎりじゃ初めてですよ。何度か経験してますけどね。こういう天候はめずらしくないんです。夏のこの時期ならしょっちゅうですよ。そう言ってから、彼女はケーキの大きな塊を取り出して、頑丈な白い歯でかぶりついた。

メアリー・イエランはその向かい側の隅の席――屋根のひびから雨が染み込み、ぽたぽたと滴るところにすわっていた。ときどき冷たい雫が肩に落ちると、彼女はそれをいらだたしげに指先で払いのけた。

両の手で顎を支え、泥と雨の飛び散った窓に彼女はじっと目を据えていた。分厚い空の毛布を貫いて光が射し込んできはしないか、昨日ヘルフォードを覆っていた、いまはない青天の名残りがほんの一瞬、幸運の兆として輝きはしないか――そんな願いを抱き、いわばやけくその興味とともに。

二十三年間、我が家であった場所から旅した道のりはまだ四十マイル足らずだが、胸の内の希望はすでに疲弊《ひへい》しており、彼女の最大の特徴であり、母の病と死という長く苦しい時期に大いに助けになったあの気丈さも、この最初の雨と執拗《しつよう》な風とでいまやぐらついていた。

この地方は彼女にとって未知の土地で、そのこと自体が心をくじいた。馬車の曇った窓の向こうには、つい昨日旅立った世界とはまったくちがう世界が広がっている。ヘルフォードのきらめく川、青い丘陵、なだらかな谷、水辺の白いコテージの集落は、いまやはるか彼方となり、おそらくは永遠に隠されてしまった。ヘルフォードに降る雨は穏やかだった。それは木々の緑のなかでぱらぱらと音を立て、豊かな草地へと消え、小川や細流となって大きな川に注がれる。また、土に染み込み、土はそのお返しに花々を咲かせる。

こちらの雨は、馬車の窓を突き刺す、容赦のないたたきつける雨であり、硬い不毛の土に浸透する。ここには樹木もほとんどなく、ただ、何世紀もの嵐でたわみ、ねじれたやつが一本、二本と裸の枝を四方に広げているばかりだ。それらの木々は歳月と暴風による傷みで真っ黒くなっており、そのような場所で春が息づくとしても、木の芽は遅霜を恐れ、若葉となることもできない。これは生垣も牧場《まきば》もない痩せた土地、岩と黒いヒースと発育不良のエニシダの国なのだった。

ここには穏やかな季節などないのだろう、とメアリーは思った。きょうのような極寒の冬か、さもなければ、乾ききった灼熱の真夏かで、日陰や避難所となる谷ひとつなく、草は五月が過ぎる前に黄色く枯れてしまうにちがいない。街道や村の人々は、それぞれの環境ごとにちがいを見せていた。一台目の馬車に乗ったヘルストンは、彼女にとって馴染みの土地だった。ヘルストンには、子供時代の思い出がいくつも染みついている。過ぎ去りし日々、毎週、父とともに荷馬車で市場に行ったこと。そして、自分たちから父が奪われたとき、その代わりを務め、冬も夏も雌鶏や卵やバターを荷台に乗せて馬車で往復した母の気丈さ。メアリーは自分の体と変わらぬ大きさの籠をかかえ、小さな顎をその持ち手に乗せて、母の隣にすわっていた。ヘルストンの人々はみな親切だった。イエランの名は町でよく知られ、尊敬されていた。なぜなら夫の死後、この寡婦が人生の苦難と闘ったからだ。彼女のように子供を育て、農場をやりながら、新たな男にたよろうともせず、独力で生きる女はあまりいない。マナッカンにはひとり、もし度胸があったなら、彼女に結婚を申し込んだであろう男がいた。それに、グウィークの川の上流にも、もうひとり。しかし彼女の目を見て、彼らは悟った。どちらも受け入れてはもらえまい、この人は身も心も亡き夫のものなのだ、と。ついに母を参らせたのは、農場での過酷な労働だった。これは彼女が少しも手を抜こうとしなかったためだ。そして寡婦となってから十七年間、力を駆り立て、奮い立たせてきたというのに、最後の試練が訪れたとき、彼女は重圧に耐えきれず、その気概は消えてしまった。

少しずつ母の資産は減少していた。そのうえ（ヘルストンで彼女が聞いた話によれば）景気の悪化により物の価格はただ同然にまで下落し、どこを見ても金はなかった。内陸部でも状況は同じで、遠からず、各地の農場で飢餓《きが》が蔓延《まんえん》するはずだった。つづいて近隣各地に疫病が広がり、ヘルフォード周辺の村々で家畜が死にはじめた。その病気は何病ともわからず、治療法も見つからなかった。それはあらゆるものを襲って滅ぼす病であり、季節はずれの遅霜が、新月とともに訪れ、枯死の小さな痕跡以外、通り道に何も残さず去っていくのによく似ていた。

メアリー・イエランと母にとって、心労の絶えない不安な日々だった。ふたりの育てる鶏やアヒルの雛《ひな》たちは、一羽、また一羽と、病気になり、死んでいった。牧場では、立っていた子牛がいきなりその場に倒れた。いちばん哀れだったのは、二十年にわたり一家に仕えてきた年老いた牝馬だ。幼い日のメアリーが初めて小さな脚でまたがったのも、その広くて頑丈な背中だった。ある朝、忠実なこの馬はメアリーの膝に頭を乗せ、馬房のなかで死んだ。果樹園の林檎《りんご》の木の下に墓が掘られ、馬が埋められたとき、そして、この馬が市《いち》の日に自分たちをヘルストンまで運んでいくことはもうないのだと母子が悟ったとき、母はメアリーに顔を向けてこう言った。「かわいそうなネルと一緒に、わたしの一部もお墓に行ってしまったよ、メアリー。死んだのが信仰心なのか、なんなのかは、わからない。とにかくわたしはもう疲れた。これ以上やってけないよ」

母は家に入って台所で腰を下ろした。その顔は蒼白で、年より十も老けていた。メアリーが医者を呼んでくると言うと、母は肩をすくめた。「もう遅いよ」彼女は言った。「十七年、遅すぎる」そしてさめざめと泣きはじめた。これまで一度も泣いたことのない母が。

メアリーはモーガンに住む老医師を呼びに行った。それはメアリーをとりあげた医師だった。二輪馬車にメアリーを乗せ、農場へと向かうとき、医師は彼女に首を振ってみせた。「つまりこういうことだよ、メアリー」彼は言った。「お父さんが死んでから、あんたの母さんはずっと気を張って働きづめだったろう？　それでとうとう、へたばってしまったんだ。どうも心配だな。こんな時期にこうなるとはね」

馬車は村のてっぺんの農場の家をめざし、曲がりくねった道を走っていった。近所の女が、悪い知らせを早く伝えようと意気込んだ顔をして、門のところで彼らを迎えた。「お母さんは悪くなってるよ」彼女は叫んだ。「ついさっき、幽霊みたいに宙を見つめて、戸口から出てきたんだけどね、全身ぶるぶる震えてて、そのうち小道に倒れてしまったの。ホブリンの奥さんが助けに行った。それにウィル・シアルも。ふたりして、お母さんをなかに運び込んだんだよ。かわいそうにね。お母さんは目を閉じてるそうだよ」

医師はぽかんと見つめる小集団を戸口から押しのけた。彼とシアルという男とが、ぐったりした母の体を床からかかえあげ、二階の寝室へと運んだ。

「卒中だね」医師は言った。「しかし息はある。脈もしっかりしているよ。わたしはずっとこうなることを心配していたんだ。この人がいつか、こんなふうにいきなり倒れるんじゃないかとね。これだけの月日を経てなぜ、いまその時が来たのか——それは神と本人にしかわからない。あんたはあのご両親の子供であることを証明しなきゃいけないよ、メアリー。お母さんの力になって病気を克服させてやらんとな。それができるのはあんただけだ」

半年あまり、メアリーはこの最初で最後の病に伏した母を看病した。だが、メアリーと医師がどれだけ手を尽くしても無駄なことで、母自身には治ろうという気がなかった。彼女は生きるために闘いたいと思っていなかったのだ。

それはまるで解放を願い、その時が早く来るよう静かに祈っているようだった。母はメアリーに言った。「あんたはわたしみたいにがんばらないでおくれよ。無理をすれば、体と心を傷めてしまう。わたしが死んだあとは、何もヘルフォードにいることはないからね。あんたにとっていちばんいいのは、ボドミンのペイシェンス叔母さんのところに行くことだよ」

お母さんは死んだりしない、といくら言っても無駄だった。母の頭のなかではそれはもう決まったことであり、逆らいようがないのだった。

「わたしは農場を離れたいなんて思ってないわよ、母さん」メアリーは言った。「わたしはここで生まれたんだし、父さんもそうだった。母さんだってヘルフォードの人だものね。ここがイエラン一家のいるべき場所よ。貧乏なんか怖くない。農場が傾くことも。母さんは十七年、ここで独力でやってきた。だったら、わたしが同じことをしたっていいんじゃない？　わたしは力が強いんだから。男の仕事だってちゃんとこなせる。母さんも知ってるでしょう？」

「若い娘がそんな生活をしちゃいけない」母は言った。「わたしがここでがんばってきたのは、父さんのため。それと、あんたのためなの。誰かのために働いていれば、女は満足していられる。だけど、自分のためとなると話はちがうからね。そうなると、ちっとも気が入《はい》らないものなんだよ」

「わたしは町じゃ役に立たない」メアリーは言った。「川辺でのこの暮らし以外、なんにも知らないし、知りたいとも思わないもの。町はヘルストンに行くだけで充分。わたしはここにいるのがいちばんいいの。ヒヨコが少し残っているし、菜園には青物があるし、あの年取った豚もいる。川には小舟も停めてあるしね。ボドミンのペイシェンス叔母さんのところで、いったい何をしろって言うの？」

「若い娘がひとりで暮らすなんてよくないよ、メアリー。頭がおかしくなるか、身を持ちくずすか——そのどちらかと決まっているからね。かわいそうなスーのことを忘れたの？　あの子は満月の真夜中に教会の墓地を歩き回って、いたこともない恋人を呼んでいたでしょう？　それに、あんたが生まれる前には、ある娘が十六で子供を産んだの。その娘はフォルマスに逃げて、水夫と一緒になったものだよ。

安心なところにあんたをあずけないことには、お墓に入ってもわたしはおちおち寝ていられない。お父さんだってそうだよ。あんたはきっとペイシェンス叔母さんを好きになる。昔から遊び上手で、いつも笑っていて、とってもおおらかな人だったから。十二年前、叔母さんがここに来たときのことを覚えている？　ボンネットにリボンをつけて、絹のペチコートをはいてたでしょう？　トレロウォレンで働いてる男が叔母さんを狙ってたけど、叔母さんはそんな男にゃ自分はもったいないと思っていたの」

そう、メアリーはペイシェンス叔母さんを覚えていた。あのカールした前髪と大きな青い目も。それに、叔母さんがよく笑い、よくしゃべったことや、スカートをたくしあげ、泥だらけの裏庭をつま先立って歩いたことも。叔母さんは妖精みたいに綺麗《きれい》だった。

「ジョシュア叔父さんがどんな人なのか、わたしにはわからない」母は言った。「直《じか》に会ったことはないし、叔父さんを知っている知り合いもいないからね。でも十年前、結婚して、聖ミカエル祭に最後の手紙をくれたとき、叔母さんはとても三十過ぎの女とは思えない、若い娘が書きそうな浮ついた戯言《ざれごと》を山ほど書いて寄越したもんだよ」

「おふたりにしてみれば、わたしなんか山出しよ」メアリーはのろのろと言った。「お作法もなってないだろうし。お互い話すこともないでしょう」

「ふたりともきっとあるがままのあんたを愛してくれるよ。何もお上品ぶることはないの。いい子だから約束して。わたしが死んだら、ペイシェンス叔母さんに手紙を書いて、あんたが叔母さんと暮らすことがわたしのいちばん大事な最後の願いだったと伝えておくれ」

「わかったわ」そうは言ったものの、メアリーは気が重かった。慣れ親しんできたものが何ひとつない、すべてが変わった不確かな未来のことを思うと、憂鬱《ゆううつ》でならなかった。ここを離れれば、歩き慣れた土地からなぐさめを得ることすらできない。つらい日々が訪れたときは、それが切り抜ける力となるはずなのに。

母は日に日に弱り、その精気は日に日に衰えていった。刈り入れの時期が過ぎ、果実の収穫期が過ぎ、落葉が始まるまで、彼女は持ちこたえた。しかし朝霧が発生し、霜が降り、水かさを増した川が荒れ狂う海にどっと流れ込み、轟《とどろ》く波がヘルフォードの小さな浜に打ち寄せたとき、寡婦は敷布をつかみ、ベッドのなかで苦しげに寝返りを打ちはじめた。彼女はメアリーを死んだ夫の名で呼び、過去のさまざまなこと、メアリーが知らない人々のことをしゃべった。三日間、母は自身の小さな世界で生き、四日目に死んだ。

メアリーがよく知り、愛おしんできたものは、その目の前で、ひとつ、またひとつと、人手に渡っていった。家畜はヘルストンの市場で売られ、家具は一点ずつ近所の者たちに買い取られた。家はカヴァラックの男が気に入って購入した。男はパイプをくわえ、裏庭を闊歩《かっぽ》して、どこをどう変えるか、眺めをよくするためにどの木を切り倒すか、指図していた。父のトランクにわずかな持ち物を詰めながら、メアリーはむかむかしつつ、無言でそいつを見つめた。

カヴァラックのこのよそ者は、メアリーを彼女自身の家の侵入者にしたのだ。その目を見れば、男が彼女を邪魔にしていることはわかった。もはやメアリーの頭にあるのは、ここを離れる、完全に出ていく、永遠に背を向ける、という考えだけだった。彼女は再度、叔母からの手紙を読み返した。それは震える手で無地の紙に書かれていた。叔母は、姪に降りかかった不幸に衝撃を受けたという。姉の病気のことはまったく知らなかった、自分がこの前ヘルフォードに行ってからもう何年にもなるから――そう述べたうえ、彼女はこうつづけていた。「実はうちのほうもいろいろと変化があったのです。わたしはもうボドミンに住んではいません。いまは、十二マイルほどはずれの、ランソンに向かう街道すじで暮らしています。荒れ果てた淋しいところなので、もしあなたがこちらに来て一緒に住んでくれるなら、わたしのほうも冬のあいだ一緒に過ごせる仲間ができて、うれしいことでしょう。叔父さんに訊いてみたところ、反対はしませんでした。もしあなたが声の静かな人で、おしゃべりでなく、必要に応じて手伝いをしてくれるなら、とのことです。わかっていただけるでしょうが、叔父さんはお給金など出せませんし、無償であなたを養うこともできません。食事と部屋を提供する代わりに、バーの手伝いをしてほしいと思っているのです。実はね、叔父さんはジャマイカ館という宿の主《あるじ》なのですよ」

メアリーは手紙を折りたたんで、トランクに入れた。彼女の記憶にある笑顔のペイシェンス叔母さんにしては、それは奇妙な歓迎の辞だった。

なぐさめの言葉ひとつない、空疎な冷たい手紙。姪は金を求めてはならないということ以外、何ひとつ明かしていない。絹のペチコートをはいた、優美な物腰のあのペイシェンス叔母さんが、宿のおかみとは！　母もこのことは知らなかったにちがいない。その手紙は、十年前の幸せな花嫁が綴ったものとは大ちがいだった。

とはいえメアリーは約束したのだ。もう撤回はできない。家はすでに売れてしまった。ここに彼女の住む場所はない。歓迎のしかたはどうあれ、叔母は母の妹なのだし、そのことは肝に銘じておくべきだろう。これまでの暮らし――慣れ親しんだ愛しい農場やヘルフォードの輝く川は、もう過去のものだ。前方には、未来が――ジャマイカ館があった。

＊

そんなわけで、気がつくとメアリー・イエランはヘルストンを出発し、ギシギシきしむ馬車に揺られて北に向かっていた。フォル川の最上流で、屋根や尖塔の連なるトゥルーロの町を通過するとき、頭上の青空はまだ南の空であり、馬車がガタゴト通り過ぎると人々が戸口でにこにこと手を振った。ところがトゥルーロが後方の谷に消えると、空は一面、雲に覆われ、土地は街道の両側とも未耕作の荒れ地となった。村々は孤立しており、コテージの戸口にも笑顔はほとんど見られなかった。樹木はまばら、生垣に至っては皆無だった。そのうち風が吹きはじめ、それとともに雨も降りだした。このため、馬車がガタガタとボドミンに入ったとき、その町は町を擁する丘陵と同様に、陰鬱で近寄りがたかった。ひとり、またひとりと、乗客たちは荷物をまとめ、馬車を降りる支度を始めた。メアリーをのぞく全員が。彼女は隅の席にそのままじっとすわっていた。御者が雨でびしょ濡れの顔で窓をのぞきこんできた。

「ランソンまで行くつもりかね？」彼は訊ねた。「今夜、原野《ムーア》を行くのは難儀だよ。ボドミンに一泊して、明日の朝、つぎの馬車に乗ったらどうかね。この馬車で先を行くのは、あんたひとりだろうしな」

「友人が待っているんです」メアリーは言った。「難儀な旅でも、わたしは平気。第一、ランソンまで行くわけじゃないし。ジャマイカ館で降ろしてもらえません?」

　御者は興味深げに彼女を見つめた。「ジャマイカ館だと?」彼は言った。「いったいぜんたいジャマイカ館になんの用があるのかね? ありゃあ若い娘の行くようなとこじゃないよ。あんたは行き先をまちがえてるんだ」御者はメアリーをじっと見つめた。どうやら彼女を信じていないらしい。

「ああ、聞いていますわ。とっても淋しいとこですってね」メアリーは言った。「でも、わたしはそもそも町の人間じゃないんです。ヘルフォードの川べりだって静かですよ。冬も夏も。わたしはそこの出ですからね。淋しいなんて思うわけがないわ」

「淋しいの淋しくないのってな話じゃないんだ」御者は言った。「あんたはよその人だから、わかってないのさ。あたしが考えてるのは、二十数マイルの原野のことじゃない。たいていの女は、そいつを怖がるがね」彼は振り返って、〈ロイヤル亭〉の戸口に立っていた女に声をかけた。女はポーチの上のランプに火を灯しているところだった。いまはもう黄昏《たそがれ》時なのだ。

「なあ、おかみ」彼は言った。「こっちに来て、この娘さんに言い聞かせてくれんかね。最初あたしは、行き先はランソンと聞いていた。それが、いまになってジャマイカ館で降ろしてくれと言いだしたんだ」

　女は踏み段を下りてきて、馬車のなかをのぞきこんだ。

「あそこは荒れ果てたひどいとこだよ」女は言った。「もし仕事をさがしてるなら、農場じゃ口は見つからないよ。ムーアの人たちはよそ者が好きじゃないから。このボドミンでさがしたほうが、うまくいくんじゃないかしら」

メアリーは女にほほえみかけた。「大丈夫です」彼女は言った。「親戚のうちに行くんですから。わたしの叔父はジャマイカ館の主人なんです」

長い沈黙があった。馬車のほの暗い明かりのなかで、女と御者がじっと自分を見ているのがわかった。メアリーは急に不安になり、寒気を覚えた。女の口から何か安心できるようなことを聞けたらと願ったが、そういう言葉は出てこなかった。やがて女は窓から離れた。「悪かったね」彼女はゆっくりと言った。「余計なお世話だった。おやすみ」

御者は顔を火照らせ、口笛を吹きはじめた。いかにも、気まずい場面から逃げ出したいといった様子だ。メアリーは思わず身を乗り出して、彼の腕に触れた。「教えてもらえませんか？」彼女は言った。「なんでも遠慮なく言ってくださって、かまいませんから。わたしの叔父は好かれてないんですか？　何か問題があるんでしょうか？」

御者はひどく居心地悪そうだった。話しかたはぶっきらぼうだし、視線も彼女に合わせなかった。「ジャマイカ館は評判が悪いんだよ。おかしな噂が立ってるのさ。わかるだろう、噂ってのがどんなもんか。だがあたしは面倒はごめんだからね。たぶんほんとのことじゃないんだろうし」

「どんな噂ですか？」メアリーは訊ねた。「酔っ払いが多いとか？　叔父が悪い連中を焚きつけているんですか？」

御者ははっきり言おうとしなかった。「面倒はごめんだよ」彼はそう繰り返した。「実際、なんにも知らないしね。人があれこれ言ってるってだけさ。真っ当な人間はジャマイカ館にゃもう行かない。あたしが知ってるのはそのことだけだ。昔は、あたしらもあそこに寄って、馬に水を飲ませたり飼い葉をやったりしたもんだが。なかに入って、ちょいと飲み食いもしたしな。だが、みんなあそこにゃもう寄らないよ。馬に鞭をくれて、まっしぐらに通り過ぎ、〈五つ辻〉に着くまでは何があろうと止まらない。そこにだって長居はしないしな」

「なぜみんな、避けているんです？　理由はなんなんでしょう？」メアリーは食いさがった。

御者はためらった。どう言ったものか迷っているようだ。

「怖いからさ」ようやく彼は言った。それから首を振った。これ以上は何も言うまいと。たぶん不愛想すぎたと感じ、彼女を気の毒に思ったのだろう、少ししてから、御者はふたたび窓をのぞきこんで、話しかけてきた。

「出発する前に、ここでお茶でも飲んでいかんかね？　先は長いし、ムーアは寒いからね」

メアリーは首を振った。食欲は失せていた。それに、お茶を飲めば暖まるのだろうが、馬車を降りて〈ロイヤル亭〉に入るのは気が進まない。あの女はずっとこっちを見ていただろうし、店内ではみんながひそひそささやきあうだろう。そのうえ、彼女のなかにはぐずぐずうるさい小さな臆病者がいて、「ボドミンに留まれ、ボドミンに留まれ」とささやいている。安全な〈ロイヤル亭〉のなかに入れば、彼女はその声に屈してしまうかもしれない。ペイシェンス叔母のところに行く——彼女は母にそう約束したのだ。前言を翻《ひるがえ》すわけにはいかない。

「そんならいますぐ出るのがいちばんだね」御者は言った。「今夜の乗客はあんただけなんだ。

ほら、もう一枚、毛布を使いなよ。ボドミンを出て丘を登りきったら、あたしは馬に鞭を振るうよ。こりゃあ旅にいい夜じゃないからね。ランソンの自分の寝床にたどり着くまでは、どうにも安心できないよ。冬場にムーアを渡ろうなんてやつは、そうそういないんだ。ひどい天気となりゃ、なおさらな」御者はバタンとドアを閉めて、御者台に上がった。

馬車はガタゴトと通りを走っていった。安全で堅牢な家々、せわしく瞬《またた》く灯火が過ぎていく。雨風に向かって頭をかがめ、夕食の待つ家へと向かう人の姿もちらほら見られた。鎧戸《よろいど》の閉じた窓からは、温かなロウソクの明かりがこぼれている。きっと暖炉には火が入り、テーブルにはクロスが広げられ、女と子供たちは食卓に向かっているだろう。そして男は陽気な炎の前で手を温めているだろう。メアリーは、馬車に一緒に乗っていたあの笑顔の婦人のことを思った。あの人もいまごろ、自宅のテーブルを子供たちと囲んでいるのだろうか。林檎の頬とごつごつした荒れた手をしたあの人の感じのよかったこと！　あの低い声の与える安心感のすばらしかったこと！　そしてメアリーは自分のために小さな物語を作った。彼女は馬車を降りて、あの婦人を追いかけていき、一緒にいさせてください、住むところをください、とたのみこむ。ことわられるわけがない。その点には確信があった。彼女は笑顔で報いられただろう。優しく手を差し伸べられ、ベッドも与えられただろう。あの婦人に仕え、大好きになって、その生活の一部を共有し、身内の人々と知り合っただろう。

馬車はすでに町を出ており、いま馬たちは険しい丘を登っている。うしろの窓に目をやると、ボドミンの明かりがひとつ、またひとつと、急速に消えていくのが見えた。やがて最後の光が明滅し、ちらちら揺れて消え失せた。いまやメアリーは風雨のなかでひとりぼっちだ。そして彼女と目的地のあいだには、十二マイルの不毛のムーアがある。

これが安全な港を離れたときの船の心持ちなのだろうか、と彼女は思った。いや、どんな船もいまの自分ほど心細さを感じることはないだろう。たとえ風が索具のあいだで轟き、波が甲板を洗っていようとも。

馬車のなかはいま、暗くなっている。灯火が病的な黄色い輝きを放ち、屋根のひびから吹き込む風が炎をあちらこちらにさまよわせ、座席の革を危険にさらしていたため、メアリー自身がそれがいちばんと思い、火を消したのだった。彼女は隅の席に身を縮めてすわり、馬車の揺れとともに左右に揺れていた。孤独というものに敵意があるのを知ったのは初めてのような気がした。その日一日、揺りかごのように彼女を揺らしてきた当の馬車がいま、そのきしみとうめきに脅すような音色を宿している。風は屋根を打ち据え、豪雨は吹きさらしの丘の上で、次第に激しさを増しながら、新たな毒気とともに窓に飛沫を浴びせていた。大地は道の両側に果てしなく広がっている。樹木も、小道も、コテージ群も、集落もない。あるのは、何マイルもつづく索漠《さくばく》たる原野だけであり、それは闇に包まれ、歩く者もなく、砂漠さながら見えない地平線へと向かっていた。この不毛の地で暮らし、ふつうでいられる者はいまい。メアリーはそう思った。子供たちも、黒ずんだエニシダの低木よろしくねじくれて生まれ、四方八方から吹く風に打たれて、曲がってしまうだろう。沼と花崗岩《かこうがん》、硬いヒースとくずれゆく巨石のなかで暮らすうちに、その心もまたねじれ、頭には邪な考えが宿るだろう。

彼らは、この地を枕とし、この黒い空の下で眠る、奇妙な種族から生まれてくる。悪魔めいた何かを自らの内部に留めているにちがいない。森閑《しんかん》とした暗い原野を道はくねくね走っている。ちらりと光る灯火が、車内の旅人に希望を告げる瞬間はない。おそらく、ボドミンとランソンを結ぶ全長二十一マイルの区間には、住む者などひとりもいないのだろう。このうら淋しい街道の道すじには、貧しい羊飼いの小屋さえもない。あるのは、ただひとつの道標、恐るべきジャマイカ館だけなのだ。

メアリーは時間と空間の感覚を失っていた。もしかすると、走った距離は百マイルにもなり、時刻はもう真夜中なのかもしれない。彼女は馬車の車内という安全に執着しはじめた。少なくともここには、馴染みの世界の名残りがある。彼女は今朝からそこにいるのだし、今朝と言えば遠い昔だ。この果てしない旅がどれほど強大な悪夢であろうと、少なくともここには、彼女を護る四つの壁があり、雨漏りするおんぼろの屋根もある。それに、声の届くところに、御者がいるのも心強い。そのとき、御者が馬たちを駆り立て、馬車の速度がさらに上がったように思えた。彼が馬たちに向かって叫ぶのが聞こえた。その声は、風に乗って窓の横を流れていった。

彼女は窓を押しあげて、外をのぞいた。突風と雨に襲われ、一瞬、何も見えなくなったが、頭を振り、髪を目から払いのけると、馬車がすさまじいスピードで丘の頂《いただき》へ向かっているのがわかった。雨と霞《かすみ》のなか、道の両側には原野が黒々と迫っている。

馬車の前方、頂上の左手には、道から引っ込んで何かの建物が立っていた。長い煙突が、暗闇のなかにぼんやりと霞んで見える。他には家もコテージもない。これがジャマイカ館だとすれば、その館は一軒だけ誇り高く、颪に向かって堂々と立っていた。メアリーはマントをかき寄せて留め金をかけた。馬たちは停止させられ、汗びっしょりで雨に打たれ、体から湯気を立ちのぼらせていた。

御者が、彼女の荷物を引きずり寄せて、御者台から下りてきた。どうやら急いでいる様子で、絶えずちらちら家のほうを振り返っている。

「さあ、着いたよ」彼は言った。「庭の奥のあの家だ。ドンドン戸をたたきゃ、入れてもらえるだろうよ。あたしはもう行かなきゃならない。さもないと今夜じゅうにランソンに着けないからな」そして一瞬後にはもう御者台にもどり、手綱を取っていた。彼は馬たちに大声で合図し、不安に駆られて鞭を振るった。馬車はガタガタと揺れ動くと、すぐさま走りだし、みるみる遠ざかり、そこにいたのが嘘のように闇に呑まれて消えてしまった。

トランクを足もとに、メアリーはひとり立ち尽くした。背後の暗い家のなかで閂《かんぬき》をはずす音がし、勢いよくドアが開いた。巨大な人影がカンテラを左右に振りながら、庭に出てきた。

「誰だ?」大音声が響いた。「なんの用なんだ?」

メアリーは前に進み出て、男の顔を見あげた。

光が目に入り、何も見えなかった。男は彼女の前でカンテラをぐらぐら揺らした。それから突然、声をあげて笑うと、彼女の腕をつかんで、荒っぽくポーチへと引っ張っていった。

「ああ、例の姪っ子か」彼は言った。「ほんとにうちに来たわけだな? 俺はおまえの叔父さんのジョス・マーリンだ。ジャマイカ館にようこそ」安全な家のなかにメアリーを引っ張り込むと、彼はまた笑って、ドアを閉め、廊下のテーブルにカンテラを置いた。そしてふたりは互いに顔を見つめ合った。

# 2

それは身の丈七フィートほどもある大男だった。浅黒い額には皺《しわ》が刻まれ、肌の色はジプシーのものだ。密生する黒い髪は垂れさがって目にかかり、耳にも覆いかぶさっている。馬並みに力がありそうで、肩は大きくたくましく、長い腕は膝まで届くほど、拳《こぶし》はまるでハムの塊だった。その体があまりに大きいので、頭はむしろ小さく見え、その頭が肩のあいだに沈み込んでいるさまが、黒い眉とくしゃくしゃの髪も相俟って、巨大なゴリラの前かがみの姿勢を思わせる。しかし長い四肢やがっちりした体つきにもかかわらず、彼の顔立ちには猿に似たところなどみじんもない。というのも、その鼻は鉤鼻《かぎばな》であり、いまはゆるんで垂れさがっている口もかつては完璧な形をしていたと思われるし、皺やたるみ、血走った白目を差し引いてもなお、大きな黒い目には魅力的な何かがそなわっているからだ。

いまも残る彼の美点のうち最高のものは、全部きれいにそろったその歯だった。それはとても白いので、彼が笑うと浅黒い顔のなかでくっきりと際立ち、そこに腹を空かせた痩せたオオカミの相貌が生まれる。そして、笑顔の人間と牙をむいたオオカミとのあいだには大きな開きがあるはずなのに、ジョス・マーリンの場合、それは同一のものとなるのだった。

「するとおまえがメアリー・イエランなんだな」メアリーの前にそそり立ち、彼はようやくそう言うと、もっとよく彼女を観察しようと身をかがめた。「このジョス叔父さんの世話をするために、遠路はるばるお越しくださったわけだ。ご親切なこった」

メアリーをあざけって、彼はまた笑った。その声は家じゅうに轟《とどろ》きわたり、メアリーの張りつめた神経を鞭打つようだった。

「ペイシェンス叔母さんはどこですの？」彼女は薄暗い廊下を見回して訊ねた。それは、冷たい板石が敷かれた、がたがたの狭い階段がある陰気臭い場所だった。「叔母さんはわたしが来ると思っていなかったんでしょうか？」

「『ペイシェンス叔母さんはどこですの？』」ジョス・マーリンは口まねした。「キスして、べたべたして、ちやほや甘やかしてくれる、わたしの大事な叔母ちゃんはどこかしら？　叔母さんとこに飛んでく前に、ちょっとくらい待てないもんかね？　このジョス叔父さんへのキスはどうした？」

メアリーは思わず身を引いた。この男にキスすることを思うと、ぞっとした。彼は頭がおかしいか、酔っているかだ。おそらくその両方だろう。だが、この男を怒らせたくはない。そんな恐ろしいことはとてもできない。

彼女の頭をよぎったその考えを読み取って、男はまた笑った。

「いやいや」彼は言った。「おまえさんに手を出す気はないよ。俺と一緒にいても、なんにも心配ない。教会にいるようなもんさ。もともとブルネットは好みじゃないし。こっちも姪っ子とじゃれあうよりもっといろいろやることがあるしなあ」

この男の冗談にはもううんざりだった。そんなメアリーを馬鹿にしきって、ジョス・マーリンはひやかすように彼女を見おろし、それから階段を見あげた。

「ペイシェンス」彼はどなった。「いったい何をしてやがる？　例の娘っ子が着いて、叔母さんがいないってべそをかいてるぞ。俺のこたあもう見飽きたとよ」

階段のてっぺんがかすかにざわつき、足を引きずる音がした。つづいてロウソクの火が閃《ひらめ》き、あっと小さく声がした。明かりから目をかばいながら、女が狭い階段を下りてきた。彼女はみすぼらしい室内帽をかぶっていた。白髪交じりの薄い髪がそこからこぼれ、肩に垂れさがっている。彼女はその毛先を丸めて、なんとか巻き毛を復元しようとしていたが、カールはもう跡形もなかった。顔はくずれ、皮膚は頬骨にぺたんと貼りついており、目は大きく見開かれて、まるで常時、何かを問いかけているかのようだ。また、彼女には神経質に口をすぼめてはゆめる小さな癖があった。身に着けているのは、かつてサクランボ色だったのがいまは洗いざらしの薄紅色となった縞柄のスカート、そして肩にはつぎはぎだらけのショールがかかっている。なんとか華やかさを添えようとしたのだろう、彼女は室内帽に新しいリボンを縫いつけていた。ところが、これがまたちぐはぐで違和感を与える。そのリボンは顔の青白さと対照的に真っ赤で、異様に目立っていた。メアリーは悲しみに胸を突かれ、言葉もなく叔母を見つめた。このぼろぼろになった哀れな女が、夢に見たあの魅惑的なペイシェンス叔母さんだろうか？　娼婦みたいななりの、年より二十も老けたこの女が？

小柄な女は階段を下りきって、廊下に出てきた。彼女は両手でメアリーの手を取り、顔をのぞきこんだ。「本当に来たんだね」叔母はささやいた。「あんたはわたしの姪のメアリー・イエランだ。そうでしょう? 死んだ姉さんの子供だね?」

メアリーはうなずいた。母がこんな叔母の姿を見ずにすんだのがありがたかった。「大好きなペイシェンス叔母さん」彼女は優しく言った。「またお会いできてうれしいわ。この前、ヘルフォードに叔母さんがいらしてから、もう何年にもなりますものね」

女は両手でメアリーに触《さわ》りつづけ、服をなでまわして、感触を確かめていた。それから、いきなり抱きついてきて、メアリーの肩に顔を埋《うず》めると、繰り返しじゃくりあげながら、恐ろしい声をあげ、おいおいと泣きだした。

「こら、やめろ」彼女の夫がどなった。「そんな歓迎のしかたがあるか。この馬鹿めが、ギャアギャア泣く必要がどこにある? 娘っ子が晩飯をほしがってるのがわからんのか? とっとと台所に連れてって、ベーコンと飲み物を出してやれ」

彼は身をかがめ、メアリーの荷物をまるで紙包みのように軽々と担ぎあげた。「俺は娘っ子の部屋に荷物を運ぶからな」彼は言った。「下りてくるまでに食い物がテーブルに出てなかったら、この俺が泣くに足る理由を作ってやるよ。お望みとあれば、おまえさんにもな」彼はそう付け加え、メアリーの顔の前に顔を突き出すと、その大きな指を一本、彼女の口に押しつけた。「おまえさんは従順かな。それとも嚙みつくのかね?」彼は言った。それからまた笑って、天井にその声を轟かせると、肩の上で荷物を左右に揺らしながら、どかどかと階段をのぼっていった。

ペイシェンス叔母はどうにか感情を抑え、やっとの思いでほほえむと、メアリーがかすかに覚えている昔と同じしぐさで薄くなった髪をなでつけた。神経質に目を瞬《しばた》き、口を動かしながら、叔母はまた別の薄暗い廊下を先に立って進み、台所に入っていった。室内の明かりは三本のロウソクで、暖炉では泥炭の弱い火がくすぶっていた。

「ジョス叔父さんのことは気にしちゃいけないよ」叔母は言った。その態度が突然変わり、へつらいめいたものとなった。まるで、絶え間ない虐待《ぎゃくたい》によって絶対服従を教え込まれたクンクン鳴く犬——蹴られてもののしられても、主人のために虎のごとく闘う忠犬のようだった。「叔父さんは上手にご機嫌をとってあげなきゃならないの。あの人には自分なりのやりかたがあってね、よその人は最初は理解できないんだよ。わたしにとっては、ほんとにいい旦那さん。結婚したその日からずっとそうだった」

彼女は板石の床の上を機械的にぱたぱたと歩き回って、造り付けの大きな戸棚からパンとチーズと肉汁を取り出し、夕食の配膳をした。メアリーはそのあいだ、暖炉のそばにうずくまって、冷えきった手を温めようと不毛の努力をしていた。

台所は泥炭の煙で息苦しかった。それは天井に立ちのぼり、隅々に入り込み、青い薄雲さながらに宙に浮かんでおり、メアリーの目をひりつかせ、鼻孔に侵入し、舌に貼りついた。

「あんたもじきにジョス叔父さんを好きになる。あの人のやりかたになじめるでしょうよ」叔母はつづけた。「なにしろとっても立派な人だからね。それにとっても勇敢だし。この近辺じゃ有名人で、ずいぶん尊敬されているんだよ。ジョス・マーリンを悪く言う者はひとりもいないだろうね。うちじゃときどきお客様を大勢お迎えするの。いつもこんなに静かなわけじゃないんだよ。乗合馬車は毎日通るし。ご紳士がたは、わたしたち夫婦にほんとに丁重でね、礼を尽くしてくださるの。ついきのうも、近所の人がひとり来たので、わたしはその人にお土産のケーキを作ってあげたんだよ。『マーリンの奥さん』その人は言った。『ちゃんとしたケーキが焼けるのは、コーンウォールじゃあなただけですよ』――これがその人が言ったそのまんまの言葉だからね。それに、領主様その人だって――ほら、ノースヒルの治安判事のバサット様ね、このあたりの土地は全部、バサット様のものなの――そう、あのかたもついこないだ――火曜日だったかしら――道を通り過ぎるとき、さっと帽子を取ってね、『おはようございます、奥さん』そう言って、馬の上からわたしにお辞儀をしたんだよ。噂によると、お若いころは女たちにずいぶんとちやほやされたかたなんだけどね。そこへジョスが馬屋から出てきたの。あの人はそこで二輪馬車の車輪の修理をしていたんだよ。『調子はどうかね、バサットさん?』ジョスは言った。『あんたと同じで最高さ、ジョス』判事様はそう答えた。そうしてふたりはそろって笑いだしたものだよ」

このささやかなひとり語りにつぶやきで答えながら、メアリーは話すとき目を合わせようとしないペイシェンス叔母の様子に胸を痛め、懸念を覚えていた。立て板に水のその話しぶり自体が疑わしかった。それは、創作の才のある子供が自分にお話を聞かせているようなしゃべりかただった。こんな役を演じる叔母を見るのはつらく、メアリーは、早く話を終えてくれ、黙ってくれ、と切に願った。そのよどみない言葉の流れは、形こそちがうが、さきほどの涙以上に恐ろしかった。そのとき、外の廊下の足音を耳にして、メアリーの心は沈んだ。ジョス・マーリンは階下にもどっていたらしい。おそらくは妻の言葉も聞いてしまっただろう。

ペイシェンス叔母も足音に気づいたようだ。彼女は蒼白になり、口を動かしはじめた。叔父が入ってきて、なかのふたりを見比べた。

「すると、雌鶏どもがもうくっちゃべってるわけだな?」彼は言った。ほほえみや哄笑はもうない。その目は細くなっていた。「無駄口さえたたけりゃ、てめえの涙はたちまち止まるんだろうよ。聞こえたぞ、このおしゃべりな馬鹿女め。グワッグワッグワッ。まるで七面鳥の雌だよなあ。てめえの可愛い姪っ子がそんな話を信じるとでも思ってるのか? いやあ、てめえなんぞにゃ小さな餓鬼《がき》だってだませねえさ。ましてや、この娘みてえな一人前の女をだませるわきゃあねえ」

ジョス・マーリンは壁際から椅子をひとつ引き寄せ、テーブルの前に乱暴に置いた。彼がドスンと腰を下ろすと、椅子はその尻の下でみしみし音を立てた。彼はパンの塊を取り、自分用に大きくひと切れ、切り取って、肉汁に浸した。それからパンを口に押し込み、顎に脂《あぶら》を伝わらせながら、席に着くようメアリーに手招きした。「見りゃわかるさ。腹が減ってるんだよな」そう言って、パンをひと切れ、丁寧に薄く切り取ると、メアリーのためにそのひと切れを四等分し、バターを塗った。作業のあいだ、彼の手つきは、自分の分を取ったときの粗暴さとは反対に繊細《せんさい》そのもので、その差があまりにも大きいため、メアリーはこの急激な変化に恐ろしささえ感じた。それはまるで、彼の手が棍棒《こんぼう》から器用で気の利く召使へと変身する秘めた力をそなえているかのようだった。もしも彼がパンを分厚く切り取って、それを放って寄越したのなら、メアリーもさほど気にしなかっただろう。そういった行動は、この男から彼女が受けた印象に一致する。しかし不意に表れたこの優雅さ、機敏で細やかなこの手の動きは不意打ちであり、予想外で類型に反するがために不気味に思えた。彼女はおとなしく叔父に礼を言い、食べはじめた。

叔母は、夫が入ってきてからというものひとことも発せず、暖炉でベーコンを焼いていた。口をきく者はいない。メアリーは、テーブルの向こうからジョス・マーリンが見つめているのを意識していた。背後からは、叔母が熱い柄を不器用につかみ、フライパンをゆすっている音がする。ほどなく彼女はフライパンを取り落とし、小さく悲痛な叫びを漏らした。メアリーは立ちあがって叔母に手を貸そうとしたが、たちまちジョスに、すわれ、とどなりつけられた。

「馬鹿はひとりでたくさんだ。ふたりはいらんよ」彼はどなった。「じっとすわってな。あと始末は叔母さんにさせりゃいい。これが最初ってわけじゃなし」そう言うと、椅子にもたれて、爪で歯をせせりはじめた。「おまえさんは何を飲む？」彼は訊ねた。「ブランデーか、葡萄酒《ぶどう》か？　いや、エールかな？　ここじゃ腹を空かすことはあっても、喉が渇くこたあねえ。ジャマイカ館は喉のひりつきとは無縁ってわけだ」彼は声をあげて笑うと、目配せして、舌を出した。

「もしよければ、お茶を一杯いただきます」メアリーは言った。「強いお酒はあまり飲んだことがないんです。葡萄酒もです」

「へえぇ、そうなのかい？　そりゃあ惜しいこったな。まあ、今夜はお茶を飲みゃいいさ。だがな、一、二カ月もすりゃきっとブランデーがほしくなる。絶対だ」

ジョスはテーブル越しに手を伸ばして、メアリーの手をつかんだ。

「農作業をしてた割にゃ、綺麗《きれい》な手をしてるね」彼は言った。「荒れた赤い手なんじゃないかと心配してたんだ。男がうんざりすることが何かひとつあるとすりゃ、そいつは汚ねえ手でエールを注がれることだからな。うちの客どもは格別、気むずかしくもないがね。だが考えてみりゃ、これまでジャマイカ館に女給がいたこともないわけだしな」ジョスはわざとらしくお辞儀をしてみせ、彼女の手を放した。

「ペイシェンスや」彼は言った。「ほら、鍵だ。たのむから、ブランデーを取ってきとくれ。喉が渇いちまった。〈ドーズマリー池《プール》〉の水を全部飲んでもまだ足りないほどだよ」その言葉に、彼の妻は大急ぎでドアに向かい、廊下へと姿を消した。そのあとジョスは、ときどき口笛を吹きながら、ふたたび歯をせせりはじめた。メアリーのほうはバター付きパンを食べ、ジョスが前に置いてくれたお茶を飲んでいた。彼女はすでにひどい頭痛に額を締め付けられており、いまにも倒れそうだった。泥炭の煙で目は潤《うる》んでいる。だが、叔父の動きに目を配れないほどにはまだ疲れていない。ペイシェンス叔母の緊張は早くも彼女にうつっていた。ある意味、自分たちは罠にかかったネズミのようなものなのだと感じた。ふたりとも逃げることもできずにここにいる。そして、ジョスが巨大な化け猫よろしく自分たちをなぶっているのだ。

数分後、ペイシェンス叔母がブランデーを手にもどってきて、夫の前に瓶を置いた。彼女はベーコンの調理を終えて、メアリーと自分に取り分けた。一方、ジョスは飲みはじめ、むっつりと前に目を据え、テーブルの脚を蹴っていた。突如、彼が拳でドンとテーブルをたたいた。皿やコップが震え、大皿のひとつはガチャンと床に落ちて砕け散った。

「いいか、よく聴けよ、メアリー・イエラン」彼はどなった。「この家じゃ俺が主人だ。そこんとこを教えとこう。おまえは言いつけに従って、家事を手伝い、俺の客どもの世話をするんだ。そうすりゃ俺はおまえに指一本触れねえ。だが、いいか、もし余計なおしゃべりをしやがったら、そんときゃきっちりおまえをしつけてやる。そこにいる叔母さんみたいに俺の手から餌を食うようにしてやるからな」

メアリーはテーブルのこちらからまっすぐに叔父を見つめた。震えが彼に見えないよう、両手は膝の上に置いていた。

「わかりました」彼女は言った。「わたしはもともと知りたがり屋じゃないし、余計な噂話をしたことなんぞこれまで一度もありませんから。この旅館であなたが何をしていようが、あなたにどんなお仲間がいようが、わたしにはどうでもいいことです。家の仕事はきちんとやります。それこそ文句のつけようがないくらいに。でも、どんな形にしろ、もしペイシェンス叔母さんを傷つけたら、いいですか――わたしはすぐさまジャマイカ館を出ます。治安判事をさがして、ここに連れてきて、あなたを裁いてもらいますから。もしお望みなら、そのあとでいくらでもわたしをしつけりゃいいんです」

メアリーは蒼白になっていた。もしここでジョスにどなりつけられたら、勇気をくじかれ、泣きだしてしまうことはわかっていた。そうなれば、彼女は永遠に彼の支配下に置かれるだろう。いまの言葉は意思に反してほとばしり出たものだ。打ち砕かれた哀れな叔母がかわいそうでならず、彼女にはそれを止めることができなかった。だが我知らず、彼女は自分を救ったのだった。ちょっと気骨を見せたことが、この男をいたく感心させたのである。彼は椅子にもたれて、緊張を解いた。

「いいねえ」彼は言った。「言ってくれるじゃねえか。これでうちの下宿人がどんなやつなのか、はっきりとわかったよ。つっつきゃ、爪を出す女。なるほどな、お嬢ちゃん、おまえさんと俺は意外と似た者同士のようだぜ。勝負するときゃ、一緒にやろうや。そのうちジャマイカ館で、おまえさんにひと仕事たのむことになるだろうよ。おまえさんがこれまでやったことがねえような仕事をさ。男の仕事だよ、メアリー・イエラン、生きるか死ぬかのな」メアリーの隣で、ペイシェンス叔母が小さくハッと息をのむのが聞こえた。

「おお、ジョス」彼女はささやいた。「おお、ジョス、お願い！」

その声にこもる切迫感に驚いて、メアリーは叔母を見つめた。叔母は身を乗り出して、手振りで夫を黙らせようとしていた。その必死の顔、目に浮かぶ苦悶の色は、この夜経験した他の何よりも、メアリーを怯えさせた。彼女は突然、得体の知れない恐怖に襲われ、寒気を覚え、ひどく気分が悪くなった。いったい何がペイシェンス叔母さんをここまでうろたえさせたのだろう？　ジョス・マーリンは何を言おうとしたのだろうか？　彼女は強烈な恐ろしいまでの好奇心にとらわれた。叔父はいらだたしげに手を振った。「寝床に行きな、ペイシェンス」彼は言った。「晩飯の席で髑髏《どくろ》みたいなその面《つら》を見るのは、もううんざりだ。この娘と俺はお互いわかりあってるよ」

叔母はすぐさま立ちあがってドアへと向かい、最後にもう一度、振り返って、絶望の眼《まなこ》でちらりとこちらを眺めたが、それはなんのかいもなかった。彼女がぱたぱたと階段をのぼっていくのが聞こえた。ジョス・マーリンとメアリーはふたりきりになった。彼は空になったブランデーグラスを押しのけ、テーブルの上で腕を組んだ。

「昔から俺にゃひとつ弱点があるんだ。なんだと思う？」彼は言った。「酒だよ。こいつは災いのもとだ。わかってるさ。だがどうにもやめられねえ。いつか、それで身を滅ぼすだろうよ。まあ、そんな終わりも悪かねえがね。ときにゃあ、ほんの一杯飲むだけの日がつづくこともある。ちょうど今晩みたいにな。ところがそのうち酒がほしくてほしくて、たまらなくなってな、そんときゃあもう止まらねえ。何時間もぶっ通しで飲みつづけるわけだ。そうなりゃ、権力と栄光と女と神の王国が一緒くたに降ってきたようなもんさ。まるで王様の気分だぜ、メアリー。この二本の指で世界を操る糸をつまんでるような気がしてな。そりゃあ天国でもあり、地獄でもあるんだ。そうなると俺はしゃべっちまう。何もかも。これまでやってきたことを全部しゃべって、四方八方に撒き散らしちまうのさ。だから、そんなときゃ部屋に閉じこもってな、枕に顔を埋めて、自分の秘密をわめくんだよ。部屋にゃおまえの叔母さんが鍵をかける。で、しらふにもどると、俺はドアをドンドンたたいて、あいつに鍵を開けさせるわけだ。こんなこたあ誰も知らねえ。あいつと俺だけだ。いま、おまえさんにしゃべっちまったがな。おまえさんにしゃべっちまったのは、ほろ酔い機嫌だからさ。口を閉じてられねえんだよ。だが、今夜はまだ正気を失うほど飲んじゃいねえぜ。なんで俺はこんな僻地《へきち》で暮らしてるのか。なんでジャマイカ館の主人なんぞしてるのか。そいつをしゃべっちまうほど、俺は酔っちゃいねえんだ」

彼の声はしゃがれていた。そしていま、彼はほとんどささやくように声を潜めてしゃべりはじめた。泥炭の火は暖炉のなかで小さくなっており、いくつもの黒い影が壁に長く伸びている。ロウソクもまた短くなって、ジョス・マーリンの巨大な影を天井に投じていた。彼はメアリーに笑いかけ、愚かしい酔っ払いのしぐさで指を一本、唇に押し当てた。

「そいつはまだしゃべってねえぞ、メアリー・イエラン。そうともさ。まだ、ちったあ分別と悪知恵が残ってるからな。もっと知りたきゃ、叔母さんに訊きゃあいい。あいつがおとぎ話をしてくれるだろうよ。今夜もあいつはぺちゃくちゃしゃべってたよな。立派なお客が大勢来るとか、治安判事が帽子を取って挨拶したとかさ。ありゃあ嘘だ。全部、嘘っぱち。そこんとこは教えといてやるよ。どうせいずれ、わかることだからな。バサット判事はえらく怖がってる。ここに顔を出すなんてありえねえ。道で俺を見かけりゃ、十字を切って馬に拍車をかけるんだ。ご立派な紳士連中はみんなおんなじさ。乗合馬車はここにゃ止まらねえ。郵便馬車もだ。俺は気にしてねえがな。お客なら充分にいるんだ。紳士連中が寄りつかなけりゃ寄りつかないほど、こっちにゃ好都合なのさ。そうとも、ここじゃ酒盛りをやる。それも、しょっちゅうな。土曜の夜は、ジャマイカ館に来るのが何人かいるし、部屋のドアに鍵をかけて、耳に指を突っ込んで寝るやつも何人かいる。ときどき、この原野の家のどれもが明かりを消して、ひっそりしちまう夜があってな、何マイルにもわたって明かりといやあ、ジャマイカ館のまぶしい窓明かりだけになるんだよ。そのどなり声や歌声は、〈ぎざぎざ岩〉の麓《ふもと》の農場まで聞こえるって話だ。そういう夜は、もしお望みなら、おまえさんもバーに出ていいぞ。そうすりゃ、この俺にどんな仲間がいるかわかるさ」

メアリーは椅子の肘掛けをつかんで、身じろぎもせずすわっていた。ジョスの気分の急変が怖くて、動くことができなかった。彼女はすでにその変化を目撃している。それは、この打ち解けた気さくな男を粗野で狂暴な蛮人へと突如、変身させるのだ。

「連中はみんな俺を恐れてる」彼はつづけた。「あの野郎ども全員がな。俺を——誰も恐れないこの男を恐れてやがるんだ。いいか、学さえありゃあ、俺はジョージ王その人のお供をしてイングランドじゅう歩いてたろうよ。足を引っ張ったのは、酒。酒とこの気の荒さなんだ。それが俺たち全員の欠点でな、メアリー。マーリン家にゃ、寝床で安らかに死んだ者はひとりもいねえんだよ。

親父はエクセターで縛り首になった——どっかの男と言い争って、そいつを殺しちまったんだよ。祖父さんは盗みを働いて、両耳を切り落とされてな、流刑植民地に送られたあげく、その熱帯で蛇に嚙まれて、譫言《うわごと》を言いながら死んだんだ。俺は三人兄弟のいちばん上。俺たちは全員、〈キルマー岩〉の陰で生まれた。このずっと先の〈十二人が原《トウエルヴマンズ・ムーア》〉の上のほうだな。〈東が原《イースト・ムーア》〉を突っ切って、ラッシーフォードまで行ってみな。悪魔の手みてえな花崗岩のでっけえ岩山が空に向かって突き出てるから。そいつが〈キルマー岩〉さ。あの岩山の陰で生まれりゃ、誰だって俺みてえに飲むようになるぜ。弟のマシュー。やつは〈トレウォーサ沼〉で溺れて死んじまった。うちじゃみんな、船乗りになりたくて出てったものと思ってたし、消息はまるでわからなかった。ところが、ある夏、日照りがつづいてな、一滴の雨も降らなかったとき、マシューが泥んなかから出てきたんだ。まっすぐ突っ立って、両手を頭上に差し上げてさ、シャクシギどもがそのまわりを飛び回ってたよ。弟のジェム、あの野郎はほんの赤んぼだった。マシューと俺が一人前になったときも、まだお袋のスカートにしがみついてやがったよ。俺はジェムとは意見が合ったためしがねえ。あいつは利口すぎるし、口が悪すぎるんだ。まあ、いまにつかまって、縛り首になるだろうよ。ちょうど親父みてえにな」

ジョスはちょっと黙り込んで、空のグラスをじっと見つめた。彼はグラスを手に取って、その後ふたたびテーブルに置いた。「いや」彼は言った。「もう充分しゃべった。今夜はこれくらいにしとこう。寝床に行きな、メアリー。俺に首を絞められねえうちに。ほら、ロウソクだ。おまえさんの部屋は、ポーチの真上だからな」

メアリーは無言で燭台《しょくだい》を受け取り、ジョスのそばを通り過ぎようとした。するとそのとき、彼が肩をつかんで彼女を振り返らせた。

「ときどき、表の道から車輪の音が聞こえてくる夜がある」彼は言った。「そういう馬車は通り過ぎちゃいかねえ。ジャマイカ館の前に止まるんだ。で、そのうち窓の下の庭から足音や話し声が聞こえてくる。そういうときはな、メアリー・イエラン、じっと寝床で寝てるんだ。頭から毛布をひっかぶってな。わかったかね?」

らな」

「はい、叔父さん」

「ようし。それじゃ行きな。今度何か質問したら、その体の骨を一本残らずへし折ってやるか

　メアリーはドアへと進み、暗い廊下に出て、そこにあった長椅子にぶつかった。両手で壁をさぐりながら二階に上がると、向きを変え、再度、階段のほうを向いて、自分の位置を確認した。叔父は、ポーチの上の部屋と言っていた。そこで彼女は、明かりのない暗い踊り場をそろそろと進んでいき、ドアをふたつ通り過ぎた。これはきっと宿泊用の部屋だろうと思った。決して来ない旅人たちを待つ部屋――人々はもう、この屋根の下で雨風をしのごうとはしないのだ。それから彼女は別のドアに行き当たり、そのノブを回した。ロウソクの揺れる炎で、床に置かれたトランクが見え、それが自分の部屋だとわかった。

　壁はざらざらで壁紙もなく、床もむきだしだった。裏返しに置かれた箱が化粧台の代用品で、その上にひびの入った鏡が載っている。水差しやたらいはない。顔や手は台所で洗うのだろう。腰を下ろしてみると、ベッドはギシギシときしみ、二枚の薄い毛布は手に湿っぽく感じられた。メアリーは服を脱がずに、埃をかぶった旅行着のまま、マントにくるまって横になることにした。彼女は窓辺に行って、外を眺めた。風は弱まっていたが、いまも雨は降っていた。鬱陶《うっとう》しい細かな霧雨が、家の外壁をちょろちょろと流れてきて、窓ガラスを汚している。

　庭の果てから物音が聞こえてきた。動物が苦しがっているような、うめき声に似た奇妙な音だ。暗くてよくは見えないが、目を凝らすと、何か黒っぽいものが静かに揺れているのがわか

った。ジョス・マーリンから聞かされた話で想像力に火が点き、魔の一瞬、メアリーは、あれは縛り首用の柱なのだ、死人がそこで揺れているのだ、と思った。それから、その正体が旅館の看板であることがわかった。放置されているうちに、釘がゆるんでぐらぐらになり、それがいま、ほんのわずかな風で右へ左へ揺れているのだ。ただのみじめなぼろぼろの板。かつて、立てられた当初は、堂々たる姿を見せていたのが、いまでは白い文字もぼやけ、黒ずんでおり、宿の名もまた風になぶられるがままに、ジャマイカ館、ジャマイカ館、と見え隠れしている。

メアリーは日除けを下ろし、そっとベッドに近づいた。歯はガチガチ鳴り、手足の感覚はなくなっていた。絶望の餌食と化し、彼女は長いことベッドの上でうずくまっていた。この家から逃げ出し、どうにか十二マイル、来た道をたどって、ボドミンまでもどることはできないだろうかと思った。いや、そうしたところで、結局は疲労に勝てず、弱り果てて路傍に倒れ、そのまま眠り込んでしまうのでは？　そして朝日に照らされ目覚めると、ジョス・マーリンの巨大な姿がすぐそばにそびえているのではないだろうか？

メアリーは目を閉じた。するとすぐさま、自分に笑いかけるあの男の顔が見えた。それから、その笑顔が渋面に変わり、彼が怒りに震えると、その渋面がくずれ去って無数の皺となった。彼女には、あのもつれた黒い髪、鉤《かぎ》状に曲がった鼻、危険で優美な長く力強い指が見えた。

網にかかった鳥のように、ここに囚われ、どんなにもがいても決して逃れられない――そんな気がした。自由になりたいのなら、いま逃げなくてはならない。窓から這いおりて、蛇のようにのびる白い道を遮二無二《しゃにむに》走って、原野を突っ切っていかなくては。明日になればもう手遅れだろう。

彼女はじっと待った。するとやがて階段からあの男の足音が聞こえてきた。それに、ぶつぶつと何かひとりでつぶやく声が。そして、ほっとしたことに、彼はそこで向きを変え、階段左手の別の廊下を進んでいった。遠くでドアが閉まり、あたりはしんと静まり返った。彼女は決心した。もうこれ以上、待つのはよそう。ひと晩でもこの屋根の下に留まったら、勇気は消え失せ、心はすくんでしまうだろう。すくみ、狂い、崩壊する。ペイシェンス叔母のように。彼女はドアを開けて、忍び足で廊下に出た。つま先立って階段まで行くと、そこで足を止め、耳をすませた。手は手すりにかかり、足はいちばん上の段に乗っていた。とそのとき、別の廊下から何かが聞こえてきた。誰かが泣いている。誰かが小さくあえぎ、むせびながら、その音を枕で抑えようとしている。それはペイシェンス叔母だった。メアリーはしばらく待った。それから踵《きびす》を返して自分の部屋にもどり、ベッドに身を投げ出して目を閉じた。この先、何に直面するにせよ、どんなに恐ろしい目に遭うにせよ、いまジャマイカ館を去るわけにはいかない。ペイシェンス叔母のそばにいなくては。彼女はここで必要とされている。ペイシェンス叔母は姪がいることでなぐさめを得、ふたりは理解しあうようになるかもしれない。それに、いまは疲れていて策を練ることはできないけれど、彼女はどうにかしてペイシェンス叔母の護り手となり、叔母とジョス・マーリンのあいだの防壁の役割を努めるつもりだった。十七年間、彼女の母は独力で生き、働いてきた。メアリーには知りえない大きな苦難を経験してきたのだ。母ならば、半分イカレた男に怯えて、逃げ出したりはすまい。母ならば、ぷんぷんと邪悪がにおう家を恐れたりはすまい。たとえその家がひどく淋しい吹きさらしの丘の上に立っていようと、また、人も嵐も寄せつけない孤立した建物であろうと。メアリーの母なら、勇気をもって敵と戦ったにちがいない。そして、そう、最後には敵を打ち負かしたはずだ。母が屈するわけはない。

だからメアリーは硬いベッドに横たわった。頭のなかはさまざまな考えであふれかえっていた。彼女は眠りを求めて祈った。うしろの壁の内部をネズミがひっかく音から、庭のあの看板のきしみまで、あらゆる音が神経への新たなひと突きとなった。彼女は果てしない夜の時を一分ずつ、一時間ずつ数えた。そして、家の裏の畑で一番鶏が鳴くと、それ以上はもう数えず、ため息をつき、死んだように眠りに落ちた。

# 3

目覚めると、強い西風が吹いており、太陽は白っぽくくすんでいた。メアリーを起こしたのは、ガタガタと鳴る窓の音だった。あふれる陽光と空の色から、自分は寝坊したのだとわかった。もう八時過ぎにちがいない。窓から庭を眺めると、厩舎《きゅうしゃ》の扉が開いているのが見えた。外の泥には新しい蹄《ひづめ》の痕もある。主《あるじ》が出かけたことを悟り、彼女は大いにほっとした。わずかな時間かもしれないが、これでペイシェンス叔母を独占できる。

大急ぎでトランクを開け、厚手のスカートと色物のエプロン、それに、農場ではいていた頑丈な靴を取り出した。十分後、彼女は台所に下りて、奥の流し場で顔を洗っていた。

ペイシェンス叔母が裏手の鶏の囲いからもどってきた。そのエプロンには生みたての卵がいくつか入れてあり、叔母は謎めかすような小さな笑みとともにそれを披露した。「朝食にひとつどうかと思って」叔母は言った。「ゆうべは、疲れててあんまり食べられなかったものね。パンにつけるクリームもちょっと取っといてあげたよ」その態度は、今朝はいたって正常で、赤くなった目の縁が不安な一夜を物語ってはいるものの、彼女が快活に振る舞おうとしているのは明らかだった。メアリーは、叔母が怯えた子供のようにうろたえるのは、その場に夫がいるときだけなのだろうと思った。あの男がいなくなれば、叔母は子供と同じ忘れっぽさを発揮して、メアリーのために朝食を作り、卵をゆでるというようなささやかな営みに幸せを感じることができるのだ。

ふたりはともに、前夜のことには一切触れないようにしていた。ジョスの名前も出なかった。あの男がどこに行ったのか、どういう用事で出かけたのか、メアリーは訊ねなかった。そんなことは気にもならない。邪魔者が消えてくれたことに、彼女はただただほっとしていた。

叔母が自身の現在の生活に無関係な話ばかりしたがることに、メアリーは気づいていた。どうやら叔母は質問を恐れているらしい。彼女はその点に配慮し、勇を鼓してここ数年のヘルフォードでの生活について――苦しい時期の艱難辛苦や母の病と死のことを話しはじめた。

ペイシェンス叔母が聞いているのかどうかは、よくわからなかった。確かにときどきうなずいてはいるし、唇を引き結んだり、首を振ったり、小さく声をあげたりもする。それでもその様子は、長年にわたる恐れと不安が叔母の集中力を奪い去ったことをうかがわせた。その胸の奥に宿る恐怖ゆえに、叔母はどんな会話にも本当に入り込むことができないようだった。

午前中、家では日課の仕事があり、そのおかげでメアリーは前夜より入念に宿のなかを見て回ることができた。

それは暗くてだだっ広い家だった。長い廊下があちこちにのび、思わぬところに部屋があった。家の横手にはバーへの入口が別にあり、いまそのバーは空っぽだが、空気には何か、前回そこに人があふれていたときを偲ばせる、濃密なものがたちこめていた――いつまでも消えない古いタバコの香り、酒の酸っぱいにおい、黒っぽく汚れた長椅子にぎゅうづめになっていた温かい不潔な人間たちの名残りが。

不快なイメージを呼び覚ましはするものの、そのバーは宿のなかで唯一、命を感じさせる場所、わびしさや陰気臭さとは無縁の場所だった。他の部屋はみな、ほったらかされ、使われている様子もなかった。玄関ポーチのそばの応接室さえもひっそりと淋しげで、真っ当な旅行者がそこに足を踏み入れ、明るく燃える暖炉の火でその背中を暖めてから、もう何年も経つかに見えた。二階の宿泊用の部屋部屋は、もっとひどい状態だった。ひとつの部屋はガラクタ置き場となっており、壁際に箱が積みあげられ、馬用の古い毛布がクマネズミやハツカネズミの家族に齧《かじ》られて、破れたまま放置されていた。その向かい側の部屋はと言えば、壊れたベッドの上にジャガイモとカブが貯蔵してあった。

メアリーは、自分にあてがわれた小さな寝室も似たような状態だったのだろうと思った。あの部屋に多少なりとも家具があるのは叔母のおかげなのだろう。廊下の奥の夫婦の寝室には、入る勇気がなかった。その真下、上の廊下と平行に走る長い廊下の先、台所の反対側には、もう一室、ドアに鍵がかかった部屋があった。メアリーは窓からなかをのぞいてみようと庭に出たが、窓には板が打ち付けられており、室内は見えなかった。

家と外の納屋や厩舎は、小さな四角い庭の三方を囲む形になっており、その中央には、緑の斜面と水飲み場があった。庭の向こうは街道で、それは左右に白いリボンのように地平線までのびている。道の両側には激しい雨で茶色く濡れそぼった原野が広がっていた。メアリーは道に出ていき、周囲を見回した。見渡すかぎり、黒い丘と原野以外は何もない。長い煙突の立つ灰色の石造りの旅館は、近寄りがたく空き家のように見えるとはいえ、その風景のなかのただひとつの住居だった。ジャマイカ館の西のほうでは、岩山が複数、高々と頭をもたげている。なかのいくつかは傾斜牧草地のようになだらかで、気まぐれな冬の太陽のもと、草が黄色く輝いているが、大多数の岩山は、花崗岩《かこうがん》や板状の巨石をてっぺんに戴いており、禍々《まがまが》しく殺風景だった。ときおり太陽が雲に隠れると、長い影が指のように原野の上をすーっと走った。色はあちこちに代わる代わる生まれた。ときとして丘は紫になり、真っ黒になり、まだらになる。そしてちぎれ雲から太陽が顔を出し、弱い光が射してくると、隣の丘がまだ闇に沈んでいるなかで、ひとつの丘だけが金褐色に染まるのだ。景色は一度として同じにはならない。なぜなら、東では真昼の光が輝き、ムーアが砂漠の砂さながらに静止しているときも、西のほうでは、大外套の形をしたぎざぎざの雲に運ばれて、極寒の冬が丘陵地帯を見舞い、雹《ひょう》や雪や吹き降りの雨を花崗岩の岩山にばらまいているからだ。空気は濃厚で、甘く香り、山の空気のように冷たく、妙に澄み切っていた。ヘルフォードの温暖な気候になじんでいるメアリーにとって、それは発見だった。ヘルフォードにはそびえ立つ生垣や風を防ぐ高い木々がある。東風でさえそこでは脅威とならない。たとえそれが襲ってきても、長い岬が大地を護る砦の役を果たすため、ただ川が緑の激流となり、波頭を泡立てて流れるばかりなのだ。

　この新天地――ぽつんと丘に立つジャマイカ館以外、風をさえぎるもののないこの場所が、どれほど厳しく、どれほど敵意に満ちていようと、また、どれほど不毛で荒れていようと、その空気にはメアリーに挑みかかり、冒険へと駆り立てる何かがあった。それは肌を刺し、頬に血潮をのぼらせ、目に輝きを与えた。それは髪を吹きなぶり、顔のまわりで躍らせた。そして鼻から肺へ深く息を吸い込むと、それは林檎《りんご》酒のひと口よりも甘く、爽快だった。彼女は水飲み場に下りて、湧き水のなかに手を浸した。その水は清らかに、氷のように冷たく流れていった。少し飲んでみると、そこには過去に飲んだどの水ともちがう、苦くて、奇妙で、台所の泥炭の煙のようなあと味があった。

それは芳醇なよい水であり、彼女の渇きはたちどころに癒された。

体に力が湧き、気持ちが強くなるのを感じ、彼女は家のなかにもどってペイシェンス叔母をさがした。食欲が募《つの》っており、用意されているにちがいない食事が早くほしくてたまらなかった。彼女は精力的に羊肉とカブのシチューを食べはじめた。すると、この二十四時間で初めて、空腹感が癒され、勇気がよみがえるのがわかった。これで、危険を冒して叔母にいろいろ質問する心構えができた。

「ペイシェンス叔母さん」彼女は切り出した。「なぜ叔父さんはジャマイカ館の主人なんかしているんです？」いきなり来た単刀直入なこの問いに不意を突かれ、叔母はしばらく何も答えずメアリーを凝視していた。それからその顔が真っ赤になり、口を動かすあの癖が始まった。「まあ」彼女は口ごもった。「それはね――それは、ほら、ここがとても重要な場所だからだよ。街道の途中だものね。わかるでしょう？　そこの道は南からの幹線道路なの。乗合馬車も週に二度ここを通るし。そういう馬車はトゥルーロだの、ボドミンだの、あちこちから来て、ランソンに向かう。あんたがきのう、来たみたいに。いつだって街道を往き来する人はいるんだよ。

からね」

「寄りますとも。始終バーに来て、一杯飲ませてくれと言うよ。うちにはお得意様がいるんだ

「ええ、ペイシェンス叔母さん。でもなぜ誰もジャマイカ館に寄らないのかしら?」

旅行者、お忍びのご紳士がた、ときには、ファルマスから船乗りが来たりね」

「応接室がまったく使われていないのに、なぜそんなことが言えるんです? それに、客室はガラクタ置き場になっていて、泊まれるのはネズミくらいのものでしょう? わたしはこの目で見たんです。わたしだって前に宿屋に行ったことはあるんですよ。故郷の村にも一軒ありましたし。わたしたち、そこのご主人と親しかったんです。母とわたしはその応接室で何度もお茶を飲んでいます。上の階だって、たったふた部屋しかなかったけれど、お客様のためにきちんと家具を入れて整えてありましたよ」

叔母はしばらく黙ったまま、口を動かし、膝の上で指をより合わせていた。「ジョス叔父さんはあまり人を泊めたがらないんだよ」ついに彼女は言った。「どんな人間が来るかわからないと言ってね。こんな淋しいとこだもの。夫婦そろって寝首を掻かれたっておかしくはない。こういう道すじには、いろんなのがいるからね。人を泊めるのは危ないんだよ」

「ペイシェンス叔母さん、馬鹿をおっしゃらないで。真っ当な旅行者に夜、寝る場所を提供できないなら、宿屋の用をなさないじゃありませんか。旅館を建てるのに、他にどんな目的があるって言うんです? それに、お客がぜんぜんいないなら、おふたりはどうやって暮らしを立てているんですか?」

「お客ならいるよ」叔母は不機嫌そうに言い返した。「さっきからそう言っているでしょう。近くの農場や周辺の地域から男たちが来るんだよ。このムーアには、何マイルにもわたって、農場やコテージが散らばっているの。バーが満杯になる夜だってあるんだよ」

「きのう馬車の御者が、真っ当な人間はもうジャマイカ館には行かないんだと言っていましたよ。みんな、怖がっているんだって」

ペイシェンス叔母の顔色が変わった。いまその顔は青白く、目はきょろきょろと動いていた。叔母はごくりと唾をのみ、唇を舐め回した。

「ジョス叔父さんは気が荒いからね」彼女は言った。「あんたもどんなか見たでしょう。あの人はすぐカッとなる。余計な口出しをする人は許さないんだよ」

「でもペイシェンス叔母さん、正直な商いをしている宿の主人に、誰が余計な口出しをするって言うんです?　どんなに癇癪《かんしゃく》持ちだって、そのせいで人が怖がって寄りつかないなんてこと、ありませんよ。そんなの理由になりゃしません」

叔母は黙り込んだ。弁明の材料も尽き、彼女はロバのように強情にじっとすわっていた。引きさがる気はないのだ。メアリーはもうひとつ質問をしてみた。

「そもそも、おふたりはなぜここに来たんです?　母はそんなことちっとも知りませんでしたよ。わたしたち、おふたりはボドミンにいるものと思っていたんです。結婚なさったとき、叔母さんはそこから手紙をくださったでしょう?」

「叔父さんと出会ったのはボドミンだけれど、わたしたちはあの町で暮らしたことはないんだよ」ペイシェンス叔母はのろのろと言った。「しばらくはパドストウの近くに住んでいた。それからここに移ったの。この旅館は叔父さんがバサット様から買い取ったものでね、それまではたぶん、何年も空き家だったんじゃないかしら。でも、叔父さんは自分に合ってると思ったんだね。あの人はどこかに落ち着きたかったんだよ。若いころはほうぼう旅をしてきたから。わたしなんか地名も覚えきれないくらい、いろんなところに行ってるんだよ。確かアメリカにも一度、行ってたはずだよ」

「落ち着き先にこの場所を選ぶなんて、変な気がしますけど」メアリーは言った。「これ以上ひどいところなんてめったにないんじゃありません?」

「ここはあの人の実家に近いからね」叔母は言った。「叔父さんは、ほんの数マイル先の、〈十《トゥ》二人が原《エルヴマンズ・ムーア》〉で生まれたの。弟のジェムはいまもそこにいて、ちっぽけなコテージで暮らしてるよ。この地方を放浪してないときは、だけれどね。この弟はときどきうちに来る。でもジョス叔父さんはあんまり弟が好きじゃないようだよ」

「バサット様もここにいらっしゃる?」

「いいえ」

「なぜ?　叔父さんにここを売ったのは、その人なんでしょう?」

ペイシェンス叔母は落ち着きなく指をいじくり、口を動かした。

「つまらない行きちがいがあったんだよ」彼女は答えた。「叔父さんは友達の仲立ちでここを買ったの。バサット様は、わたしたちが来るまで買い手が誰か知らなくてね、こうなったことが気に入らなかったんだよ」

「どうして気に入らなかったんです?」

「バサット様は、トレヴォーサで暮らしてた若いころの叔父さんしか知らなかったからね。そのころの叔父さんは手に負えない荒くれ者だった。悪さをすることで名が知れ渡っていたんだよ。本人のせいじゃないけれどね、メアリー。それはあの人の性《さが》なの。マーリン家の者はみんな、荒くれ者なんだよ。弟のジェムなど、昔の叔父さんどころじゃないだろうしね。でもバサット様は、ジョス叔父さんにまつわるでたらめな話に耳を傾け、自分がジャマイカ館を叔父さんに売ってしまったと知ると、激高した。それだけのことだよ」

反対尋問に疲れ果て、叔母はぐったり椅子の背にもたれた。その目は、これ以上何も訊かないでくれと懇願しており、顔は青白くやつれていた。叔母がもう充分に苦しんだことはわかったが、若い者特有の残酷さで、メアリーは思い切ってもうひとつ質問をした。

「ペイシェンス叔母さん」彼女は言った。「ちゃんとわたしを見て、この質問に答えてください。そうしたらもう二度と、叔母さんを煩わせたりしませんから。廊下の突き当たりの閉め切った部屋と、夜なかにジャマイカ館の前に止まる馬車とは、どういう関係があるんです?」

言ったとたんにメアリーは後悔し、早まってものを言った人のご多分に漏れず、いまの言葉を引っ込められたらと切実に願った。だがもう手遅れだ。ダメージはすでに加えられたのだ。

異様な表情が叔母の顔にゆっくりと広がった。虚《うつ》ろな目が大きくなり、恐ろしげにこちらを凝視している。唇が震え、手が喉へと向かった。彼女は怯え、懊悩《おうのう》しているようだった。

メアリーは椅子をうしろに押しやって、叔母のそばにひざまずいた。それから両腕で叔母を抱き寄せ、その髪にキスした。

「ごめんなさい」彼女は言った。「どうか怒らないで。わたしときたら、なんて無作法で出しゃばりなんでしょう。自分にはなんの関係もないことなのに。叔母さんにあれこれ訊く権利など、わたしにはないのにね。本当に自分が恥ずかしいわ。どうかどうか、わたしの言ったことなど、全部忘れてくださいな」

叔母は両手に顔を埋《うず》めた。それっきり身動きもせず、姪に目を向けようともしなかった。しばらくふたりは無言ですわっており、そのあいだメアリーは叔母の肩をさすり、その手にキスしていた。

やがてペイシェンス叔母が顔から手をどけて、メアリーを見おろした。

その目から恐怖は消え、叔母は平静になっていた。彼女はメアリーの両手を取って、顔をのぞきこんできた。

「メアリー」声を潜め、ほとんどささやくように、叔母は言った。「メアリー、わたしにはあんたの質問に答えることができない。わたし自身、答えを知らないことがたくさんあるからね。でも、あんたはわたしの姪、実の姉さんの子供だもの。警告を与えてあげなきゃ」

ドアの向こうの暗がりにジョス・マーリンが立っているとでも思うのか、叔母はうしろを振り返った。

「ジャマイカ館ではいろんなことが起こるんだよ、メアリー。口にするのも憚《はばか》られるような、悪いこと、恐ろしいことがね。わたしは何も話してあげられない。自分自身に認めることすらできないの。その一部はいまにあんたも知ることになる。ここに住んでるかぎり、それは避けられないからね。ジョス叔父さんは、妙な男たちと交わってる。妙な仕事をしてる連中だよ。連中はときどき夜なかにやって来る。ポーチの上の窓から、あんたには足音や話し声やドアをたたく音が聞こえるでしょう。叔父さんはその男たちをなかに入れ、廊下の奥の鍵のかかった部屋に連れていく。男たちは部屋に入り、上の寝室にいるわたしには、連中がぼそぼそ話す声が聞こえてくる。それが長い時間つづくの。夜明け前に連中は引きあげ、ここに人が来た痕跡はひとつも残らない。連中が来たらね、メアリー、わたしにもジョス叔父さんにも何も言わないこと。ベッドに横になって、耳に指を突っ込んでいるんだよ。わたしにも叔父さんにも、他の誰にも、質問なんかしちゃいけない。わたしの知っていることの半分でも知ったら、その髪だってね、メアリー、わたしのみたいに白くなってしまうからね。そしてあんたは震える声でしゃべり、夜なかに泣くようになる。その伸び伸びしたすばらしい若さだってね、メアリー、わたしのが消えたみたいに消えてしまうんだよ」

話し終えると、叔母は立ちあがって、椅子を脇に押しやった。しばらくすると、叔母が重い足でよろよろと階段をのぼっていく音がした。足音は踊り場から叔母の部屋へと向かい、やがてそのドアが閉まった。

メアリーは空っぽの椅子のそばで床にすわっていた。台所の窓に目をやると、太陽がすでにいちばん遠い丘の向こうに沈んでしまったのがわかった。敵意に満ちた十一月の夕闇がふたたびジャマイカ館に降りてくるまで、あと数時間だった。

# 4

ジョス・マーリンは一週間近くうちにもどらず、そのあいだにメアリーは周辺の土地のことをいくらか知るようになった。

彼女がバーにいる必要はなかった。主人が不在のとき、そこに来る者はいないのだ。叔母を手伝って家事をし、食事の支度をしてしまえば、彼女は自由にどこへでも行くことができた。ペイシェンス・マーリンは散歩好きではなかった。宿の裏手の鶏の囲いより遠くへは行きたいとも思わず、方向感覚もそなえていない。岩山の名称もぼんやり覚えている程度で、夫がその名を口にするのを聞いたことはあるのだが、正確な場所や行きかたとなると、まるでわからなかった。だからメアリーは、太陽と、田舎の女に自然に受け継がれる深く染みついた常識だけをたよりに、真昼にひとりで出かけた。

原野《ムーア》は彼女が当初思っていた以上に自然のままだった。起伏に富んだ土地は、広大な砂漠さながらに東から西へと広がっており、踏み分け道が地表のところどころを走り、巨大な丘が空に向かって突き出している。

その境界がどこにあるのかは、わからなかった。ただ一度、西のほうに行き、ジャマイカ館の背後のいちばん高い岩山に登ったとき、彼女は海の銀色のきらめきを目にした。とはいえそこはやはり、索漠《さくばく》たる未開の静かな地だった。高い岩山では巨石の板が重なり合って異様な形状を呈している。それらは、神の手で創造されて以来、ずっとそこに立つ頑健な衛兵だった。なかには、巨大な家具、奇怪な椅子やねじれたテーブルに見えるものもあった。ときには、比較的小さなくずれかけた岩が、それ自体、ひとりの巨人のように丘の頂《いただき》に載っていることもあり、横臥《おうが》する巨大なその姿がヒースの原や硬い草の群生地に影を落としている。また、直立する長い石は、風に寄りかかるかのような奇妙な格好で奇跡的にバランスを保っており、祭壇の形の平らな石は、なめらかな磨かれた顔で天を仰ぎ、届くはずのない供物を待っている。それらの高い岩山には、野生の羊が住んでいた。それに大鴉もいた。ノスリもだ。丘は孤独に生きるすべての者たちの住みかなのだった。

そして下の野原では、黒牛たちが硬い地面を用心深く踏み締めながら、草をはんでいる。彼らは心をそそる草の群生地を本能的に避けていた。それは実は草地ではなく、ため息をつき、ささやきかける、濡れそぼった沼地なのだ。風は丘に吹きつけると、花崗岩《かこうがん》の割れ目のなかで哀しげにヒューヒュー唸り、ときには苦悶する人のようにわなないた。

不思議な風がどこからともなく吹いていた。それは、野原をそっとなでていき、草を震わせる。またそれは、石のくぼみの水溜まりに吹き寄せ、さざなみを立てる。ときどき風は叫び、わめき、その声は石の割れ目にこだまして、うめきとなり、やがてふたたび消え失せる。岩山には静寂があった。それは、すでに過ぎ去り、一度もなかったかのように消滅した、別の時代のものだ——人間が存在せず、原人の足が丘を踏み荒らしていた時代の。そして空気には静けさがあった。また、それ以上に馴染みのない、もっと古い、神の平和とは異なる平和も。

野を歩き、岩山に登り、谷間の水辺で休みながら、メアリー・イエランはジョス・マーリンのことを考えた。その少年時代がどんなものだったか想像し、彼が発育不良のエニシダのようにねじ曲がり、北風に花を吹き飛ばされて育ったことを思った。

ある日、彼女は、着いた日の夜、ジョスに教わった方角を指し、〈東が原《イースト・ムーア》〉を渡っていった。しばらく進んで、荒れ野にぐるりと囲まれ、ひとりで丘の峰に立つと、土地が傾斜して、はるか下の底知れぬ沼地へと下っていくのが見えた。その沼地を小川が流れ、ゴボゴボと音を立てている。そして沼地の彼方には、巨大な指を天に向け、裂けた手に似た岩山が原野からぬっと突き出てそびえていた。その表面は彫刻作品さながらに花崗岩で成形されており、傾斜部は毒気をはらむ灰色だった。

するとあれが〈キルマー岩〉なのか。あの堅牢な岩山のどこか、その峰が太陽を隠すところで、ジョス・マーリンは生まれたわけだ。そして、彼の弟は今日もそこで暮らしている。眼下の沼地で、マシュー・マーリンは溺死した。空想のなかで、彼女は大股で高原を歩いていく彼の姿を見た。彼は小川のせせらぎを聞きながら、口笛を吹いている。そしてどういうわけか、彼の知らぬ間《ま》に、夕闇が訪れ、途中で曲がろうとしてその足がぐらつく。空想のなかで、彼女は彼が足を止めるのを見守った。彼はちょっと考え、小声で悪態をつく。それから肩をすくめ、自信を取りもどして、霧のなかへと入っていく。ところが、五歩も進まぬうちに、足もとの地面が沈むのを感じ、とたんによろめき、そのまま転んで、気がつくと、膝の上まで雑草とヘドロのなかに埋まっている。草の生えたところに手を伸ばすと、その地面も彼の重みで沈んでしまう。彼は足を蹴り出すが、足がかりは得られない。再度、蹴り出すと、一方の足がすぽっと抜ける。だが、あわてふためいて遮二無二《しゃにむに》、前進するやいなや、さらに深い水の淀みに踏み込んで、いま、彼はなすすべもなくもがき、両手で雑草を必死でたたいている。彼女には、彼の恐怖の叫びが聞こえた。シャクシギが一羽、彼の真ん前で沼地から飛び立って、ばたばたと羽ばたき、哀惜《あいせき》の声をあげた。その鳥が飛び去って、峰の向こうに消えてしまうと、沼地はふたたび静かになる。風のなかでいくたりかの草の茎が震えるばかりに。あたりはしんとしていた。

メアリーは〈キルマー岩〉に背を向けて、原野を走りはじめた。ヒースと石くれのなかでよろめきながら、それでも沼地が丘の下へと沈み、あの岩山自体、隠れてしまうまで止まらなかった。彼女は自分の心づもりより遠くまで来ており、家までの道のりは長かった。最後の丘を越え、それを背にするまでが、永遠のように思えた。やがてジャマイカ館の長い煙突が、前方をくねくね走る街道の上のほうに現れた。前庭を突っ切っていくとき、彼女は厩舎《きゅうしゃ》の扉が開いているのに気づき、意気消沈した。厩舎のなかにはポニーがいた。ジョス・マーリンがもどったのだ。

できるだけ静かにドアを開けたが、それは床の敷石をこすって、ギシギシと抗議の声をあげた。その音は静かな廊下に響き渡り、ほどなく宿の主《あるじ》が梁《はり》の下に首をかがめて、奥から姿を現した。シャツの袖は肘までまくりあげてあり、グラスと布巾を手にしている。どうやら上機嫌らしい。彼は騒々しくメアリーに声をかけ、グラスを振ってみせた。

「おいおい」彼は大声で言った。「俺を見て、そんなにがっくりした顔をするなよ。会えてうれしくないのかい？　俺が留守でも、さして淋しかなかったかね？」

メアリーはなんとかほほえもうとし、楽しい旅だったかと彼に訊ねた。「楽しいもくそもあるかい」彼は答えた。「目的は金。大事なのはそれだけさ。俺は王様の宮殿に泊まってたわけじゃねえんだ。おまえさんの訊きたいのが、そのことならな」彼は自分の冗談に声をあげて笑った。彼の妻がそのうしろに現れ、調子を合わせて間の抜けた笑みを浮かべた。

彼の笑いがやんだとたん、ペイシェンス叔母の笑みは薄れ、不安げな緊張の表情がもどってきた。夫がいるとき常時浮かんでいる、一点を見据えたまま動かないうすのろじみたあの表情が。

メアリーはすぐさま悟った。ここ数日、叔母が享受していた屈託のない小さな自由はもうどこにもない。彼女はふたたび、もとのびくびくした哀れな生き物にもどってしまったのだ。

メアリーは踵《きびす》を返し、二階の自分の部屋に向かった。するとそのとき、ジョスが声をかけてきた。「おい」彼は言った。「今夜は二階で怠けちゃいられねえぞ。おまえさんにもこの叔父さんと一緒にバーで給仕をしてもらうからな。きょうが何曜日か、おまえさん、知らんのかね？」

メアリーはちょっと考えた。曜日の感覚はなくなっていた。自分が乗ったのは、月曜の馬車だったろうか？　だとすると、きょうは土曜日だ。土曜の夜。すぐさま彼女は、ジョス・マーリンの言葉の意味に気づいた。今夜はジャマイカ館にお客が来るのだ。

＊

彼らはひとりずつやって来た——人目を憚るように、すばやく静かに、前庭を突っ切って。ほのかな光のなかで実体を失い、その姿は影にすぎなかった。彼らは壁ぞいを進み、ポーチの屋根の下を通過し、バーのドアをたたいて、迎え入れられた。なかにはカンテラを持つ者もいたが、その主《ぬし》たちは揺れ動く強い光に不安を覚えると見え、上着をかぶせて光をさえぎろうとしていた。何人かはポニーに乗って前庭に入ってきた。馬の蹄は石に鋭く当たり、カタカタという音が静かな夜に異様に大きくこだました。さらに、これにつづくのが、厩舎の扉が開かれるギギーッという音、ポニーを馬房に連れていく男の低いささやき声だ。また、もっとこそこそと、松明《たいまつ》もカンテラも持たず、帽子を目深にかぶり、上着に顎まで埋めて、さっと庭を突っ切ってくる者もいたが、まさにそのひそやかな動きこそが、姿を見られたくないという彼らの願いを暴露《ばくろ》しているのだった。人目を忍ぶ理由は判然としなかった。道を行く誰の目にも、今夜、ジャマイカ館が客をもてなすことは明らかなのだ。いつもは鎧戸《よろいど》が閉まり、閂《かんぬき》がかかっている窓からは、明かりが流れ出ている。そして夕闇が深まり、夜が更けるにつれ、どよめきは大きくなり、空に立ちのぼっていった。ときおり放歌する声も聞こえた。それに、喚声やどっと笑う声も。あれほどこそこそと、うしろめたげにやって来たお客らもこの家の庇護《ひご》のもとでは恐れを忘れ、いざ、ぎゅうづめのバーで仲間と集い、パイプに火を点け、グラスを満たされれば、警戒心など放り出してしまうというわけだ。

そこに集まった連中、バーでジョス・マーリンを囲む男ども――それは奇妙な取り合わせだった。カウンターの内側から、酒瓶やグラスの陰に半ば隠れて、メアリーはお客らからは見られずに、その一団を見おろすことができた。スツールにまたがる者、長椅子にだらんとすわる者、壁にもたれる者、テーブルの横で背を丸める者、それに何人か、他の者よりも頭か腹が弱いらしく、すでに床に伸びている者もいる。そのほぼ全員が汚らしかった。身なりはみすぼらしく、身だしなみも悪く、髪はくしゃくしゃで、爪は割れている。流れ者、宿なし、密猟者、盗っ人、牛泥棒、ジプシー。下手な経営と不正行為で農場を失った農夫に、主人の干し草を燃やしてしまった羊飼い、そして、デヴォンから追放された馬喰《ばくろう》。ある男はランソンの靴職人で、その商いを隠れ蓑《みの》に盗品の売り買いをしている。また、酔いつぶれて床に伸びているやつは、かつてパドストウの帆船の航海士だったが、船を座礁させてしまったのだという。奥の隅っこにすわって、爪を嚙んでいる小男は、ポート・アイザックの漁師で、噂によれば、金《きん》をしこたま詰め込んだ長靴下を家の煙突に隠しているとのことだが――その金の出所については誰も語ろうとしない。この近隣に住む者たちもいた。岩山の陰に住み、原野と沼地と岩山以外の土地を知らない者たちだ。なかのひとりは、〈ぎざぎざ岩〉の向こうの〈クラウディ沼〉から、〈ブラウン・ウィリーの丘〉を難なく飛び越え、カンテラも持たずに歩いてきていた。別のひとりはチーズリングから来ており、いまはブーツの足をテーブルに載せ、エールのマグに顔を突っ込んですわっている。その隣にいるのは、〈ドーズマリー池〉からよろよろ小道をのぼってきたオツムの足りない哀れなやつで、こいつは顔を横断する痣《あざ》を真っ赤に火照らせており、絶えずそこを指でつまんで頰を引っ張るため、その姿がまっすぐ見える位置にいるメアリーは、たくさんの酒瓶という防壁があってさえ、見ているうちに気分が悪くなり、いまにも卒倒しそうだった。飲み物の饐《す》えたにおい、タバコの悪臭、不潔な体の密集が産み出す息苦しさが相俟って、彼女は本当に吐き気がこみあげるのを感じ、この場に長居をすれば、それを抑えきれなくなるのもわかった。幸い、男たちのなかを歩き回る必要はなかった。彼女の務めは、なるべく見えないようにカウンターの内側に立っていること、そして、求められたときグラスを洗ったり拭いたりし、樽の口や酒瓶から飲み物を注ぐことなのだ。一方、ジョス・マーリンは自らお客に飲み物を渡したり、カウンターの天板を上げてみなのなかに入っていき、人を笑ったりののしったり、誰かの肩をたたいたり、別の誰かにうなずいたりしていた。宿に集まった者たちは、メアリーを見ると、最初は歓声をあげた。最初は好奇の眼で見つめ、肩をすくめ、くすくす笑ったが、あとは知らん顔だった。彼らは紹介されたままに、彼女を主《あるじ》の姪、マーリンの妻の小間使いみたいなものとして受け入れ、ひとりふたり若い者がうるさく話しかけたりはしたものの、その連中も主《あるじ》の目を警戒していた。彼らは、マーリンがメアリーをジャマイカ館に連れてきたのは自分のなぐさみものにするためだろうと考え、彼女になれなれしくして主《あるじ》の怒りを買うのを恐れているのだった。そのためメアリーは放っておかれ、大いに安堵したわけだが、もし男たちが手を出さない理由を知ったなら、彼女は屈辱《くつじょく》と嫌悪のあまり即座にバーを飛び出していただろう。

叔母は男たちの前に姿を見せなかったが、メアリーはときどきドアの向こうのその影に気づいた。また、廊下で足音がすることもあり、一度は、叔母の怯えた目がドアの隙間からのぞきこんでいるのも目にした。夜は果てしなく思え、メアリーは早く解放されたくてたまらなかった。煙と呼気とで空気は濁《にご》り、部屋の向こう側もよく見通せないほどだった。彼女の半ば閉じた疲れた目に、男たちの顔が不格好にゆがみ、ぼうっと迫ってくる。それは髪と歯ばかりで、口は体の割にひどく大きかった。一方、たらふく飲んで、もうこれ以上無理という連中は、両手で顔を覆い、長椅子か床に死人のように横たわったままだった。

まだ立っていられる程度にしらふの連中は、レッドルースの出の汚い小柄なならず者のまわりに群がっていた。そいつは、この集団のおどけ者としての地位を確立していた。働いていた鉱山が廃坑となり、鋳掛《いか》け屋、物売り、運び屋として道に出たというこの男には、おそらく古巣の黒い地の底から収集してきたのだろう、いろいろと下卑《げび》た戯《ざ》れ歌の蓄えがあり、いまジャマイカ館でそのお宝を娯楽として仲間に提供しているのだった。

彼のとんちに応える大爆笑は屋根を揺るがすほどだった。誰よりも大声を轟《とどろ》かせるのはもちろん、宿の主《あるじ》その人であり、メアリーはこの醜悪なけたたましい笑いに恐ろしささえ感じた。どういうわけか、そこに楽しげな響きはなく、声は虐待《ぎゃくたい》された獣のうめきさながら、暗い石の通路を伝わって二階の空っぽの部屋部屋に吸い込まれていくようだった。物売りはドーズマリーの哀れなうすのろをなぶりものにしていた。そいつは飲み過ぎておかしくなり、たがはずれ、獣のようにうずくまったところから立てなくなっていたのだが、一同は彼をテーブルに載せ、物売りは、ギャアギャア笑う男たちのまんなかで、自分の戯れ歌を彼に振りつきで繰り返させた。哀れなうすのろは、拍手喝采に興奮して、テーブルの上でぎくしゃくと動きながら、うれしげにいななき、折れた爪であの赤痣をさかんにひっかいている。メアリーはそれ以上耐えられなかった。叔父の肩に手を触れると、彼は振り返った。その顔は部屋の熱気で火照り、汗びっしょりだった。

「もう我慢できません」彼女は言った。「お友達の給仕はご自分でなさってください。わたしは二階の部屋に引き取ります」

ジョスはシャツの袖で額の汗をぬぐい、メアリーを見おろした。夜じゅう飲んでいたというのに彼自身はしらふなのを見て、彼女は驚いた。浮かれ騒ぐこのイカレた集団の首謀者でありながら、この男は自分が何をしているかちゃんとわかっていた。「もうたくさんってわけか?」ジョスは言った。「俺たちみてえな輩《やから》の相手にゃ、自分はちょいと上等すぎるっていうんだな? いいか、メアリー。おまえさんはずっとカウンターの向こうで気楽に過ごしてたろ? それについちゃ、ひざまずいてこの俺に感謝しなけりゃいけないぜ。こいつらがおまえさんに手を出さなかったなぁ、おまえさんが俺の姪っ子だからだ。その肩書がなけりゃ、いまごろおまえさんは骨までしゃぶりつくされてるさ!」彼は騒々しく笑うと、メアリーの頬をぎゅっとつねって痛めつけた。「じゃあ行きな」彼は言った。「どうせそろそろ真夜中だ。おまえさんは邪魔になる。今夜はドアに鍵をかけろよ、メアリー。日除けも下ろしとけ。叔母さんは一時間前から寝床にもぐりこんで、頭から毛布をひっかぶってやがるよ」

ジョスは声を低くした。それからメアリーの耳もとに口を寄せ、手首をつかんで背中のほうへねじあげたので、その痛みに彼女は思わず声をあげた。

「ようし」彼は言った。「こりゃあお仕置きの味見みたいなもんだ。これでどうなるかわかったろ。口をしっかり閉じときな。そうすりゃ子羊を扱うみたいに優しくしてやるから。ジャマイカ館じゃ穿鑿《せんさく》はご法度だ。覚えとけよ」ジョスはもう笑ってはいなかった。彼はしかめ面《つら》でじっとメアリーを見おろした。その様子はまるで彼女の考えを読み取ろうとしているようだった。「おまえさんは叔母さんみてえな馬鹿じゃねえ」彼はゆっくりと言った。「それが不幸な点だな。おまえさんは小利口なチビ猿の顔をしてるし、穿鑿好きな猿の心もそなえてる。だがいいかね、メアリー・イエラン、もしその心に勝手をさせたら、俺がそいつをぶっつぶす。おまえさんの体のほうもぶっつぶしてやるからな。さあ、上に行って寝床に入んな。今夜はもうおまえさんの声は聞きたかねえ」

ジョスは向きを変え、相変わらずしかめ面のまま、目の前のカウンターからグラスをひとつ取った。彼はそれを手のなかで回しながら、ゆっくりと布巾でみがいた。メアリーの目に浮かぶ軽蔑の色が彼をいらだたせたにちがいない。上機嫌が瞬時に消え去り、彼はカッとなってグラスを脇に放り出した。グラスは粉々に砕け散った。

「そのうすのろの服を剝いじまえ！」彼は吼えた。「そうして、素っ裸でお袋んとこへ送り返してやれ。十一月の外気に当たりゃあ、そいつの顔の火照りも冷めるんじゃねえか。犬みてえな癖も治るかもしれねえぞ。ジャマイカ館はもうそいつにゃ用はねえよ」

物売りとその仲間たちはわっと歓声をあげ、哀れなうすのろをあおむけに放り出すと、上着と膝下ズボンを引きむしりだした。うすのろは戸惑って、襲撃者らを虚《むな》しく両手で打ち払い、羊よろしくベエベエと泣き声をあげていた。

メアリーはバーを飛び出して、バタンとドアを閉めた。両手で耳をふさぎ、ぐらつく階段をのぼっていくときも、隙間風の入る廊下に響く哄笑や卑猥《ひわい》な歌は聞こえていた。それは彼女を部屋まで追いかけてきて、床板の割れ目から室内にも侵入した。

ひどく気分が悪く、彼女はベッドに身を投げ出して、両手で頭をかかえた。下の庭ではがやがやと話し声がしていた。それに、大きな笑い声もだ。揺れ動くカンテラの光がひとすじ、部屋の窓を照らしている。メアリーは身を起こし、日除けを下ろした。だがその前に、震えている裸の人間の黒い影が大股でぴょんぴょんと庭を行くのを見てしまった。そいつは野兎《のうさぎ》よろしくキイキイ泣きながら、はやしたて、あざけりからかう数人の男たちに追われている。その先頭には、頭上で鞭を鳴らすジョス・マーリンの巨大な姿があった。

それからメアリーは叔父の言いつけどおりのことをした。大急ぎで服を脱いで、ベッドにもぐりこみ、頭から毛布をかぶり、耳の穴に指を突っ込んだのだ。下の庭のおぞましい馬鹿騒ぎを耳に入れないこと以外、何も考えられなかった。しかし目をぎゅっと閉じ、枕に顔を押しつけてもなお、虐待者たちを仰ぎ見る哀れなうすのろのあの赤痣の走る顔は見え、彼が溝に転り落ちたときの叫びもまた、かすかなこだまとなって聞こえてきた。

彼女は眠りの境の国に至り、半ば意識のある状態で横たわっていた。すると、きょう一日の出来事がどっと押し寄せ、頭のなかで渾然《こんぜん》一体となった。目の前で映像が、未知の人々の顔が躍り、ときおり、そこに周囲の丘をちっぽけに見せる巨大な〈キルマー岩〉が現れて、自分が原野をさまよっているような気もしたが、同時に彼女は、寝室の床に月が生み出す小さな光の道や、絶えずガタガタいう窓の日除けの音を意識していた。ずっと聞こえていた話し声は、もう聞こえない。はるか彼方、街道のどこかで、馬が疾走し、車輪が轟音《ごうおん》を立てていたが、いま、あたりはしんと静まり返っている。メアリーは眠った。それから、なんの前触れもなく、安らぎの抱擁のなかで何かがパチンとはじけ、彼女は不意に目を覚まして、月光を顔に浴びながら、ベッドの上に身を起こした。

耳をすますと、最初は自分の心臓の音が聞こえるばかりだったが、数分後、別の音が、今度はいまいる部屋の真下から、聞こえてきた。重たいものが壁にぶつかりながら一階の廊下の板石の床を引きずられていく音だ。

メアリーはベッドを出て、窓辺に行き、ほんの少し日除けを脇に寄せた。五台の四輪馬車が下の庭に駐められていた。三台は幌《ほろ》付きで、それぞれ二頭の馬がつながれている。残りの二台は、幌のない農用の荷馬車だ。幌馬車の一台は、ポーチのすぐ前に駐まっており、馬たちが湯気を立てていた。

四輪馬車のまわりには、今夜、バーで飲んでいた男どもの一部が群がっていた。ランソンの靴職人が、メアリーの窓の下に立ち、馬喰と話している。パドストウの水夫は正気にもどって、馬の頭をなでている。哀れなうすのろをいじめていたあの物売りは、幌なしの荷馬車のひとつによじ登って、荷台から何か持ちあげていた。庭には他にメアリーが見たことのない連中もいた。月の光で彼らの顔ははっきりと見えた。その明るさに男たちは不安を覚えるらしく、なかのひとりは空を指さして首を振り、その相棒は肩をすくめ、別の男、親分風を吹かせたやつはふたりを急かしているのか、もどかしげに手を振った。この三人はすぐさま向きを変え、ポーチの屋根の下を通って宿のなかに入っていった。そのあいだもずるずるという重たい音はつづいていた。メアリーのいる場所からは音の向かう方向が難なくわかった。何かが廊下を引きずられ、突き当たりの部屋へと向かっている。窓に板が打ち付けられた、鍵のかかったあの部屋へ。

どういうことか、だんだんにわかってきた。荷物が馬車で運ばれてきて、ジャマイカ館で下ろされる。それらは鍵のかかったあの部屋に収められるのだ。馬たちが湯気を立てているところを見ると、荷はかなり遠くから——おそらくは沿岸部から運ばれてきたのだろう。そして荷下ろしがすみ次第、連中は出発し、来たときと同様にすばやく静かに夜の闇へと去っていくわけだ。

庭の男たちは、時間と闘い、急いで仕事を進めていた。幌馬車のひとつの中身は、宿のなかへは運ばれず、庭の向こうの井戸端に駐められた幌なしの農用馬車の一方に移された。それらの荷は大きさも形状もまちまちだった。大きな荷物に小さな荷物。麦わらや紙でくるまれた長いロール状のもの。荷台が満杯になると、その御者であるメアリーの知らない男が御者台にのぼり、農用馬車は走り去った。

残った幌馬車は一台一台、空にされていった。荷物は幌なしの農用馬車に積まれ、庭から運び出されるか、男たちによって家に運び込まれるかだった。作業はすべて無言で行われた。しばらく前までがなりたて、放歌していたあの男たちが、いまは酔いも醒め、静かになって、目の前の仕事に集中している。馬たちまでもが静粛が肝心と心得ているようで、身動きひとつせずじっと立っていた。

ジョス・マーリンが物売りを脇に従え、ポーチに出てきた。外の寒さにもかかわらず、ふたりとも上着なしで、帽子もかぶっていない。また、ふたりともシャツの袖をまくりあげていた。

「これで全部か？」主《あるじ》が静かに声をかけると、最後の幌馬車の御者がうなずいて片手を上げた。男たちが農用馬車の荷台によじ登りだした。宿まで徒歩で来た何人かは農用馬車に便乗し、家までの長い道のりを一、二マイル、短縮する気なのだった。彼らは手ぶらで帰るわけではない。全員が何かしらの荷を携えていた。箱を肩に掛けたり、包みを脇にかかえたり。ランソンの靴職人は、ぱんぱんにふくれた鞍嚢《あんのう》を自分のポニーに背負《しょ》わせたうえに、体にもあれこれ掛けたり巻いたりし、その胴回りは到着時より数サイズ大きくなっていた。

そうして幌馬車と農用馬車とはジャマイカ館を出発した。奇妙な葬列を成し、一台、また一台と、庭をギシギシ進んでいき、街道に出るとある者は北へ、ある者は南へと向かい、やがてどの馬車もすっかり見えなくなって、庭には、メアリーの知らない男がひとりと、物売りと、ジャマイカ館の主《あるじ》その人だけが残った。

それからこの三人も踵《きびす》を返して、家のなかへと入っていき、庭は空っぽになった。彼らがバーに向かって廊下を歩いていくのが聞こえた。それからその足音が遠のき、ドアがバタンと閉まった。

物音はしない。聞こえるのは、ホールの時計のしわがれたあえぎばかりだ。と突然、時鐘を打つ前段階のブーンという音がした。時計は時刻（三時）を告げると、息のできない死にかけた人間よろしく、喉をつまらせ、あえぎながら、チクタク時を刻みつづけた。

メアリーは窓を離れて、ベッドにすわった。冷たい風が吹き込んで肩をなでていき、彼女は震えてショールに手を伸ばした。

眠ることなどもう考えられない。頭は冴えわたり、全身の神経が活気づいていた。叔父に対する嫌悪と恐れは前と変わらず強かったが、次第に募《つの》る興味と好奇心はそれにも勝《まさ》っていた。叔父のビジネスがどういうものかはだいたいわかった。彼女が今夜ここで目撃したのは、大規模な密輸だ。ジャマイカ館に地の利があることに疑いの余地はない。叔父はそれを理由にここを買ったのだ。生まれ育った故郷に帰るとかなんとかいうあの話は、もちろん、でたらめだ。宿は南北に走る大きな街道の道すじに一軒だけぽつんと立っている。統率力のある者なら、宿を中継地兼倉庫として、四輪馬車の部隊を海岸からテイマー河岸へ動かすのは造作もないことだろう。

このビジネスを成功させるには、州のあちこちにスパイが必要だ。そこで、パドストウの水夫、ランソンの靴職人、ジプシーや浮浪者、あのおぞましい物売りの小男の出番となる。

しかし、たとえあの人間性と精力、法外な膂力が仲間内で恐れを呼び覚ますとしても、ジョス・マーリンにそういった大事業を統率するだけの才覚があるだろうか？　移動と出発の時期はすべて彼が計画するのだろうか？　家を空けていたこの数日、彼は今夜の仕事の準備をしていたということなのか？

そうにちがいない。他に考えようはないのだ。そして、叔父への嫌悪感を次第に募らせつつも、メアリーはしぶしぶながらその手腕に敬意を抱かざるをえなかった。

その事業は隅々まで管理されているにちがいない。差配人たちもみながさつで、見た目こそ荒っぽそうだが、厳選されているのだろう。そうでなければ、こんなに長いこと法をかわすことはできない。治安判事が（当の本人も差配人でないかぎり）密輸を疑い、もっと前にこの宿に目をつけていたはずだ。メアリーは眉を寄せ、頬杖をついた。ペイシェンス叔母のことさえなければ、いますぐ宿を出て、なんとか最寄りの町まで歩いていき、ジョス・マーリンの犯罪を告発するのだが。そうすれば、彼は他のならず者たちもろとも、すぐさま投獄され、違法な商売には終止符が打たれるだろう。けれどもペイシェンス叔母という要素を抜きに考えたところで意味はない。叔母がいまなお夫に対し犬のように忠実であるという事実が、問題をむずかしくしており、いまこの瞬間はなんとも手の打ちようがないのだった。

メアリーは頭のなかでこの問題をぐるぐると考えつづけた。彼女はまだ、すべての点について納得してはいなかった。ジャマイカ館は盗っ人と密猟者の巣窟であり、連中は叔父を首領として、沿岸とデヴォンのあいだで、利益の上がる密輸取引に従事している。この点は明らかだ。しかし自分が目にしたのは、ビジネスのほんの一部で、知るべきことはまだ他にもあるのではないだろうか？　ペイシェンス叔母の目に浮かんだ恐怖の色を彼女は思い出した。それに、一日目の午後、夕闇が台所の床に忍び寄ってくるころに、叔母が口にしたあの言葉――「ジャマイカ館ではいろんなことが起こるんだよ、メアリー。口にするのも憚《はばか》られるような、悪いこと、恐ろしいことがね。わたしは何も話してあげられない。自分自身に認めることすらできないの」そう言って、叔母は思いつめた青い顔をし、年老いた疲れた獣のように足を引きずって、二階の自室へと向かったのだ。

密輸は確かに危険だ。それは不正以外の何ものでもなく、国法により禁じられている。でも、凶悪な犯罪とまで言えるだろうか？　メアリーは判断しかねた。彼女には助言が必要だが、たよれる人はひとりもいない。恐ろしい敵意に満ちた世界にひとりぼっちで、事態を打開できる見込みもないのだ。仮に男だったなら、彼女は階下に下りていき、ジョス・マーリンやその仲間たちと対決しただろう。そう、連中と一戦交え、あわよくば血を流させてやったはずだ。そして厩舎から馬を出し、叔母をうしろに乗せて、ふたたび南へ、なつかしいヘルフォードの川岸へと向かい、モーガンかグウィークあたりでささやかながらも農場の主《あるじ》として身を立てただろう。

けれどまあ、夢など見てもしかたない。目の前の状況に向き合わなくては。それが何かの足しになるなら、勇気を持ってそうすることだ。

現実の彼女はこのとおり、ここでベッドにすわっている。二十三歳の小娘が、ペチコートにショールという格好で。年齢は二倍、力は八倍の男に立ち向かうのに、自らの頭脳以外なんの武器もなく。もし今夜の動きを窓から見ていたことが知れたら、相手はその手で彼女の首をつかみ、二本の指で軽く締め付けて、彼女の疑問に終止符を打つにちがいない。

メアリーは悪態をついた。生涯二度目の悪態。メナカンで雄牛に追いかけられたとき以来だ。そして今回も目的はあのときと同じ――勇気を奮い立たせ、図太さを装うためだった。

「ジョス・マーリンにも他のどんな男にも、怯えた顔なんか絶対に見せない」彼女は言った。「それを証明するために、いまから下に下りて、あの暗い廊下からバーにいる連中をのぞいてこよう。そのせいでもしあいつに殺されるなら、それは自業自得ってものよ」

メアリーは大急ぎで服を着て、長靴下をはいた。靴は置いてあった場所にそのまま残した。ドアを開けて、しばらく立ったまま耳をすませたが、聞こえるのは、ホールの時計がゆっくりと息苦しげにチクタクいう音だけだった。

彼女は忍び足で廊下に出て、階段まで進んだ。上から三つめの段がきしむことはもうわかっている。最後の段も同じだ。そこで、体重がかかりすぎないよう一方の手を手すりにかけ、もう一方の手を壁に当てて、そっと足を運んだ。そうして宿の入口に近いほの暗いホールに至ると、そこは空っぽで、見えるものと言えば、ぐらぐらの椅子一脚と、大型の振り子時計のシルエットだけだった。時計のしわがれた呼吸音が、彼女の耳もとで大きく響いている。それは生き物の声のように静寂をかき乱した。ホールは真っ暗で、そこにいるのは自分だけだとわかっていても、閉ざされた応接室のドアが何やらいわくありげに見え、ひとりであること自体が恐ろしかった。

空気はむっと重苦しく、長靴下だけの足にひやりと触れる敷石と妙に対照的だった。二の足を踏み、先に進む勇気をかき集めていると、突如、光がひとすじ、奥の廊下に流れ出てきた。話し声が聞こえる。バーのドアが開かれたにちがいない。誰かが出てきた。足音が台所の奥に向かい、数分後、またバーに引き返していった。しかしそれが誰だったにせよ、バーのドアは少し開いたままとなり、ぼそぼそという会話の声がやむことはなく、光のすじも残っていた。

メアリーは階段をのぼって自分の部屋に引き返し、眠りへと逃げ込みたくなった。だが同時に、彼女のなかには好奇心の鬼がいて、それは一向に鎮まろうとしなかった。そして自身のそんな性格のあと押しにより、彼女は奥の廊下へと進み、バーのドアからほんの数歩の壁際にしゃがみこんだ。両のてのひらと額は汗で濡れていた。最初は、自分の心臓がドクドクと打つ音以外、何も聞こえなかった。ドアは、カウンターの輪郭《りんかく》と林立《りんりつ》する酒瓶やグラスが見える程度に開いていた。まっすぐ前方には、床の一部が細長く見えた。叔父が割ったグラスの破片はいまも同じ場所に散らばっており、その近くには誰かの揺れる手がこぼしたエールの茶色い染みがあった。男たちは向こうの壁際の長椅子にすわっているにちがいない。メアリーからはその姿は見えなかった。彼らは黙り込んでいた。それから唐突に男の声が響いた。甲高い震え声。メアリーの知らない声だ。

「ことわる。絶対にいやだ」彼は言った。「二度と言わんぞ。仲間にはならんよ。あんたとはもうこれっきりだ。契約も打ち切る。あんたがやらせようとしてることは、人殺しだよ、マーリンさん。そうとしか呼びようがない。それは立派な人殺しだ」

話し手が激情に流され、声を制御できなくなったかのように、最後の一音は震えて裏返っていた。誰かが――まちがいなく宿の主《あるじ》その人が――低い声で返事をしたが、何を言っているのかは聞き取れず、彼の言葉はケッケッと笑う声にかき消された。メアリーにはその声があの物売りのものであることがわかった。下品で無礼というその特徴はまちがえようがなかった。

ジョスは遠回しに何か訊ねたにちがいない。見知らぬ男が弁解がましくまたしゃべりだした。

「吊るすってことか?」彼は言った。「前にも吊るされそうになったことはあるがね、わたしはこの首のことなんぞ心配しちゃあいないよ。そうとも、いま頭にあるのは、自分の良心と全能なる神のことなんだ。正々堂々と戦うなら相手が誰でも立ち向かうし、必要な処罰なら受ける覚悟はある。だが罪もない人たちを殺し、そのなかに女子供もいるとなると、そりゃあ地獄行きだよ、ジョス・マーリン。わたしと同様、あんただってわかってるだろう」

椅子の脚が床を擦る音がした。男が立ちあがったが、同時に誰かがテーブルにドンと拳《こぶし》をたたきつけて、悪態をついた。ここで初めて叔父が声を大きくした。

「そうあわてるな」彼は言った。「そうあわてるなよ。あんたはこのビジネスに首までどっぷり浸かってるんだ。良心なんぞ知ったことかい! 今更引き返すわけにゃいかねえよ。もう手遅れ。あんたにとっても、俺たちみんなにとってもな。あんたのこたあ端《はな》から信用ならねえと思ってた。その紳士面に、清潔なシャツの袖口。やっぱり思ったとおりだったよ。ハリー、あのドアの鍵を締めて、閂をかけな」

突如もみあいが始まり、叫び声があがった。誰かが倒れる音がし、同時にテーブルがひっくり返る衝撃音が響いた。つづいて、庭に通じるドアがバタンと閉まった。あの物売りがまたもやいやらしい下卑《げび》た笑い声をあげ、お得意の戯れ歌のひとつを口笛で吹きはじめた。「うすのろサムにしたみたいに、こいつもちょいとくすぐってやろうじゃねえか」歌を中断して彼は言った。「この上等の服を脱がせりゃ、中身の体は貧相なもんだろうぜ。こいつの懐中時計とその鎖も邪魔にゃならねえ。俺みてえなしがない物売りにゃ、時計を買うような金はねえからな。あの鞭でちょいとこいつをくすぐってやれよ、ジョス。でもって、こいつの肌の色を見てやろうぜ」

「口を閉じな、ハリー。言われたことをやるんだ」宿の主《あるじ》は言った。「そのままドアのそばに立ってて、こいつが外に出ようとしたら、ナイフでチクリと突いてやれ。さてと、トゥルーロの法律事務員さんとやらよ、あんたは今夜、馬鹿をやった。だが、この俺を馬鹿にゃあできねえぜ。あんたはあのドアから出ていきてえんだよなあ？　馬に乗ってボドミンまで行こうって算段だろ？　そうとも。それで、朝の九時までにこの地方の治安判事をひとり残らずジャマイカ館に送り込もうって肚だ。おまけに軍の一連隊もな。それがあんたの思いつきなんだよな？」

知らない男の荒い息遣いが聞こえた。さきほどのもみあいで怪我をしたにちがいない。言葉を発したとき、その声は苦しげに引き攣《つ》っていた。「どうしてもやりたきゃ、その悪魔の仕事をやるがいいさ」彼はささやいた。「わたしには止めることはできない。それに約束しよう、あんたがたのことをお上に届けたりはしないよ。だが、仲間になる気は絶対ない。これがあんたがたふたりへの最後通牒だ」

沈黙が落ちた。それからふたたびジョス・マーリンが口を開いた。「気をつけな」彼は静かに言った。「前に一度、別の男が同じことを言うのを聞いたことがあるがね、五分後、そいつは空中で足踏みしてた。ロープの先っぽでってことだぜ。そいつのでかい足の指はあと半インチのとこで床に届かなくてな、俺はそんなに地面に近づきたいかって訊いてやったが、そいつは返事もしなかった。ロープの圧迫で舌が口から飛び出しちまって、その舌を自分でまっぷたつに嚙み切っていたからな。あとでみんな言ってたが、そいつが死ぬまでにゃ七分と二十秒かかったそうだよ」

外の廊下で、メアリーは首と額が汗でじっとりするのを感じた。四肢が突然、鉛のように重たくなった。目の前に黒い点がちらつき、次第にふくらむ恐怖感とともに、自分はおそらく気を失うのだと気づいた。

頭にあるのはひとつの考え——誰もいないホールまで手さぐりで引き返し、あの振り子時計の陰にたどり着くことだけだった。何があろうと、ここで倒れて見つかってはならない。メアリーは光のすじからあとじさり、壁面を両手でさぐった。膝はいまやがくがくしている。これでは、いつくずおれてもおかしくない。すでに吐き気の波が押し寄せており、頭はくらくらしていた。

叔父の声が、まるで口をふさいでしゃべっているかのように、はるか彼方から聞こえてきた。「この男とふたりきりにしてくれ、ハリー」彼は言った。「今夜はもう、ジャマイカ館におまえの仕事はねえからな。こいつの馬を連れてって、キャメルフォードの向こうで放してやりな。この件は俺がひとりで片をつける」

メアリーはどうにかホールにたどり着き、自分が何をしているのかほとんどわからないまま、応接室のドアノブを回して、室内に転がり込んだ。そこで彼女は床にへたりこみ、膝のあいだに頭を垂れた。

一、二分は完全に気を失っていたにちがいない。目の前のあの無数の点が集結してひとつの巨大な塊になり、彼女の世界は真っ暗になったのだ。だが、他の何よりも自らのこの状況への危機感がすみやかに意識を取りもどす原動力となり、しばらくすると彼女は片肘をついて身を起こし、耳をすませた。外の庭でポニーの蹄《ひづめ》がカチャカチャと鳴っている。誰かが、じっとしていろ、とポニーをののしる声がした。あれは物売りのハリーの声だ。そのあと彼はポニーにまたがり、その腹を踵《かかと》で蹴ったらしい。蹄の音は遠ざかり、庭を離れ、街道の彼方へ、丘の斜面の下へと消えた。叔父はいま、バーで彼の餌食とふたりきりでいる。メアリーは思案した。なんとか〈ドーズマリー池〉への道すじのいちばん近い民家まで行き、助けを呼ぶことはできないだろうか。その場合、最初の羊飼いのコテージに着くまでに、二、三マイル、原野の道を行くことになる。そして今夜、それと同じ道を、あの哀れなうすのろの若者が逃げていったのだ。彼はいまも道端で顔をゆがめておいおい泣いているのではないか。

コテージの住人について、メアリーは何も知らない。彼らは叔父の仲間かもしれず、その場合、彼女は自ら罠にはまりに行くことになる。二階で寝ているペイシェンス叔母は役に立たない。むしろ足手まといになるだろう。状況は絶望的であり、ジョス・マーリンとなんらかの協定を結ぶに至らないかぎり、何者にせよ、あの見知らぬ男に逃れるすべはないように思えた。

もし狡猾《こうかつ》な男なら、彼はジョスに勝てるかもしれない。もう物売りは行ってしまったのだから、彼らは数で言えば対等だ。もっともあの膂力を考えると、ジョスのほうがはるかに有利だが。メアリーは追いつめられた気分になった。どこかに銃かナイフがあれば、自分が叔父に傷を負わせられるかもしれない。少なくとも、動きを封じて、あの哀れな男がバーから逃げ出す時間を稼ぐぐらいはできるのではないか。

自分の身の安全など、もうどうでもよかった。見つかるのはどうせ時間の問題だ。この空っぽの応接室でうずくまっていても、ほとんど意味はない。あの失神は一時のことであり、メアリーは自分の弱さを軽蔑した。彼女は床から立ちあがり、両手を掛け金に当てて音を抑えながら、ほんの少しドアを開けた。ホールからはなんの物音も聞こえない。あの振り子時計がチクタクいっているばかりだ。奥の廊下を照らす光のすじももうなかった。バーのドアは閉じられたにちがいない。いまこの瞬間も、あの男は命がけで闘っているのかもしれない。ジョス・マーリンの巨大な両手のなかで息をしようとあがきながら、バーの石の床の上で揺すぶられているのかも。だが、メアリーには何も聞こえなかった。あの閉じたドアの向こうで何が起きているにせよ、それは静かに進行しているのだった。

メアリーはふたたびホールに足を踏み出し、そろそろと階段を通り過ぎ、奥の廊下に向かおうとした。するとそのとき、頭上の物音に足が止まり、彼女は顔を上げた。それは床板のきしむ音だった。しばらく静寂がつづき、その後ふたたびそれが聞こえた。頭上をそっと歩き回る静かな足音。ペイシェンス叔母は家の反対側の部屋で眠っている。それにメアリーは十分ほど前、その耳で、物売りのハリーがポニーで走り去るのを聞いたのだ。叔父がもうひとりの男と一緒にバーにいるのは確かであり、彼女が階下に下りてきてから、階段をのぼっていった者はない。ここでふたたび床板がみしりと鳴り、静かな足音はつづいた。誰かが二階の空の客室にいるのだ。

またしても心臓が激しく鼓動しはじめ、呼吸も速くなった。誰にせよ、上に潜んでいる者は何時間もそこにいたにちがいない。きっと夕方からそこに潜伏しており、彼女が床に就いたときも室内にいたのだろう。もっと遅く部屋に入ったなら、彼女には階段をのぼってくるその足音が聞こえたはずだ。おそらくその人物も、彼女と同じように、馬車の一団の到着を窓から見ていたのだ。あのうすのろの若者が悲鳴をあげながら〈ドーズマリー池〉に向かって道を逃げていく場面も。そのとき彼女とその人物とを隔てるものは、薄い壁一枚だけだった。だからその人物には、彼女の動きが逐一聞こえていたにちがいない。ベッドに身を投げ出したときも、その後、服を着たときも、そして部屋のドアを開けたときも。

ということは、その人物は隠れたままでいたいわけだ。そうでないなら、彼女が踊り場に出ていったとき、自分も出てきていただろう。もしもバーにいた連中の仲間なら、まちがいなく彼女に声をかけ、何をしているのかと質《ただ》したはずだ。その人物をなかに入れたのは、誰だろう？　部屋にはいつ入ったのだろう？　彼は密輸業者らに姿を見られないようにそこに隠れたにちがいない。ということは、連中の仲間じゃないということだ。彼は叔父の敵なのだ。足音はいまはやんでいる。息を止め、耳を凝らしても、何も聞こえない。でもさっきのは空耳じゃない。彼女には確信があった。誰かが――たぶん味方が――彼女の部屋の隣室に隠れている。そしてその人物は、彼女がバーのあの男を救うのに手を貸すことができるのだ。彼女は階段のいちばん下の段に片足をかけた。とそのとき、ふたたび光のすじが奥の廊下へと射し込み、バーのドアが開く音がした。叔父がホールに出てこようとしている。彼が角を曲がる前に、階段をのぼりきるだけの時間はない。だから彼女は急いであともどりして応接室に入り、そこに立ってドアに手を当てた。ホールは真っ暗なので、ドアの掛け金がはずれているのがジョスに見えるわけはなかった。

興奮と恐怖に震えながら、彼女は応接室のなかで待った。すると、ジョスがホールを通り抜け、階段をのぼっていくのが聞こえた。その足音は彼女の頭上、あの客室の前で止まった。ほんのしばらく、彼は待っていた。まるでメアリーと同様に、不審な音に耳をすませているかのように。それから彼は二度、ごく静かに、ドアをノックした。

ふたたび床板がみしりと鳴った。誰かが上の部屋を移動していき、ドアを開けた。メアリーの心は沈み、またあの絶望感がもどってきた。結局、二階の人物は、叔父の敵ではなかったのだ。その人物は、夕方、ペイシェンス叔母と彼女がバーにお客を迎える準備をしていたとき、ジョス・マーリン本人がなかに入れたのだろう。そしてそいつは、男どもが全員行ってしまうまで、そこで身を潜めて待っていた。それは、宿の主《あるじ》の個人的な友人で、夜の仕事の邪魔をする気など毛頭ない者、主《あるじ》の妻にさえ姿を見せようとしない人物というわけだ。

その男がそこにいることを叔父はずっと知っていた。物売りを遠くへやったのはだからだろう。叔父は物売りを自分の友人に会わせたくなかったのだ。メアリーは神に感謝した。二階に行ってあのドアをたたいたりしなくて本当によかった。

もしも男ふたりが、彼女が部屋で眠っているかどうか、確かめに行ったら？　そこにいないことが発覚すれば、彼女にはほとんど望みがない。メアリーは振り返って窓を見やった。それは閉ざされ、閂がかかっていた。逃げ道はない。彼らが階段を下りてくる。そしていま、応接室のドアの前で足を止めた。一瞬、ふたりがなかに入ってくるのではないかと思った。彼らはすぐそこにいた。その気なら、ドアの隙間から手を出して、叔父の肩に触れられるほどだった。そんな状態なので、叔父が話しだすと、そのささやきは彼女の耳にまっすぐ届いた。

「決めるのはあんただ」彼はひそひそと言った。「ここからは俺じゃなくあんたの判断だよ。俺がやるか、俺たちふたりでやるか。指示を出してくれ」

ドアをはさんでいるため、メアリーには叔父の新たな連れを見ることも、その声を聞くこともできず、彼がどんな合図やしぐさで応えたのかはわからなかった。彼らはそれ以上ぐずぐずせず、向きを変えて奥の廊下へ、さらにその先のバーへと向かった。

ほどなくバーのドアが閉まった。彼らの声はもう聞こえない。

真っ先に襲ってきたのは、玄関の閂をはずして街道に駆け出ていき、彼らから逃げ去りたいという衝動だ。しかしよく考えると、そうしたところで得るものは何もないことがわかった。もしかすると、道すじには別の男たち（たぶん物売りやその仲間たち）がいるかもしれない。連中がトラブルを警戒し、一定間隔で見張りに立っている可能性もあるのだ。

結局、あの新たな男、上の部屋にひと晩じゅう隠れていたやつは、彼女が部屋を出たのに気づかなかったらしい。もし気づいていたなら、これまでにもうそのことを叔父に話しているはずだし、その場合、彼らは彼女をさがしまわったはずだ。あるいは、大局を見れば、彼女の存在など取るに足りない、と考えたのか――バーの男の問題が最優先事項であり、彼女のことはあとまわしでいい、ということだろうか。

メアリーは十分以上そうしていたにちがいない。物音がしないか、何かの兆しが見られないか、と身構えていたが、あたりはしんとしたままだった。ホールの振り子時計だけが老いと無関心を象徴し、ゆっくり喘鳴《ぜんめい》を発しつつ、周囲の出来事をよそにチクタク時を刻みつづけている。一度、彼女は叫び声を聞いた気がした。だがそれはたちまち消え失せたし、とても遠いかすかな音だったから、単なる気のせいにすぎなかったのかもしれない。真夜中以来見てきたさまざまなことに、想像力が刺激されただけなのかも。

しばらくの後《のち》、メアリーはホールに出て、あの暗い廊下を進んでいった。バーのドアの下からは、わずかな光も漏れていなかった。ロウソクは全部、消されたにちがいない。彼らはなかにすわっているのだろうか？　あの三人全員が、暗闇に？　頭のなかで、彼らが醜い絵となった。沈黙する不穏な一団。どんな目的が彼らを支配しているのか、彼女には測り知れない。しかし明かりが消されたがために、その静けさは一層恐ろしく感じられた。

メアリーは思い切ってドアまで進み、ドア板に耳を押しつけた。かすかな声さえ聞こえない。生きて呼吸している人間がなかにいる証《あかし》は何ひとつなかった。夜じゅう廊下にこもっていた酒類の饐《す》えたにおいはすっかり消え失せ、鍵穴からは間断なく風が吹き出していた。突如、強烈な衝動に駆られ、メアリーはドアを開け、バーに足を踏み入れた。

なかには誰もいなかった。庭に通じるドアは開いており、室内は十一月の新鮮な空気に満たされていた。廊下に風が流れていたのは、このためだ。長椅子は空っぽで、例のもみあいでひっくり返ったテーブルは、三本の脚を天井に向け、いまも倒れたままだった。

だが男たちは消えていた。台所の外で左に曲がり、まっすぐに原野に出ていったにちがいない。もし街道を渡ったのなら、彼女にその音が聞こえたはずだ。顔に触れる空気がひんやりと心地よかった。叔父も知らない男たちも去ったいま、その部屋はふたたび無害に、殺風景に見えた。恐怖はもうどこにもなかった。

月光の最後の小さなひとすじが床の上に白い輪を生み出し、その輪のなかに指のような形の黒っぽいものが入ってきた。それは何かの影だった。メアリーは天井を見あげた。ロープが一本、梁《はり》に打ち込まれた鉤《かぎ》からぶら下がっている。白い輪のなかに黒い影を落としているのは、そのロープの先端だった。開いたドアからの風に吹かれ、ロープはぶらぶらと揺れていた。

# 5

日が過ぎるのとともに、メアリー・イエランは強固な意志を持ってジャマイカ館での生活に臨むようになった。当然ながら、いま叔母を置き去りにして、ひとりで冬に立ち向かわせるわけにはいかない。だがたぶん春が来れば、叔母にものの道理をわからせ、ふたりで一緒にこの原野《ムーア》をあとにして、ヘルフォードの谷の平和と静けさをめざすこともできるだろう。とにかくこれがメアリーの願いだった。当面、彼女は行く手に横たわる苛酷な六カ月をなんとかしのがねばならない。そしてもし可能なら、いつか叔父の裏をかき、彼とその一味を法の手に引き渡すのだ。事が密輸だけなら、メアリーはそのひどい不正に嫌悪を覚えつつも、肩をすくめてやり過ごしただろう。だが、ここまで見てきたことから、ジョス・マーリンとその仲間たちがそれだけで満足していないのは明らかだった。連中は何も恐れるもののない破れかぶれの男たちであり、人殺しさえ厭《いと》わない。あの最初の土曜の夜の出来事は、いつまでも彼女の頭を離れなかった。梁《はり》からぶら下がるロープのほつれた先端は、真実を告げていた。疑いの余地はない。誰とも知れぬあの男は、叔父ともうひとりの男に殺され、その死体は原野のどこかに埋められたのだ。

とはいえ証拠はひとつもない。それに、昼の日差しのもとで考えると、その話自体、荒唐無稽に思えた。あの夜、ロープを発見したあと、彼女は自分の部屋に引き返した。開いたままのドアがいつ何時、叔父がもどってもおかしくないことを告げていたからだ。そのあとは、目にした諸事に疲れ果て、すぐさま眠りに落ちたらしい。目覚めたときには、日はすでに高くなっており、ペイシェンス叔母が階下のホールをぱたぱたと歩き回っているのが聞こえた。

前夜の出来事の痕跡はどこにも見られなかった。バーは掃き清められ、きれいにかたづいていた。テーブルは起こされ、ガラスの破片は始末され、梁から下がっていたロープももうなかった。宿の主《あるじ》は午前中、厩舎《きゅうしゃ》と牛小屋で過ごし、熊手で汚物を庭に掻き出すなど、もし牛の世話係がいたならその男がやるはずの仕事を自らやっていた。昼には台所に入ってきて、大量の昼飯をむさぼり食い、そのあいだ、メアリーにヘルフォードの家畜や家禽《かきん》についてあれこれ訊ねたり、病気になった子牛のことで意見を求めたりしたが、前夜のことには一切触れなかった。彼は上機嫌のようで、妻をののしることさえ忘れていた。その妻のほうは例によって彼のそばをうろうろし、ご主人におもねる犬のように夫の顔色をうかがっていた。その日のジョス・マーリンは、完全にしらふのごくまともな男だった。この男がほんの数時間前、仲間を殺したとは到底信じられなかった。

もちろん彼は潔白なのかもしれない。すべて、あの謎の相棒がやったという可能性もあるわけだが、それでもメアリーは、ジョスが裸にされたうすのろの若者を追いかけて庭を行くのをその目で見たし、彼の振るう鞭の痛みにあの若者が泣き叫ぶのをその耳で聞いている。バーでは確かにジョスがあの野卑な一団の首領《かしら》だった。それに彼は自分に逆らった例の男を確かに脅していた。そしていま、それと同じ人物が彼女の前にすわって、熱いシチューを頬張り、病気の子牛のことで首を振っているのだった。

一方、彼女は叔父の質問に「はい」と「いいえ」で答え、お茶を飲みながら、カップの縁越しに彼を見つめていた。湯気を立てる彼のシチューの大皿から、その力強さと優雅さがおぞましい、長くて頑丈な指へと、彼女の視線は行き来した。

二週間が過ぎたが、あの土曜の夜のようなことはもう起こらなかった。おそらく宿の主人もその仲間たちも前回の収穫に満足しており、当分、不足はないのだろう。その後、四輪馬車の音が聞こえることはなかった。毎晩ぐっすり眠るようになったとはいえ、もし車輪の音がすれば、必ず目が覚めるはずだと彼女は確信していた。叔父は、彼女が原野をうろつくことに別に文句はないようだった。日が経つにつれ、彼女は周辺の土地に詳しくなった。最初は気づかなかった踏み分け道をいくつか偶然に見つけたが、それらの道は高地からそれることはなく、最終的に岩山のどれかへとつづいていた。同時に彼女は、上部がふさふさした濡れた低い草地を避けることを学んだ。その無害そうな外見は見に行きたいという気持ちをそそるのだが、結局それは油断のならない危険な沼地の境だとわかるのだった。

孤独ではあったものの、メアリーは格別不幸せでもなかった。昼下がりに曇り空のもと、そうしてさまよい歩くことで、少なくとも健康は維持できたし、ジャマイカ館での長く暗い夜の憂鬱《ゆううつ》もいくらかは和らいだ。夜になると、ペイシェンス叔母は両手を膝に置いてすわり、泥炭の火をじっと見つめる。一方、ジョス・マーリンはひとりバーに閉じこもるか、ポニーに乗ってどこかへ消えるかなのだった。

交流などというものは皆無。休憩や食事のために宿を訪れる者もなかった。あの乗合馬車の御者がメアリーに言ったことは本当だった。御者たちはもうジャマイカ館では馬車を止めない。彼女はよく庭に立ち、週に二度、道を行く乗合馬車を眺めたが、彼らは瞬《また》く間に行ってしまう。手綱を引くことも、ひと息入れることもなく、ガタゴトと丘を下り、〈五つ辻〉を指してつぎの丘をのぼっていくのだ。一度、メアリーはあの御者に気づいて手を振った。しかし御者は彼女には目もくれず、ただ馬たちにさらに激しく鞭を振るった。それを見てメアリーは、徒労感とともに悟った。他の人々にしてみれば自分も叔父と同類なのだ。たとえボドミンやランソンまで歩いていっても、誰も受け入れてはくれず、ドアは自分の鼻先でバタンと閉まるのだろう。

ときとして未来は真っ暗に思えた。ペイシェンス叔母が殻にこもっているときはなおさらだ。ときおり叔母はメアリーの手を取って、家にあんたがいてくれてほんとにうれしいよ、などと言いながら、しばらくその手をなでたりする。だがたいてい、この哀れな女は夢のなかで暮らしており、機械的に家の仕事をして歩くばかりで、口をきくことはめったになかった。稀に話をするとしても、それは、絶えず不運につきまとわれてさえいなければ、自分の夫がどれほど大物になっていたか、という妄言をとうとうとまくしたてるためだった。まともな会話は事実上不可能で、メアリーはやがて叔母と話すときは、子供の相手をするように調子を合わせて優しく話すようになったが、そのすべてが彼女の神経と忍耐力に大きな負担を強いるのだった。

そんなわけで、風雨が吹き荒れ、戸外に出られなかった一日が明けたある朝、家の奥の端かその端までつづく長い板石の廊下の掃除にかかったとき、メアリーは好戦的な気分だった。そのきつい作業で、彼女の筋肉は鍛えられたかもしれないが、機嫌のほうは一向によくならなかった。仕事が終わるころには、ジャマイカ館とその住人たちにほとほと嫌気がさしており、少し気に障ることでもあれば、裏の畑に出ていって、蓬髪《ほうはつ》に雨がかかるのもかまわずそこで働く叔父の顔にバケツの汚れた石鹼水を浴びせていたにちがいなかった。しかし結局、背中を丸めて泥炭の鈍い火を棒でつつく叔母の姿を目にすると、そんな元気も失せ、彼女は玄関ホールの敷石の掃除に取りかかった。するとそのとき、前庭でカチャカチャと蹄《ひづめ》の音が鳴り響き、しばらくの後、何者かがバーの閉じたドアをドンドンとたたく音がした。

これまでジャマイカ館におおっぴらに近づいた者はない。この呼び出しはそれ自体、事件だった。メアリーは叔母に知らせようと台所に引き返したが、叔母はもうそこにはいなかった。窓から外をのぞくと、夫に向かって裏庭を歩いていくその姿が見えた。叔父のほうは、山積みの泥炭を手押し車にすくい入れている。どちらも声の届かないところにおり、どちらもお客が来た音には気づいていないはずだった。メアリーはエプロンで手をぬぐうと、バーに入っていった。結局、ドアには鍵がかかっていなかったらしい。驚いたことに、なかでは男がひとり、なみなみとエールの注がれたグラスを手に、椅子にまたがっていた。この男は当然のごとく自分で樽の口からビールを注いだわけだ。しばらくふたりは無言で互いを値踏みした。

どことなく見覚えのある男で、いったいどこで会ったのだろう、とメアリーは不思議に思った。垂れさがったまぶた、口の曲線、顎の輪郭《りんかく》、ふてぶてしく横柄に彼女を見つめるその目つき——どれもが馴染みのあるものであり、まちがいなく彼女の嫌いなものだった。

男はメアリーを上から下までじろじろ見回しながら、同時にエールを飲んでおり、その光景は彼女をひどくいらだたせた。

「いったいどういうつもりなんです？」彼女は鋭く言った。「勝手にここに入り込んで飲み物を注ぐ権利なんぞ、あなたにはないでしょうに。そもそもうちの主人は知らない人を歓迎しませんしね」他のときなら、叔父を庇護するかのようなこんな言葉が自分の口から出るのを聞けば、笑ってしまうところだが、敷石を洗う作業のおかげで一時的にせよ彼女のユーモアのセンスは消え失せており、いちばん手近な犠牲者に八つ当たりせずにはいられない気分だった。

男はエールを飲み終えて、もう一杯、とばかりにグラスを差し出した。

「ジャマイカ館じゃいったいいつから女給を置くようになったんだ？」そう訊ねると、男はポケットからパイプを取り出して火を入れ、大きな煙の塊を彼女の顔にふわりと吐きかけた。その無礼な態度に激高し、メアリーは身を乗り出して、男の手からパイプをひったくった。彼女が背後の床にたたきつけると、パイプは瞬時に砕け散った。男は肩をすくめ、今度は口笛を吹きだしたが、その調子っぱずれな調べが彼女のいらだちの炎にさらに油を注いだ。

「それがあの夫婦の教えた客のあしらいかたなのかね？」口笛を中断して、彼は言った。「あいつらは人を見る目がないみたいだな。俺がきのういたランソンにゃもっと行儀のいい娘がいくらでもいたぜ。おまけに、絵のように綺麗《きれい》なのがさ。あんたはいままで何してたんだい？髪はうなじに垂れさがってるし、顔だって汚れてるじゃないか」

メアリーは踵《きびす》を返してドアに向かったが、男はふたたび声をかけてきた。「もう一杯注いでくれよ。あんたはそのためにここにいるんだろ?」彼は言った。「こっちは朝飯を食ってから、十二マイル、馬に乗りっぱなしだったんだ。喉がからからなんだよ」

「五十マイル乗りっぱなしだって、知ったことじゃないわ」メアリーは言った。「ここの勝手はよくご存知のようだから、飲み物は自分で注いだらいいでしょう。わたしは、バーにお客が来てるってマーリンさんに言ってきます。その気があれば、あなたの給仕はあの人が自分でするでしょうよ」

「ああ、ジョスを煩わせんでくれよ。一日のこの時分、あいつは頭痛をかかえた熊みたいなもんだからな」これが男の答えだった。「それに、やつは俺にゃあんまり会いたがらんし。あのかみさんはどうした? ジョスはあの人を追い出して、あんたの居場所をこしらえたのかい? かわいそうに、あの人にとっちゃ、そりゃあ難儀なこったろうな。どのみちあんたも、あの男が相手じゃ十年は持たんだろうがね」

「マーリン夫人なら菜園にいますよ。もし会いたいならね」メアリーは言った。「そのドアを出て、左に行けば、菜園と鶏の囲いがありますから。ご夫婦とも、五分前にはそこにいました。でも、こっちを通ってもらっちゃ困りますよ。たったいま、廊下を洗ったばっかりなんだから。また一からやり直すなんてごめんですからね」

「まあまあ、そういきり立つなよ。時間はたっぷりあるんだ」男は言った。メアリーには、男が彼女をどう評価したものか考えながら、なおもじろじろ見ているのがわかった。そして、どこか覚えのある、横柄でかったるそうなその目つきは、彼女をひどく怒らせた。

「主人と話をする気はあるんですか、ないんですか?」とうとう彼女は訊ねた。「こっちも日がな一日ここに立って、あなたのご機嫌を取ってる暇はないので。主人に会う気がないなら、さっさと飲むものを飲んで、お代を置いて出てってください」

男は笑った。その笑顔とちらりとのぞいた歯がまたしても彼女の記憶を刺激したが、いつどこでそれを見たのかはやはり思い出せなかった。

「あんたはジョスにもそんな調子で命令するのかい?」彼は訊ねた。「だとしたら、あの男は完全に人が変わったわけだ。しかしまあ、なんておかしなやつだろうね。あれやこれやで忙しかろうに、若い女に手を出すとはなあ。あんたたち、夜はどうしているんだい? かわいそうなペイシェンスを床に放り出すのか、それとも、三人並んで寝るのかね?」

メアリーは真っ赤になった。「ジョス・マーリンはわたしの義理の叔父ですから」彼女は言った。「叔母のペイシェンスは、わたしの母のたったひとりの妹なんです。わたしの名前はメアリー・イエランといいます。いちおうお教えしておきますよ。では、ごきげんよう。お出口はあなたのうしろです」

彼女はバーを出て、台所に入っていき、とたんに宿の主《あるじ》その人にぶつかった。「いったいぜんたいバーで誰としゃべってたんだ?」彼はどなった。「無駄話はするなと言っといたろうが」

その大音声は廊下にわんわんと響き渡った。「問題ないぜ」バーからあの男が声をかけてきた。「その女を殴るこたあない。俺のパイプをたたき割ったうえ、給仕もおことわりだとさ。

いかにもあんたの仕込みらしいよなあ？　こっちに来て、顔を見せとくれよ。その女給があんたにちっとはいい影響を与えてりゃいいんだが」

ジョス・マーリンは顔をしかめた。それからメアリーを押しのけて、バーへと入っていった。

「なんだ、おまえか、ジェム」彼は言った。「きょうはどんな用件だ？　馬を買わせようって肚なら、そりゃあ無理だぞ。このごろどうも景気が悪くてな。俺は不作の年の野ネズミ並みに貧乏なんだ」ジョスはドアを閉め、メアリーは外の廊下に取り残された。

彼女は顔の汚れをエプロンでぬぐいながら、玄関ホールの水の入ったバケツのところへ引き返した。するとあれが叔父の弟、ジェム・マーリンなのか。もちろん、似たところはずっと目についていた。ただ、まるで馬鹿みたいに、それがなんなのかがわからなかったのだ。話しているあいだじゅう叔父を思い出しながら、彼女はそのことに気づかなかった。あの男は、白目の充血や目の下の袋こそないものの、ジョス・マーリンと同じ目をしている。それに、口もともジョス・マーリンにそっくりだ。ただ兄の口がゆるんでいるのに対し、あの男の口は引き締まっており、下唇にもたるみはない。あの男は十八年、いや、二十年前のジョス・マーリンだ――背丈や横幅はもっと小さく、身なりはもっと小綺麗ではあるけれども。

メアリーは敷石に水を浴びせ、唇をぎゅっと結んで、ごしごしと床を洗いだした。

それにしても、マーリンの一族とはなんと下劣な人種なんだろう。あのわざとらしい横柄さと品のなさ。それに、あの粗暴な態度。ジェムという男には、兄にそっくりの冷酷なところがある。そのことは彼の口の形から見てとれた。ペイシェンス叔母は、あの男が一族のなかでいちばん悪いと言っていた。ジョスより頭も肩も小さく、横幅は半分しかないが、あの男には兄にないある種の力がそなわっている。彼は硬質で鋭利な印象を与えた。宿の主《あるじ》の顎はたるんで丸みを帯び、肩は重荷のようにその体にのしかかっている。そのさまはまるで、彼の精力が濫費され、衰えてしまったかのようだった。飲酒が男にそうした作用を及ぼすことをメアリーは知っている。そして初めて彼女は、ジョス・マーリンが、かつての彼自身と比べれば、いわば廃残の身であることに気づいた。彼女にそれを知らしめたのは、彼の弟の姿だ。宿の主《あるじ》は身を誤った。あの若いほうにいくらかでも分別があるなら、同じ道をたどらないよう心がけるだろう。でも、たぶんあの男は無頓着なんじゃないだろうか。マーリン家の者たちは宿命を負っているにちがいない。それが、精進すること、功を成すこと、抱負を抱くことを阻むのだ。彼らの過去は汚れすぎている。「悪い血には逆らえないものだよ」メアリーの母はよく言っていた。「しまいにゃ必ず表に出てくる。抵抗したきゃすればいい。だけどいずれは、負かされるよ。二代にわたってまじめに生きりゃ、流れがきれいになることもある。でもたいていは、三代目で本性が現れて元の木阿弥になるんだよ」なんて虚《むな》しいのだろう！　なんて悲しいのだろう！　そしてここには、かわいそうなペイシェンス叔母さんがいる――マーリン一族の流れに引きずりこまれ、若さも明るさもすべて失い、いまや（真実を直視するなら）あの〈ドーズマリー池〉のうすのろの若者とさして変わらぬものとなって。叔母さんは、グウィークの農夫の妻となり、息子たちに囲まれ、家と土地を持ち、ごくふつうの幸せな日常を享受していたかもしれない。ご近所同士の噂話、日曜の教会通い、週に一度の市場へのお出かけ、果物や穀物の収穫。

叔母さんが愛したはずのさまざまなこと、地に足の着いた生活。叔母さんは平穏とはどんなものかを知ったはずだ。それは静かな年月、堅実な仕事と穏やかな喜びから成る年月であり、時の流れとともに彼女の髪は白くなっていっただろう。約束されていたそれらすべてを、叔母さんは放り捨てた。それも、飲んだくれの野蛮人を相手に自堕落《じだらく》な生活を送るためにだ。女とはなぜ、そんなにも愚かで、刹那《せつな》的で、浅はかなのだろう？　メアリーは不思議に思った。そして、そうすることで世界を浄化し、同性の者たちの無分別を滅ぼし尽くせるかのように、ホールの敷石の最後の一枚をごしごしと洗った。

闘志は異常に高まっており、彼女はホールに背を向けると、何年も箒《ほうき》がけされていないあの陰気で薄暗い応接室の掃除に移った。もうもうたる埃が顔を迎え、彼女は擦り切れたぼろぼろのマットを荒々しく打ち据えはじめた。不愉快なこの作業に没頭するあまり、応接室の窓に石が当たった音には気づかなかった。ようやく集中が切れたのは、小石がぱらぱらと浴びせられ、ガラスにひびが入ったときだ。窓の外をのぞくと、ジェム・マーリンが彼のポニーとともに前庭に立っていた。

メアリーは顔をしかめて、向きを変えたが、相手はさらに小石を浴びせることでこれに応え、今回、ガラスは本格的に砕けて、小さな破片が床に飛び散り、そのそばに石がひとつ落ちてきた。

メアリーは入口の重たいドアを開け、ポーチに出ていった。

「今度はなんの用なんです？」彼女は訊ねた。ほつれた髪と皺《しわ》くちゃの汚れたエプロンのことが急に気になりだしていた。

彼は相変わらず好奇の眼《まなこ》で彼女を見ていたが、あの横柄さはもうなかった。また、彼にはそれなりにたしなみもあり、ほんの少し自分を恥じる様子を見せていた。

「さっきは無礼なことを言ったようだが、許しておくれよ」彼は言った。「ジャマイカ館で女を見ようとは思ってなかったもんでね。とにかく、あんたみたいな若い娘は予想外だ。俺はジョスがどこかの町であんたを見つけて、自分の色女にするために連れてきたのかと思ったんだよ」

メアリはまた赤くなり、怒って唇を噛み締めた。「わたしには色っぽいとこなんてちっともないんですけどね」彼女は冷ややかに言った。「町じゃわたしはさぞ素敵に見えるでしょうよ。この古いエプロンに、どた靴だもの。わたしが田舎者だってことくらい、目が付いてる人ならみんなわかるんじゃないかしら」

「そいつはどうかな」ジェムは無頓着に言った。「綺麗なドレスを着せて、踵《かかと》の高い靴をはかせ、髪に櫛《くし》を挿させたら、きっとあんたはエクセターみたいなでかい町でも貴婦人で通るんじゃないかね」

「そう言われりゃ気をよくするのがふつうでしょうけど」メアリーは言った。「でもお生憎さま、わたしはいつもの古い服を着て、自分らしくしていたいのよ」

「もちろん、そのままだってなかなかのもんだよ」彼は同意した。メアリーは彼を見あげ、自分が笑われていることを知った。彼女はくるりと背を向け、家のなかに入ろうとした。

「なあ、行かないでくれよ」彼は言った。「あんなことを言ったんだから、ご不興を買って当然だがね。俺と同じくらい兄貴のことを知ってたら、勘違いしたのも無理はないって思うはずだぜ。ジャマイカ館に若い娘がいるなんて、奇妙な話だからな。そもそもあんたはどういうわけでここに来たんだ？」

メアリーはポーチの陰から相手を値踏みした。その顔はいまはまじめで、この瞬間ジョスと似たところはひとつもなかった。この人がマーリン家の者でなければいいのにとメアリーは思った。

「ここに来たのは、ペイシェンス叔母さんと暮らすためです」彼女は言った。「母は数週間前、亡くなったし、他に身寄りはないもので。ひとつ言わせてくださいね、マーリンさん。わたしは母があんな妹の姿を見ずにすんでよかったと思っているんです」

「確かにジョスとの結婚生活は、幸せ一杯とはいかんだろうよ」ジェムは言った。「あいつは昔から悪魔みたいに気が短かった。そのうえ、ひどい飲んべえだしな。なんだってあの人はやつと一緒になったのかね？　俺が覚えているかぎり、あいつはずっとああだったんだぜ。子供のころ、俺はよくあいつにぶちのめされたもんだ。いまだってあいつは、度胸さえありゃおんなじことをするだろうよ」

「叔母さんはあの男の輝く瞳に惑わされたんでしょうよ」メアリーは軽蔑をこめて言った。「母がよく言っていたわ。ヘルフォードにいたころのペイシェンス叔母さんは蝶々みたいに浮ついていたって。あの人は農夫の求婚を受け入れず、北部に行って、そこであなたのお兄さんに出会ったんです。叔母にとってはそれが人生最悪の日だったわけだけど」

「するとあんたは、この宿の主《あるじ》のことをよく思ってないわけだね?」ジェムは彼女をからかってそう言った。

「ええ、もちろん」彼女は答えた。「あの男はケダモノです。蛮人ですよ。そんな言いかたじゃまだまだ足りないわ。わたしの叔母は、いつも笑っている幸せな女だった。あいつはその叔母をみじめな奴隷に変えてしまったんです。わたしは一生涯、そのことを許しません」

ジェムはでたらめに口笛を吹き、馬の首をなでた。

「俺たちマーリン家の者に、自分の女によくしたやつはいないんだ」彼は言った。「うちの親父もお袋を立てなくなるまでぶん殴っていたっけな。それでもお袋は出ていかないで、親父が死ぬまでずっとそばに付いてたよ。親父がエクセターで縛り首になったときなんぞ、お袋は丸三カ月、誰とも口をきかなかった。ショックのあまり髪も真っ白になっちまったしな。婆様のことは覚えてないが、聞いた話じゃ、一度、キャリントンの近くで、兵隊どもが爺様をつかまえに来たときは、婆様も亭主と肩を並べて闘ったそうだよ。敵の指に嚙みついて、骨まで歯を食い込ませたんだとさ。爺様のどこがそんなによかったのか、俺にゃわからんがね。つかまったあとは、婆様にゃ会おうともしなかったし、蓄えは全部、テイマー川の向こう岸の別の女に遺したんだからな」

メアリーはなんとも言わなかった。彼の無頓着な口ぶりは衝撃だった。羞恥心も無念さもまったく見せず、彼はただ淡々としゃべっていた。メアリーは、一族の他の者たちと同様に、この男も生まれつき情に欠けているのだろうと思った。

「ところで、ジャマイカ館にはいつまでいる気なんだ?」唐突に彼が訊ねた。「あんたみたいな若い娘にとっちゃ、無意味なことじゃないかね? ここにゃ話し相手もいないしな」

「しかたないでしょう?」メアリーは言った。「叔母を連れずに発つわけにはいかないもの。あの人をひとりここに残していく気はないわ。あれだけのことを見てしまったら、絶対にそれはできない」

ジェムはかがみこんで、ポニーの蹄鉄から泥を払い落とした。

「この短期間に何を見たって言うんだい?」彼は訊ねた。「ここは静かすぎるほど静かなんじゃないかね?」

メアリーはそうやすやすと乗せられはしなかった。ひょっとすると、叔父がさぐりを入れる目的で、この男に彼女と話をするよう言ったのかもしれない。いや、彼女もそこまで馬鹿ではない。メアリーは肩をすくめて、その話題を退けた。

「一度、土曜の夜に、バーで叔父の手伝いをしたことがあるんだけど」彼女は言った。「叔父が連んでいる連中には感心しなかったわ」

「だろうな」ジェムは言った。「ジャマイカ館に来るやつらは、行儀なんぞ教わっちゃいない。州の監獄での暮らしが長すぎたのさ。連中はあんたのことをなんと思っただろうな? たぶん俺と同じ勘違いをしたんじゃないか? きっといまごろ、この地方一帯にあんたの噂を広めているぜ。次回、ジョスはあんたを賭けてサイコロを振ることになるだろうよ。で、やつが負けりゃ、〈ぎざぎざ岩〉の向こうから来た下衆な密猟者があんたを尻馬に乗っけてくわけだ」

「そんなことにはなりそうにないわね」メアリーは言った。「殴られて意識を失いでもしないかぎり、わたしは誰の尻馬にも乗りませんから」

「意識があろうがなかろうが、女は女だ」ジェムは言った。「ボドミン・ムーアの密猟者どもにしてみりゃどっちだっておんなじさ」そして彼はまた笑ったが、その顔は兄そっくりだった。

「あなたは何をして暮らしてるんです?」急に興味を覚えて、メアリーは訊ねた。話しているうちに、この男が兄より口が立つことに気づいたのだ。

「俺は馬泥棒だよ」彼は快活に言った。「だが、実はあんまり儲からなくてね。ポケットはいつも空っぽなんだ。ここじゃ馬が必要だぜ。俺はちょうど、あんたにぴったりのちっちゃなポニーを持っている。いまそいつはトレウォーサにいるんだがね。俺と一緒に来て、ちょっと見てみないか?」

「つかまるのが怖くないの?」メアリーは訊ねた。

「盗みを証明するのはむずかしいもんなんだよ」彼はそう教えた。「たとえば、ポニーが一頭、囲いからさまよい出ちまったとしよう。持ち主はそいつをさがしに行く。だがね、あんたがその目で見たとおり、このあたりの原野は野生の馬や牛で一杯だ。持ち主が自分のポニーを見つけ出すのは容易じゃない。そのポニーはたてがみが長くて、脚の一本が白くて、片耳にダイヤ形の斑《ぶち》があると思いな。それで範囲が絞れるだろ? で、持ち主はランソンの市《いち》に行き、目を皿にしてさがすわけだ。だが、そいつはポニーを見つけ出せない。いいかい、ポニーはちゃんとそこにいるんだ。そして、どっかの馬喰《ばくろう》に買い取られ、北部で売り飛ばされるのさ。ただその馬のたてがみは刈り込まれてるし、脚は四本ともおんなじ色だし、耳の斑はダイヤ形じゃなく、細いすじになっているんだ。持ち主はそいつに二度と目を向けない。どうだい、実に簡単だろ？」

「ほんとに実に簡単。だから不思議よ。どうしてあなたはジャマイカ館に、髪粉を振った従者付きの四輪馬車で来てないのかしら」メアリーはすばやく言ってやった。

「ああ、それはだな」ジェムは首を振り振り言った。「俺は昔から数字に弱いんだよ。この手の指のあいだからどんだけ速く金がこぼれていくか、それを知りゃあ、きっとあんたも驚くぜ。先週、俺のポケットには十ポンド入ってた。ところがきょうは、一シリングしか持ってない。さっき話したちっちゃなポニーをあんたに買ってほしいのは、だからなんだよ」

メアリーは思わず笑ってしまった。彼が自分の悪事をあまりにもあけっぴろげにしゃべるので、腹を立てる気にもならなかった。

「ささやかな蓄えを馬に使うわけにはいかないわ」彼女は言った。「老後のために取っとかないとね。それに、もしジャマイカ館を出ることになったら、一ペニー残らず必要になるでしょうし。そのお金がたよりだものね」

ジェム・マーリンはしかつめらしく彼女を見つめた。それから突然、衝動的に、まず彼女の背後のポーチに目をくれてから、身を乗り出してきた。

「いいかい」彼は言った。「こいつはまじめな話だ。ここまでの馬鹿っ話は忘れちまいな。ジャマイカ館は若い娘のいるような場所じゃない——まあ、それを言うなら、どんな女でも、だがね。兄貴と俺は仲よくやれたためしがないが、あいつにもいいところがひとつある。俺に干渉しないって美点がな。俺たちはそれぞれ己の道を行き、互いに一切かかわらないのさ。だが、何もあんたがやつの汚い企てに巻き込まれるこたあない。さっさと逃げ出しちゃどうだ？　俺がボドミンまで無事に送り届けてやるぜ」

　その口調には説得力があり、メアリーはもう少しで彼を信用するところだった。だがこの男はジョス・マーリンの弟であり、だとすれば彼女を裏切るかもしれない。それを忘れることはできなかった。どのみち、この男を腹心の友とするだけの度胸はない——いまはまだ。彼がどちらの味方かは、時が経てばわかるだろう。

「わたしには助けはいりませんよ」彼女は言った。「自分の面倒は自分で見られますから」

　ジェムはポニーの背にまたがってあぶみに足を収めた。

「わかったよ」彼は言った。「あんたのことはほっておこう。もし何か用があったら、俺のコテージは〈ウィジー・ブルック〉を渡った先だ。〈トレウォーサ沼〉の向こう側、〈十二人《トウエルヴマンズ・》原《ムーア》〉の手前だよ。とにかく春まではそこにいるつもりだ。ごきげんよう」そして彼は行ってしまった。メアリーには返事をする暇もなかった。

　彼女はゆっくりと家のなかにもどった。姓がマーリンでさえなければ、彼女もあの男を信用しただろう。味方はぜひともほしいところだ。でも、宿の主《あるじ》の弟を友とするわけにはいかない。結局のところ、あの男は卑《いや》しい馬泥棒、不埒《ふらち》な与太者以外の何ものでもない。物売りのハリーやその仲間たちと大差はないのだ。笑顔が人なつこくて、声の感じが悪くないというだけで、メアリーは彼を信じかけていた。たぶん、そのあいだずっと向こうは、腹の底で彼女を笑っていたのだろう。あの男には悪い血が流れている。毎日毎日、法を犯しているのだ。それに、どこをどう見ても、あの修復しがたい事実から逃れるすべはない――彼はジョス・マーリンの弟だ。兄弟のあいだに絆は一切ないと本人は言った。でもあれは、彼女の心をつかむための嘘なのかもしれない。それにたぶん、彼が話をしに来たこと自体、宿の主《あるじ》の差し金なのだ。そう、何があろうと、この問題にはひとりで立ち向かわねばならないし、誰も信用してはならない。ジャマイカ館の壁そのものに罪悪と欺瞞《ぎまん》のにおいがあり、この建物に聞こえるところでものを言えば、災厄を招くことになる。

家のなかは暗く、ふたたび静かになっていた。宿の主《あるじ》は、裏庭の隅の泥炭が積まれたところにもどっており、ペイシェンス叔母は台所にいた。あの意外な訪問は、長く単調な一日のささやかな刺激であり、解放のひとときだった。ジェム・マーリンは外の世界を連れてきた。原野に完全には縛られていない、花崗岩《かこうがん》の岩山に睥睨されていない世界を。そしていま、ジェムが立ち去ったため、朝の輝きもまた彼とともに消えてしまった。空には雲が広がり、お馴染みの雨が丘陵の頂《いただき》を霧で覆いつつ、西のほうから押し寄せてきた。黒いヒースが風でたわんでいる。朝のうちメアリーをとらえていたいらだちは消え去り、疲労と絶望から来る無感覚がそれに代わっていた。彼女の前には延々と年月がつづいている。そこに見えるのは、彼女を誘惑する長く白い街道と、石の壁と、どこまでも広がる丘ばかりだ。

彼女はジェム・マーリンのことを考えた。歌を口ずさみ、ポニーの腹を踵で蹴りながら、去っていくあの男。彼は風も雨も気にせず、帽子もかぶらずに、自分の選んだ道を行くのだろう。彼女はまた、ヘルフォードの村へとつづく小道のことも考えた。その道はくねくねと蛇行し、不意に曲がって水辺に至る。アヒルたちは潮が変わる前の沼で泳ぎ、男は上の牧場《まきば》から牛たちに声をかける。それらはすべて進行するもの、人生の一部であり、メアリーのことなど顧《かえり》みずにその道を進んでいくが、彼女自身は破ることのできない約束によってここに縛られている。ペイシェンス叔母が台所をぱたぱたと歩き回っているいま、まさにその足音が、忘れるな、約束を違えるな、と釘を刺しているのだった。

メアリーは、刺すような小粒の雨が応接室の窓ガラスを曇らせるのを見守った。頬杖をついてひとりそこにすわっていると、雨に呼応して涙が頬を伝っていった。彼女はその涙をぬぐう気にもならず、滴り落ちるに任せた。彼女が閉め忘れたドアから突風が吹き込み、壁紙の長く破れた断片をはためかせた。壁紙にはかつて薔薇《ばら》の模様があったのだが、いまその柄は色褪せて灰色になり、壁そのものも湿気にやられた部分が濃い茶色に染まっている。メアリーは窓に背を向けた。ジャマイカ館の冷たい淀んだ空気が覆いかぶさってきた。

6

その夜、ふたたび荷馬車がやって来た。メアリーはホールの時計が二時を打つ音で目覚め、すぐさま下のポーチの足音に気づいた。低く静かに話す声が聞こえる。彼女はそっとベッドを出て、窓辺に行った。やはり彼らがそこにいた。今回は、荷馬車は二台だけ。それを引く馬は各一頭だ。前庭には五人ほどの男たちが立っていた。

荷馬車の姿はおぼろな光にぼんやりと照らし出され、まるで霊柩車《れいきゅうしゃ》のようだった。男たちは日常の世界には居場所のない亡霊となり、悪夢で見る幻の不気味な模様を描きつつ、音もなく動き回っている。そこには何か忌まわしいものがあった――夜陰に紛れ、秘かにやって来る荷馬車自体に、不吉な何かが。今夜その光景はメアリーに前回以上に深い印象を残し、いつまでも消えないだろう。なぜなら、いまの彼女はその商いがどんなものか理解しているからだ。

彼らはこの道すじで荒稼ぎをし、ジャマイカ館に荷を運び込む破れかぶれの男たちだ。前回ここに荷が運ばれてきたときは、一味のひとりが殺された。たぶん今夜もまたひとつ犯罪が犯され、あのねじれたロープがふたたび一階の梁《はり》からぶら下がるのだろう。

前庭の光景には恐ろしい引力があり、メアリーは窓辺を離れることができなかった。その夜、荷馬車は空っぽで到着しており、前回、宿で下ろされた荷の残りがそこに積み込まれた。メアリーはこれが連中のやりかたなのだろうと思った。宿は一回ごとに数週間、倉庫として使われる。そしてその後、好機が到来すると、荷馬車がふたたび出動し、荷物はテイマー川の沿岸へと運ばれて、そこから配送されるのだ。それだけの時間でそれだけの領域を扱っているのなら、その組織は大規模なものにちがいない。きっと周囲の動きに必要な目配りをする差配人が広範囲に散らばっているのだろう。おそらく、南部のペンザンスやセントアイヴスからデヴォン州との境のランソンまで、この仕事にかかわっている者は何百人もいるのだ。ヘルフォードでもちょっとした密輸の噂はあった。そしてその話が出るとき、それは、しょうがねえな、と言わんばかりの目配せやほほえみとともに語られたものだ。ファルマス港の船からいただく一服分のタバコやひと瓶のブランデーは、ときたま楽しめる害のない贅沢《ぜいたく》にすぎず、誰の良心の重荷にもならないようだった。

だがこれはちがう。これは危険なビジネス、荒っぽい殺伐《さつばつ》たるビジネスであり、メアリーが目にしたことから判断するなら、ほほえみや目配せの出る幕はまずない。もしも良心が痛んだら、その男は報いとして首にロープを巻かれることになる。沿岸から州境までのびる鎖に脆《もろ》い環はひとつたりともあってはならない。梁から下がるロープにはそれなりの理由があるのだ。例の男は異議を唱え、それゆえに死んだ。突然、失望の鋭い痛みとともに、メアリーは、今朝ジェム・マーリンがジャマイカ館に来たことには何か意味があるのだろうかと思った。彼のすぐあとに荷馬車が現れるというのは、偶然にしては奇妙だ。本人もランソンから来たと言っていたし、ランソンはテイマー川の沿岸に位置する。メアリーはあの男に、そしてまた、自分自身に腹を立てた。いろいろあったものの、眠る前、彼女が最後に考えたのは、彼と友好関係を築ける可能性だった。いまもなお、そうした期待を抱くとしたら、それは馬鹿というものだろう。ふたつの出来事は明らかに連動している。その意味を読み解くのは造作もないことだ。ジェムは兄とうまが合わないのかもしれない。それでも両者は同じ仕事に手を染めているのだ。あの男は、今夜、荷馬車が来ることを宿の主《あるじ》に知らせるために、ジャマイカ館に乗りつけた。ここまでは難なくわかる。それから、多少は心のようなものがあるのか、彼はボドミンに向かうようメアリーに助言した。ここは若い娘のいるような場所じゃない。あの男はそう言った。一味のひとりなのだから、そのことは誰よりもよく知っているだろう。これはひとすじの光明もない、どこをどう見ても汚らしい最低のビジネスであり、彼女はペイシェンス叔母を子供みたいにかかえ、そのまっただなかにいるわけだ。

二台の馬車の荷積みが終わり、御者たちはそれぞれの連れとともに御者台に上がった。今夜の仕事は長くはかからなかった。

メアリーには、ポーチの天井と同じ高さにある、叔父の大きな頭部と肩が見えた。彼は、シヤッターで光を弱めたカンテラを手にしていた。ほどなく荷馬車は前庭からガタゴトと出ていき、メアリーの予想どおりに左に、つまり、ランソンの方角へと曲がった。

彼女は窓辺を離れ、もとどおりベッドにもぐりこんだ。まもなく階段をのぼる叔父の足音が聞こえてきた。彼は反対側の自分の寝室へと向かった。今夜、客室に隠れている者はいなかった。

＊

それから数日は何事もなく過ぎた。街道に現れる乗り物と言えばランソンに向かう乗合馬車だけで、それはジャマイカ館の前を怯えた油虫よろしくドタバタと通り過ぎていった。そしてある日、霜が降りるのとともに、さわやかな朝が訪れ、このときばかりは空も晴れ渡り、太陽が輝いた。岩山は澄み切った青天を背にくっきりと姿を現し、いつも濡れそぼっている原野の茶色い草は、霜で白く硬直し、きらきらと光っていた。前庭の井戸には薄く氷が張った。泥は牛の踏んだところが硬くなり、その足跡はつぎの雨まで崩れない型となって保存された。そよ風が北東から歌いながら吹き寄せており、外気は冷たかった。

太陽を見るといつも元気が出るメアリーは、その朝を洗濯に当てることにした。肘の上まで袖をまくりあげて、たらいに腕を突っ込むと、ぶくぶく泡立つ熱い石鹼水がぴりりと刺すような空気と好対照に、肌を心地よく愛撫した。

彼女は生きる歓びを感じ、洗濯しながら歌を歌った。叔父は馬でムーアのどこかに出かけている。そして叔父がいなくなると、彼女はいつも解放感で一杯になるのだった。幅の広い頑丈な家が壁となるため、裏庭のその場所はいくらか風から護られていた。敷布を絞って、発育不良のハリエニシダの茂みの上に広げると、太陽はそこにかんかんと照りつけた。この分なら洗濯物は昼までにすっかり乾くはずだった。

あわただしく窓をたたく音に、彼女は顔を上げた。見ると、ペイシェンス叔母が手招きしている。その顔は蒼白で、叔母が怯えているのは明らかだった。

メアリーはエプロンで手を拭いて、勝手口に走っていった。台所に入るやいなや、叔母が震える両手で彼女をつかまえ、支離滅裂にべらべらとしゃべりはじめた。

「落ち着いて。落ち着いて」メアリーは言った。「何をおっしゃっているのか、わからないわ。さあ、どうぞこの椅子にすわって。お願いだから、お水を飲んでくださいな。いったいどうなさったの?」

哀れな女は椅子のなかでぐらぐらと体を揺らし、神経質に口を動かした。それに彼女はドアのほうをしきりと振り返っていた。

「ノースヒルのバサット様だよ」叔母はささやいた。「応接室の窓から姿が見えたの。馬で来てて、もうひとりどなたか一緒にいる。ねえ、メアリー。どうしたらいいだろうね?」

叔母がそう言っているさなかに、玄関のドアをたたく大きな音がした。それから少し間《ま》があり、今度はドンドンと立てつづけに轟音《ごうおん》が轟《とどろ》いた。

ペイシェンス叔母はうめき声をあげ、指先を口にやって爪を嚙みちぎった。「なぜここに来たんだろう?」叔母は叫んだ。「これまで一度も来たことがないのに。絶対に寄りつかなかったのに。きっと何か耳になさったんだ。そうに決まってるわ。ああ、メアリー、どうしよう? なんて言えばいいんだろうね?」

メアリーはすばやく頭を働かせた。彼女は非常にむずかしい立場にあった。もしこの訪問者が本当にバサット氏で、彼が法の執行者として来たのなら、これは叔父の犯罪を暴露する絶好のチャンスだ。彼女は、荷馬車のことを始め、ここに来てから目にしたことをすべてバサット氏に話すことができる。かたわらで震えている女を彼女は見おろした。

「メアリーや、後生だから教えておくれ。わたしはなんと言ったらいいの？」ペイシェンス叔母はそう哀願すると、姪の手を取って胸に当てた。

いまやドアをたたく音は間断なくつづいている。

「よく聴いて」メアリーは言った。「そのかたを入れないわけにはいきませんよ。さもないとドアを壊されてしまうでしょう。なんとか気を落ち着けてください。何も話す必要はありませんからね。ジョス叔父さんは出かけている、自分は何も知らないとおっしゃいな。わたしがそばに付いてますから」

叔母はもの狂わしげな必死の眼《まなこ》で彼女を見つめた。

「メアリーや」彼女は言った。「バサット様に何か訊かれても、あんたは黙っていてくれるね？　あんたなら信用できる。そうだろう？　あの荷馬車のことをあのかたに話したりはしないね？　もしジョスの身に何かあったら、わたしは死ぬつもりなんだよ、メアリー」

それを聞けば、もう何も言うことはなかった。叔母を苦しませるくらいなら、嘘をつきまくって地獄に落ちたほうがいい。だが、とにかくこの事態には対処しなければならない――自分の立場がどれほど皮肉なものであろうとも。

「玄関に出ましょう」彼女は言った。「バサット様をいつまでも待たせちゃまずいわ。心配しないで。わたしは何もしゃべりませんからね」

ふたりは一緒にホールに行き、メアリーが玄関の重たいドアを開けた。外には男がふたりいた。一方は馬から下りており、ドアをドンドンたたいていたのはこの男だった。もう一方は、大柄ながっちりした体格の男で、ケープの付いた分厚い外套に身を包み、みごとな栗毛の馬にまたがっていた。帽子を目深にかぶっているが、メアリーには深い皺《しわ》の刻まれた日に焼けたその顔が見えた。年のころは五十前後だろうと彼女は見積もった。

「またずいぶんと手間取ったもんだな」彼はそう声をかけてきた。「この様子だと、旅の者はあまり歓迎されんのだろうね。宿の主《あるじ》はご在宅かな?」

ペイシェンス・マーリンは姪を小突いた。そこで返事はメアリーがした。

「マーリンさんは出かけています」彼女は言った。「何か軽くお召しあがりになりますか? バーのほうに来ていただければ、わたしがお給仕いたしますが」

「召しあがるだと!」彼は答えた。「わたしにも分別ってものがある。そのためにジャマイカ館に来たりはせんさ。あんたの主人に話があるんだ。そこの人。あんたは主《あるじ》の奥さんかね? あの男はいつごろもどる?」

ペイシェンス叔母は小さくお辞儀をした。「申し訳ございません、バサット様」暗唱をする子供よろしく、不自然に大きく明瞭な声で、叔母は言った。「主人は朝食後すぐに出かけてしまい、日のあるうちにもどるかどうか、とんと見当がつきません」

「ふうむ」治安判事は唸った。「それは困ったものだな。ジョス・マーリン氏と少し話がしたかったんだが。いいかね、奥さん、あんたの大事なご亭主は、わたしの知らぬ間に汚いやりかたでジャマイカ館を買い取ったわけだが、いまはそのことは蒸し返すまい。しかし、わたしには我慢できないことがひとつある。それは、この一帯のわたしの領地がことごとく、当地の憎むべき不正行為の代名詞にされてしまうことなんだ」

「まあ、なんのことでございましょう、バサット様」ペイシェンス叔母は口を動かし、スカートのなかで両手を揉み絞った。「私どもはここでただひっそりと暮らしているのです。本当でございますよ。ここにおります私の姪も同じことを申すでしょう」

「いやいや、わたしもそこまで馬鹿ではないぞ」判事は言った。「この宿にはずっと前から目をつけていた。家というのは理由もなしに悪い噂が立つことはないものでな、マーリン夫人。ジャマイカ館の悪臭は沿岸までぷんぷんとにおっとるんだよ。わたしの前でとぼけちゃいかんね。おい、リチャーズ、このいまいましい馬を押さえてくれんか？」

もう一方の男、その服装から見て従僕と思しき者が轡《くつわ》を取り、バサット氏はドスンと地面に降り立った。

「せっかくだから、ひととおり見て回るとしようか」彼は言った。「言っておくが、拒んでも無駄だぞ。治安判事のわたしには権限があるんだからな」彼はふたりの女を突破して突き進み、小さな玄関ホールに入った。ペイシェンス叔母はバサット氏を制止するような動きを見せたが、メアリーは首を振って顔をしかめた。「行かせましょう」彼女はささやいた。「ここで止めたら、余計、怒らせるだけだわ」

バサット氏はいかにも不快そうにあたりを見回した。「なんとまあ」彼は慨嘆した。「まるで墓場みたいなにおいじゃないか。いったいぜんたい、この家に何をしたんだね？ ジャマイカ館はもともと荒壁の質素な建物だし、出てくる料理も素朴なもんだったが、これじゃあまりにひどすぎる。やれやれ、ここは丸裸じゃないか。家具はひとつもないのかね」

バサット氏は応接室のドアをさっと開けて、乗馬用の鞭で湿気た壁を指し示した。「あれをなんとかせんとな。いまに屋根が頭まで垂れさがってくるぞ」彼は言った。「生まれてこのかた、こんな代物は見たことがない。さあ、マーリン夫人、二階に案内しておくれ」青ざめ、びくつきながら、ペイシェンス・マーリンは階段に向かった。その目は安心を得ようとして姪の目をさぐっていた。

二階の部屋部屋は徹底的に調べられた。治安判事は、隅々の埃の溜まったところをのぞきこみ、古い麻袋を持ちあげ、ジャガイモの山をつつき、その間ずっと、怒りと嫌悪の声をあげつづけた。「これが宿だと言うのかね？」彼は言った。「ここには猫が眠れるベッドすらないじゃないか。この家は腐っとる。上から下まで腐っとるよ。いったいどういう料簡なんだ？ ええ？ 舌をなくしたのかね、マーリン夫人？」

哀れな女は返事をするどころではなく、しきりと首を振り、口を動かしている。彼らが一階の廊下の奥のあの閉め切った部屋にたどり着いたらどうなるのか――自分自身と同様に叔母もまたそれを考えていることが、メアリーにはわかった。

「どうやら宿のおかみは一時的に耳と口が不自由になったようだ」治安判事は皮肉っぽく言った。「あんたはどうかな、お嬢さん。何か言うことはないかね？」

「わたしはまだここに来て日が浅いのです」メアリーは答えた。「母が亡くなったので、叔母の世話をするためにこちらに移ってきたのですが。叔母はあまり強い人ではありません。ごらんのとおりですわ。神経質で、すぐ取り乱してしまうのです」

「無理からぬことだな。こんなところで暮らしていたのでは」バサット氏は言った。「さて、ここにはもうこれ以上見るべきものはなさそうだ。お手数だが、もう一度、わたしを下に連れていき、窓に板を打ってあるあの部屋を見せてもらえんかね。庭にいるとき気づいたんだが、なかを見てみたいのでな」

ペイシェンス叔母は唇を舐め回し、メアリーを見つめた。その口から言葉は出てこなかった。

「申し訳ありません、バサット様」メアリーは言った。「廊下の奥の古い納戸のことでしたら、鍵がかかっていると思います。その鍵はいつも叔父が管理しておりまして、どこにしまってあるものか、わたしにはわかりかねます」

治安判事は疑わしげにふたりの女を見比べた。

「あんたはどうだ、マーリン夫人？　ご亭主がどこに鍵をしまっているか、あんたも知らんのかね？」

ペイシェンス叔母は首を振った。治安判事は鼻を鳴らし、踵《きびす》を返した。「まあ、どうということはない」彼は言った。「あんなドアはすぐに破れるだろう」それから彼は庭に出ていき、従僕を呼んだ。メアリーは叔母の手をトントンと軽くたたいて、その体を引き寄せた。

「そんなに震えないで」彼女は嚙みつくようにささやいた。「それじゃ誰の目にも、何か隠してるってわかってしまうじゃありませんか。ここは平気なふりをするしかないんです。あのかたが家のなかのどこを見ようとかまわないって顔をしてください」

数分後、バサット氏はあの従僕、リチャーズとともにもどってきた。物を壊すのがよほどうれしいのか、リチャーズは満面に笑みをたたえ、厩舎《きゅうしゃ》で見つけた古い横木をかかえていた。明らかに彼はそれを破城槌《はじょうつち》として使うつもりなのだ。

叔母のことさえなければ、メアリーもそれなりの期待感とともにこの場に臨んだだろう。なにしろ、あの閉め切った部屋のなかを初めて見ることができるのだ。しかし、何が見つかるにせよ、その結果に叔母が巻き込まれること、また、その点は自分自身も同じであることを思うと、複雑な気分になった。そして初めてメアリーは、自分たちの潔白を完璧に証明するのが非常にむずかしいことに気づいた。ペイシェンス叔母が夫の肩を持ち、やみくもに闘うのなら、いくら抗弁したところで誰も信じてはくれまい。

ここでメアリーは、小さな興奮を覚えつつ、バサット氏とその従僕が左右から横木を持ち、ドアの錠に力一杯たたきつけるのを見守った。しばらくのあいだドアは持ちこたえ、ドンドンというその音が家じゅうに響いていた。やがて木材が裂け、バリッと大きな音がして、彼らの前でドアが開いた。ペイシェンス叔母は小さく悲痛な叫びを漏らし、治安判事は彼女を押しのけて室内に踏み込んだ。リチャーズは横木を床について額の汗をぬぐっており、メアリーはその肩越しに室内を見通すことができた。なかはもちろん暗かった。板を打たれた窓は、内側も麻袋でふさがれており、室内は完全に光が遮断されていた。

「誰か！　ロウソクをくれ」治安判事が叫んだ。「ここは洞穴並みに真っ暗だ」リチャーズが短くなったロウソクをポケットから取り出した。パッと明かりが輝き、従僕はロウソクを主人に手渡した。それを頭上に高く掲げて、治安判事は部屋の中央へと進んだ。

しばらく沈黙がつづいた。治安判事は体の向きを変えながら、室内を隈《くま》なく明かりで照らしていった。やがて、いまいましげに舌打ちすると、彼は背後の小集団に向き直った。

「何もない」彼は言った。「まったく何も。またしてもあの男にしてやられたわ」

隅の一箇所に積まれた麻袋をのぞけば、室内は完全に空っぽだった。いたるところに分厚く埃が積もっており、壁には男の手よりも大きな蜘蛛《くも》の巣がいくつもかかっている。家具の類《たぐい》は一切なく、暖炉は石を詰めてふさいであった。床は外の廊下と同じく板石の床だった。

麻袋の山のてっぺんには、ねじれたロープが一本、載っていた。

治安判事は肩をすくめて、ふたたび廊下に出てきた。

「ふむ、今回はジョス・マーリンの勝ちだな」彼は言った。「この部屋には、猫を一匹殺すに足る証拠もない。潔く負けを認めよう」

ふたりの女は、治安判事につづいて玄関ホールから外のポーチに出た。従僕のほうは馬たちを連れてくるため、厩舎へと向かった。

バサット氏は鞭で長靴《ちょうか》を軽く弾いて、不機嫌そうに前方を見つめた。「きょうはついてたな、マーリン夫人」彼は言った。「あのろくでもない部屋で予想どおりのものが見つかっていれば、明日のいまごろあんたの亭主は州の監獄に入ってたろう。だが、こうなると……」彼はふたたびいまいましげに舌打ちして、唐突に話を中断した。

「早くせんか、リチャーズ」彼はどなった。「これ以上、朝の時間を無駄にしちゃあおれんぞ。いったい何をしとるんだ」

リチャーズが二頭の馬を引いて、厩舎の出口に現れた。

「さてと。よく聴きなされ」バサット氏は鞭でメアリーを指した。「あんたの叔母君は舌と一緒に正気もなくしたのかもしれんが、あんたのほうは易しい英語くらい理解できるだろう。あんたは叔父さんのビジネスについて何も知らんと言うつもりかね？　夜でも昼でも、ここを訪ねてきた者はひとりもおらんのかな？」

メアリーは相手の目をまっすぐに見た。「わたしは誰も見たことがありません」彼女は言った。

「きょうまでは、あの閉め切った部屋をのぞいたこともなかったわけだな？」

「はい、一度も」

「宿の主《あるじ》があの部屋に鍵をかけておく理由について、何か知らないかね？」

「いいえ、なんにも存じません」

「夜、庭から車輪の音が聞こえてきたことは？」

「わたしはぐっすり眠るたちなので。何があっても目が覚めないのです」

「うちを空けるとき、あんたの叔父さんはどこに行っているのかな？」

「わかりません」

「叔父さんは、天下の公道で旅館を営んでいながら、通る者を残らずその館から締め出しとるわけだが――あんたはこれを奇妙だとは思わんかね？」

「叔父はとても変わった人ですから」

「まったくだ。実際、あそこまで変わっとると、やつがその親父みたいに吊るされるまで、この近隣の住民たちは枕を高くして眠ることができんだろう。わたしがそう言っていたと、本人に伝えてくれんか」

「はい、お伝えします、バサット様」

「ここで暮らすのは怖くないかね――近所に人の姿はないし、生活の音も聞こえない。お仲間はこの半分イカレた女だけとなると？」

「時は過ぎていきますから」

「口が堅いんだな、お嬢さん。とんだ身内を持って、あんたも気の毒に。自分の娘がジョス・マーリンみたいな男とジャマイカ館で暮らすのを見るくらいなら、わたしとしちゃ、墓に入った娘を見るほうがまだましだよ」

治安判事は向きを変えると、馬にまたがり、手綱を取った。「もうひとつ」彼は鞍の上から言った。「あんたは叔父さんの弟の、トレヴォーサのジェム・マーリンを見たことはないかな？」

「いいえ」メアリーははっきりと言った。「その人はここに来たことはありません」

「ほう、そうかね？　うん、あんたに訊きたいことは今朝はこれだけだ。ではおふたりとも、ごきげんよう」そして彼らはカチャカチャと前庭から街道へと出ていき、彼方の丘の頂《いただき》へと向かった。

ペイシェンス叔母はすでに台所にもどって、椅子にへたりこみ、涙にくれていた。

「ああもう、しっかりしてくださいな」メアリーはうんざりして言った。「バサット様はお帰りになりましたよ。結局、何ひとつつかめず、おかげでとっても不機嫌になってね。さっきの部屋であのかたがブランデーのにおいでも嗅ぎつけたなら、泣く理由もあったでしょうけど。でも結局、あなたとジョス叔父さんはうまいこと切り抜けたわけですよ」

メアリーはコップに一杯、水を注いで、一気にごくごく飲み干した。いまにも怒りが爆発しそうだった。本当は叔父の罪を暴露したくてたまらないのに、彼女は逆に彼の危機を救うために嘘をついたのだ。数日前の夜、荷馬車が来たことを思い出したため、あの閉め切った部屋が空っぽだったことに驚きはなかった。しかしあの忌まわしいロープ――梁から下がっていたのと同じものだとすぐにわかったあのロープを目の当たりにしたときは、我慢の限界を超えそうだった。それでも叔母のためを思い、彼女はじっと立ったまま無言を貫いたのだ。実にいまいましい。それ以外、ふさわしい言葉はなかった。そう、これで彼女も加担したことになる。もうあともどりはできない。今後何が起ころうと、彼女はジャマイカ館の一味のひとりなのだ。

メアリーは、いずれわたしは叔父と並んで吊るされることになるんだろう、と皮肉っぽく考えた。それに、わたしは叔父を救うために嘘をついただけじゃない――怒りを募《つの》らせ、彼女は思った――叔父の弟のジェムを救うためにさらに嘘をついたのだ。

ジェム・マーリンもまた彼女に感謝せねばならない。なぜ彼のことで嘘をついたのかは、自分でもわからなかった。どうせあの男が知ることはない。仮に知ったとしても、ありがたがりはしないだろう。

ペイシェンス叔母は暖炉の前で相変わらず、うめいたり、めそめそ泣いたりしていたが、メアリーは叔母をなぐさめる気分ではなかった。この家族のために一日にこれだけやればもう充分だという気がした。神経はささくれ立っており、これ以上、台所にいれば、いらだちのあまり叫びだしそうだった。彼女は庭に出て、鶏の囲いのそばの洗濯だらいのところにもどり、灰色の石鹼水に荒っぽく両手を突っ込んだ。その水はもうすっかり冷たくなっていた。

ジョス・マーリンは正午少し前にもどった。メアリーには、彼が家の表側から台所に入っていくのが聞こえた。彼はすぐさま、妻の片言《かたこと》に迎えられた。メアリーは洗濯だらいのそばから動かなかった。例の一件はペイシェンス叔母に彼女なりのやりかたで説明させるつもりだった。もし叔父が裏付けを求めて声をかけてきたら、そのときに家に入ればいい。

ふたりのやりとりの内容はまったく聞き取れなかった。ただ叔母の声がキンキンと甲高く響いており、ときおりそこに叔父が鋭く質問を差しはさんでいる。しばらくすると、彼が窓に現れて手招きし、メアリーはうちに入った。叔父は脚を大きく広げて暖炉の前に立っていた。その顔は雷のように怒気をはらんでいた。

「さあ！」彼はどなった。「とっととしゃべりな！　おまえから説明するんだ。叔母さんの言うことはさっぱりわけがわからねえ。カササギだってもうちょいうまくしゃべるだろうよ。いったい何があった？　俺が知りたいのはそこだ」

　メアリーは、午前中の出来事を、言葉を選んで簡潔に、冷静に語った。何ひとつ（治安判事が叔父の弟について質問したことは別として）省略せず、最後は、バサット氏自身の言葉――「ジョス・マーリンがその親父みたいに吊るされるまで、住民たちは枕を高くして眠ることができんだろう」で締めくくった。彼女が話を終えると、ジョスはテーブルに拳《こぶし》をたたきつけ、悪態をついて、椅子のひとつを部屋の向こうへ蹴飛ばした。

「あのくず野郎、こそこそ嗅ぎまわりやがって！」彼はどなった。「あいつにゃ俺のうちに入る権利なんぞねえんだぞ。その点じゃ他のやつらと変わりねえ。治安判事の権限だと？　全部、嘘っぱちさ、この阿呆ども。そんなものはねえんだよ。俺がここにいりゃ、あの野郎をかみさんでも見分けがつかねえご面相にして、ノースヒルに送り返してやったんだが。仮に見分けがついたって、それっきり用なしになったろうぜ。あんちくしょうめ！　この地方を仕切ってるのが誰なのか、俺があいつに教えてやる。そのうえで、俺の足もとに這いつくばらせてやろうじゃねえか。あの野郎、おまえらを脅しやがったんだな？　今度そんなまねをしやがったら、家に火を点けて焼き殺してやるぜ」

　ジョス・マーリンは大音声でがなりたてており、その騒音は耳を聾《ろう》せんばかりだった。メアリーはこういう叔父は怖くなかった。これは全部こけ脅し、虚勢にすぎない。この男が本当に危険なのは、声を落としてささやくときだ。その雷声とは裏腹に、彼は怯えている。メアリーにはそれがわかった。彼の自信は激しく揺らいでいるのだ。

「何か食わせてくれ」ジョスは言った。「また出かけなきゃならん。ぐずぐずしてる暇はねえんだ。泣きわめくのはもうよせや、ペイシェンス。さもないとその面《つら》をぶっつぶすぞ。きょうはよくやったな、メアリー。恩に着るよ」

メアリーはまっすぐに彼の目を見つめた。

「わたしが叔父さんのためにああしたなんて、まさか思ってませんよね？」彼女は言った。

「理由なんぞどうだっていい。結果はおんなじだ」彼は答えた。「バサットみてえなド阿呆にゃどうせなんにも見つけられやしねえがな。やつの頭は生まれつき見当ちがいなとこに付いてるんだ。俺に一枚、パンを切っとくれ。おしゃべりはもうやめだ。ふたりともいつもの席に着きな。テーブルの下座にな」

ふたりの女は無言で席に着き、あとは何事もなく食事は終わった。食べ終えるなり、宿の主《あるじ》は立ちあがり、女たちのどちらにもひとことも声をかけず、厩舎へと向かった。メアリーは、彼が再度ポニーを引き出して街道に出るものと思った。ところが一、二分すると、彼はまたもどってきて、台所を通り抜け、裏庭の端まで行き、踏み越し段に上がって牧場《まきば》に出た。メアリーは、彼が原野を渡り、〈トルボロー岩〉や〈コッダ岩〉につづく急斜面をのぼっていくのを見守った。ほんのしばらく彼女は躊躇《ちゅうちょ》していた――突如頭に浮かんだこの考えは、賢明なものと言えるだろうか。その後、頭上を行く叔母の足音で、心は決まった。寝室のドアの閉まる音を待ってから、エプロンを放り出し、壁の釘から厚手のショールをつかみ取ると、彼女は叔父のあとを追って、草原を走っていった。丘の麓《ふもと》に着くと、石塀の陰にしゃがみこみ、叔父の姿が稜線の向こうに消えるまでそうしていた。それからふたたび、勢いよく立ちあがり、生い茂る草やでこぼこの石をよけながら彼のあとを追った。どう見ても無分別で無鉄砲な冒険ではあるが、いまの彼女は向こう見ずな気分だったし、午前中沈黙していた分、そのはけ口も必要だった。

彼女の作戦は、ジョス・マーリンを常時視界に入れつつ、自分自身は（当然ながら）見られないようにするというものだ。この方法でたぶん、彼の秘密の目的について何かしらわかるだろう。治安判事の訪問により宿の主《あるじ》の予定が変わったことに疑いの余地はない。また、こうして突然、徒歩で出かけ、〈西が原《ウエスト・ムーア》〉を横断していることも、あの来訪に何か関係があるはずだ。時刻はまだ一時半前で、歩くのには絶好の午後だった。メアリーは頑丈な靴とくるぶしまでの短いスカートをはいており、地面の凸凹もほとんど気にならなかった。地表の霜が硬くなっているため、足もとは充分に乾いている。それに、ヘルフォード川の岸辺の濡れた川原や農地のぬかるみに慣れているため、こうして原野を渡っていくのは朝飯前に思えた。あちこちうろついたこれまでの経験からいくらか知恵もついており、彼女は可能なかぎり叔父が通ったのと同じコースをたどり、なるべく高いところを歩くよう心がけていた。

メアリーの任務はそう簡単なものではなく、数マイル進むと、彼女自身にもそのことがわかってきた。姿を見られないようにするためには、叔父との距離を充分に保たねばならない。そのうえ、相手は足の運びが速く、歩幅も非常に大きいため、まもなくメアリーは、いずれ自分がついていけなくなることを悟った。叔父は〈コッダ岩〉を通過し、いまは西へと向きを変え、

〈ブラウン・ウィリーの丘〉の麓の低地のほうへと向かっている。あれだけの背丈がありながら、その姿は、ムーアの褐色の広がりを背に小さな黒点と化していた。

これから千三百フィート登るのかと思うと、少しショックだった。メアリーはしばらく足を止め、だらだらと顔を流れる汗をぬぐった。少しでも楽になるよう髪は下ろして、顔のまわりではためくに任せた。ジャマイカ館の主《あるじ》がなぜ、十二月の午後にボドミン・ムーアの最高峰に登ろうとするのか？　それはわからなかったが、ここまで来た以上は、なんとしても苦労に見合うだけの収穫を得るつもりだった。彼女は前よりも足を速め、ふたたび出発した。

足もとの地面はいま、ぬかるんでいる。このあたりでは初霜がもう解けて、水に変わっているのだ。前方の低地全体が冬の雨でやわらかく黄色くなっている。その水分はひんやりと着実に靴のなかへと染み込んできた。スカートの裾は泥の撥《は》ねで汚れ、あちこち破れていた。メアリーは裾をたくしあげ、髪からはずしたリボンで腰に縛りつけると、叔父の通った道を突き進んでいった。しかし彼は低地のいちばんひどい地帯を慣れによる異様なすばやさですでに渡り終えており、その姿は〈ブラウン・ウィリー〉の麓の黒いヒースと巨石のあいだにかろうじて見える程度だった。ほどなく彼は、そそり立つ花崗岩《かこうがん》の陰に入り、完全に見えなくなった。

叔父がどんなコースで沼地を渡ったのか知るすべはなかった。彼は瞬《また》く間に行ってしまったのだ。メアリーは一歩一歩苦闘しながら、懸命にあとを追った。こんな挑戦は馬鹿のすることだ。それはわかっていたが、一種の頑迷さが彼女を歩ませつづけた。足を濡らさずに沼を渡り切るにはどこをどう行けばよいのか――それがわからないため、メアリーは分別を働かせ、その危険地帯を大きくぐるりと迂回して、丸二マイルもちがう方向に進むという方法を取り、おかげで比較的安全に沼の向こう側にたどり着くことができた。しかし彼女はすっかり引き離されていた。叔父がふたたび見つかる見込みはもうなかった。

それでも彼女は断固として〈ブラウン・ウィリー〉を登りはじめた。濡れた苔《こけ》や石で足をすべらせ、よろめきながら、絶えず行く手を阻むぎざぎざの花崗岩の突出部をつぎつぎよじ登っていくと、ときおりその音に驚いた野生の羊が石の陰から飛び出してきて、彼女を凝視し足を踏み鳴らした。雲が西から迫ってきて、下の平原に変化する影を落とし、太陽はその雲のうしろに姿を消した。

丘の上はひっそりしていた。一度は、大鴉が彼女の足もとから飛び立って、甲高くギャアと鳴いた。そいつは大きな黒い翼をばたばたさせて飛び去り、しわがれた抗議の叫びをあげながら、地上へと下りていった。

丘の頂上に至ったときは、夕雲が頭上にもくもくと盛り上がり、世界は灰色になっていた。はるかな地平線は迫りくる宵闇のなかに消え、眼下の原野からうっすらと白い霧が立ちのぼってきた。もっとも急峻で困難な側から登ってきたがために、彼女はその岩山で一時間ほども費やしていた。まもなくあたりは闇に包まれるだろう。彼女の冒険はほとんど意味がなかった。見渡すかぎり、生き物はどこにもいないのだから。

ジョス・マーリンを見失ってからもうずいぶんになる。もしかすると彼は、この岩山には登らず、麓を迂回して、硬いヒースや小さな岩のあいだを、誰にも見られずひとりきりで、用事のある東か西に進んでいき、彼方の丘の襞《ひだ》のなかに呑み込まれたのかもしれない。

こうなってはもう彼は見つかるまい。いちばんよいのは、最短コース、最速の方法で岩山を下ることだろう。さもないと彼女は冬の原野で、枯れた黒いヒースを枕に、尖った花崗岩の陰以外、雨風をしのぐ場所もなく夜を過ごすことになる。いまにして思えば、十二月の午後にここまで来たのは馬鹿だった。ボドミン・ムーアの黄昏《たそがれ》がごく短いことは、彼女自身、経験から知っていたというのに。暗闇が訪れるとき、それは急速かつ唐突であり、太陽は瞬時に消え失せる。霧もまた危険で、湿った大地から雲となって立ちのぼり、白い障壁さながらに沼地を包み込むのだ。

勇気をくじかれ、意気消沈し、高揚感も消え失せて、メアリーは岩山の急斜面を下《くだ》りはじめた。一方の目は下の沼地を見据え、もう一方の目はいまにも追いついてきそうな闇を警戒していた。真下には、最終的に海に注ぎ込むフォイ川の源泉とされる池、もしくは、泉があった。この池はなんとしても回避せねばならない。なぜなら、その周辺は泥が深く危険をはらんでいるうえ、泉自体も深さが測り知れないからだ。

彼女は泉を避けるため左手に向かったが、〈ブラウン・ウィリー〉を無事下りきり、堂々とそびえるその孤高の頂を背に、下の平地に達するころには、原野はすでに霧と闇に包まれており、方向は完全にわからなくなっていた。

とにかく冷静でいなければ、と彼女は思った。次第にふくらむこの恐怖心に負けてはならない。霧が出ているとはいえ、今夜は天候がよく、さほど寒くない。それに、踏み分け道が偶然見つかり、最終的に人家にたどり着く可能性だってあるだろう。

高いところを歩きつづければ、沼に踏み込む危険はない。そこで彼女は再度スカートをたくしあげ、ショールをしっかり肩に巻きつけて、たゆみなく進んでいった。怪しいと思ったときは地面をさぐり、足が沈み込むやわらかい草地は避けた。何マイルか行くと、自分が方角もわからずやみくもに進んでいたことが明らかになった。なぜなら、来るときは通っていない小川が突如、行く手に現れたからだ。小川にそって進めば、また低地や沼に至るだけだろう。そこで彼女はざぶざぶと小川に入っていき、膝上まで水に浸かりながら、向こう岸に渡った。靴や長靴下が濡れてしまったことは気にならなかった。自分は幸運なのだと彼女は考えた。もし小川がもっと深かったら、泳いで渡らねばならなかったし、体も冷えきっていただろう。前方の土地は隆起しているようだった。足場がしっかりするわけで、これはとてもいいことだ。彼女は大胆にその高い丘陵部へと向かい、延々とどこまでも進んでいった。するとついに、前方ややや右寄りに一本のでこぼこ道が現れた。少なくとも一、二度は、荷馬車の車輪がそこを通っているわけであり、荷馬車が行けるところならメアリーも行くことができる。最悪の時は過ぎた。そして痛烈な不安が消えると、虚脱感とひどい疲れが襲ってきた。

四肢は重たく、ほとんど自由にならない、ずるずる運ばれる物体と化しており、目は頭蓋の奥に落ち込んだように感じられた。彼女はうなだれ、両手を脇に垂らして、前へ前へと足を進めた。仮にいま見えたなら、ジャマイカ館の長い灰色の煙突は、おそらくその歴史上初めて、心安らぐなつかしい眺めとなるだろうと思った。道はいま広くなり、左右に走る別の道と交差している。メアリーはどちらに行ったものかわからず、しばらく立ち尽くしていた。するとそのとき、ハアハアという馬のあえぎが耳を打った。激しく走らされてきたらしい荒い息遣いが、左手の闇の奥から聞こえてくる。

馬の蹄は草地をたたき、ドンドンと鈍い音を立てていた。その急激な接近に心をざわつかせつつ、道のまんなかで待っていると、ほどなく目の前の霧のなかからその馬が現れた。背には騎手が乗っている。ほのかな光のなかで、両者の姿は現実味を失い、一対のおぼろな影となっていた。メアリーに気づくと、馬上の男は横にそれ、手綱を引いて馬を止めた。

「やあ」彼は叫んだ。「あんたは誰だ？　何か困っているのか？」

男は鞍の上から彼女を見おろし、驚きの声をあげた。「女か！」彼は言った。「いったいこんなところで何をしているんです？」

メアリーは手綱をつかんで、興奮している馬を鎮めた。

「道を教えていただけませんか？」彼女はたのんだ。「うちから何マイルも離れてしまって、ここがどこなのかまるでわからないんです」

「静かに」男は馬に言った。「じっとしていてくれないか。あなたはどこから来たのです？もちろんできることなら、お力になりますよ」

その声は静かで優しかった。メアリーには彼が上流階級の人であることがわかった。

「わたしはジャマイカ館の者です」そう言ったとたん、彼女は後悔した。この人はもちろんもう助けてはくれまい。その名前を聞いたからには、馬に鞭をくれ、自分を置いて行ってしまうだろう。そうなれば、なんとかして自力で道をさがすしかない。あんなことを言うなんて馬鹿だった。

男はしばらく沈黙していた。これは彼女の予想どおりだ。だがふたたび口を開いたとき、男の声に変化はなく、前と同様に静かで優しかった。

「ジャマイカ館ですか」彼は言った。「だとすると、あなたはずいぶん遠くまできてしまったわけです。きっと、ずっと反対方向に歩いていたのでしょう。ここは〈ヘンドラの丘〉の反対側ですからね」

「そう言われても、何がなんだかさっぱりですわ」メアリーは言った。「こっち方面には一度も来たことがないもので。冬の午後にこんな遠くまで来るなんて本当に馬鹿でした。どの道を行けばいいのか教えていただけないでしょうか。いったん街道に出てしまえば、家まではさほどかからないと思います」

男はしばらく彼女を見つめていた。やがて彼は、馬上からひらりと地面に降り立った。「あなたは疲れ切っている」彼は言った。「もう一歩だって歩けやしませんよ。第一、このわたしがそんなことはさせません。ここから村まではそう遠くありませんからね。そこまでこの馬に乗って行きなさい。さあ、足をこちらに。手を貸して乗せてあげましょう」一分後、メアリーは鞍の上におり、男は彼女の下で轡を持って立っていた。「このほうがいいでしょう?」彼は言った。「あなたはこの原野を長時間、苦労して歩いてきたにちがいない。靴はびしょ濡れだし、ガウンの裾もそうですね。わたしのうちにお連れしましょう。濡れたものを乾かして、少し休んで、軽く夕食もとっていただきますよ。そのあとで、わたしがジャマイカ館まで送り届けてあげますからね」心遣いにあふれていながら、静かな権威にも満ちたその言葉に、メアリーはほっと安堵のため息をつき、ひとまずすべての責任を放棄して、この男の庇護《ひご》のもとに心地よく身を委ねた。彼はメアリーが持ちやすいよう手綱を整えると、彼女の顔を見あげた。そして、このとき初めてメアリーには、帽子のひさしに隠されていた男の目が見えた。それは不思議な目だった。ガラスのように透明で、とても色が淡いため、ほとんど白く見える目——メアリーがそれまで遭遇したことのない自然の気まぐれだ。まるで頭のなかを見通せるかのように、その目は彼女を見据え、さぐっていたが、メアリーは自分が彼に心を許し、身を委ねているのを感じ、それが少しもいやでなかった。黒いシャベルハットからのぞく男の髪もまた白かった。メアリーは少し戸惑って彼を見つめ返した。なぜなら男の顔に皺はなく、その声も年寄りの声ではなかったからだ。

それから彼女はこの違和感の理由に気づき、急に気まずさを覚えて、目をそらした。この男はアルビノだった。

彼は帽子を取って、彼女の前にむきだしの頭をさらした。

「自己紹介したほうがよさそうですね」彼はほほえんで言った。「この出会いかたはふつうとはちがいますが、やはりそれが当然の作法でしょう。わたしはフランシス・デイヴィと申します。オルタナンの牧師です」

# 7

その家には不思議な安らかさ、きわめて稀な、名状しがたい何かがあった。それは古い物語に出てくる家を思わせた。真夏の宵に主人公が発見する家。その周囲はいばらの壁に囲まれており、主人公はそれを短剣で切り裂いて進まねばならない。するとやがて、自然のままに一面に咲き乱れる無数の花々が現れる。窓の下には巨大なシダが生い茂り、茎の長い白百合も咲いている。その物語のなかでは、蔦《つた》が壁を覆い、入口をふさいでおり、家全体が千年のあいだ眠っているのだ。

メアリーは自らの空想にほほえみ、もう一度、薪の火に両手をかざした。彼女にはこの家の静寂が心地よかった。それは疲れを癒し、恐れを追いやってくれた。ここはジャマイカ館とは別の世界だ。あの家では静寂は重苦しく、悪意をはらんでいた。使われていない部屋部屋には、打ち捨てられたもののにおいがこもっていた。だがこの家はちがう。いま彼女がすわっている部屋には、夜更けに訪れた客間の無機質な静けさがあった。家具、中央のテーブル、壁の絵画に、昼間に属する堅実で親しみやすい雰囲気はない。それらは、真夜中に思いがけず遭遇する、眠っているものたちだ。ここでは多くの人が暮らしてきた——満ち足りた穏やかな人々、カビ臭い本をかかえた年老いた牧師たちが。そして窓辺では、青いガウンを着た白髪交じりの婦人がうつむいて針に糸を通しただろう。それはすべて遠い昔のことだ。彼らはいま、門の向こうの墓地で眠っており、地衣に覆われた墓石のその名は読み取れなくなっている。彼らが逝ってから、家は殻にこもり、無口になった。そして現在そこに住む男は、世を去って永遠に変わらぬ身となった者たちの個性を受け入れている。

メアリーは夕食の配膳をする牧師を見守り、この人は実にみごとに家の空気に溶け込んでいると思った。他の男なら、沈黙に息苦しさを覚え、たぶんあれこれしゃべったり、カップをカチャカチャいわせたりしただろう。彼女の視線がさまよいだす。部屋の壁に聖書のお定まりの場面を題材とした絵画は見当たらない。また、彼女のイメージでは牧師の居間と言えば書類や本があるものなのだが、磨き込まれた机にはそれもない。彼女は不思議とも思わずにそうしたことを受け入れた。部屋の片隅にはイーゼルが置かれ、そこに描きかけのカンバス画が載っていた。〈ドーズマリー池〉の絵——曇りの日に描かれたものだ。上空には雨雲が垂れこめ、水面《みなも》はすっかり輝きを失って、風もないのか、硬質な灰色一色となっている。その情景はメアリーの目をとらえ、魅了した。絵画のことなど何も知らないが、その絵には迫力があり、顔にかかる雨が肌に感じられるようだった。きっと彼女の視線を追っていたのだろう、牧師はイーゼルに歩み寄って、絵を裏返した。「これはお見せできませんよ」彼は言った。「急いで描いたものので、仕上げる暇もないのです。絵がお好きなら、もっといいのをお見せしましょう。でもまずは、夕食を取っていただかなくては。そのますわっていてください。いまテーブルをそちらに運びますから」

給仕をしてもらうのは初めてのことだが、彼のやりかたがとても静かで、なんのてらいもないので、それはいつものことのようにごく自然に思え、きまり悪さは感じなかった。「ハンナは近くに住んでいましてね」彼は言った。「毎日四時に帰るのです。こちらもひとりのほうが気楽ですし。わたしは自分で夕食を用意するのが好きなのです。時間を自由に決められますから。幸いきょうは彼女がアップルタルトを作ってくれました。お口に合えばいいのですが。ハンナの焼き菓子はまずまずといったところなのでね」

彼は湯気の立つお茶をカップに注ぎ、スプーン一杯分のクリームをそこに加えた。メアリーは彼の白い髪と目にまだ慣れることができなかった。それは彼の声とあまりにも対照的だった。そのうえ、黒い法服がその白さをさらに際立たせている。メアリーはまだ疲れが取れず、いまの環境にもうひとつなじめずにいた。牧師は黙っていたいという彼女の気持ちを尊重してくれた。彼女は食べ物を飲み下しながら、ときおりカップの縁越しに牧師のほうを盗み見た。だが牧師は彼女の視線を即座に感じとるらしく、その都度こちらに目を向けて、白く冷たいまなざしをじっと注いできた。それは、感情のない突き刺すような盲人の凝視に似ていた。そして彼女はふたたび目をそらし、黄緑の壁や片隅のあのイーゼルを振り返るのだった。

「今夜、原野でわたしたちが出会ったのは、天の配剤と言うべきでしょうね」ついに牧師が言った。メアリーは皿を押しやり、ふたたび椅子に身を沈めて、頰杖をついていた。部屋の暖かさと熱いお茶のせいで彼女は眠気を催しており、牧師の優しい声は遠くから聞こえてくるようだった。

「仕事柄、わたしはときどき村から離れたコテージや農場に出向くのです」彼はつづけた。「きょうの午後は、赤ん坊をひとり取りあげました。その子は生き延びるでしょう。母親のほうもです。彼らは――原野の住人たちは屈強で、何事も恐れません。あなたももうお気づきかもしれませんね。わたしは彼らに大きな敬意を抱いています」

メアリーにはこれに答える言葉がなかった。ジャマイカ館に来た連中は、敬意を抱けるような者たちではなかったから。彼女は部屋に漂う薔薇《ばら》の香りはどこから来るのだろうと思い、ここで初めて、自分のすわる椅子のうしろの小テーブルに乾燥させた花びらの壺が載っているのに気づいた。すると牧師がまた口を開いた。その声はこれまでと変わらず優しかったが、新たな執拗《しつよう》さを帯びていた。

「あなたはなぜ今夜、原野を歩き回っていたのですか？」

メアリーは眠気を払いのけ、彼の目を見つめた。それは無限の同情をたたえて、じっと彼女を見おろしており、メアリーはその慈悲にすがりたくなった。

いつのまにしゃべりだしていたのか、牧師に答える自分の声が聞こえてきた。

「わたしは恐ろしい窮地に立たされているんです」彼女は言った。「ときどき、自分も叔母のように正気を失ってしまうんじゃないかという気がします。このオルタナンで、牧師様もいろいろと噂を聞いておいでかもしれません。きっと牧師様は肩をすくめて、そんな話には耳をお貸しにならないのでしょうけれど。わたしはジャマイカ館に来て、まだひと月足らずですが、その時間が二十年にも思えます。気がかりなのは叔母のことです。あの人を連れて逃げられたらどんなにいいことか！　でも叔母はジョス叔父のもとを去ろうとしないんです。あんなひどい扱いを受けているのに。毎晩ベッドに入るとき、わたしはこう思うんです――また荷馬車の音で目が覚めるんじゃないか。最初来たときは、五、六台でした。大きな包みや箱を載せてきて、男たちが廊下の奥の鍵のかかった部屋にその荷を運び入れたんです。その夜、男がひとり殺されました。わたしは下の階の梁《はり》からロープが下がっているのを見たんです……」顔がカッと熱くなり、彼女は言葉を切った。「このことを人に話したのは初めてです」彼女は言った。「誰かに言わずにはいられなくて。これ以上、胸に収めておけなかったんです。でも言うべきじゃなかった。とんでもないことをしてしまったわ」しばらくのあいだ、牧師はなんとも答えなかった。メアリーに充分に時間を与え、彼女が落ち着きを取りもどすと、優しくゆっくりと、怯えた子供を安心させる父親のように話しだした。

「心配いりません」彼は言った。「秘密は守ります。いま聞いたことは誰にも言いませんからね。いいですか、あなたはとても疲れているのです。これは全部、わたしのせいです。あなたを暖かな部屋に連れてきて、食事をさせたのは、まちがいでした。本当は、ベッドで休ませてあげるべきだったのです。あなたは何時間も原野をさまよっていたにちがいない。ここジャマイカ館とのあいだには、危険な場所がたくさんあります。この季節、沼地はいちばんひどい状態なのでね。体が休まったら、おうちまで二輪馬車でお送りしましょう。よかったら、宿のご主人にもわたしから事情を説明してあげますよ」

「いいえ、それはいけません」メアリーはあわてて言った。「きょうしたことの半分でも知れたら、わたしはあの男に殺されてしまいます。牧師様だってそうですわ。あなたにはおわかりにならない。あの男は破れかぶれなんです。何があろうと、踏みとどまりはしないでしょう。そう、最悪の場合、わたしはポーチの屋根にのぼって、窓から部屋に入ります。わたしがここに来たことは、絶対にあの男に知られちゃいけません。わたしたちが出会ったこともです」

「あなたの想像は少々飛躍しすぎていませんか？」牧師は言った。「こう言うと、冷たくて理解がないように聞こえるでしょうが、いまは十九世紀ですからね。人間同士がむやみに殺し合うということはないでしょう。あなたの叔父さんと同様に、わたしにもあなたを馬車に乗せて天下の公道を行く権利は充分あると思いますよ。こうなったらいっそ、ご自身のことを全部わたしに話したほうがいいと思いませんか？　あなたのお名前はなんというのです？　ジャマイカ館にはいつから住んでいるのですか？」

メアリーは、その真っ白な顔の淡い色の目を、また、短く切られた白髪の光輪を見あげ、改めて、なんて不思議な突然変異なのだろうと思った。この男は二十一歳にも六十歳にも見える。そしてもし本人がそうしたければ、その説得力のある優しい声で、彼女の胸の内にある秘密をひとつ残らず聞き出すことができるだろう。この人は信頼できる。その点だけは確かだ。それでも彼女はまだためらい、どのように話したものか言葉に迷っていた。

「さあ」牧師はほほえんで言った。「わたしは昔、告解を聴いたこともあるのです。このオルタナンではなく、アイルランドやスペインで、ですが。あなたのお話もわたしには、あなたご自身が思うほど奇妙に聞こえはしないでしょう。ジャマイカ館のすぐそばには別の世界もあるのですよ」

彼の言葉に、メアリーは気をくじかれ、少々混乱した。その如才《じょさい》なさ、優しさにもかかわらず、牧師が彼女をからかい、心の奥でヒステリックな若い娘とみなしているように思えたのだ。彼女は何も考えず唐突に話を始めた。支離滅裂な文を稚拙につなげて、まず、あの最初の土曜の夜、バーで起きたことを語り、その後、自分が宿に到着する場面へとあともどりした。彼女の話は、それが真実だと知っている彼女自身にさえ、まるで迫力がなく、疑わしく聞こえた。しかもひどい疲労のため、それを語るには多大な努力が必要で、彼女は絶えず言葉につまり、思い出すために間《ま》を取り、前にもどったり、同じ話を繰り返したりした。牧師は感想も質問も差しはさまずに、最後まで辛抱強く聴いていたが、その間ずっと、メアリーは彼の白い目が自分に注がれているのを感じていた。彼にはときおりごくりと唾をのむ小さな癖があり、彼女は無意識にそれを覚え、待ちかまえるようになった。そうして話していると、彼女の抱いていた恐れ、苦悩と疑惑は、自らの耳にも昂《たかぶ》った精神の作りあげた妄想のように聞こえ、バーでの叔父と見知らぬ男とのやりとりもまた荒唐無稽な小作品へと変わっていった。メアリーは牧師の疑いを目で見るというより肌で感じた。そして、いまや馬鹿馬鹿しい脚色過剰なものとなった話のトーンをなんとか抑えようとするうちに、悪役だった叔父は週に一度、妻を殴る、ありふれた飲んだくれの田舎親父と化し、荷馬車の一群も、すみやかな配達のために夜間に移動する、なんの脅威もない運送業者の馬車になってしまった。

今朝がたのノースヒルの治安判事来訪の件《くだり》には、いくぶん説得力があったが、例の部屋が空っぽだったという結末は拍子抜けという印象を与えた。話のなかで現実味があるのは、メアリーがきょうの午後、原野で道に迷ったという部分だけだった。

彼女が話し終えると、牧師は立ちあがって、室内を歩き回りはじめた。静かに口笛を吹きながら、彼はゆるんで糸からぶら下がった服のボタンをいじくりまわした。それから暖炉の前で立ち止まると、その火を背にして立ち、メアリーを見おろした。

「もちろんあなたを信じますよ」ややあって彼は言った。「嘘をついていないことは顔を見ればわかります。それにあなたはヒステリーとはまったく縁がなさそうですしね。しかしあなたの話は裁判所では通らないでしょう。少なくとも今夜のような話しかたでは、とても無理です。あれではまるでおとぎ話ですからね。それともうひとつ——確かに人聞きは悪いし、違法行為ではありますが、密輸はこの地方のいたるところで横行しており、治安判事の半数はそれで私腹を肥やしているのです。あなたにはショックでしょうね？　しかしそれは確かな事実なのですよ。法の担い手がもっと厳正だったなら、取り締まりはもっと厳しく、ジャマイカ館のあなたの叔父さんの一味などとうの昔に一掃されていたでしょう。わたしは何度かバサット氏に会ったことがあります。あの人は正直で誠実な男だと思いますが、ここだけの話、頭がよいとは言えません。がなりたて、大法螺《おおぼら》を吹きますが、それ以外何もできないのですよ。わたしの目に狂いがなければ、あの人は今朝の遠出のことを伏せておくはずです。実際、あの人には宿に押し入ってなかを捜索する権限などないのですからね。もしそんなまねをしたうえに、骨折り損だったと世間に知れたら、彼はこの地方の笑い者となってしまいます。ですが、ひとついいことを教えましょう。バサット判事の訪問は、あなたの叔父さんを怯えさせたはずです。叔父さんは当分おとなしくしていますよ。しばらくはもう荷馬車も来ません。その点は安心してよいと思います」

少し違和感を覚えながら、メアリーは牧師の説に耳を傾けた。自分の話を真実と認めれば、この人は恐れをなすだろう——彼女はそう期待していた。ところが彼はこのとおり、少しも動揺を見せず、すべてを当然のごとく受け止めている。

彼女の顔から失望を読み取ったにちがいない。牧師はふたたび口を開いた。

「よかったら、わたしがバサット氏に会って、あなたのお話を伝えてみましょうか」彼は言った。「ただ、荷馬車が庭に来ていて、叔父さんが実際に仕事をしているときに現場を押さえないかぎり、彼を有罪にできる見込みはまずありませんよ。この点はよく覚えておいていただきませんとね。こう言えばひどく非協力的に聞こえるでしょうが、あらゆる観点から見て、これはむずかしい状況なのです。それともうひとつ。あなたは叔母さんをこの件に巻き込みたくないわけですよね。逮捕ということになれば、それを回避する手があるとはわたしには思えません」

「では、わたしはどうすればいいんです？」メアリーは弱り果てて訊ねた。

「わたしがあなたなら、持久戦でいくでしょうね」牧師は答えた。「叔父さんに目を光らせることです。そして荷馬車がまた来たら、すぐにわたしに知らせてください。そのときにふたりで一緒に最善の策を考えましょう。つまり、もしも再度わたしに信頼を寄せていただけるなら、ということですが」

「でも消えた男の件は?」メアリーは言った。「その人は殺されたんですよ。まちがいありません。それについては何もできないとおっしゃるんですか?」

「残念ながら、そうですね。遺体でも出れば別ですが、その見込みはほとんどありませんし」牧師は言った。「そもそもその男は殺されてなどいないのかもしれません。失礼ながら、その点に関しては、あなたが想像力を飛躍させてしまったのだと思いますね。いいですか、あなたが見たのはロープ一本だけなのですよ。実際に男が死んでいるのを、あるいは、怪我をしているところを見たのなら――まあ、その場合は話がまったくちがってきますが」

「わたしは叔父がその人を脅すのを聞いています」メアリーは言い張った。「それだけではだめなんでしょうか?」

「ねえ、お嬢さん、人間は年がら年じゅうお互いに脅し合っているのですよ。だからと言って、相手を吊るしたりはしないものです。まあ、お聴きなさい。わたしはあなたの味方です。信頼していただいていいのです。何か心配なことや困ったことがあったら、いつでもここに来て、わたしに相談してください。きょうの行動から判断すると、あなたは歩くことが苦にならないようですし、オルタナンまでは街道を来ればほんの数マイルですからね。いらしたときに、仮にわたしが留守だったとしても、ハンナがここにいて面倒を見てくれるはずです。これをふたりのあいだの取り決めとしましょう。いいですね?」

「ありがとうございます」

「では、長靴下と靴をはいてください。わたしは馬屋に行って馬車を出してきます。ジャマイカ館までお送りしますよ」

帰るのだと思うといやでたまらなかったが、いたしかたない。覆いの付いた穏やかな光のロウソク、暖かな薪の火、ふかふかの椅子。それらのそなわったこの平穏な部屋と、ジャマイカ館の寒々した陰気な廊下やポーチの上の狭苦しい自分の部屋とを引き比べてはならない。念頭に置くべきことはひとつだけ――そうしたければ、いつでも、またここに来られるということだ。

その夜は晴れていた。夕方の薄黒い雲は通り過ぎ、無数の星で空は明るく輝いていた。メアリーはベルベットの襟の付いた大外套にくるまって、一頭立て二輪馬車の高い席にフランシス・デイヴィと並んですわった。馬は、原野で出会ったとき牧師が乗っていたのとは別のやつだった。今度のは、厩舎《きゅうしゃ》から出てきたばかりの、コブ種の大きな馬で、風のように走った。それは奇妙で爽快《そうかい》なドライブだった。風はメアリーの顔に吹きつけ、目をひりつかせた。オルタナンを出た直後の登りは、丘の勾配がきつく、スピードが上がらなかったが、いま彼らは街道に出て、ボドミン・ムーアを前にしており、牧師が鞭で急き立てるため、馬は耳をぴたりと伏せて、狂ったように疾走していた。

馬の蹄《ひづめ》は白い硬い路面をドンドンと打ち据えて、土埃をもうもうと立ちのぼらせ、メアリーは連れのほうに振り飛ばされた。牧師はなんの苦もなく馬を御していた。その顔を見あげ、メアリーは彼がほほえんでいるのを目にした。「それ行け」彼は言った。「それ行け、おまえならもっと速く走れるぞ」その声は独り言のように低く、興奮に満ちていた。それは一種異様な、気をのまれるような光景だった。彼は別世界に行ってしまい、メアリーの存在など忘れているかに見え、彼女は軽い戸惑いを覚えた。

そこにすわることで、初めて彼の横顔を見る機会を得、彼女はその目鼻立ちがどれほどくっきりしているか、また、鼻梁《びりょう》の薄い鼻がどれほど高いかに気づいた。おそらくこれも、まず彼を白く創造した自然の気まぐれなのだろう。この男は、メアリーが過去に見たどんな人間とも大きく異なっている。

彼は鳥に似ていた。前かがみにすわり、ケープ付き外套を風になびかせ、その両腕は翼のようだ。年齢はいくつと言っても通る。メアリーにはまるで見当がつかなかった。そのとき彼が笑顔で彼女を見おろし、ふたたび人間にもどった。

「わたしはこのムーアが大好きなのです」彼は言った。「最初からひどい目に遭ったあなたにはもちろん、この気持ちは理解できないでしょうね。でもわたしと同じくらいここをよく知り、さまざまに変化するその貌《かお》、冬や夏の姿を見ていれば、きっとあなたもこの原野が大好きになっていたはずです。ここには、この州の他のどこにもない魅力があるのです。その歴史は遠い昔に遡ります。ときどきわたしは、ここは太古の時代の遺物ではないかという気がします。この原野は真っ先に創造されたもので、そのあとに森や谷や海ができたというわけですよ。いつか、日の出前に〈ぎざぎざ岩〉に登って、巨石のあいだを吹き抜ける風の音を聴いてごらんなさい。そうすれば、わたしの言っていることが理解できるでしょう」

メアリーは故郷の教区牧師のことを思い出していた。それは快活な小男で、父親そっくりの子供が大勢いて、夫人はいつもスモモの砂糖漬けを作っている。クリスマスの日、彼は毎年同じ説教をする。そのため信者らは、仮に彼が言葉につまっても、つぎの台詞を教えてやれるまでになっていた。メアリーは、オルタナンの教会でフランシス・デイヴィはどんな話をするのだろうと思った。彼は〈ぎざぎざ岩〉や〈ドーズマリー池〉について語るのだろうか？　馬車はいま、木立が形作るフォイ川の小渓谷に差しかかっており、前方には吹きさらしの高台に向かう坂道がのびていた。すでにメアリーには、空を背にくっきりと輪郭《りんかく》を表すジャマイカ館の長い煙突が見えた。

ドライブは終わった。あの爽快感ももう消えていた。叔父に対するお馴染みの恐れと嫌悪感がもどってきた。牧師は前庭のすぐ手前、草の茂る斜面の陰で馬を停めた。

「人がいる気配はありませんね」彼は小声で言った。「まるで死者の家のようです。ドアが開くかどうか、わたしが試してみましょうか？」

メアリーは首を振った。「閂《かんぬき》がかかっていますから」彼女はささやいた。「窓も全部、閉まっていますし。わたしの部屋はあそこ――ポーチの上です。肩を貸していただけたら、自力でよじ登れるでしょう。部屋の窓は上のほうが開いていますから。ポーチの屋根に上がれたら、あとは簡単です」

「きっと瓦《かわら》で足をすべらせてしまいますよ」牧師は答えた。「あなたにそんなことはさせられませんね。それは非常識というものです。他になかに入る方法はないのですか？　裏口はどうです？」

「バーの入口には閂がかかっているんです。それに勝手口にも」メアリーは言った。「お望みなら、こっそり裏に回って、確かめることもできますけど」

彼女は先に立って家の反対側に回った。それから突然、牧師を振り返り、唇に指を当てた。「台所に明かりが灯っています」彼女はささやいた。「つまり、叔父がなかにいるということですわ。ペイシェンス叔母はいつも早く床に就きますから。台所の窓にはカーテンがありません。その前を通れば、叔父に気づかれてしまいます」メアリーは家の外壁に背中をもたせかけた。すると牧師が、じっとしているよう手振りで彼女に合図した。

「わかりました」彼は言った。「見られないよう気をつけますよ。窓からなかをのぞいてみます」

メアリーは牧師が窓の脇に近づくのを見守った。彼はしばらくそこに立って台所をのぞきこんでいた。それから、メアリーにこちらへと手招きしたが、その顔には、前にも彼女が気づいたあの張りつめた笑みが浮かんでいた。黒いシャベルハットを背景に彼の顔は蒼白に見えた。

「今夜はジャマイカ館の亭主と言い合う必要はなさそうです」彼は言った。

メアリーは牧師の視線を追い、窓へと急いだ。台所を照らしているのは、瓶に斜めに突っ込まれたロウソク一本だけだった。それももう半分まで燃えており、溶けた脂《あぶら》の大きな塊が側面に貼りついている。その炎は風に揺れ、プツプツと小さく音を立てていた。ドアが庭に向かって開け放たれ、風はそこから吹き込んでいるのだ。ジョス・マーリンは酔いつぶれて、大きな脚を左右に広げ、後頭部に帽子を載せて、テーブルに突っ伏していた。その目は死人の目のように一点を凝視して動かない。テーブルにはもう一本、首の砕けた瓶が載っており、その横には空っぽのグラスがあった。泥炭の火はくすぶり、燃え尽きていた。

フランシス・デイヴィは開いたドアを指さした。「これならなかに入って、二階のベッドまで行けますね」彼は言った。「叔父さんにはあなたが見えさえしませんよ。なかに入ったら、ドアを閉めて鍵をかけ、ロウソクを吹き消しなさい。火事になったら厄介ですからね。おやすみなさい、メアリー・イエラン。もし何か面倒が起きて、助けが必要になったら、わたしはいつでもオルタナンであなたを待っていますからね」

その言葉を最後に、彼は家の角を回って姿を消した。

メアリーは忍び足で台所に入り、ドアを閉めて閂をかけた。もしそうしたいなら、ドアをバタンとたたきつけてもよかった。その音で叔父が目覚めることはなかっただろう。彼はいま天の王国にいて、この小さな世界のことは忘れ果てているのだ。メアリーは叔父のすぐ横の明かりを吹き消し、暗闇にひとり彼を残してその場をあとにした。

# 8

ジョス・マーリンは五日間、酩酊《めいてい》していた。そのあいだはほぼずっと意識がなく、メアリーと叔母が即席でこしらえた台所の寝床に横になっていた。口を大きく開けて眠っているため、その寝息は二階の寝室まで聞こえた。夕方の五時ごろには目を覚まし、三十分ほど起きているのだが、そんなときは、ブランデーをくれとどなり、子供みたいに泣きじゃくった。ペイシェンスはすぐさま飛んでいって、夫をなだめ、枕を整えた。それから、病気の子供にするように優しく夫に話しかけ、口もとにグラスを当てがって、水で薄めたブランデーを少量、飲ませてやるのだった。ジョスは血走った恐ろしい目であたりを見回し、ぶつぶつと何かつぶやき、犬のように震えていた。

ペイシェンス叔母はまったくの別人となり、どこから見ても冷静そのものだった。メアリーは、この人がこうした精神状態になることがあろうとは思ってもみなかった。叔母は夫の介抱に全身全霊を捧げていた。ジョスは妻にたよりきっており、メアリーは叔母が彼の毛布や敷布を取り換えるさまをむかむかしながら見守った。彼女なら叔父のそばに行くことにすら耐えられなかっただろう。ペイシェンス叔母はそれを当然のこととして受け止め、夫が浴びせる罵詈《ばり》雑言《ぞうごん》や怒号にもひるむふうはなかった。これこそ彼女が夫を自由にできる唯一の時なのだ。彼は文句ひとつ言わず、ペイシェンスがお湯に浸したタオルで額をぬぐうのを許す。そのあとペイシェンスは、新しい毛布で夫をくるみこみ、その髪をなでつけてやる。すると数分後には、ジョスはふたたび眠り込み、紫色の顔をして、開けっぱなしの口から舌を出し、牛のようにいびきをかきだすのだった。

メアリーと叔母は使われていないあの小さな応接室を自分たちの居間に改造した。ペイシェンス叔母は初めてまともな話し相手になった。彼女は、メアリーの母とともに過ごしたヘルフォードでの少女時代のことを楽しそうに語った。また、家のなかを機敏に軽やかに移動し、ときには台所を歩き回りながら古い賛美歌を鼻歌で歌うのも聞かれた。ジョス・マーリンは、だいたい二カ月おきにこんなふうに酒に溺れるようだった。以前はもっと間《ま》が空いていたのだが、このところその頻度は増しつつあり、ペイシェンス叔母にもいつそうなるかはよくわからないらしい。今回その引き金となったのは、バサット判事の来訪だ。夫は怒り狂い、動転していた――叔母はメアリーにそう言った。そして、夕方の六時に原野から帰ってくると、まっすぐバーに行ったのだ。叔母はそのとき、どうなるかがわかったという。

ペイシェンス叔母は、原野で迷ったという姪の話を特に疑問も抱かずに受け入れた。叔母はメアリーに、沼に気をつけなきゃいけないよ、と言い、その話はそれで終わった。メアリーは大いにほっとした。あの冒険について詳しく語りたくはなかったし、オルタナンの牧師に出会ったことは一切口にすまいと決めていたのだ。ジョス・マーリンが泥酔して台所で寝ているあいだ、女ふたりは平和そのものの五日間を過ごした。

天候が悪く、寒い日がつづいたため、メアリーは家を出る気にならなかった。しかし五日目の朝、風はやんで、太陽が顔を出し、ほんの数日前の苦い経験にもかかわらず、彼女はふたたび原野に挑むことにした。宿の主《あるじ》は九時に目覚めて、声のかぎりにわめきだし、その騒々しさと、いまや家じゅうに浸透している台所の悪臭、それに、きれいな毛布を腕にかけてばたばたと下りてくるペイシェンス叔母の姿が相俟って、メアリーは急に激しい嫌悪感にとらわれ、この状況に我慢がならなくなった。

　自分自身を深く恥じながらも、固くなったパンをひとつハンカチに包んで、彼女はこっそり家を抜け出し、街道を渡って原野に出た。今回、向かったのは、〈東が原《イースト・ムーア》〉――〈キルマー岩〉の方角だった。このあとに丸一日が控えているなら、道に迷う恐れはない。彼女は、オルタナンのあの不思議な牧師、フランシス・デイヴィのことを考えつづけ、彼が自分自身のことをほとんど語らなかったことに気づいた。その一方、牧師はひと晩のうちに彼女の来しかたのすべてを聞き出している。メアリーは、〈ドーズマリー池〉のほとりで絵を描くあの牧師のことを思った。その姿はどんなに異様に見えたことか。彼はおそらく無帽で、突っ立った白髪の光輪を輝かせており、そのまわりでは、海から飛来したカモメたちが湖面をかすめて飛び交っていただろう。そして彼の姿は荒れ野のエリヤのように見えたにちがいない。

　どうして彼は聖職に就いたのだろう？　彼はオルタナンの人々に慕われているのだろうか？　もうすぐクリスマスだ。故郷のヘルフォードでは、村人たちが柊《ひいらぎ》や常緑樹の小枝や宿り木で飾りつけをしているだろう。パン菓子やケーキがたくさん焼かれ、七面鳥や鵞鳥《がちょう》は肥やされているはずだ。あの小柄な牧師はお祭り気分を漂わせて、彼の世界に明るくほほえみかけ、クリスマス・イヴには午後のお茶のあと、トレロウォレンにスロー・ジンを飲みに行くだろう。フランシス・デイヴィも柊で教会を飾ったり、人々に祝福を与えたりするのだろうか？

ひとつだけ確かなことがある。ジャマイカ館ではお楽しみなどまず望めない。

一時間あまり歩いたところで、左右に分岐する小さな川に行く手を阻まれ、メアリーは足を止めた。小川は丘のあいだの谷を流れており、周囲には沼が点在していた。その一帯は彼女には未知の土地だった。前方のなめらかな蒼い岩山の彼方に目をやると、そこには、天に向かって指を突き出す〈キルマー岩〉の巨大な裂けた手が見えた。あの最初の土曜日にさまよった〈トレウォーサ沼〉を、メアリーはふたたび前にしているのだった。しかし今回、彼女は南東を向いている。また、明るい日差しのもとで前方の丘は以前とはちがう貌《かお》を見せていた。小川は楽しげにコロコロと石の上を流れており、その浅瀬に渡渉用の水門があった。沼は彼女の左手に広がっている。軽い風が吹き寄せて草を揺らし、それらは風とともに震え、ため息をつき、さらさらと音を立てた。心をそそるその淡い緑のまんなかには、黄色くて先端が茶色い、頑丈な硬い草が生えていた。

これは油断のならない沼地だ。広大であるがためにいかにも地盤が固そうに見えるが、実はそれはアザミの綿毛並みにふわふわで、人間が足を乗せれば、たちどころに沈んでしまう。そうすると、あちこちでさざなみを立てている小さな灰色の水溜まりは、攪拌されて泡立ち、黒くなるのだ。

メアリーは沼に背を向け、小川の上の水門を渡った。そこからは、小川を下に見ながら、丘のあいだを蛇行するその流れにそって、ずっと高いところを歩きつづけた。きょうは地上に影を落とす雲もほとんどない。原野は太陽のもとで砂色になり、起伏しつつ前方に広がっていた。シャクシギが一羽、小川のほとりにもの哀しげに立ち、水面《みなも》に映る自身の影を見おろしている。と突然、その長い嘴《くちばし》が目にも留まらぬ速さで葦《あし》の茂みのなかへと沈み、やわらかな泥を突き刺した。ところがここで、シギは頭をめぐらせ、脚を体にたくしこみ、宙に舞い上がった。哀《あい》惜《せき》に満ちた鳴き声とともに、鳥は南を指し、空を駆けていった。

何かがシギを驚かせたらしい。数分後、メアリーはそれがなんなのかを知った。ポニーが数頭、前方の丘を駆けおりてきて、バシャバシャと流れに入り、水を飲みだしたのだ。馬たちは騒々しく石のあいだを跳ね回り、押し合いへし合いしながら、風に尻尾をはためかせている。彼らは少し先の左手にある門を通ってきたにちがいない。門扉は大きく開かれて、ぎざぎざの石で押さえられており、その向こうはぬかるんだでこぼこの農道になっていた。

メアリーは門に寄りかかって、ポニーたちを眺めた。目の隅には、両手にひとつずつバケツを持って農道をやって来る男の姿が映っていた。彼女がふたたび歩きだそうとしたちょうどそのとき、その男がバケツを大きく振って、大声で呼びかけてきた。

それはジェム・マーリンだった。逃げる暇はない。そこで彼女は相手が近づいてくるまでそこにそのまま立っていた。彼は一度も洗ったことのなさそうな汚いシャツを着て、馬の毛と納屋のゴミだらけの汚れた茶色の膝下ズボンをはいていた。帽子も上着もなしで、その顎は無精髭でざらざらだった。彼は歯をむきだし、声をあげて笑ったが、その顔は二十年前の兄と瓜ふたつにちがいなかった。

「するると俺んとこに来る道を見つけたわけだな」ジェムは言った。「こんなに早くお越し願えるとは思ってなかったよ。わかってりゃパンでも焼いて、歓迎の意を表したんだがな。俺は三日も体を洗ってないし、ずっとジャガイモばっかり食ってたんだ。ほら、このバケツを持ってくれ」

メアリーが抗議する間もなく、彼はバケツの一方を彼女の手に押しつけ、ポニーを追って水のなかに入っていった。「出てこい！」彼は叫んだ。「こっちへもどんな。俺の飲み水を濁《にご》らすんじゃねえ！　さあ、このでっかい真っ黒けの悪魔め」

彼がいちばん大きい馬の尻をバケツの底でたたくと、馬たちは一斉に水から上がり、踵《かかと》で空《くう》を蹴りつつ、丘を駆けのぼっていった。「門を閉めとかなかった俺が悪いのさ」彼はメアリーに声をかけた。「そのバケツを持ってきてくれんかね。川のこっち側はまだ水がきれいだから」

メアリーが川辺にバケツを持っていくと、ジェムは肩越しに彼女に笑いかけながら、両方のバケツに水を満たした。「俺がうちにいなかったら、どうする気だったんだい？」シャツの袖で顔をぬぐいながら、彼にそう訊かれ、メアリーは思わずほほえんだ。

「あなたがここに住んでるなんて知らなかったわ」彼女は言った。「そもそも、あなたをさがして、こっちに来たわけじゃないし。知ってたら、左に曲がっていたでしょうよ」

「嘘だろ」ジェムは言った。「端《はな》っから俺に会えたらと思ってたんだろうに。そうじゃないふりをしたって無駄だぜ。それはともかく、ちょうどいい時に来たな。俺の昼飯を作っとくれよ。

台所に羊肉があるんだ」

　彼が先に立って泥道をのぼっていき、ふたりは角を曲がって、丘の中腹に立つ小さな灰色のコテージにたどり着いた。奥には、雑な作りの畜舎や納屋がいくつか、それに小さなジャガイモ畑もあった。太短い煙突からは煙が細く流れ出ていた。「暖炉の火は入ってる。あの羊肉の切れっぱしならすぐ茹《ゆ》であがるだろうよ。あんた、料理はできるんだろ?」

　メアリーは彼をじろじろ眺めた。「あなたはいつもそうやって人をこき使うんですか?」

「そんな機会はめったにないさ」彼は言った。「だが、あんたはもうここにいるんだ。ちょっと寄ってってたっていいだろ。母親が死んでからってもの、俺はずっと自分の食事を自分で作ってる。そのときからこのコテージに女がいたことはないもんでね。どうぞお入り」

　メアリーは彼に倣《なら》って頭をかがめ、低い入口をくぐって家のなかに入った。

　それは正方形の小さな部屋で、大きさはジャマイカ館の台所の半分ほど、角には大きな暖炉があった。床は汚れ、ゴミが散乱していた。ジャガイモの皮、キャベツの芯、パン屑。室内はどこもかしこもガラクタだらけで、泥炭の暖炉の灰があらゆるものを覆っている。メアリーはげんなりしてあたりを見回した。

「あなたは掃除ってものをぜんぜんしないんですか?」彼女はジェムに訊ねた。「この台所ときたら、まるで豚小屋だわ。恥ずかしいと思いなさいよ。水のバケツをこっちに寄越して、箒を取ってきてください。わたしはこんなところで食事をする気はありませんからね」

　室内のゴミと汚れに清潔と秩序を求める全本能を刺激され、彼女は早速、仕事にかかった。

三十分後、台所はごしごし洗われ、すっかりきれいになっていた。石の床は濡れて輝き、ゴミは一掃されている。メアリーはすでに戸棚から陶器類とテーブルクロスを見つけ出しており、食卓を整えはじめた。暖炉の上のシチュー鍋では、ジャガイモとカブに囲まれて羊肉がぐつぐつ煮えていた。

よいにおいに吸い寄せられて、ジェムが戸口に現れ、腹を空かせた犬のように鼻をくんくんさせた。「やっぱり女を置いとくべきだな」彼は言った。「よくわかったよ。叔母さんを置いてこのうちに来て、俺の世話をしてくれんかね？」

「だったらお給金をたっぷりいただかないとね」メアリーは言った。「あなたにはわたしが望むだけの額は払えっこありませんよ」

「女ってのはけちなもんだよな」テーブルに着きながら、彼は言った。「金をどうしてるんだか、さっぱりわからんよ。絶対に使いやしないんだから。俺の母親もそうだったよ。金はいつも古い長靴下に隠してて、こっちはその金が何色なのか見たこともなかった。早く昼飯にしとくれよ。俺はとにかく腹ぺこなんだ」

「ずいぶんせっかちなのね」メアリーは言った。「料理したわたしにお礼のひとこともないんですか？　さあ、その手をどけて――お皿は熱いんですからね」

メアリーが湯気の立つ羊肉を前に置くと、ジェムは唇をピチャピチャと鳴らした。「これだけは確かだな。あんたは故郷でちゃんとものを教わってきたわけだ」彼は言った。「俺はいつも言ってるんだ。女には本能によってなすべきことがふたつある、そのひとつが料理だ、とね。

水を一杯くれないか。外に水差しがあるから」

　だがメアリーはすでに彼の分の水を注いでおり、無言でコップを手渡した。

「俺たちは全員、ここで生まれたんだ」ジェムはそう言って、天井を見あげた。「この上の部屋でさ。ただジョスとマシューは、俺がまだちっちゃな餓鬼《がき》で、母親のスカートにしがみついてた時分にゃもう一人前になってたがね。俺たちは父親にはめったにお目にかかれなかった。だが、父親がうちにいりゃちゃんとそれはわかったよ。やつが一度、お袋にナイフを投げつけたのを、俺は覚えてる。目の上が切れちまって、血が顔を伝って流れてたっけ。俺は怖くなって、あの暖炉のそばの隅っこに飛んでって隠れてた。お袋はなんにも言わなかった。ただ水で目を洗って、親父に夕食を出したもんだよ。あれは気丈な女だった。お袋のためにそれだけは言っとくよ。ひどく無口だったし、食う物も充分にくれたためしはなかったけどな。俺はお袋の秘蔵っ子だった。たぶん俺が末っ子で、ちっちゃかったせいだろうな。それで兄貴たちは、お袋が目を離すと、よく俺をぶん殴ったもんだ。と言っても、兄貴たちがお互い仲がよかったわけじゃないぜ。俺たちは愛情深い家族にゃ程遠かった。俺はジョスがマシューをさんざんぶちのめすのを見たことがあるしな。マシューはおかしなやつだったよ。口数が少なくて、どっちかと言やあ母親似だったね。やつはこの向こうの沼で溺れ死んだんだ。あそこじゃ肺が破れるまで叫んだって誰にも聞こえやしない。せいぜい鳥が一、二羽、それと、群れからはぐれたポニーが聞いてるくらいさ。あの沼には俺自身、危なくはまりかけたことがあるよ」

「お母様が亡くなってどれくらい経つんです？」メアリーは訊ねた。

「今度のクリスマスで七年だね」自分の皿に羊肉をよそいながら、ジェムは答えた。「親父は縛り首になる、マシューは溺れ死ぬ、ジョスはアメリカに行っちまうだろ。そのうえこの俺もとんでもない荒くれ者になっちまったし。そんなこんなで、お袋は宗教に走った。毎時間ここで祈りを捧げ、神のご加護を求めていたよ。あれにはほんとに参ったね。だからすっぱりおさらばした。パドストウの帆船にしばらく乗っていたんだよ。だが海ってやつはどうも性に合わなくてな、結局、舞いもどってきたわけさ。お袋は骸骨《がいこつ》みたいに痩せ細ってた。『もっと食わなきゃいけないよ』そう言ってやったが、向こうはまるで耳を貸さない。だからまたうちを出て、しばらくはプリマスで自分なりのやりかたで小金を稼いでた。その後、俺はクリスマスのディナーを食いにうちにもどった。ところが家は空っぽだし、ドアには鍵がかかってるだろ。あのときは頭に来たね。丸一日なんにも食ってなかったからな。俺はノースヒルに引き返した。お袋が死んだことはそこで人から聞いたんだ。埋葬されたのは三週間も前だったよ。結局、クリスマスのディナーは食えずじまい。そういうことなら、あのまんまプリマスにいりゃよかったな。そう言や、あんたのうしろの戸棚にチーズが入ってるんだ。半分どうだい？　蛆がわいてるが、害にゃならんぜ」

メアリーは首を振った。ジェムが立ちあがって自分でチーズを取るのを、彼女は黙って見ていた。

「どうしたんだよ？」彼は言った。「病気の牛みたいな顔をして。羊肉はもうたくさんかい？」

じっと見つめるメアリーの前で、彼は席にもどって、乾いたチーズの塊をカビ臭いパンに載せた。「コーンウォールからマーリン家の者が残らず消えたら、さぞすっきりするでしょうね」彼女は言った。「あなたたちみたいな一族がいるくらいなら、風土病でもあるほうがまだましだわ。あなたもあなたの兄さんも、生まれつきねじくれた邪悪な人間なのよ。お母様がどれだけ苦しんだか、考えたことはないんですか？」

チーズの載ったパンを口もとに運ぶ手が止まり、ジェムは驚いて彼女を見つめた。「お袋はなんとも思っちゃいなかったぜ」彼は言った。「不平を垂れたこともなかった。俺たちには慣れてたからな。なんとお袋は十六で親父と一緒になったんだ。それに、苦しむ暇なんぞなかったさ。翌年にゃジョスが生まれ、おつぎはマシューだろ。ふたりを育てるだけで大忙しだよ。連中が手を離れる前に、またこの俺を一から育てなきゃならなかったしな。俺はおまけみたいなもんでね。ランソンの定期市で、盗んだ牛を三頭売り飛ばしたあと、親父が酔っ払っちまったんだよ。それさえなけりゃ、俺がいまここにすわってあんたと話をすることもなかったわけだ。水差しを取っとくれ」

メアリーは食事を終えていた。彼女は無言で立ちあがり、皿をかたづけはじめた。

「ジャマイカ館の主《あるじ》はどうしてる？」椅子にもたれ、皿を水に浸けるメアリーを眺めながら、ジェムが訊ねた。

「酔っ払ってる。父親とおんなじ」メアリーはそっけなく言った。

「ジョスはそれで身を滅ぼすだろうよ」ジェムは真顔で言った。「前後不覚になるまで飲んじゃあ、何日も丸太みたいに寝てるんだからな。いつかそのせいで死んじまうだろう。あの大馬

「鹿野郎め！　今回はどれくらいつづいてるんだ？」

「五日」

「ああ、それくらいジョスにとっちゃなんでもないぜ。ほっときゃやつは一週間そのまんま寝てるだろう。それから意識を取りもどして、生まれたての子牛みたいによろよろと立ちあがる。〈トレヴォーサ沼〉みたいに真っ黒な口をしてな。余った酒を始末して、飲んだ酒の残りが体に染み渡ったとき――やつに注意しなきゃいけないのは、そのときだ。そういうときのやつは危険だからな。あんたも気をつけたほうがいい」

「わたしには手を出させない。うまくやるわよ」メアリーは言った。「第一、あの人には他に考えることがあるわけだし。いろいろと忙しいんじゃないかしらね」

「口をすぼめて、ひとりでうなずくのはよしな。そう謎めかすもんじゃない。ジャマイカ館で何か起きてるのかい？」

「それはどう見るかによるけど」メアリーは拭いている皿越しに彼を見つめた。「先日、ノースヒルからバサット様が訪ねてきたのよ」

ジェムの椅子がバタンと床に倒れた。「まさかそんな！」彼は言った。「で、あの旦那はあんたらに何を言ったんだ？」

「ジョス叔父さんは留守だったけど」メアリーは言った。「バサット様はどうしてもなかに入って、全部の部屋を調べると言って聞かなかった。挙句に、あのかたとお付きの人とで、廊下の突き当たりのドアを破ったの。でも部屋は空っぽだったわ。バサット様はがっかりなさっているようだった。それに、驚いているようでもあったし。結局、ひどく不機嫌になって、帰っていったわ。そう言えば、あなたのことも訊いていらしたわよ。わたしはあなたには会ったこともないと言っておいたけど」

ジェムはでたらめに口笛を吹いた。メアリーが話しているあいだ、その顔は無表情だったが、話が終わりに近づき、自分の名前が出てくると、彼の目は細くなった。それから彼は笑って訊ねた。「なんで嘘をついたんだい？」

「そのときは、そのほうが簡単にすみそうな気がしたのよ」メアリーは言った。「もっと考える時間があったら、ほんとのことを言ってたでしょうね。あなたには何も隠すことなんてないんでしょう？」

「大してないさ。さっき小川であんたの見た黒いポニーがあの旦那の馬だってことくらいだな」ジェムは無頓着に言った。「先週、あいつは灰色のぶち毛の馬だった。手ずから育てたあの旦那にしてみりゃ、相当値打ちのあるお宝だったんだ。うまくすりゃ俺はランソンであの馬を売って、何ポンドか稼げるだろう。まあ来て、ちょっと見てくれよ」

ふたりは日差しのもとに出ていった。メアリーはエプロンで手を拭きながら外まで行くと、ドアの前で足を止め、ジェムのほうは馬たちのいるところに向かった。コテージは〈ウィジー・ブルック〉を見おろす丘の中腹に立っている。川は谷間を蛇行して進み、彼方に連なる丘の陰へと消えていた。コテージの後方には、両サイドが大きな岩山に向かって隆起する、広大な平原が広がっている。牛の放牧地のようなこの草原——ごつごつした〈キルマー岩〉の恐ろしげな姿以外、見渡すかぎりさえぎるものが何もないこの平地こそ、かの有名な〈十二人が原《トウエルヴマンズ・ムーア》〉にちがいなかった。

メアリーは、コテージの戸口から駆け出ていく子供のころのジョス・マーリンを思い浮かべた。くしゃくしゃのその髪は目に覆いかぶさっており、うしろでは、彼の痩せた母親がぽつんと立って腕を組み、目に疑いの色をたたえて、息子を見つめている。数多の悲しみ、沈黙、怒り、そして怨念《おんねん》が、この小さなコテージの屋根の下を通り過ぎていったにちがいない。

大きな声と蹄《ひづめ》の音がした。あの黒いポニーの背にまたがり、家の角を回って、ジェムが姿を現した。「こいつがあんたにどうかと思ったやつだよ」彼は言った。「だがあんたは締まり屋だからなあ。こいつならあんたも乗りこなせるはずなんだ。判事は奥方のためにこいつを仕込んだんだから。どうだろう、気は変わらんかね?」

メアリーは首を振って笑った。「この子をジャマイカ館の馬屋につながせようってわけね」彼女は言った。「バサット様がまたいらしたら? あのかたはたぶんこの子に気づくんじゃないかしら? お手数をおかけしてどうも。でもやっぱりやめておくわ。あなたの家族のためにはもう充分嘘をついたから。一生分よ、ジェム・マーリン」ジェムは浮かない顔になり、馬の背からずるずると下りてきた。

「こんなお買い得品はまたとないんだがな」彼は言った。「こっちももう一度チャンスをやる気はないし。この馬はクリスマス・イヴにランソンに連れてくんだ。向こうの馬喰《ばくろう》どもにあっという間に売れちまうだろうよ」彼はポニーの尻をぴしゃりとたたいた。「さあ、どこへでも行きな」すると馬はどっと走りだし、谷へと向かった。

ジェムは草を一本折り取って噛みはじめ、そうしながら横目でちらちらメアリーを見ていた。

「バサットの旦那はジャマイカ館で何が見つかると思ってたのかね」彼は言った。

メアリーはまっすぐに彼の目を見つめた。「わたしよりあなたのほうがよく知っているはずでしょう」彼女は答えた。ジェムは考え深げに草を噛み、その切れ端をぺっと地面に吐き出した。

「あんたはどこまで知ってるんだ?」草の茎を放り出し、不意に彼は訊ねた。

メアリーは肩をすくめた。「ここに来たのは、質問に答えるためじゃないから」彼女は言った。「そういうのはバサット様だけでたくさんよ」

「ブツを動かしたあとだったとは、ジョスはツイてたな」ジェムは静かに言った。「実は先週、このままじゃやばいぞ、と言ってやったんだよ。つかまるのは時間の問題。なのに、やつは身を護る手をまるで打たず、ただ酔っ払うだけときてる。あの大馬鹿野郎め!」

メアリーはなんとも言わなかった。もしこれが先に率直なところを見せ、彼女から話を引き出そうという策略なら、そうは問屋が卸さない。

「ポーチの上のあの小さな部屋からはいろんなものが見えるんじゃないか」ジェムは言った。「そのせいで快適な睡眠を妨げられたりしないかね?」

「あれがわたしの部屋だってどうして知ってるの?」メアリーは間髪を容れず問い返した。

この質問にジェムは意表を突かれたようだった。メアリーは一瞬、その目に驚きの色が浮かぶのを見た。それから彼は笑って、斜面からまた一本、草を折り取った。

「この前、俺が馬に乗って前庭に入っていったとき、あの部屋の窓が大きく開いてたんだ」彼は言った。「で、風に揺れてる日除けがちらりと見えたわけさ。ジャマイカ館で窓が開いてるのなんて、これまで見たことがなかったのにな」

もっともらしい説明だが、メアリーを納得させるには不充分だった。恐ろしい疑いが心に忍び込んできた。あの土曜の夜、空き部屋に潜んでいたのがジェムだった可能性はあるだろうか？　体のなかで何かが冷たくなった。

「その話になるとやけに口が堅いんだな」彼はつづけた。「俺が兄貴に言いつけに行くとでも思ってるのかい？『なあ、あんたんとこのあの姪だけどな、ありゃあとんでもないおしゃべりだぜ』なんてさ。くそっ、メアリー、あんたにゃ目も耳も付いてるんだろ。ジャマイカ館でひと月も暮らしてりゃ、子供だって何か変だとわかるんじゃないかね」

「いったいわたしに何をしゃべらせたいの？」メアリーは言った。「第一、わたしがどこまで知っていようが、あなたにはなんの関係もないことじゃない？　わたしの頭にあるのは、できるだけ早くあの家から叔母を連れ出すことだけよ。あなたがこないだ宿に来たとき、そう言ったでしょう？　叔母の説得には少し時間がかかるかもしれない。だからここは辛抱が必要でしょうね。あなたの兄さんのほうは、好きなだけ飲んだくれて、その結果、死ぬんだったらそれもよし。あの人の命はあの人のものだもの。勝手にどうとでもすればいい。わたしの知ったことじゃないわ」

ジェムは口笛を吹き、足もとの石ころを蹴った。

「するとあんたは、密輸くらいじゃ驚きもしないってわけだな？」彼は言った。「兄貴がジャマイカ館の全部の部屋にブランデーやラムの樽を並べても、文句はないってわけだ。だがやつが他のことにも手を染めてるとしたら――それが人の生き死ににかかわることだとしたら、どうなんだ？　仮にそれが人殺しだとしたら？」

ジェムは振り向いて、まっすぐに彼女と向き合った。今回、彼はメアリーをからかっているのではなかった。あの無頓着なふざけた態度はもう見られず、彼の目は真剣だった。だがその奥に何があるのか、メアリーには読み取れなかった。

「どういう意味かわからないけど」彼女は言った。

ジェムは長いこと何も言わずに彼女を見つめていた。その様子は、心のなかで難題に取り組んでいて、その答えは彼女の表情からつかむしかないと思っているかのようだった。兄と似たところはすっかり消え失せている。不意に彼はより非情で、より年老いた、別の種類の男になっていた。

「そうか」ついに彼は言った。「だがいまに知ることになるだろうよ。それなりの期間、あそこにいつづけりゃあな。あんたの叔母さんはなんで生ける屍《しかばね》みたいなのか――そのわけがわかるかい？　あの人に訊いてみな。今度、北西の風が吹いたときにさ」

それから彼は両手をポケットに入れて、また静かに口笛を吹きはじめた。メアリーは無言で彼を見つめ返した。彼は話を謎めかせている。だがそれが自分を怖がらせるためなのか、そうでないのかが、判然としない。無頓着な文なしの馬泥棒ジェムなら理解できるし、受け入れる心構えもできているが、これは従来とはちがう。自分がこの新たな男にも好意を持てるのかどうか、彼女にはよくわからなかった。

　ほどなくジェムが笑って肩をすくめた。「そのうちジョスと俺はもめることになるだろうよ。そのことで後悔するのは、俺じゃない。やつのほうだがね」この謎めいた言葉を最後に、彼は向きを変え、あのポニーのあとを追って原野へと向かった。メアリーは両腕をショールにくるみこみ、考え込みながらその姿を見送った。つまり自分の直感は正しかったわけだ。密輸の裏で何かが行われているらしい。例の夜バーにいたあの知らない男は人殺しという言葉を使っていた。そして今度はジェムが同じ言葉を口にしたのだ。彼女は馬鹿ではない。それに、オルタナンの牧師にどう見られているにせよ、ヒステリックなタイプでもない。

ジェム・マーリンはこのことにどうかかわっているのか——それはなんとも判断しがたい。しかし彼女は、なんらかのかたちで彼が関与していることを一瞬たりとも疑わなかった。

　そしてもし叔父につづいてこっそりと階段を下りてきた例の男がジェム・マーリンだったなら——そう、彼はあの夜、メアリーが部屋を抜け出し、どこかに隠れ、聞耳を立てていたことを知っているにちがいない。それに彼は、他の誰よりも、梁《はり》からぶら下がっていたロープのことを覚えているだろうし、自分と宿の主《あるじ》が原野に出ていったあと、彼女がそのロープを見たのではないかと疑っているはずだ。

　もしあの男がジェムだったなら、彼があれこれ質問したのも道理だろう。「あんたはどこまで知ってるんだ?」彼はそう訊ねた。彼女はそれに答えなかったが。

そのやりとりはメアリーの一日に暗い影を落とした。早くこの場を去り、彼から離れ、ひとりになって考えたかった。彼女はゆっくりと〈ウィジー・ブルック〉に向かって丘を下《くだ》りはじめた。あとを追って走ってくるジェムの足音に気づいたのは、小道の果てのあの門にたどり着いたときだった。彼は先に門に飛びついた。無精髭に汚い膝下ズボンというその格好は、まるで混血のジプシーだった。

「なんで行っちまうんだよ?」彼は言った。「まだ早いじゃないか。四時過ぎまでは暗くならないぜ。その時間になったら、ラッシーフォードの水門までちゃんと送っていくよ。いったいどうしたんだい?」彼は両手を彼女の顎にあてがい、顔をのぞきこんできた。「俺を怖がってるんだな?」彼は言った。「うちの二階の小さな古い寝室にブランデーの樽や巻きタバコが並べてあって、俺があんたにブツを見せ、それからその喉を搔っ切ると思ってるわけだ。つまりは、そういうことなんだろ? 俺たちマーリン家の者たちは命知らずの連中で、なかでもジェムは最悪だ。あんたはそう思ってるんじゃないか?」

メアリーは思わず彼に笑みを返した。「まあ、そんなところね」彼女は正直に言った。「でも、あなたを怖がってはいないから。その点はご心配なく。あなたがそこまで兄さんそっくりでなかったら、好感を抱いてたかもしれないわ」

「顔ばっかりは自分じゃどうにもならんさ」彼は言った。「第一、俺のほうがジョスよりよっぽどいい男だよ。あんたもそれは認めるだろ?」

「まあ、ずいぶん自惚れが強いのね。あなたに欠けてるものは、それで全部補えるんじゃないかしら」メアリーは言った。「それにわたしには、あなたがそのハンサムな顔を活かすのを邪魔する気はないから。いくらでも好きなだけ、女心を打ち砕きなさいな。わたしはもう行きます。ジャマイカ館まではずいぶんかかるし、原野で迷うのはもう二度とごめんだもの」

「で、この前迷ったのはいつなんだ？」彼は訊ねた。

メアリーはちょっと顔をしかめた。いまの言葉はうかつだった。「こないだの午後、〈西《ウエスト・》原《ムーア》〉に行ってみたのよ」彼女は言った。「そしたら早くから霧が出てね、帰り道が見つかるまで、しばらく歩き回るはめになったわけ」

「遠出するなんて馬鹿だな」ジェムは言った。「ジャマイカ館と〈ぎざぎざ岩〉のあいだには、牛をひと群れ呑み込んじまうような沼地がいくつもあるんだ。あんたみたいな華奢な娘っ子はひとたまりもない。そりゃどう考えたって女に向いてる遊びとは言えんよ。なんのためにそんなことをしたんだい？」

「脚を伸ばしたかったのよ。何日も家に閉じ込められていたから」

「それじゃ、メアリー・イエラン、つぎに脚を伸ばしたくなったときは、こっち方面に伸ばすことだな。あの水門を通ってくりゃ、まちがいない。きょうみたいにずっと沼を左手に見ときゃ大丈夫だよ。ところでクリスマス・イヴだが、俺と一緒にランソンに行かないか？」

「ランソンでいったい何をしようって言うのよ、ジェム・マーリン？」

「ただバサット様の代わりにあの人の黒いポニーを売るだけだよ、お嬢さん。その日はジャマイカ館にゃいないほうがいいぜ。俺も兄貴のことならちょっとはわかってるつもりだ。そのころにゃ、あいつはちょうど酔いから回復しはじめてて、何かしら無茶なまねをするだろうよ。あの夫婦は、あんたが原野をほっつき歩くのに慣れてるんだよな？　だったら、あんたが留守したって別に文句は言わんだろ。俺が真夜中までにうちに送り届けてやるからさ。行くって言えよ、メアリー」

「もしバサット様の馬のことがばれて、ランソンでつかまったら？　あなたはさぞ馬鹿みたいに見えるでしょうね。わたしだってそうよ。もしあなたと一緒に牢にぶちこまれたらね」

「俺はつかまりゃしないさ。当分は大丈夫だ。一か八かやってみな、メアリー。あんたは冒険が嫌いかい？　痛い目に遭わんように用心しいしい生きたいのか？　ヘルフォードじゃきっと人を軟弱に育てるんだな」

彼女は魚みたいにこの餌に食いついた。

「いいわよ、ジェム・マーリン。わたしは怖がってなんかいないから。どうせジャマイカ館で暮らしてるんなら、監獄に行くほうがましなわけだし。ランソンにはどうやって行くの？」

「俺が二輪馬車に乗せてくよ。バサット様の黒いポニーを引っ張ってな。ノースヒルまでの道はわかるかい？　原野を突っ切っていくんだが？」

「わからないわ」

「ただまっすぐ進んでいきゃいいのさ。街道を一マイル行ったら、丘のてっぺんで生垣の切れ目に出る。そこで右へ曲がるんだ。前方には〈ケアリー岩〉、右手には〈鷹の岩〉が見える。

そのまままっすぐ歩きつづけりゃ迷いっこない。俺が途中まで迎えに行くよ。俺たちはできるかぎり原野を進みつづける。クリスマス・イヴは少し道が混むだろうからな」

「わたしは何時に家を出ればいいの？」

「他のやつらを先に行かせようぜ。みんな、正午前に向こうに着くから、二時ごろなら街は充分賑わってるだろうよ。十一時にジャマイカ館を出るってことでどうかね」

「約束はしないわよ。わたしの姿がなかったら、そのままひとりで行ってちょうだい。ペイシエンス叔母さんにうちの用事をたのまれるかもしれないものね」

「確かにそうだ。何か口実を設けな」

「ほら、水門よ」メアリーは言った。「お見送りはここまでで結構。ちゃんと道はわかるから。あの丘のてっぺんを越えていけばいいんでしょう？」

「よかったら、宿の主《あるじ》によろしく伝えとくれ。あの癇癪《かんしゃく》と口汚いのが少しでも治るよう祈ってるってな。それと、ジャマイカ館のポーチに俺がヤドリギをぶら下げてやろうかって訊いてみてくれよ。水に気をつけてな。なんなら俺が向こう岸まで抱いてってやろうか？　足が濡れちまうぞ」

「腰まで濡れたってへっちゃらよ。ごきげんよう、ジェム・マーリン」そう言うと、メアリーは一方の手を水門にかけ、流れる小川を大胆にぴょんぴょんと渡っていった。スカートは水に浸かったので、邪魔にならないようつまみあげた。向こう岸の土手からジェムの笑う声が聞こえた。彼女は一度も振り返らず、手も振らずに、そのまま丘をのぼっていった。

彼を南部の男たちと競わせてやれ、とメアリーは思った。ヘルフォードやグウィークやマナッカンの連中に勝てるかどうか。コンスタンティンには、小指一本であの男をひねりつぶせる鍛冶屋がいる。ジェム・マーリンには自慢できるところなどほとんどない。馬泥棒、卑しい密輸業者、ならず者、おまけにたぶん人殺しなのだ。どうやらこの原野には、上等の男が育つようだ。

メアリーはあの男を恐れてなどいない。だからそれを証明するために、クリスマス・イヴには彼と並んで二輪馬車に乗り、ランソンに行くつもりだった。

*

夕闇が下りるころ、彼女は道を渡って前庭に入った。入口に閂《かんぬき》がかかり、窓が閉ざされた宿は、いつもどおり暗く、空き家のように見えた。彼女は家の裏手に回り、勝手口の戸をそっとたたいた。ドアはすぐさま叔母によって開かれた。その顔は青白く、不安げだった。

「叔父さんは一日じゅうあんたを呼んでいたんだよ」叔母は言った。「いったいどこに行っていたの？　もうそろそろ五時だよ。あんたは朝からずっといなかったね」

「あちこち歩き回っていたんです」メアリーは言った。「別にかまわないだろうと思って。ジョス叔父さんはなんの用があるのかしら？」不安がちくりと胸を刺すのを感じ、彼女は隅の寝床に目を向けた。それは空っぽだった。「叔父さんはどこに行ったんです？　具合はもういいんですか？」

「応接室ですわっていたいと言うんだよ」叔母は言った。「台所にはもううんざりだそうでね。午後じゅう窓辺にすわって、あんたがもどらないかと外を見ていたの。叔父さんに会ったら、調子を合わせなきゃいけないよ、メアリー。口の利きかたに気をつけて、逆らわないようにするんだよ。いまは厄介な時期なの。あの人がよくなりかけているときはね……毎日少しずつ力がついてきて、とても意固地になるの。ときには暴力だって振るうし。あんたも言葉に注意するんだよ。わかったね、メアリー？」

これは以前のペイシェンス叔母――そわそわと手を動かし、口もとをぴくつかせ、話しながら始終うしろを振り返る、あの女だった。そんな叔母を見ると情けなかったが、その怯えはメアリーにも多少、伝染した。

「どうして叔父さんがわたしに会いたがるんです？」彼女は言った。「いつもは話しかけもしないのに。いったい何が望みなのかしら？」

ペイシェンス叔母は目を瞬《しばたた》き、口を動かした。「ただの気まぐれだよ」叔母は言った。「何かぶつぶつ独り言を言ってるけどね。こういうときは、あの人が何を言おうと聞き流さなきゃいけないよ。正気じゃないんだからね。あの人にあんたがもどったって言ってくるよ」叔母は台所を出て、応接室へと向かった。

メアリーは調理台に行って、水差しの水をグラスに注いだ。喉がからからだ。両手のなかでグラスが震え、彼女は自分の愚かしさを呪った。ついさっき原野では怖いもの知らずだったというのに、この家に入るなり、勇気を失って、子供みたいに怯え、震えているなんて。ペイシエンス叔母が台所にもどってきた。

「あの人はいまのところ落ち着いてるよ」叔母はささやいた。「椅子にすわったまま寝入ってしまったの。当分、眠っているんじゃないかしらね。ふたりで早めに夕飯をすませてしまいましょう。あんたにコールド・パイを少し取ってあるんだよ」

食欲はすっかり失せており、メアリーは食べ物を無理やり飲み下さねばならなかった。火傷しそうに熱いお茶を二杯飲むと、彼女は皿を脇へやった。どちらの女もしゃべらなかった。ペイシェンス叔母はしきりとドアのほうに目をやっていた。食事を終えると、ふたりは無言であとかたづけをした。メアリーは泥炭をいくつか暖炉に放り込み、そのそばにうずくまった。つんと来る青い煙が立ちのぼって目をひりつかせたが、くすぶる泥炭からは暖が取れなかった。

玄関ホールで突然ブーンと音がして、振り子時計が六時を打った。メアリーは息を止め、その鐘の音を数えた。それはゆっくりと静寂を打ち据えた。最後の音が鳴り、家じゅうにこだまし、残響が消えるまでが永遠にも思えた。そしてチクタクという緩慢《かんまん》な時計の音がつづいた。応接室からはなんの物音もせず、メアリーはふたたび呼吸しはじめた。ペイシェンス叔母はテーブルの前にすわり、ロウソクの明かりのもとで針仕事をしている。彼女は背を丸めて作業しており、その唇は引き結ばれ、眉間には皺《しわ》が寄っていた。

長い夜が過ぎていった。応接室の主《あるじ》は、相変わらず鳴りを潜めたままだった。知らぬ間にまぶたが下りてきて、メアリーはうとうとしはじめた。眠りと覚醒の狭間の、あの朦朧《もうろう》とした意識のもと、彼女は叔母が静かに立ちあがり、調理台の横の戸棚に裁縫道具をしまうのを聞いた。

やがて夢のなかで、耳もとにささやきかける叔母の声が聞こえた。「わたしはもう寝るよ。叔父さんは朝まで目を覚まさないでしょう。本格的に寝てしまったんだろうから。邪魔はしますまい」メアリーはぶつぶつと返事をした。半ば無意識の状態で、彼女はぱたぱたと廊下を行く軽い足音、階段のきしむ音を聞いた。

上の階でドアがそっと閉まった。メアリーは眠りのもたらす無気力が忍び寄ってくるのを感じた。頭がさらに下がって、両手のなかに沈み込んだ。チクタクという緩慢な時計の音が頭のなかでパターンを成した。まるで、街道を進んでいく重たい足音のように……一……二……一……二……ふたつの音が追いかけあう。彼女は原野にいた。流れる小川のほとりに。運んでいる荷はとても重く、耐えられないほどだ。ほんのしばらくでも、それを脇に置いて、土手のそばで休憩し、眠ることができたら……

だがそこは寒かった。あまりにも寒すぎる。両足は川の水でぐっしょり濡れていた。もっと上にのぼらなくては。ここを離れなくては……暖炉が消えている。もう火の気はない……メアリーは目を開き、自分が床に寝ているのに気づいた。すぐそばには暖炉の白い灰がある。台所はとても寒く、あたりは薄暗かった。ロウソクの灯は小さくなっていた。彼女はあくびをし、ぶるりと身を震わせ、こわばった腕を伸ばした。そして視線を上げたとき、その目が動きをとらえた。台所のドアがゆっくりと、一度にほんの一インチずつ、じりじりと開いていく。

メアリーは両手を冷たい床につけたまま、身じろぎもせずすわっていた。じっと待ったが、何事も起こらなかった。ドアがふたたび動いた。つづいて、それがさっと大きく開いて、反対側の壁に激しくぶつかった。ジョス・マーリンが台所の入口に立っている。彼は両腕を前に差し出し、二本の脚の上でぐらぐらと揺れていた。

最初メアリーは、自分は気づかれていないものと思った。ジョスの目は正面の壁に据えられていた。そして彼はその場に立ったまま、それ以上室内に入ってこようとしなかった。メアリーはテーブルよりも頭を低くし、身を縮めていた。心臓が規則正しくドクンドクンと打っている。彼女に聞こえるのは、その音だけだった。ゆっくりとジョスがこちらに顔を向けた。彼はしばらく何も言わずにじっと彼女を凝視していた。ようやく言葉が出てきたとき、その声は張りつめ、しわがれており、ほとんどささやくようだった。「そこで何をしている？　なんで黙り込んでるんだ？」彼の顔は通常の色を失い、灰色の仮面と化していた。血走った目は彼女に釘付けだが、それが誰なのかは認識できていない。メアリーは動かなかった。

「ナイフをしまいな」彼はささやいた。「ほら、さっさとしまえ」

床の上で手をすべらせていくと、椅子の脚に指先が触れた。だが移動しないかぎり、椅子をつかむことはできない。もう少しのところで手が届かなかった。彼女は息を止めて待った。ジョスが頭をかがめ、両手で虚空《こくう》をさぐりながら、室内へと足を踏み出した。彼はそろそろとこちらに向かってきた。

メアリーは一ヤード以内に迫るまでその手をじっと見ていた。彼の息が頬にかかるのを感じた。

「ジョス叔父さん」彼女は言った。「ジョス叔父さん……」

彼はその場にしゃがみこんで、メアリーを見おろした。それから身を乗り出して、彼女の髪と唇に触れた。「メアリー」彼は言った。「メアリーなのか？　声をかけてくれりゃいいものを。連中はどこに行った？　おまえも連中を見ただろう？」

「勘違いなさってるのよ、ジョス叔父さん」メアリーは言った。「ここには誰もいません。わたし以外は誰も。ペイシェンス叔母さんは二階ですし。お加減が悪いんですか？　何かしてほしいことはありませんか？」

ジョスは自分を取り巻く薄闇を見回し、部屋の隅々を確認していった。

「やつらにゃ俺を脅すことなんてできねえ」彼はささやいた。「死人は生きてる人間にゃ手を出せねえんだ。やつらは消えちまう。ロウソクみたいにな……そうだろう、メアリー？」

メアリーは彼の目を見てうなずいた。ジョスはどうにか立ちあがって椅子にすわると、テーブルの上に両手を広げた。それから重いため息をつき、唇を舐め回した。「夢だよ」彼は言った。「全部、夢。まるで生き物みたいに、暗闇にいくつも顔が浮かぶ。で、目が覚めると、背中をだらだら汗が伝い落ちてるんだ。喉が渇いたよ、メアリー。ここに鍵があるから。バーに行って、ブランデーを取ってきてくれんか」彼はポケットをさぐりまわって、鍵をひと束取り出した。メアリーは震える手でそれを受け取ると、そっと部屋を出た。外の廊下で、彼女はちょっとためらった。このままこっそり二階に上がったほうがいいのではないか。ドアに鍵をかけて部屋にこもり、叔父のほうは台所でひとりで勝手にわめかせておこうか。彼女は足音を忍ばせ、ホールに向かって歩きだした。

突如、台所から彼の怒号が聞こえてきた。「どこへ行く気だ？　バーからブランデーを取ってこいと言ったろうが」椅子の脚がズズッと床を擦る音がした。彼が椅子をうしろに引いたのだ。遅すぎた。彼女はバーのドアを開け、戸棚に並ぶ酒瓶を手でさぐった。台所にもどると、ジョスは両手で頭をかかえ、テーブルの前にだらしなくすわっていた。最初は、また眠ってしまったのかと思ったが、彼女の足音を聞くと、彼は顔を上げ、ぐうっと伸びをし、椅子に背中をもたせかけた。彼女は瓶とグラスをジョスの前に置いた。彼はグラスを半分まで満たし、両の手で持った。そうするあいだも目はずっとグラスの縁越しにメアリーに注いでいた。

「おまえはいい娘だ」彼は言った。「俺はおまえを気に入ってるんだよ、メアリー。おまえにゃ分別があるし、根性もある。男にとっちゃいい相棒になるだろうよ。本来おまえは男に生まれるべきだったのさ」馬鹿みたいににやにやしながら、彼は舌の上でブランデーを転がした。それから目配せして、グラスを指さした。

「この北部じゃ、みんな、こいつを手に入れるのに大枚をはたくんだぜ」彼は言った。「金で買える最高の品。ジョージ王の酒蔵にだって、これ以上いいブランデーはねえんだ。じゃあこの俺はいくら払ってる？　六ペンス玉一枚、払っちゃいねえ。ジャマイカ館じゃなんだってただで飲めるのさ」

彼は笑って、舌を出した。「大変な仕事だがな、メアリー、こりゃあ男の仕事だよ。俺は十遍も二十遍もこの首を危険にさらしてきた。あの野郎どもがすぐうしろから追っかけてきたことだってある。あんときゃ鉄砲玉が髪の毛のなかをヒューッと通り抜けてったっけ。だが連中にゃこの俺はつかまえられねえよ、メアリー。俺は利口だからな。それに、この稼業ももう長いし。こっちに来る前はパドストウにいて、海岸を拠点に仕事をしてたんだ。二週に一遍、大潮のとき、小型の帆船を走らせてな。仲間は五人。それと俺だな。だがケチな仕事をしてたって、金にゃならねえ。どうせならでっかくやらねえと。組織的にやらねえとな。いまじゃ仲間は百人もいる。州境から沿岸までの全域で働いてるんだ。いいか、メアリー、俺は若いころ血を見てきた。人が殺されるのを何遍も見てきたんだ。だがこの仕事に比べりゃ、そんなこたあなんでもねえ――こいつは死と隣り合わせの仕事なんだ」

ジョスはふたたび目配せし、まずドアのほうを振り返ってから、こっちへ来い、と手招きした。「ほら」彼はささやいた。「そばにおいで。俺の隣に。そうすりゃ話ができる。おまえにゃ根性がある。俺にはわかるよ。おまえなら叔母さんみたいに怖がったりせんさ。俺たちゃ手を組むべきなんだ。俺とおまえはな」彼はメアリーの腕をつかみ、椅子のかたわらに引き寄せた。「俺を腑抜けにしちまうのは、このいまいましい酒ってやつでな」彼は言った。「見てのとおり、こいつにとっつかまると、ネズミ並みに弱っちまうんだ。で、夢を見る。悪夢を見るわけさ。しらふのときゃ怖いとも思わねえものがあれこれ見えてくるんだよ。くそっ、メアリー。俺はこの手で人を殺してきた。人を踏んづけて水に沈めたり、石で殴ったりしてな。だがそれっきりそのことは考えもしねえ。寝床じゃ子供みたいにぐっすり眠ってる。ところが、酔っ払うと、やつらが夢に出てくるんだよ。あの薄緑色の顔が、魚に食われた目でじっとこっちを見てやがるんだ。なかにはずたずたになって、肉が帯みたいに骨から垂れさがってるやつもいる。頭の毛に海藻《かいそう》がからまってるやつも……あるとき、女がひとりいたんだがね、メアリー、そいつは筏《いかだ》にしがみついてた。腕に子供をかかえてな。長い髪が背中に流れてたよ。船は岩礁に迫ってた。海はてのひらみたいに真っ平《たいら》だ。やつらはみんな、生きたまま上がってこようとしてた。あの一群全員がだ。なんと場所によっちゃ、水は腰に届く程度だった。いま言った女はな、メアリー、俺に向かって、助けて、と叫びやがったよ。俺はその顔を石でたたきつぶしてやった。女はあおむけに倒れて、両手でばたばた筏をたたいてた。子供も離しちまってな。俺はもう一遍、殴りつけた。やつらは深さ四フィートの水のなかで溺れていった。俺はそれを見てたんだ。俺たちゃ怯えてた。やつらの何人かが岸にたどり着いちまうんじゃないか。そう思うと恐ろしかった……そのときに限って、俺たちは潮の流れを計算に入れてなかった。三十分後にゃ連中は乾いた砂地を歩いていただろうよ。だから俺たちは、やつらを全員、石で殴らなきゃならなかったんだ、メアリー。連中の腕や脚をたたき折らなきゃならなかったんだよ。やつらは俺たちの目の前で溺れ死んだ。あの女と子供とおんなじに、肩にも届かない水のなかで――やつらが溺れたのは、俺たちが石で殴ったからなんだ。やつらが溺れたのは、立ってられなかったからなんだよ……」

ジョスの顔はメアリーのすぐそばにあった。血走った彼の目がじっと彼女の目をのぞきこみ、その息が頰にかかった。「おまえさん、破船賊の話を聞いたことがあるかね？」

外の廊下で振り子時計が一時を打ち、その一音が号令のようにあたりに響き渡った。彼らはどちらも動かなかった。暖炉の火がほとんど消えてしまったため、室内はひどく寒かった。開いたドアからわずかに風が流れ込み、ロウソクの黄色い炎が大きく傾いて明滅した。ジョスは手を伸ばして、メアリーの手を取った。それは彼の手のなかで死人の手のようにだらんとしていた。たぶん彼女の顔の凍りついた恐怖を見てとったのだろう、彼は手を放して目をそむけた。それから、自分の前の空っぽのグラスをじっと見つめて、指でテーブルを連打しだした。そのかたわらにひざまずいたまま、メアリーは、蠅《はえ》が一匹、彼の手の上を這い回るのを見ていた。蠅は短い黒い毛のなかを通り抜け、太い静脈をつぎつぎ乗り越え、関節に至った。それからそいつは、ほっそりした長い指の先端へと走った。メアリーはここに着いた夜、自分のためにパンを切ってくれたときの、その手の機敏さ、不意に表れたあの優雅さを思い出した。それらの指は、その気になれば、とても繊細に軽やかに動くことができるのだ。そしていま、彼の指はテーブルを連打している。彼女の空想のなかで、彼の手がぎざぎざの大きな石をつかみ、ぎゅっと握り締めた。そして石は空中を飛んでいき……

ふたたび彼がこちらを向いた。そのささやき声はしわがれていた。彼は振り子時計のチクタクいう音のほうに首を傾けていた。「ときどきあの音が頭のなかで鳴り響くんだよ」彼は言った。「それに、いまみたいに時計が一時を打つと、それが湾に浮かぶ打鐘浮標《ベルブイ》の音そっくりに聞こえるしな。俺は西風に乗ってその音が伝わってくるのを聞いたことがある。カラン、コロン、カラン、コロン、右へ左へ、鐘の舌がブイにぶつかってな、その音ときたらまるで弔《とむら》いの鐘なんだ。俺は何度も夢でその音を聞いてきた。今夜も聞いたぜ。もの哀しい単調な音だよ、メアリー。湾のベルブイの音ってのは、そんなやつだ。そいつは神経をかきむしる。聞いてりゃ、誰だって大声でわめきたくなるだろうよ。海岸で仕事をするときゃ、ブイまで小舟を漕いでって、音を静めなきゃならねえ。鐘の舌をフランネルでくるんでな。そうすりゃ音を消せるんだ。そのあとは物音ひとつしねえ。そりゃあたいてい視界の悪い夜だ。海の上には白い霧が切れ切れに浮かんでて、湾の外じゃ、船が猟犬みたいにくんくん道をさがしてるんだ。船はブイの音がしねえかと耳をすます。だが音はひとつも聞こえてこねえ。だからそいつは入ってくる。霧のなかを進んでくるんだ――待ち受けてる俺たちに向かって、まっすぐにな。それから俺たちの目の前で、船はいきなり震動し、座礁する。そうして波にのまれちまうわけだ」

ジョスはブランデーの瓶に手を伸ばして、わずかに残っていた中身をゆっくりグラスに注ぎ込んだ。彼はその香りを嗅ぎ、舌の上で液体を転がした。

「糖蜜の瓶に入り込んだ蠅どもを見たことがあるかね?」彼は言った。「俺はあれそっくりの人間どもを見たことがあるよ。蠅の一群みたいに帆や帆柱やロープに貼りついてるとこをな。やつらは命がけでそこにしがみついてる。押し寄せる波を見て、怯えて絶叫してるんだ。ちょうど蠅どもみたいに帆桁《ほげた》に散らばって、人間のちっちゃい黒い点になってな。俺はやつらの下で船がまっぷたつになるのを見た。帆柱や帆桁もあっさり折れちまうから、やつらは海に放り出されて、死にもの狂いで泳ぐんだ。だが岸に着くときゃ、もうみんな死んでるんだよ、メアリー」

ジョスは手の甲で口をぬぐって、彼女を見つめた。「死人に口なしさ、メアリー」

彼がうなずいている。すると突然、その顔が細くなり、消え失せた。彼女はもう台所の床にひざまずいてはいなかったし、両手はテーブルをつかんでもいなかった。彼女はふたたび子供にもどって、セントケヴァンの岸壁を父と並んで走っていた。父は彼女をさっと抱きあげて肩に乗せた。そこには、ふたりの他にも走っている人々がいて、口々に叫び、どなっていた。誰かが海の彼方を指さし、メアリーは父の頭にしがみつきながら、鳥に似た巨大な白い船がなすすべもなく波の谷間で揺れているのを目にした。その帆柱は根本から折れ、帆は後方の海面に浮いていた。「あの人たちは何をしてるの？」まだ子供のかつての彼女が訊ねたが、誰も答えてはくれなかった。彼らはただその場に立って、船が横転し海に沈んでいくさまを恐怖にとらわれ見守っていた。「神よ、彼らを憐れみたまえ」父が言い、子供のメアリーは母を求めて泣きだした。するとすぐさま人混みから母が現れ、彼女を抱き取って、海の見えないところへと連れ去ったのだ。記憶はそこでぷっつり途絶えており、このエピソードに結末はない。しかし彼女がもう子供ではなくなり、ものがわかるようになったころ、母はよく家族でセントケヴァンに行った日の話をした。ちょうどその日に、巨大なバーク型帆船が恐るべきマナクルズの岩礁に竜骨を折られ、乗員全員を乗せたまま沈没したのだという。メアリーは身震いして、ため息をついた。するとふたたび、目の前に蓬髪《ほうはつ》に囲われた叔父の顔が浮かびあがった。彼女はもとどおりジャマイカ館の台所で叔父のそばにひざまずいていた。ひどく気分が悪く、手足は氷のように冷たかった。彼女の願いは、なんとかして自分のベッドにたどり着くことだけだった。たぶん両手でぎゅっと目を押さえ、頭をかかえ、毛布と枕をひっかぶって、深い闇に包まれたい。耳に指を突っ込めば、彼の声とえれば、叔父の顔と、彼が描いてみせた光景は消えるだろう。耳に指を突っ込めば、彼の声と波の轟《とどろ》きは静まるだろう。いま彼女には、両手を頭上に掲げ、溺れていく男たちの青い顔が見える。また、恐怖の叫びや泣き声が聞こえ、波間に揺れるベルブイのもの哀しい音が聞こえる。

メアリーはふたたび身震いした。

叔父を見あげると、彼は椅子のなかで前に傾き、顎を胸に埋《うず》めていた。口は大きく開かれ、彼はいびきをかいて眠りながら、ぶつぶつと声を漏らしていた。長い黒い睫毛《まつげ》がその頰に房飾りのようにかぶさっている。両腕はテーブルに置かれ、左右の手は祈りを捧げているように組み合わされていた。

## 9

クリスマスの前日は、空に雲が垂れこめ、いまにも雨が降りだしそうだった。また、夜のあいだに寒さがゆるんだため、庭の泥は牛たちが踏んだ箇所がぬかるんでいた。メアリーの寝室の壁は手を触れるとじっとりしており、隅の一箇所には漆喰《しっくい》の縮みによって生じる黄色い大きな染みがあった。

メアリーは窓から身を乗り出した。湿っぽい優しい風が顔に吹き寄せてきた。一時間後には、ジェム・マーリンがランソンの市《いち》に彼女を連れていくために原野で待っているだろう。彼に会うか会わないかはこちら次第だが、メアリーはまだ心を決めかねていた。この三日で彼女は老け込んでしまい、斑点やひびの入った鏡から見返すその顔はやつれ、疲れが出ていた。目の下には隈《くま》が、頬には小さなへこみがあった。夜はなかなか眠れず、食欲はまるでなかった。初めて彼女は、自分とペイシェンス叔母との似たところに気づいた。ふたりの額には同じ皺《しわ》がある。それに口の形も同じだ。唇を引き結び、その縁を嚙み締めれば、茶色の髪をだらりと垂らしてそこに立っているのは、ペイシェンス叔母その人だった。この癖は簡単にまねられる。神経質に手をひねくりまわす癖のほうもだ。メアリーは真実を見せつける鏡に背を向け、狭い部屋を行きつもどりつしはじめた。ここ数日、彼女は寒気がすると言い訳して、できるかぎりひとりで部屋にこもっていた。彼女にはいま叔母と話をする自信がなかった。たとえ短時間でもそれは無理だ。彼女の目は秘密を暴露するだろう。ふたりは同じ恐怖、同じ苦しみを胸に秘め、見つめ合うだろう。ペイシェンス叔母にはわかるにちがいない。彼女らはいま、秘密を共有している。ふたりのあいだでさえ口にすることのできない秘密を。ペイシェンス叔母は何年この秘密を守り、沈黙の苦しみに耐えてきたのだろうか。どれほど彼女が煩悶したか、それは誰にも知りえない。この先どこに行こうが、あのことを知った苦痛はずっと彼女につきまとう。それは決して離れないのだ。ついにメアリーも、あのぴくぴく引き攣《つ》る青白い顔、ドレスをぎゅっとつかむ手、虚空《こくう》を見つめる大きな目の意味を理解することができた。いったん知ってしまうと、それは火を見るよりも明らかだった。

最初、メアリーは吐き気に襲われた。激しい吐き気に。あの夜、彼女はベッドに横たわり、眠りという慈悲を求めて祈ったが、願いはかなわなかった。暗闇には、見たことのない顔がいくつも浮かんでいた。溺れた人々の憔悴《しょうすい》した顔だ。手首の折れた子供、濡れた長い髪が顔に貼りついている女、そして、泳げない男たちの絶叫する恐怖の顔。ときには彼らのなかに父と母がいるように思えた。大きく目を見開き、青い唇をして、ふたりは彼女を見あげ、手を差し伸べる。たぶん夜、部屋にひとりでいるとき、ペイシェンス叔母が耐えているのはこれなのだろう。きっと叔母の前にもこういう顔がいくつも現れ、哀願するのだ。そして叔母は彼らを押しのける。叔母は彼らに救済を与えない。ある意味では、ペイシェンス叔母もまた殺人者なのだ。叔母は沈黙によって彼らを殺した。その罪はジョス・マーリン自身と同じくらい大きい。なぜなら彼女は女であり、彼は怪物なのだから。あの男は妻の肉体につながれており、彼女はそれをそのままにしている。

いまはもう四日目なので、最初の恐怖は過ぎ去って、メアリーは無感覚になり、ずいぶん年を取った気がし、ひどい疲れを感じていた。感情はほとんど消え失せていた。いまではずっと前から真相を知っていて、心の奥底では準備ができていたように思えた。初めて見たときのジョス・マーリン──カンテラを手にポーチの屋根の下に立つあの姿は、凶兆だったのだ。乗合馬車のガタゴトという音も、次第に遠のいていきながら、告別の調べを響かせていた。

かつてはヘルフォードでも、ああいったことがささやかれていた。村の小道で耳にする噂話の断片、細切れの情報、否定する者、首を振る者。だが男たちは多くを語らず、噂は押さえ込まれた。二十年、五十年前、彼女の父の若いころなら、たぶん。だがいまどきそれはない。新世紀の光明のなかでは。ふたたび、自分の顔にぐっと寄せられた叔父の顔が見え、耳もとにささやくあの声が聞こえた。「破船賊の話を聞いたことがあるかね?」その名称をメアリーはそれまで聞いたことがなかった。だが彼女の叔母は十年にわたりそのなかで暮らしてきたのだ……彼女はもはや叔父を重視してはいなかった。彼に対する恐怖はもうない。胸に残っているのは、嫌悪感だけだ。嫌悪感と不快感。あの男は人間であることを完全にやめてしまった。あれは夜に徘徊《はいかい》する野獣なのだ。酔った姿を見せ、その正体を明かしたいま、あの男にはもう彼女を怖がらせる力はない。彼の仲間どもも同じだ。連中は僻地《へきち》で腐りつつある邪悪なものであり、彼らが踏みつぶされ、一掃され、消滅するまで、彼女は断じて手をゆるめる気はなかった。

情によって彼らが救われることは二度とない。

　残る問題は、ペイシェンス叔母――それと、ジェム・マーリンだ。彼女の意志に反して、彼は頭のなかに押し入ってきた。なんとも迷惑な話だ。彼のことなど考えなくても思い煩うことは充分にあるというのに。あの男はとにかく兄に似すぎている。目もとも口もとも、あの笑顔も。危険なのはそこだった。彼の歩きかた、振り向きかたは、叔父を彷彿《ほうふつ》させる。そして彼女には、なぜペイシェンス叔母が十年前、馬鹿をしでかしたのかがよくわかった。ジェム・マーリンに恋するのは至極簡単だろう。今日まで男は彼女の人生において重きをなしていなかった。ヘルフォードでは、そういうことには心が向かないほど、農場が忙しかったのだ。教会で彼女にほほえみかけ、刈り入れ時に一緒にピクニックに行くような若者も何人かはいた。一度、近所の男が林檎《りんご》酒を一杯やったあと、干し草の山の陰で彼女にキスしたこともある。それは馬鹿な過ちにすぎず、彼女は以降ずっとその男を避けつづけた。相手は面倒なやつではなく、五分後にはもうそのことを忘れていた。とにかく、結婚は一生しない――彼女がそう決めたのは、だいぶ前のことだ。彼女はどうにかして金を貯め、農場主となって、男の仕事をするつもりだった。ジャマイカ館を脱出し、一連の出来事が過去のこととなり、ペイシェンス叔母のために家庭もどきのものを作ることができたとき、男にかまけている余裕など自分にあるとは思えなかった。なのに、ここでまたしてもジェムの顔が現れた。浮浪者みたいな無精髭、汚れたシャツ、厚かましくじろじろと見つめるあの目が。あの男には優しさというものがない。無礼なうえ、どこか冷酷なところがある。しかも、泥棒で嘘つきなのだ。彼は彼女が恐れ、憎み、蔑《さげす》むあらゆるものを体現している。それでも彼女には、自分が彼を愛せることがわかっていた。本能は偏見などものともしない。男と女とはヘルフォードの農場の動物たちと同じようなものだと彼女は思う。この世には、生きとし生けるものすべてに共通する愛の法則がある。肌や手触《ざわ》りの似た者同士がお互いに惹かれ合うのだ。これは理性による選択ではない。獣たちに理屈はない。空を飛ぶ鳥たちも然り。メアリーはリアリストだ。彼女は農婦になるよう育てられた。自鳥や獣のそばで長いこと生活し、彼らがつがい、仔を産み、死んでいくのを見てきたのだ。自然界にはロマンスなどほとんどない。だから彼女も自分の人生にそれを求めはしない。故郷の娘らが村の若者と散歩するのを彼女は見てきた。彼らは手をつなぎ、頰を染め、心を乱し、長いため息をつき、水面《みなも》を照らす月光を見つめる。彼らが農場の裏手の緑の小道を歩くのをメアリーはよく見かけた。〈恋人の小道〉――その道はそう呼ばれていた。ただし年配の男たちはもっとふさわしい名称を使ったが。若者は恋人の腰に腕を回し、娘は彼の肩に頭をもたせかける。星空や月、夏場なら燃える夕日を、彼らは眺める。一方、牛小屋から出てきたメアリーは、水の滴る手で顔の汗をぬぐいながら、いま母牛のもとに置いてきた生まれたての子牛のことを考えている。彼女は遠ざかっていく男女を見送り、笑みを浮かべ、肩をすくめると、台所に入って、今月中にヘルフォードで結婚式があるわよ、と母に告げる。そしてやがて鐘が鳴り、ケーキがカットされ、日曜の服を着たあの若者が顔を輝かせて、ふだん直毛の髪をこの日のために巻いた花嫁と並び、教会の階段をしずしずとのぼっていく。ところがその年が暮れる前に、月や星がひと晩じゅう輝いていようが、なんにもならない時が来る。若者は一日畑で働いたあと、夕方、疲れて家に帰り、夕飯が焦げている、これじゃ犬の餌にもならん、と憎々しげに叫び、体の線もくずれ、もう巻き毛もない娘のほうは、猫みたいにミーミー泣いて眠ろうとしない赤ん坊を腕に行きつもどりつしながら、二階の寝室から辛辣《しんらつ》な言葉を投げ返す。そうなるともう、ふたりのあいだでは、水面を照らす月光の話など出ないのだ。そう、メアリーはロマンスに幻想を抱いてはいない。恋に落ちるとは、前述のようなことを綺麗《きれい》に言い表す言葉にすぎない。ジェム・マーリンは男で、彼女は女だ。彼の手なのか、肌なのか、笑顔なのか、それはわからない。だが、彼女のなかの何かが彼に反応し、彼のことを考えただけで、彼女はいらだち、興奮を覚えるのだ。ジェムのイメージは彼女につきまとい、心を騒がせる。自分がもう一度、彼に会わずにいられないことが、彼女にはわかっていた。

灰色の空と低く駆けていく雲を、彼女はふたたび見あげた。ランソンに行くつもりなら、そろそろ支度をして出かける時間だ。口実など設ける気はない。この三日間で彼女は無情になっていた。ペイシェンス叔母はなんとでも好きに考えればよい。多少なりとも勘が働く人なら、姪が自分を避けているのはわかるはずだし、夫の血走った目と震える手を見ればその理由もわかるだろう。またしても――たぶんこれが最後だろうが――酒によって彼の舌がゆるんだわけだ。彼の秘密は漏れ、その運命はメアリーの手に握られている。手に入れた情報をどう使うか、彼女はまだ決めていない。だが彼を再度、救う気はなかった。きょう彼女はジェム・マーリンとともにランソンに行く。今回、質問に答えるのはジェムのほうだ。なおかつ、彼女がもはや一味を恐れていないし、その気なら彼らを滅ぼすこともできるのだと悟れば、彼も多少の謙虚さを見せるだろう。そして明日——まあ、明日のことは明日考えよう。自分にはフランシス・デイヴィが付いているし、彼の約束があるのだ。オルタナンのあの家には、常に平和と避難所が用意されている。

それにしても、なんて奇妙なクリスマスだろう——丘の起伏が左右に広がるなか、〈鷹の岩〉を目印に〈東が原《イースト・ムーア》〉を歩いていきながら、メアリーは思った。昨年、彼女は母と並んでひざまずき、ふたりが健康で元気で勇敢でいられますように、と祈った。心の平和と安全を祈り、母が長生きしてくれるように、また、農場が繁栄するように願った。それに応えて訪れたのが、疫病であり、貧困であり、死だった。彼女はいまひとりぼっちになり、暴虐と犯罪の網にとらわれ、自らの蔑む人々に囲まれ、嫌悪する家で暮らしている。そして、馬泥棒の人殺しに会うために、友もない不毛の原野を歩いているのだ。今年のクリスマスには祈りなど捧げるのはよそう。

メアリーはラッシーフォードの上の高台で待った。ほどなく遠くから、短い行列が近づいてくるのが見えた。ポニーの引く二輪馬車。そのうしろに、二頭の馬がつながれている。御者が歓迎の意を表して鞭を掲げた。メアリーは頬に赤みが差し、次いでその色が引くのを感じた。もしこの弱さは悩みの種であり、彼女はそれが形と命のあるものであったらと切に願った。もしそうならば、自分から引きはがして、足で踏みつけることもできるのだ。彼女は両手をショールにくるみこみ、眉間に皺を寄せて待った。そばまで来るとジェムはヒューッと口笛を吹いて、彼女の足もとに小さな包みを放った。「クリスマスおめでとう」彼は言った。「きのう俺のポケットには銀貨が一枚あったんだが、我慢しきれなくて使っちまったよ。そいつは、あんたの頭に巻く新しいハンカチだ」

メアリーは不愛想に無言で彼を迎えるつもりだったが、こう言われてはそうもいかなかった。

「それはご親切に」彼女は言った。「だけど、お金をかけるだけ無駄なんじゃないかしらね」

「別にかまわんさ。慣れてるからな」ジェムは言った。それから、いつものように落ち着き払って厚かましくじろじろ彼女を眺めまわすと、でたらめに口笛を吹いた。「ずいぶん早く来てたんだな」彼は言った。「俺に置いてかれるのが心配だったのかい？」

メアリーは彼の隣の席にのぼって、手綱を取った。「この感触がなつかしいわ」ジェムの質問を無視して、彼女は言った。「母とわたしは週に一度、市の日に、馬車でヘルストンに行っていたのよ。それももうずっと昔のことみたいに思える。そのことを考えると、胸が痛むわ。つらい時期でも、母と一緒に笑い合ったことを考えるとね。もちろんあなたにはわからないだろうけど。あなたが考えるのは自分のことだけですものね」

ジェムは腕組みをして、彼女の手綱さばきを見守っていた。

「このポニーは目隠しされてたって原野を渡っていけるんだ」彼は言った。「自由に走らせてやれんかね？　こいつは絶対しくじらないから。そう、そのほうがいい。覚えとけよ、仕切ってるのはこいつなんだ。だから全部、任せときな。で、いま何をしゃべってたんだ？」

メアリーは両手で軽く手綱を握って、前方の道に目を向けた。「別に大したことじゃないの」彼女は答えた。「まあ、独り言みたいなものよ。それじゃ、あなたはポニーを二頭、市で売るつもりなのね？」

「二倍稼ごうってわけさ、メアリー・イエラン。協力してくれりゃ、新しいドレスを買ってやるぜ。笑ったり肩をすくめたりするなよ。俺は恩知らずは嫌いなんだ。ところで、きょうはどうしたんだ？　顔色は悪いし、目もどんよりしてるじゃないか。気分でも悪いのか？　それとも腹痛《はらいた》かね？」

「この前あなたと会ってから、一歩も家を出てないのよ」メアリーは言った。「ずっと部屋にこもってあれこれ考えてたの。考えても愉快にはなれなかったし。四日前より、だいぶ年を取った気がするわ」

「器量が落ちたのは残念だな」ジェムは言った。「綺麗な娘を隣に乗せて、ランソンに乗り込む自分を俺は想像してたんだ。俺たちが通り過ぎると、男どもがこっちを見あげて目配せするはずだったのにな。きょうのあんたはてんで冴えないぜ。俺に嘘はつくなよ、メアリー。こっちもあんたが思うほど馬鹿じゃないんだ。ジャマイカ館で何かあったんだろ？」

「何もないわよ」メアリーは言った。「叔母さんは台所をぱたぱた歩き回ってるし、叔父さんは両手で頭をかかえて、ブランデーの瓶の前にすわってる。変わったのは、わたしだけ」

「また誰か人が来たわけじゃないよな？」

「わたしの知るかぎりはね。庭を通った人間はひとりもいない」

「あんたは奥歯を噛み締めてる。それに、目の下には隈ができてるね。疲れてるんだな。そんな様子の女を前にも見たことがあるが、それにはちゃんと理由があったぜ。四年間海に出ていた亭主がその女のいるプリマスのうちへ帰ってきたのさ。だがあんたの場合、その言い訳は使えないね。ひょっとして、ずっと俺のことを考えてたのかい？」

「そうね、あなたのことも一度は考えた」メアリーは言った。「どっちが先に縛り首になるかしらって思ったの。あなたか、それとも、あなたの兄さんかって。わたしの見たところ、大差はないんだけどね」

「ジョスが縛り首になるなら、そりゃあ当然の報いってもんさ」ジェムは言った。「てめえの首にロープを巻く男がいるとしたら、あいつがその男だよ。なにしろ自ら進んで面倒に会いに行くんだからな。やられちまっても自業自得だし、そんときゃたのみのブランデーの瓶もないだろうよ。やつはしらふでぶら下がるんだ」

馬車に揺られて、彼らは無言で進んでいった。ジェムは鞭の革ひもをもてあそんでおり、メアリーはすぐそばにある彼の手を意識していた。目の端からちらりと見ると、その手が長くほっそりしているのがわかった。そこには、彼の兄の手と同じく、力と優雅さがそなわっていた。この手は彼女を惹きつけるが、もう一方は彼女に嫌悪を抱かせる。初めて彼女は、嫌悪と執着が隣り合わせであることに気づいた。その二者のあいだの境界線がごく細いということに。この考えはおぞましく、彼女は思わず身をすくめた。隣にいるのがもし十年前、二十年前のジョスだったら？　彼女はこの対比に心の奥で戦慄した。それがかき立てる想像が恐ろしかった。自分がなぜ叔父を憎むのかが、いまわかった。

ジェムの声が物思いに割り込んできた。「何を見てるんだよ？」彼は言った。メアリーは視線を上げ、前方の景色に意識をもどした。「あなたの手が気になったの」彼女はそっけなく言った。「その手はお兄さんの手にそっくりなのよ。どのあたりまで原野を行くの？　あそこに見える曲がりくねった道は、街道じゃない？」

「俺たちはもっと先の下のほうで街道に出るんだ。そうすりゃ二、三マイル、近道ができる。なるほど、男の手が気になったわけか。あんたにそんな一面があるとは、驚きだね。結局、あんたも女だったんだな。嘴《くちばし》の黄色い農家の若造ってわけじゃなく。なんで三日間、口もきかずに部屋に閉じこもってたのか、俺に話す気はあるのかい？　それとも、こっちが当てなきゃならんのかね？　女ってのは謎めかしたがるもんだよな」

「この話には謎なんてひとつもない。この前会ったとき、なぜ叔母があんなふうなのか、そのわけがわかるかって、わたしに訊いたでしょう？　生ける屍《しかばね》みたい――あなたは確かそう言ってたわよね？　そのわけがようやくわかったの」

ジェムは好奇のまなざしで彼女を見つめた。それからふたたび口笛を吹いた。

「酒ってのはおかしなもんだよ」ややあって彼は言った。「俺も一度酔っ払ったことがある。場所はアムステルダム。家出して船に乗ってたころのことだ。教会の鐘が夜の九時半を打ったことは覚えてる。俺は綺麗な赤毛の娘を抱いて床にすわってた。つぎに気づいたときは、翌朝の七時で、俺はどぶのなかにあおむけに寝てたんだ。ブーツもズボンもなしでだぜ。よく思うよ――あの十時間、俺は何をしてたんだろうってな。いくら頭を絞ってもさっぱりでね、なんにも思い出せないんだよ」

「それはありがたいことなのよ」メアリーは言った。「あなたの兄さんは、そこまで幸運じゃない。酔っ払うと記憶を失うんじゃなく、記憶を取りもどすんだから」

ポニーの速度が落ちたので、メアリーは手綱をその背に軽く当てた。「もしもそのとき誰もいなけりゃ、独り言を言えばいい」彼女はつづけた。「ジャマイカ館の壁ならさしたる影響は受けないでしょうからね。でも今回、あの人はひとりじゃなかった。意識がもどったとき、またまたそこにわたしがいたのよ。そして、あの人はそれまでずっと夢を見ていたの」

「で、その夢のひとつを聞かされ、あんたは三日間、自分の部屋に閉じこもったってわけか」ジェムが言った。

「まあそんなところね」メアリーは答えた。

ジェムが突如、身を乗り出して、彼女の手から手綱をひったくった。

「ちゃんと前を見ててほしいね」彼は言った。「さっきこのポニーは絶対しくじらないと言ったがね、そりゃあ別に、砲弾並みにでかい花崗岩《かこうがん》の塊に突っ込ませろってことじゃないんだ。あとはこっちに任せな」メアリーは座席に身を沈め、御者の役目を彼に譲った。そう、確かに。彼女は注意散漫だった。彼の非難はもっともだ。ポニーは速度を上げ、トロットで駆けだした。

「それで、あんたはどうする気なんだ?」ジェムが言った。

メアリーは肩をすくめた。「まだなんとも決めてないわ」彼女は言った。「ペイシェンス叔母さんのこともあるし。でも、まさかわたしが自分の計画をあなたに話すとは思ってないでしょう?」

「なんでだよ？　俺はジョスを支持しちゃいないぜ」

「あなたはあの人の弟だもの。わたしにしてみりゃそれだけで充分。この話には空白部分がたくさんあるの。そのいくつかにあなたはぴたりとはまるのよ」

「この俺が兄貴のために働いて、時間を無駄にするわけないだろ？」

「ここまで見てきたことから判断すると、時間の無駄ってことはないわね。あの人のビジネスはとっても実入りがいいはずだもの。仕入れには一切お金がかからないしね。死人に口なしよ、ジェム・マーリン」

「そうとも。だが死んだ船のほうはまた別だ。順風だってのに座礁したとなりゃあな。港に入ろうとしてるとき、船がさがすのは明かりなんだよ、メアリー。蛾がロウソクめがけてばたばた飛んでって、羽根を燃やしちまうのを見たことがないかい？　船も偽の明かりに引き寄せられて、あれとおんなじことをするのさ。一度、二度、たぶん三度までは、そのまんまですむかもな。だが四度目に船が昇天したら、土地の者みんなが武器を取って立ちあがり、その理由をさがしはじめる。兄貴はもうてめえの舵が取れなくなってる。自ら暗礁に向かってるとこだよ」

「あなたはあの人につきあうつもり？」

「俺が？　俺になんの関係があるって言うんだよ？　やつはひとりで勝手に輪縄に首を突っ込みゃいいんだ。俺もときたま自分用にタバコを頂戴してきたし、船荷を流したこともある。だがこれだけは言っとくぜ、メアリー・イエラン。信じようが信じまいが、そっちの勝手だが、俺は一度だって人を殺したことはない——いまのところはな」

彼がポニーの頭上で荒っぽく鞭を鳴らすと、馬はいきなり全力疾走しはじめた。「この先に浅瀬がある。生垣が東にのびてるとこだ。その川を渡って、半マイルも行きゃランソンの街道だ。そこから町までは七マイルちょいだよ。疲れてないかい？」

メアリーは首を振った。「座席の下の籠にパンとチーズがあるよ」彼は言った。「林檎がひとつふたつ、それに梨もいくつか入ってる。じきに腹が減るだろう。で、あんたはこの俺が船を沈めてると思ってるのか？　海岸に立って、人が溺れるのを眺め、そのあとで、水膨れした死体のポケットを漁《あさ》ってるって？　そいつはいい絵になるよなあ」

本気で怒っているのか、怒ったふりをしているのか判別しがたかったが、彼は顎をこわばらせ、頬骨のあたりを真っ赤に燃え立たせていた。

「でも、これまで否定したことはないわよね？」メアリーは言った。

半ば馬鹿にし、半ばおもしろがって、ジェムは横柄にメアリーを見おろした。無知な子供を笑うように、彼は彼女を笑った。メアリーはそんな彼が憎らしかった。だが突然、直感的に、来《きた》るべき質問に気づくと、彼女の両手は熱くなった。

「もし本気で俺をそんなやつだと思ってるなら、どうしてきょう俺と一緒に馬車でランソンに向かってるんだよ？」

ジェムは彼女をからかう気なのだ。はぐらかしたり、しどろもどろに答えたりすれば、きっといい気になるだろう。メアリーは意を決して陽気に返すことにした。

「そりゃあ、あなたの輝く瞳に惹かれたからよ、ジェム・マーリン」彼女は言った。「一緒に出かけるのに、他の理由なんてないわ」彼女はまじろぎもせず、彼の視線を受け止めた。

ジェムが笑って首を振り、ふたたび口笛を吹きはじめた。突然、ふたりのあいだに気安さが、男同士のような親近感が生まれた。彼女の大胆な言葉が彼の警戒を解いたのだ。彼はふたりの関係の背後にある脆弱《ぜいじゃく》さにまるで気づいていない。そしてその瞬間、彼らは男と女であるという緊張など無縁の相棒となっていた。

ふたりは街道に至り、馬車は速足で走るポニーに引かれてガタゴトと進んでいった。うしろでは盗んだ馬が二頭、カタカタと蹄《ひづめ》の音を立てている。空には雨雲が広がり、威圧的に低く垂れこめているが、雨はまだ落ちてこず、原野の彼方で隆起する丘にも霧はかかっていなかった。メアリーははるか左手のオルタナンにいるフランシス・デイヴィのことを考えた。その後の経緯を打ち明けたら、あの牧師はなんと言うだろうか。今度は彼も持久戦をすすめはすまい。でもクリスマスに押しかけたら、たぶんいい顔はしないだろう。村を形成する一群のコテージのなかで平和に静かにたたずむあの森閑《しんかん》とした牧師館を、彼女は思い浮かべた。そしてまた、屋根と煙突の波の上に守護神のように立つ、教会の高い塔を。

オルタナン──名前そのものがささやきのようなあの町には、彼女を待つ避難所がある。それにフランシス・デイヴィの声は、苦悩の忘却と安全を意味する。彼にはなぜか心をざわめかす、しかし心地よい特異性があった。彼の描いていたあの絵。馬を駆る様子。静かで手際のよい給仕のしかた。そして何より特異なのは、主《あるじ》の個性が少しも認められない彼の部屋の厳粛な静けさだ。彼は人間の影にすぎず、そばにいないいまは実体を失っている。彼には、いま隣にすわるジェムのような男らしい攻撃性はない。血や肉はなく、闇のなかのふたつの白い目と声にすぎないのだ。

生垣が途切れたところで、突如、ポニーが尻込みし、ジェムの罵声《ばせい》にメアリーの秘かな物思いは破られた。

ふと思いついて、彼女は試しに言ってみた。「このあたりに教会はない？　ここ数カ月、異教徒みたいな生活を送っているの。これってとてもいやな気分よ」

「そっちじゃない、この馬鹿野郎め！」ジェムはそうどなると、手綱を引いてポニーの口を刺激した。「馬車をひっくり返そうってのか？　教会だって？　この俺が教会のことなんぞ知るわけがないだろ？　なにせなかに入ったのは一度きりなんだからな。そんとき俺は母親に抱かれてて、出てきたときはジェレマイアになってたんだ。教会についちゃ俺はなんにも教えてやれんよ。ああいうとこにゃ金の食器が鍵をかけてしまってあるんだよな」

「オルタナンには教会があるんでしょう？」メアリーは言った。「あの町ならジャマイカ館から歩いていける。明日、行ってみようかしら」

「それなら俺んとこでクリスマスのご馳走を食ったほうがよっぽどいいぜ。七面鳥は出せないが、鵞鳥《がちょう》ならいつでもノースヒルで百姓をやってるタケット爺さんから頂戴できる。爺さんはひどく目が悪くなっちまってててね、一羽いなくなってもまるで気づかないんだよ」

「オルタナンの牧師が誰か知っている、ジェム・マーリン？」

「いいや、知らんね、メアリー・イエラン。聖職者とつきあったことは一度もないし、今後もつきあう気はないからな。ありゃあ妙ちきりんな連中だよ。俺が餓鬼《がき》のころ、ノースヒルにひとり牧師がいたんだがね、そいつはひどい近眼で、聞いた話じゃある日曜日、聖餐用の葡萄《ぶどう》酒とまちがえて教区民にブランデーを飲ませたそうだよ。そんときゃ、村じゅうが話を聞きつけてな、教会は満杯になり、ひざまずく余地もないほどで、壁際にも順番待ちの連中が立ち並んでいたんだと。かたや牧師はさっぱりわけがわからない。それまでやつの教会にそんなに大勢人が来たこたあないんだ。牧師は眼鏡の奥で目をきらきらさせて、説教壇に上がった。そして、囲いにもどってくる羊たちをテーマに説教をしたんだとさ。この話をしてくれたのは、兄貴のマシューだがね、やつは二度、聖餐を受けに行ったが、牧師はぜんぜん気づかなかったそうだよ。その日はノースヒルの最高の日だったわけだ。パンとチーズを出しとくれ、メアリー。腹がぺこぺこだよ」

メアリーは彼に首を振ってみせ、ため息をついた。「あなたは生まれてから一度もまじめになったことがないの？　何事にも、誰に対しても、敬意を払わないんですか？」

「自分の胃袋には敬意を払ってるさ」ジェムは言った。「で、こいつはいま、何か食わせろと要求してる。籠は俺の足もとだ。宗教心が湧いてるなら、林檎でも食べちゃどうだ。聖書には林檎が出てくるだろ。俺だってそれくらいは知ってるぜ」

午後二時半、楽しげな、かなり浮かれた二輪馬車の一行が、ランソンに入っていった。メアリーは悩みも責任も風に乗せて放り出していた。朝の決意とは裏腹に、彼女はジェムの気分に溶け込み、楽しさに身を委ねているのだった。

ジャマイカ館の陰を離れると、彼女本来の若さと元気がよみがえり、連れも瞬時にこれに気づいて、そこに働きかけた。

笑わずにいられないから、また、彼がそうさせるから、メアリーは笑った。空気中には町の喧噪の醸《かも》し出す伝染性のもの、高揚感と幸福感、クリスマス気分があった。街は人でにぎわい、立ち並ぶ小さな店は活気に満ちていた。四輪馬車や軽馬車、それに乗合馬車も、石畳の広場にごちゃごちゃと集まっている。そこには色彩と命と動きがあり、市場の屋台の前では陽気な人人が押し合いへし合いし、七面鳥や鵞鳥は彼らを収めた木製の檻《おり》をひっかいている。緑のマントの女が頭に林檎の籠を載せてほほえんでおり、その林檎は彼女の頰と同じように赤い。この光景はお馴染みのなつかしいものだ。クリスマスの時期、ヘルストンは毎年こんなふうだった。ただしランソンには、もっと華やかで、もっと奔放な雰囲気がある。人混みの規模はもっと大きく、いろいろな声が混ざり合っている。ここには広い空間と洒脱《しゃだつ》さがあった。川を渡った先はもうデヴォン州であり、イングランドだ。隣州の農夫らが東コーンウォールの女たちと連れ立っている。商人、菓子職人もおり、奉公の小僧らが熱いパスティーやソーセージの皿を手に人混みを出入りしている。羽根飾り付きの帽子をかぶり、青いベルベットのマントをまとったご婦人が馬車から降りてきて、淡い灰色のふかふかの大外套を着た紳士を従え、もてなしのよい〈白鹿亭〉に入っていく。紳士は片眼鏡を目に当て、雄の七面鳥よろしくふんぞりかえって婦人のうしろを歩いていた。

メアリーにとって、これは楽しく幸せな世界だった。この町は、古い歴史物語の町のように中心に城を戴き、丘のふところに位置している。ここには木立があり、傾斜する野原があり、谷間で輝く水がある。原野は遠い。それは町のうしろの、見えないところに広がっており、忘れ去られている。ランソンは現実だ。この人たちは生きている。クリスマスはこの町でふたたび真価を認められ、石畳の通りやひしめき合って笑う人々のなかで本領を発揮しており、白っぽい太陽もお祭り騒ぎに加わろうと、層を成す灰色の雲のうしろの隠れ家からもがき出てきた。メアリーはジェムにもらったハンカチで髪を覆っていた。彼女は心を和らげ、ジェムにその両端を顎の下で結ばせさえした。ふたりは町のてっぺんでポニーと幌《ほろ》馬車を厩舎《きゅうしゃ》にあずけており、ジェムはいま、メアリーをうしろに従え、盗んだ二頭の馬を引いて雑踏のなかを突き進んでいる。彼は自信をもって先導し、まっすぐに中央広場に向かった。そこにはランソンじゅうの人が集まっており、端から端までクリスマス市の天幕や露店がずらりと並んでいた。一箇所、ロープで仕切られた、家畜を売り買いするための場所もあり、農夫や地元の住民がその円形の展示場を取り巻いている。なかには紳士たちもいたし、デヴォンやその向こうから来た馬喰《ばくろう》たちもいた。展示場が近づくにつれ、メアリーの鼓動は速くなった。もしここにノースヒルの住人や近隣の村の農夫がいたら、その人はこの馬たちに気づくのではないだろうか？　ジェムは帽子をうしろにずらしてかぶり、口笛を吹いている。一度、彼は振り返って、メアリーに目配せした。人々は左右に分かれ、彼のために道を開けた。メアリーは人垣の後方で、籠を持つ太った女のうしろに立った。ジェムはポニーを連れた男たちのあいだに陣取ると、なかの何人かに会釈し、彼らのポニーに目を走らせながら、首をかがめてパイプに火を入れた。彼は泰然自若として見えた。ほどなく、四角い帽子にクリーム色の膝下ズボンという派手ないでたちの男が、人混みをかき分けて現れ、馬たちに歩み寄った。その声は大きくて重々しかった。男は乗馬用の鞭で自分の長靴《ちょうか》をたたいては、つぎつぎとポニーを指し示していった。その口調と権威ありげな態度から、メアリーはこいつは馬喰にちがいないと思った。まもなく、黒い上着を着た目つきの鋭い小男が彼に合流した。この小男はときおり相棒の腕をつつき、何か耳打ちしていた。

メアリーは、小男がバサット氏の黒いポニーをじっと見ているのに気づいた。彼は馬に歩み寄ると、かがみこんでその脚に触った。それから彼は、例の声の大きな男の耳もとで何かささやいた。メアリーは緊張して小男を見守った。

「このポニーはどこで手に入れたんだね」馬喰がジェムの肩をたたいて訊ねた。「原野で育ったやつじゃないだろう。頭と肩の格好がちがう」

「こいつは四年前、キャリントンで生まれたんだ」ジェムは口の端にパイプをくわえたまま、無頓着に言った。「生後一年のとき、ティム・ブレイから買ったのさ。あんた、ティムを覚えてるだろ？　去年、全財産を売り払って、ドーセットに移ったんだがね。ティムはいつも、このポニーなら必ず元が取れると言ってたよ。母馬はアイルランド種で、内陸のほうじゃいくつも賞を取ってるんだ。まあ、ちょっと見てくれよ。だが安くはないぜ。いちおう言っておくがね」

彼はパイプをふかし、ふたりの男は丹念にポニーを調べた。その時間は果てしなく思えたが、やがて連中は身を起こし、うしろにさがった。「皮膚病か何かかね？」あの目つきの鋭い男が言った。「体毛がいやにごわついてて、棘《とげ》みたいにちくちくするが。それに、どうも気に入らん染みもあるし。まさか薬を与えちゃいないだろうな?」

「そいつにゃ悪いとこなんぞひとつもないさ」ジェムは言った。「そこにいるもう一頭のやつな。そっちは夏にひどく痩せちまったが、俺がちゃんと元気にしてやった。春まで置いときゃもっといい値で売れるんだろうが、どうも金を食いすぎるんだよ。だがこっちの黒いポニー、こいつにゃケチはつけられないぜ。ひとつ、正直に言うよ。それがフェアってもんだからな。母馬はティム・ブレイの爺さんが知らない間《ま》にはらんじまったんだ。爺さんは当時プリマスにいて、馬の世話は倅《せがれ》がしてたんだよ。気づいたとき、爺さんは倅に鞭をくれたが、もちろん、もう手遅れさ。爺さんはなんとか挽回をはかるしかなかったわけだ。俺の考えじゃ、種馬は灰色だったんだな。その毛の短いとこを見てみな。皮膚に近いとこ——そこは灰色だろ? このポニーに関しちゃティムは結構な儲けを逃してる。その肩を見てくれ。これこそ理想の馬ってやつだ。いいか、こいつには十八ギニーいただくよ」目つきの鋭い男は首を振ったが、馬喰は迷っていた。

「十五にしな。そうすりゃ話が決まる」

「いいや、値段は十八ギニーだ。一ペニーも負けられんよ」ジェムは言った。

ふたりの男は相談したが、意見がまとまらないようだった。〝インチキ〟という一語がメアリーの耳を打ち、ジェムが群衆の頭越しにすばやくこちらに視線を投げた。彼の近くにいる男たちの集団から小さなざわめきが起こった。目つきの鋭い男が再度かがみこんで、黒いポニーこにあるんだ？」

の脚に触れた。「俺はおすすめせんよ」彼は言った。「どうも納得がいかない。持ち主の印はどこにあるんだ？」

ジェムは耳の細い切れ込みを見せ、男は入念にそれを調べた。

「用心深いお客さんだね」ジェムは言った。「これじゃまるで俺がこの馬を誰かから盗んだみたいじゃないか。その印にどこかおかしなとこがあるかい？」

「いいや、どうやらなさそうだ。だがティム・ブレイがドーセットに行っちまったのは、おまえさんにとっちゃ幸いだよ。おまえさんがなんと言おうが、このポニーがあいつのものだったことはない。俺があんたならこいつにゃ手を出さんよ、スティーヴンス。きっと面倒なことになるからな。さあ、行こうぜ」

声の大きい馬喰は未練がましく黒いポニーを見つめた。

「見てくれのいい馬だよな」彼は言った。「誰が育ててようが、俺は一向にかまわんのだが。たとえ種馬がぶち毛だっていい。なんだっておまえはそこまでこだわるんだね、ウィル？」

目つきの鋭い男がまたもや相棒の袖を引っ張り、その耳に何かささやいた。馬喰は耳を傾け、顔をしかめ、それからうなずいた。「わかったよ」彼は言った。「きっとおまえの言うとおりなんだろう。おまえにゃ厄介事を見抜く目がある。そうだよな？　この件にゃかかわらんほうがよさそうだ」それからジェムに向かって言った。「そのポニーはあきらめるとするよ。相棒が気に入らないんでな。俺の助言を容れて値を下げな。長いこと手もとに置いときゃ、きっとほぞを嚙むぜ」そう言うと、馬喰は目つきの鋭い男を脇に従え、人混みをかき分けて歩み去った。

そうしてふたりは、〈白鹿亭〉のほうへと消えた。その姿が見えなくなると、メアリーはほっと安堵のため息をついた。ジェムの表情からは何も読み取れなかった。その唇は例によって口笛を吹く形になっていた。人がやって来ては立ち去った。毛むくじゃらの原野のポニーたちが一頭当たり二、三ポンドで売られ、もとの所有者たちは満足して去っていく。もう誰も黒いポニーには近づかなかった。彼は周囲に疑いの目で見られているのだ。四時十五分前、ジェムは長い愉快な駆け引きのあと、もう一頭の馬を実直そうな陽気な農夫に六ポンドで売った。農夫は五ポンド出そうと言ったが、ジェムは七ポンドと言って譲らず、二十分にわたる騒々しい交渉のすえ、六ポンドで話は決まり、相手の農夫は満面の笑みで手に入れた馬の背に乗ってその場をあとにした。メアリーは足が疲れてきた。市場には黄昏《たそがれ》が迫り、ランプが灯された。町は神秘的な雰囲気を帯びていた。彼女は馬車のところにもどろうかと考えはじめた。するとそのとき、背後で女の声がした。それに、気取った高い笑い声も。振り返ると、そこには一時間ほど前、馬車から降り立ったあの婦人の青いマントと羽根飾り付きの帽子が見えた。「まあ、見てちょうだい、ジェイムズ」婦人は言っている。「あんな素敵なポニーを見たことがあって？あの頭のもたげかた、かわいそうなビューティーにそっくりよ。ほんとに驚くほど似ているわ。もちろんあの馬は青毛だし、血統はビューティーとは比べものにならないけれど。ロジャーがこの場にいないなんて、悔しいこと。でも会議の邪魔をするわけにはいきませんものね。あなたはあの子をどうお思いになる、ジェイムズ？」

連れの男は片眼鏡を持ちあげて、目を凝らした。「残念だがね、マリア」彼はのどかな口調で言った。「わたしは馬のことはなんにも知らないんだよ。いなくなったきみのポニーは確か葦毛《あし》だったんじゃないか？　この馬は真っ黒、どうみても真っ黒だ。こいつを買いたいのかね？」

婦人は小さくコロコロと笑い声を響かせた。「子供たちにはいいクリスマス・プレゼントになるんじゃないかしら」彼女は言った。「ビューティーが消えてからというもの、ずっとやいやいせがんでかわいそうなロジャーを困らせてますからね。値段を訊いてくださらない、ジェイムズ？」

男は気取って前に進み出た。「やあ、こんにちは」彼はジェムに声をかけた。「その黒いポニーを売りたいのかね？」

ジェムは首を振った。「こいつは俺の友達が買うことになってるんで」彼は言った。「約束を破るわけにゃいきません。それに、旦那はこのポニーにゃ乗れませんよ。ずっと子供を乗せてきたやつだからね」

「ああ、そうか。ああ、なるほど。いや、ありがとう。マリア、このポニーは売り物じゃないそうだよ」

「本当に？　残念だこと。もうこの馬と決めていたのに。言い値で買うからとその人に伝えて。もう一度、たのんでちょうだい、ジェイムズ」

ふたたび男は片眼鏡を持ちあげ、あののどかな口調で言った。「いいかね、きみ、こちらのご婦人がきみのポニーに惚れ込んでおられるんだ。ちょうど一頭、なくしたばかりで、代わりの馬をお求めなんだよ。この話を聞いたら、この人のお子さんたちはとてもがっかりするだろう。友達なんぞほっときゃいい。彼には待ってもらうとしよう。きみはいくらほしいんだね?」

「二十五ギニー」ジェムは即座に言った。「とにかく、わたしの友達はそれだけ払うつもりでいます。こっちは別に売りたいわけじゃないんですがね」

羽根飾り付きの帽子の婦人がすたすたと展示場に入っていった。「三十ギニー払いますわ」彼女は言った。「私はノースヒルのバサット夫人です。子供たちのクリスマス・プレゼントにそのポニーがほしいんですの。どうぞ意固地にならないでくださいな。お代の半分はここ、私のお財布のなかにあります。残りはこちらの紳士が出してくださるでしょう。主人のバサットはいまランソンにおります。私はこのポニーで子供たちだけではなく、主人も驚かせてあげたいのです。うちの馬丁がすぐ引き取りに来て、主人が町を出る前に、この馬に乗ってノースヒルに向かいます。これがお代ですわ」

ジェムはさっと帽子を脱いで、深々とお辞儀をした。「ありがとうございます、奥様」彼は言った。「バサット様がこのお買い物に満足なさるといいんですが。このポニーならお子さんたちにとって最高に安全な乗り物になりますよ」

「大丈夫。主人は喜ぶに決まっていますわ。もちろんこのポニーは、盗まれた前の馬とは比べものになりませんけれど。ビューティーは純血種で、大変な値打ちがありましたからね。でも、この小さな馬だって充分に綺麗。子供たちもきっと気に入ることでしょう。いらっしゃいな、ジェイムズ。だいぶ暗くなってきたわ。それに私は体の芯まで冷えきっているの」

バサット夫人は展示場を出て、広場で待つ馬車へと向かった。背の高い従僕がすっと前に出てドアを開けた。「いま、ロバート坊ちゃんとヘンリー坊ちゃんのためにポニーを一頭買ったの」夫人は言った。「リチャーズを見つけて、その馬でうちに帰るように伝えてくださらない？　いきなり見せて、旦那様を驚かせたいのよ」ペチコートをひらひらうしろにはためかせ、彼女は馬車に乗り込んだ。例の片眼鏡の連れもすぐそのあとにつづいた。

ジェムは急いでうしろを振り返ると、背後に立っていた少年の腕をトントンとたたいた。「なあ」彼は言った。「五シリング、ほしくないか？」あんぐりと口を開け、少年はうなずいた。「それじゃこのポニーを見ててくれ。で、馬丁が引き取りに来たら、俺の代わりに引き渡してくれないか。たったいま知らせが入ってな、女房が双子を産んだが、命が危ないっていうんだよ。一刻も猶予《ゆうよ》はならん。ほら、手綱を持ちな。メリー・クリスマス」

一瞬後、彼はその場を離れ、膝下ズボンのポケットに深く両手を突っ込んで、足早に広場の反対側へと向かっていた。メアリーは慎重に十歩ほどうしろからついていった。その顔は真っ赤で、視線はずっと地面に注がれていた。胸の奥から笑いがこみあげてくるので、彼女はショールで口もとを隠した。馬車からもあの一団からも見えない、広場の反対側にたどり着いたときは、倒れる一歩手前だった。片手を脇に垂らして立ち、彼女は息を整えた。ジェムは判事のように重々しい顔をして彼女を待っていた。

「ジェム・マーリン、あなたは吊るされて当然よ」呼吸が収まると、メアリーは言った。「堂堂と市場に立って、盗んだポニーを持ち主のバサット夫人本人に買わせるなんて！　そのずうずうしさは悪魔並みね。あなたを見ていたら、髪が半分白くなったわ」

ジェムは頭をそらして笑い、彼女もこれに抵抗できなかった。ふたりの笑い声は通りにこだまし、やがて人々を振り返らせ、その人々もまた釣り込まれ、笑みを浮かべ、声をあげて笑いだした。ランソンの町そのものが楽しさに揺れているようだった。陽気な笑いがつぎつぎ通りに轟《とどろ》いて、市《いち》のにぎわいと喧噪に混じり合い、そのなかで叫び声や呼び声が響き、どこからか歌声も聞こえる。松明《たいまつ》や篝火《かがりび》が人々の顔に不思議な光を投じている。そこには色と影と会話のざわめきがあり、空気は興奮の波動を帯びていた。

ジェムが彼女の手をつかんで、ぎゅっと握り締めた。「来てよかったろ？」彼は言い、彼女は何も考えずに「ええ」と答え、それを気にもしなかった。

ふたりは市の雑踏のまっただなかに飛び込んでいき、群衆の熱気と人いきれに包まれた。ジェムはメアリーに真紅のショールと金の輪の耳飾りを買った。ふたりは縞模様の天幕の下でオレンジを食べ、皺くちゃのジプシー女に運勢を占ってもらった。「色の黒い知らない男に気をつけなされ」女はメアリーに告げ、ふたりは顔を見合わせてまた笑った。

「あんたの手には血がついているよ、お若いの」女はジェムに告げた。「いつかあんたは人を殺すだろう」するとジェムは言った。「今朝、馬車のなかで俺はあんたになんて言った？　いまんとこ俺は潔白だぜ。これでわかったかい？」だがメアリーは彼に首を振ってみせた。信じると言う気はない。小さな雨粒が顔に落ちてきたが、ふたりは気にしなかった。突風がつぎつぎ吹き寄せ、はためく天幕をうねらせて、紙やリボンや絹物を飛び散らせた。縞模様の大きな屋台ががたがた震えたかと思うと、あっという間に崩壊した。林檎やオレンジが側溝へと転がり落ちていく。篝火の炎が風に吹かれ、たなびいている。雨が降る。人々が笑い、お互いを呼び合い、びしょ濡れになりながら、雨宿りの場所を求めて駆け回っている。

ジェムはメアリーの肩に手を回して、雨のかからない建物の戸口へと引っ張り込んだ。それから、彼女の顔を自分のほうに向け、両手ではさんで、キスした。「色の黒い知らない男に気をつけなされ」彼はそう言って笑い、もう一度キスした。雨とともに夜の雲が出現しており、それは一瞬で黒くなった。篝火は風で吹き消され、提灯の明かりはほの暗く黄色い。市の華やかな色彩はもうあとかたもなかった。広場の人気《ひとけ》はたちまち絶え、縞模様の天幕や露店も空っぽでわびしげだ。弱い雨が突風にあおられ、戸口に吹き込んできた。ジェムは外に背を向けて立ち、メアリーの盾となっていた。彼はメアリーが頭に巻いていたハンカチをほどき、彼女の髪をもてあそんだ。彼の指先が首すじに触れ、肩へと動いていくのを感じて、メアリーは彼の手を払いのけた。「今夜はもう充分、馬鹿をやったわ、ジェム・マーリン」彼女は言った。「もうそろそろ帰ることを考えないと。手をどけて」

「この風のなか、幌なしの馬車に乗っていこうってのか」彼は言った。「こいつは海から吹き寄せてるんだ。高台に出たら、すごい風にさらされるぜ。今夜はランソンに泊まるしかないな」

「でしょうねえ。馬車を取ってきてよ、ジェム。いまなら雨もやんでいる。わたしはここで待ってるから」

「お堅いことを言うなよ、メアリー。ボドミン街道でずぶ濡れになっちまうぞ。俺といい仲だってことにしちゃあどうだ？　それだったら一緒に泊まっていくだろ」

「あなたがそんなことを言うのは、わたしがジャマイカ館の女給だからなの？」

「ジャマイカ館なんぞくそ食らえ！　俺はあんたの顔、あんたの感じが好きなんだよ。男にとっちゃそれで充分だ。女にとってもそれで充分なはずだぜ」

「人によってはそうなんでしょうね。あいにくわたしはそういう人間じゃないの」

「すると、ヘルフォードの川のほうじゃふつうとはちがう女が育つのかね。今夜、俺とここに泊まってみな、メアリー、それではっきりするだろうよ。朝が来るころにゃあんたも他の女とおんなじになってるさ。絶対にまちがいない」

「わたしもそうだろうと思うわ。だからこそ、馬車でずぶ濡れになる危険を冒すのよ」

「やれやれ、あんたって女は火打ち石みたいにこちこちなんだな、メアリー。ひとりになったとき、きっと後悔するぜ」

「もっとあとで後悔するより、そのほうがいいわ」

「もう一遍キスしたら、考えが変わるかな？」

「変わらない」

「兄貴が一週間、酒瓶をかかえて寝込んでたのも無理ないね。同じ屋根の下にこんなのがいるんじゃな。あんたは兄貴に賛美歌でも歌ってやったんじゃないか？」

「そうかもしれないわね」

「こんなひねくれた女は見たことがないね。それで大事にされてる気がするなら、指輪を買ってもいいんだぜ。こんなことが言えるほど、ポケットに金があることはめったにないんだが」

「あなたには何人、奥さんがいるの？」

「コーンウォールのあちこちに六、七人。テイマー川の向こうのは、数えないことにしている」

「ひとりの男としちゃ、かなりの人数じゃないの。わたしがあなたなら、八人目をもらう前にしばらく考えるけど」

「言ってくれるね。ショールのなかでそうやって目をきらきらさせてるとこは、猿そっくりだぜ。わかったよ。馬車を取ってきて、あんたを叔母さんのとこへ送り届けるとしよう。でもその前に、あんたがどう思おうが、もう一遍、キスするからな」

ジェムは両手で彼女の顔をはさんだ。「ひとつは悲しみに。ふたつは喜びに」彼は言った。「残りはあんたがもっと素直になったときにしてやるよ。この子守歌は今夜は完結しない。ここでじっとしてなよ。すぐもどるから」

彼は頭を低くして雨をよけながら、大股で道を渡っていった。その姿は屋台の列の向こうに隠れ、角を曲がって消えた。

メアリーはふたたびその避難場所のドアに寄りかかった。街道はひどい状態だろう。彼女にもそれはわかっていた。この雨はすさまじい風を伴う猛烈なやつなのだ。原野に出れば、ほとんど逃れようはない。幌なしの二輪馬車での十一マイルに耐えるには、それなりの勇気が必要だ。ジェム・マーリンと一緒にランソンに泊まることを思うと、彼女の鼓動は速くなる。彼が行ってしまい、顔を見られる恐れの消えたいま、その考えは興奮をかき立てた。それでも彼女には、彼を喜ばせるために理性を失う気はなかった。自ら決めた道からいったん逸れてしまえば、もう二度と引き返せない。そこに精神の自由、独立はないだろう。すでに彼女は譲歩しすぎている。今後、彼から完全に自由になることはありえない。この弱点は彼女の障害となり、ジャマイカ館の四方の壁に対する彼女の憎しみをより一層募《つの》らせるだろう。どうせならひとりで孤独に耐えるほうがよかった。四マイル彼方に彼がいるために、この先、原野の沈黙は苦痛の種となるのだ。メアリーはショールを体に巻きつけて、腕組みをした。女というのが、自分の思っているような弱いもの、麦わらみたいな存在でなければいいのに、と思った。もしそうなら、彼女はジェム・マーリンと一夜をともにし、その後は彼と同様にすべてを忘れられただろう。朝になれば、両者とも笑って肩をすくめ、別れることができただろう。しかしメアリーは女であり、それは不可能だ。ほんの数回キスされただけで、彼女はすでに馬鹿になっている。幽霊さながら主人の影につきまとうペイシェンス叔母を思い出し、彼女は慄然とした。神のご加護と自らの強固な意志がなければ、メアリー・イエランもああなるのだ。一陣の風がスカートをなびかせ、吹きさらしの戸口に雨がザーッと降り込んできた。寒さは前より強まっている。溜まった水が石畳の上を流れており、明かりと人は消えていた。明日は寒々したわびしいクリスマスとなるだろう。

足踏みし、両手に息を吹きかけながら、メアリーは待った。馬車を取ってくるだけのことに、ジェムはずいぶん手間取っている。まちがいない。彼は泊まるのを拒んだ彼女に腹を立てているのだ。吹きさらしの戸口に濡れて凍えるままに彼女を放置するというのが、彼の仕返しなのだろう。長い時間が過ぎたが、彼はまだもどらなかった。これが彼の復讐だとすれば、ユーモアのかけらもない、独創性に欠けたやりかただ。どこかで時計が八時を打った。彼が立ち去ってもう三十分以上になる。ポニーと馬車をあずけた場所は、ここからほんの五分だというのに。メアリーは気をくじかれ、疲れを覚えた。午後の半ばからずっと立ちどおしなので、興奮が醒めたいまは、とにかく休みたくなっていた。ここ数時間の自由奔放な気分は、そう簡単にはもどってきそうにない。立ち去るときジェムはあの楽しさまで連れ去ったのだった。

とうとう我慢できなくなって、メアリーは彼をさがしに行くことにし、丘をのぼりはじめた。長い通りに人気《ひとけ》はほとんどなく、何人か逃げ遅れた者たちが、少し前の彼女のように、たよりない戸口の避難場所にたたずんでいるばかりだった。雨は容赦なく降り注ぎ、風は突風となって吹き寄せた。クリスマス気分はもうどこにも残っていなかった。

数分後、彼女はその午後にポニーと馬車をあずけた厩舎にたどり着いた。扉には鍵がかかっていたが、隙間からのぞきこむと、なかが空っぽなのがわかった。するとジェムはもう立ち去ったわけだ。いらだちに駆られ、彼女は隣の小さな店のドアをたたいた。しばらくすると、その日ふたりを厩舎に通した男の手でドアが開かれた。

暖炉の前でくつろいでいたところを邪魔されて、男は不機嫌そうだった。濡れたショールにくるまったひどい格好のため、最初、彼はメアリーが誰かに気づかなかった。

「なんの用かね?」男は言った。「知らない者に食べ物はやらんよ」

「食べ物がほしいわけじゃありません」メアリーは言った。「連れをさがしているんです。覚えていらっしゃるかしら。きょう、その人と一緒にポニーと馬車をあずけに来たんですけれど。厩舎は空のようですね。彼を見ていませんか？」

男は口のなかで詫びの言葉をつぶやいた。「それはどうも。ごめんなさいよ。あんたのお友達は二十分かそこら前にここを出ましたがね。ひどく急いでいる様子で、もうひとり、男が一緒でしたよ。確かじゃないが、〈白鹿亭〉の使用人のひとりに見えましたな。とにかくふたりが向かったのは、あの店の方角です」

「何かことづけを残していきませんでした？」

「いいや。残念ですがね。〈白鹿亭〉に行けば会えるかもしれませんよ。場所はおわかりかな？」

「ええ、どうもありがとう。行ってみます。おやすみなさい」

これで厄介払いできたとばかりに、男は彼女の鼻先でドアを閉めた。メアリーは町に向かっていま来た道を引き返していった。ジェムが〈白鹿亭〉の使用人に用などあるわけはない。いまの男は勘違いしているにちがいない。本当のことは自分で突き止める以外なかった。彼女はふたたび石畳の広場にもどった。〈白鹿亭〉は窓明かりを輝かせており、いかにも居心地よさそうだったが、ポニーと馬車はどこにも見当たらなかった。メアリーの心は沈んだ。まさかとは思うが、ジェムは自分を置いて行ってしまったのだろうか。しばらくためらったすえ、彼女はドアに歩み寄り、なかに入った。ホールは紳士たちで一杯だった。みんな談笑していたが、ここでもまた彼女の田舎じみた服装と濡れた髪が警戒感を呼び覚ました。すぐさま使用人がやって来て、出ていくよう彼女に命じた。「わたしはジェム・マーリンさんをさがしに来たんです」メアリーは断固として言った。「彼はポニーの引く馬車でここに来ています。こちらのお店の人と一緒のところを見た人がいるんですよ。お手数をおかけしてすみませんが、わたしはどうしても彼を見つけなきゃならないんです。ちょっとみなさんに訊いてみていただけませんか？」

男はしぶしぶ立ち去り、メアリーは暖炉の前に立つ男たちの小集団に背を向けて、入口のそばで待った。彼らはじろじろこちらを見ており、そのなかにはあの馬喰と目つきの鋭い小男もいた。

突然、彼女は胸騒ぎを覚えた。しばらくすると、あの使用人が盆を手にもどってきて、暖炉の前の連中にグラスを配った。その後、彼はケーキとハムを持ってふたたび現れた。メアリーには目もくれず、ようやくこちらにやって来たのは、彼女が三度目に声をかけたときだった。「すみません」彼は言った。「今夜はとにかく忙しくてね。市に来た人たちにかまってる暇はないんですよ。マーリンという名の人はここにはいません。奥で訊いてみましたが、その人のことは誰も知りませんでしたよ」

メアリーはすぐさまドアに向かったが、あの目つきの鋭い男が彼女の前に立ちふさがった。「もしそれが、きょうの午後、俺の相棒にポニーを売りつけようとしたあの色の黒いジプシー野郎のことなら、何があったか俺が教えてやれるぜ」にやにやと笑みをたたえ、欠けた歯の列を見せながら、彼は言った。暖炉の前の集団からどっと笑いがあがった。

メアリーは男たちの顔を見比べた。「何を知っているんですか？」

「ほんの十分前、やつはひとりの紳士と一緒だった」なおもにやにや笑い、メアリーを上から下まで眺めまわしながら、目つきの鋭い男は言った。「そのとき、俺たちの何人かが手を貸して、すぐ外で待ってた馬車にやつを乗せてやったんだ。最初やつは抵抗しかけたが、紳士の顔つきを見て観念したようだよ。あの黒馬がどうなったかは、もちろんあんたも知ってるよな？やつの言い値は、どう考えても高すぎたわけさ」

このひとことで、暖炉の前の集団から新たに爆笑が起こった。メアリーは目つきの鋭い小男にまっすぐに目を据えた。

「どこに行ったかわかりますか？」彼女は訊ねた。

小男は肩をすくめ、わざとらしく憐れみの表情を作ってみせた。

「行き先まではわからんな」彼は言った。「それに気の毒だが、お連れさんはあんたへのことづけも残さずに行っちまったんだよ。とはいえ、今夜はクリスマス・イヴだし、夜はまだまだこれからだ。それにこの天候じゃ屋外にもいられんだろう。お友達がもどる気になるのをもしここで待ちたいなら、俺とこのご紳士がたが喜んであんたをおもてなしするよ」

男の手がだらりとショールにかかった。「あんたを放り捨てていくなんて、ほんとに悪いやつだよなあ」彼はなめらかな口調で言った。「なかに入ってお休み。あんな男のことは忘れちまいな」

メアリーはひとことも言わずに彼に背を向け、ふたたび外に出た。背後でドアが閉まるとき、小男の哄笑の残響が彼女の耳を打った。

人気《ひとけ》の絶えた市場で、突風と間欠的に吹きつける雨を仲間に、彼女は立ち尽くした。つまり最悪のことが起きたわけだ。ポニーの窃盗《せっとう》の露見。それ以外、解釈のしようがない。ジェムは行ってしまった。目の前の暗い家々を彼女はぼんやりと見つめた。窃盗に対する刑罰はどんなものだろう？　殺人と同じく、その罪でも絞首刑になるのだろうか？　殴打されたかのように、彼女は気分が悪くなった。それに頭も混乱していた。何がなんだかわからない。計画が立てられない。とにかく自分はジェムを失ったのだと思った。もう二度と彼には会えないかもしれない。短い冒険は終わった。そのひとときメアリーは呆然としていた。そして彼女は我知らず漫然と歩きだし、広場を横切り、城の立つ丘のほうへと向かった。もしも自分がランソンに泊まることに同意していたら、こんなことにはならなかっただろう。ふたりは雨宿りしたあの戸口をあとにし、町のどこかで部屋を見つけていたはずだ。自分はいまごろ彼のそばにいて、ふたりは愛し合っていただろう。

そして仮に翌朝、彼がつかまったとしても、自分たちにはふたりで過ごした数時間が残されただろう。彼を奪われたいま、心と体は苦渋と怒りのうちに絶叫しており、彼女は自分がどれほど彼を求めていたかを知った。彼がつかまったのは自分のせいだ。なのに自分は彼のために何もできない。きっと彼はこのために吊るされる。彼もその父親と同じように死んでいくのだ。城壁は彼女を睥睨し、雨は細流となって路肩を流れていた。もはやランソンに美しさは残っていない。それは陰気で不快な場所と化し、道のカーブひとつひとつが災厄を暗示していた。霧雨に顔を打たれながら、彼女はよろめき進んでいった。どこに向かっているかはほとんど気にもせず、ジャマイカ館の寝室と自分とのあいだに十一マイルの隔たりがあることなど考えもしなかった。男を愛することがこの痛みと苦悩と吐き気を意味するのなら、そんなものはほしくない。それは正気と平静を失わせ、勇気を打ち砕く。かつて彼女は淡白で気丈だった。それがいまや、片言《かたこと》をしゃべる子供にすぎない。彼女の前には険しい丘がそそり立っていた。きょうの午後、ふたりがガタゴトと下りてきたあの丘だ。生垣の隙間にのぞく瘤だらけの木の幹に見覚えがある。あのときジェムは口笛を吹き、彼女は切れ切れに歌を歌っていた。突然、彼女は我に返り、歩調をゆるめた。これ以上歩くのは馬鹿げている。目の前の道は白いリボンのように果てしなくつづいており、この風雨ではそのうちの二マイルを進むのがやっとだろう。

坂の途中で彼女はふたたび向きを変えた。眼下では町の明かりが瞬《またた》いている。たぶんどこかにベッドをひと晩、貸してくれる人、あるいは、毛布を与え床に寝かせてくれる人はいるだろう。お金はまったく持っていない。支払いについては信用してもらうしかない。風が髪を吹きなぶり、発育不良の小さな木々がその前でお辞儀をした。どうやらクリスマスの日は荒れた雨降りの夜明けから始まることになりそうだ。

メアリーは木の葉のように風にあおられ、坂道を下りはじめた。すると暗闇のなかから馬車が一台現れ、のろのろと丘をのぼってくるのが見えた。それは黒くて太短く、甲虫に似ており、雨風が全力で前進を阻むため、その速度は遅かった。メアリーは鈍った目で馬車を見つめた。彼女の脳はその光景からなんの意味も汲み取らなかった。頭に浮かぶのは、どこか知らない道で、おそらくそれと同じように、ジェム・マーリンが死に向かっているのだということだけだった。馬車はゆっくり近づいてきて、いましも通り過ぎようとしている。メアリーは咄嗟にそちらに駆け寄って、大外套にくるまった御者台の男に呼びかけた。「ボドミンに行く街道を通りますか?」彼女は叫んだ。「誰かなかに乗っているんですか?」御者は首を振って馬に鞭を振るった。ところがメアリーがうしろにさがるより早く、馬車の窓から腕が現れ、彼女の肩に手が置かれた。「メアリー・イエランは、クリスマス・イヴにランソンでひとりで何をしているのかな?」車内から声がした。

その手は力強かったが、声は優しかった。馬車の内部の闇から白い顔がじっとこちらを見つめている。黒いシャベルハットの下の白い髪と白い目。それはオルタナンの牧師だった。

# 10

薄明かりのなかで、メアリーは彼の横顔を見つめた。その輪郭《りんかく》はくっきりと鋭く、鼻梁《びりょう》の薄い高い鼻はカーブを描く鳥の嘴《くちばし》のように下を向いていた。唇は薄くて血の気がなく、ぎゅっと引き結ばれている。彼は前に身を乗り出して、膝のあいだに立てた長い黒檀《こくたん》の杖に顎を乗せていた。

その瞬間、彼の目はまったく見えなかった。それは短い白い睫毛《まつげ》に隠されていた。それから彼が振り向き、睫毛をぱたぱたさせて、彼女を観察した。じっと見つめるその目もまた白く、ガラスのように透明で無表情だった。

「また馬車でご一緒することになりましたね」彼は言った。その声は低く静かで、女の声のようだった。「またしてもわたしは、道端であなたを救うという幸せにあずかったわけです。あなたはずぶ濡れですね。その服は脱いだほうがいいですよ」彼は冷淡に無関心な目で彼女を凝視し、彼女は狼狽しつつショールを留めたピンと格闘した。

「ここに乾いた毛布があります。家に着くまでそれで間に合うでしょう」彼はつづけた。「足のほうは、裸足でいたほうがいいでしょうね。この馬車はさほど隙間風が入りませんから」

無言のまま、彼女は濡れたショールと胴着を脱いで、牧師が渡してくれた毛の粗い毛布にくるまった。束ねてあった髪はくずれ落ち、カーテンのように肩にかかっていた。彼女はいたずらを見つかった子供みたいな気分で、いまは主人の言葉に従い、おとなしく両手を組み合わせてすわっているのだった。

「それで?」重々しく彼女を見つめて、牧師は言い、気がつくとメアリーはまたしてもしどろもどろに、ここまでの経緯の説明を始めていた。前回のオルタナンのときと同じように、牧師の態度には、語っている本人にまでその話を疑わせ、彼女を愚かで無知な田舎娘に見せてしまう何かがあった。メアリーの話しかたが下手なため、そこに浮かびあがる彼女の姿はひどいものとなった。ランソンの市《いち》で自らを安売りし、選んだ男に置き去りにされ、ひとりで家に帰るはめになったありきたりの女。ジェムの名前を出すのが恥ずかしくて、メアリーは彼を曖昧《あいまい》に、以前原野を歩いているとき出会った、馬の調教で暮らしを立てている男とした。そしていま、ランソンでポニーの売買をめぐって揉め事が起こっており、自分はその男がなんらかの不正を働いてつかまったのではないかと恐れている——彼女はそう語った。

フランシス・デイヴィはわたしをどう思っているだろうか、とメアリーは思った。なにしろ、たまたま知り合った男と馬車でランソンに出かけた挙句、日が暮れてからその連れに見捨てられ、街の女よろしく濡れ鼠になって通りを駆け回っていたのだ。牧師は彼女の話を最後まで無言で聞いていた。メアリーには、彼が一度か二度、ごくりと唾をのむのが聞こえた。それは彼女の記憶にある彼の癖だった。

「すると、結局、あなたはさほど孤独ではなかったわけですね?」ついに彼は言った。「ジャマイカ館はあなたが思っていたほど淋しい場所ではなかったわけです」

車内の闇のなかで、メアリーは赤くなった。こちらの顔は牧師には見えないはずだが、彼女にはその目が自分に注がれているのがわかった。まるで何か悪いことでもしたかのように、また、牧師の言葉が非難であるかのように、彼女はうしろめたい気分になった。

「あなたの連れはなんという人ですか?」牧師が静かに訊ね、メアリーは一瞬ためらった。ばつが悪く、居心地も悪かった。うしろめたさは一層強くなっていた。

「その人は叔父の弟なんです」彼女は答えた。自分の声に言いたくないという気持ちが出ているのがわかった。その答えは、告白さながらのろのろと出てきたのだ。

これまで牧師が彼女をどう見ていたにせよ、このあとでその評価が高まるとは思えなかった。彼女がジョス・マーリンを人殺しと呼んでから、まだ十日足らず。なのに彼女は平然とその弟と馬車で出かけたのだ。これでは、縁日が大好きな月並みな女給ではないか。

「あなたはもちろん、わたしをよくお思いにならないでしょう」メアリーは急いでつづけた。「こんなふうに叔父を疑い、嫌っていながら、その弟を信用するなんて、おかしな話ですもの。彼は泥棒であって、正直な人間じゃない。それはわかっています。初めて会ったとき本人がそう言いましたから。でもそれ以上のことは……」自信がなくなり、言葉が途切れた。結局のところ、ジェムは何ひとつ否定していない。彼女が糾弾《きゅうだん》したときも、弁明はほとんど、いや、まったくしなかった。なのにいま、彼女はなんの道理もなく、自らの理性に反して彼の側に立ち、彼を擁護《ようご》している。あの手に触れられ、暗闇でキスされたがために、すでに彼に結びつけられているのだった。

「つまりその弟は宿の主《あるじ》の商売について何も知らないということですか?」メアリーのかたわらで、あの優しい声がそうつづけた。「彼はジャマイカ館に荷馬車を持ち込んだ一味のひとりではないわけですね?」

メアリーは小さな手振りで絶望を表した。「わかりません」彼女は言った。「証拠がありませんから。本人は何も認めていません。肩をすくめるばかりなんです。でもこれだけは、はっきりと言っています――自分は人を殺したことはない。わたしは彼を信じました。いまも信じています。それともうひとつ。彼は、自分の兄は法の手のなかにまっすぐ飛び込もうとしている、つかまるまではそう長くない、とも言っていました。もし一味のひとりなら、そんなことは言わないはずです」

彼女はいま、かたわらの男を納得させるというよりも自分を安心させるために話しているのだった。そして突然、ジェムの潔白がきわめて重要なことになった。

「この前、牧師様はあの判事様とお知り合いだとおっしゃいましたね」彼女は急いで言った。「それなら、あのかたに働きかけるお力もおありなんじゃないでしょうか。いざとなったら、ジェム・マーリンに対しては寛大であるように、あのかたを説得することもきっとおできになりますわね? なんと言っても彼はまだ若いんです。一からやり直すことだってできますわ。牧師様のお立場なら、彼を助けるくらい造作もないことでしょう?」

牧師の沈黙は屈辱感を募《つの》らせる一方だった。あの冷たい白い目を肌に感じ、彼女は悟った。

牧師は、この小娘はなんて無礼で愚かなのだろう、なんて女々しいのだろう、と思っているにちがいない。たった一度、自分にキスした男のために嘆願する女。彼の目にはそう映るだろう。牧師が彼女を蔑《さげす》むのも無理はない。

「ノースヒルのバサット判事は、わたしにとってごく浅い知り合いにすぎないのですよ」彼は優しく言った。「一度か二度、ご挨拶をした程度ですし、そのときは各々の教区の問題について少し話しただけなのです。わたしのとりなしであの人が泥棒に情けをかけるとは思えませんね。その泥棒が有罪で、ジャマイカ館の主《あるじ》の弟となれば、なおさらです」

メアリーはなんとも言わなかった。この不思議な聖職者の言うことは論理的かつ賢明であり、返す言葉がなかった。しかし彼女は急激に高まった愛の熱にとらわれていた。その熱は理性を凌駕《りょうが》し、論理を打破するものであり、それゆえ牧師の言葉は彼女をいらだたせ、頭に新たな混乱を引き起こすばかりだった。

「あなたはその男の身を案じているようですが」彼は言った。そして彼女は、この声から聞き取れるものが、皮肉なのか、叱責なのか、それとも、理解なのか、判断に迷った。だが電光石火、彼は先をつづけた。「仮にあなたの新しいご友人が他にも何か罪を犯しているとしたら？　兄と共謀し、他人の財産を、それにおそらく命まで奪っているとしたら、どうでしょう、メアリー・イエラン？　あなたはそれでも彼を救おうとしますか？」メアリーは冷たく無機質な彼の手を手に感じた。そして波瀾に満ちた一日のあといまだ興奮状態にあること、恐れといらだちに苛まれていること、意志に反してひとりの男を愛し、自らの過失によりその男を失ってしまったこと——それらすべてが積み重なって、彼女は理性を失い、子供のようにわめきはじめた。

「こんなはずじゃなかったのに」彼女は荒々しく言った。「叔父の残酷さには向き合うことができた。ペイシェンス叔母のみじめさ、愚かさにも。ジャマイカ館の淋しさや恐ろしさにだって、萎縮《いしゅく》したり逃げ出したりせず、耐えることができた。ひとりぼっちでもわたしは平気です。叔父とのこの闘いにはある種の暗い満足感があって、ときにはそれがわたしを奮い立たせるんです。叔父が何を言おうと、何をしようと、いずれは自分が勝つんだ。わたしはそう思っています。叔父のもとから叔母を連れ去り、裁きが下るのを見届け、すべてが終わったら、どこかの農場で仕事を見つけて、男みたいな生活を送る。これがわたしの計画でした。でも、わたしにはもう前を見ることができない。自分自身のために計画を立てたり考えたりすることができない。いまはただ罠のなかをぐるぐる回っているだけです。それも全部、自分が軽蔑している男、自分の理性や判断とは無関係なもののせいだなんて。わたしは女らしく愛したり、女らしく感じたりしたくないんです、デイヴィ様。その道には苦しみが、生涯つづきかねないみじめさがあるから。こんなはずじゃなかった。こんなのはいやです」

彼女は座席の背にもたれ、馬車の側壁に頬を寄せた。一気にしゃべったために消耗し、感情を吐露したことが早くも恥ずかしくなっていた。牧師にどう思われようともうかまわなかった。彼は聖職者であり、それゆえ、嵐と情熱の渦巻く彼女の小さな世界からは隔てられている。こうしたことを彼が知っているわけはない。彼女は暗く悲しい気分になっていた。

「あなたはおいくつですか」唐突に牧師が訊ねた。

「二十三です」メアリーは答えた。

暗闇のなかで牧師がごくりと唾をのむのが聞こえた。彼女の手から手をどけると、彼はその手をふたたび黒檀の杖に置き、あとは無言ですわっていた。

ランソンの谷と風よけになる生垣はすでに後方に退き、馬車はいま、原野の広がりに囲まれ、風雨にさらされた高台を進んでいた。風は絶えることがないが、雨は断続的だった。ときおり勇猛な星がひとつ、低く流れる雲のうしろからぽつんと顔をのぞかせて、光の小さな穴よろしく空に浮かぶ。そして一瞬後、それは黒い雨の帳《とばり》に霞《かす》み、ぬぐい消されて、馬車の小さな窓からは四角い黒い空以外、何も見えなくなるのだった。

谷間では、雨の降りかたははるかに安定していた。風は執拗ではあったものの、比較的穏やかで、樹木や丘の地形によって途中で弱められていた。この高台にそうした天然の遮蔽《しゃへい》物はない。道路の両側には原野、頭上には黒い天空があるばかりだ。そして風は、前にはなかった甲高い唸りを帯びていた。

メアリーは戦慄し、仲間ににじり寄る犬のように連れに身を寄せた。それでも牧師は何も言わなかったが、彼女には、彼が頭をめぐらせ、自分を見おろしているのがわかった。初めて彼女は、彼の体がすぐそばにあることを意識した。彼女には額にかかる彼の息が感じられた。濡れたショールと胴着が足もとの床に置いてあることを彼女は思い出した。自分は裸で粗い毛布にくるまっているのだ。牧師がふたたび口を開いたとき、彼との距離の近さに彼女は改めて気づいた。その声は唐突で、衝撃的で、混乱を誘った。

「あなたはとてもお若いのです、メアリー・イエラン」彼は静かに言った。「まだ卵の殻《から》に囲まれているヒヨコといったところです。この小さな危機をあなたは必ず乗り越えます。あなたのような女性が、一、二度会っただけの男のことで涙を流す必要はありません。初めてのキスは記憶に残らないのが常ですしね。あなたも、盗んだポニーを連れたそのお友達のことなどじきに忘れてしまいますよ。さあ、涙を拭いて。消えた恋人のことで気をもむのは、あなたが最初ではないのですよ」

この人は自分の問題を軽く扱い、取るに足りないこととみなしている——これが、メアリーがまず感じたことだった。それから彼女は不思議に思った。なぜこの人は、型どおりのなぐさめの言葉を用いないのだろう？　祈りの恵み、神の平和、永遠の命についてなぜ語らないのだろうか？　メアリーは、前回、彼と馬車に乗ったときのことを思い出した。彼は鞭を振るって馬を駆り立て、猛スピードで走らせていた。手綱を握り、前かがみになり、彼女には理解できない言葉を低い声でささやいていたのだ。あのとき感じたのと同じ不安、胸がざわつくような感覚が、また少しよみがえった。まるで身体的な特異性が彼と世界を隔てる壁であるかのように、彼女はこの違和感を無意識のうちに彼の異質な髪や目に関連づけてしまう。動物の王国では変種は忌むべき存在であり、ただちに狩られ、駆除され、荒野へと追いやられるものだ。そんな考えが浮かぶなり、彼女はキリスト教徒らしくない心の狭い自分を叱った。彼は同じ人間であり、神に仕える者だ。それでも、彼の前で愚かな姿を見せ、貧民街の卑しい女のような口の利きかたをしたことを小声で詫びながら、彼女は脱いだ服に手を伸ばし、毛布に隠れてこっそりそれを身に着けだした。

「では、わたしの予想は正しかったわけですね。この前お会いしてから、ジャマイカ館ではなんの動きもないのでしょう?」しばらくして、頭のなかの考えを追いながら、牧師がそう言った。「荷馬車が来てあなたの安眠を妨げることはもうなく、宿の主《あるじ》はひとりでグラスと酒瓶をかかえこんでいたわけですね」

失った男のことを思い、いまだいらだちと不安にとらわれていたメアリーは、苦労のすえどうにか現実に立ち返った。ほぼ十時間、彼女は叔父のことを忘れていた。恐怖一色だったこの四日間と新たに知った事実とが即座によみがえってきた。あの果てしない眠れぬ夜、ひとりで過ごした長い日々のことを彼女は思い返した。すると、一点を見つめる叔父の血走った目がふたたび目の前に浮かんだ。あの酔い痴《し》れた笑い、あたりをさぐる手が。

「デイヴィ様」彼女はささやいた。「破船賊の話を聞いたことはおありですか?」

過去にその言葉を口にしたことはない。それについて深く考えたことさえなかった。そして自らの口から聞いたいま、それは冒瀆の言葉のように恐ろしく忌まわしく聞こえた。馬車のなかはとても暗く、牧師の表情を見ることはできなかったが、彼がごくりと唾をのむのは聞こえた。その目は黒いシャベルハットに隠されており、彼女に見えるのは彼の横顔のおぼろげな輪郭、あの尖った顎と高い鼻だけだった。

「わたしは何年も前、ほんの子供のころに一度、近所の人がその話をしているのを聞いたことがあります」彼女は言った。「その後、話が理解できるくらい大きくなってからも、そういったことに関する噂はありました——大急ぎで押さえ込まれるゴシップの断片ですね。村の男の誰かが北部の海岸に出かけて、恐ろしい話を持ち帰る。そしてすぐに黙らされるんです。そういう話をすることは、年長者たちが禁じていました。それは良識に反するということで。

わたしはそういう話を少しも信じませんでした。母に訊いてみたんです。母はわたしに、それは心のゆがんだ人たちの醜悪な作り話だと教えました。そんなものは存在しないし、存在しえないと。でもそれはまちがいでした。いまではわたしにもわかっています、デイヴィ様。叔父がそのひとりなんですから。本人がわたしにそう言ったんです」

それでも連れは返事をしなかった。まるで石像のように、彼は身じろぎもせずすわっていた。そして彼女は先をつづけた。声を潜めたまま、それまでどおり静かに。

「連中はそれに手を染めているんです。テイマー川の岸辺から海岸まで散らばったあの連中がひとり残らず。あの最初の土曜にわたしが宿のバーで見た男たち全員がです。ジプシーも、密猟者も、船乗りも、歯の欠けた物売りも。連中は自らの手で女や子供を殺してきた。水中に沈めて押さえつけ、石で殴り殺してきたんですよ。あの馬車は、深夜、街道を走る死の荷馬車で、連中の運ぶ商品は密輸したブランデーだのタバコだのの樽だけじゃない。流血により手に入れた難破船一隻分の積み荷、殺された人たちがあずけた荷物と所持品なんです。コテージや農場のおとなしい人たちに叔父が恐れられ、厭《いと》われているのはだからです。家々の戸が彼に対して閉ざされているのも、乗合馬車がジャマイカ館の前を土煙を立て、猛スピードで通り過ぎていくのも、それが理由。証明するすべはないけれど、みんな疑っているんですよ。わたしの叔母は発覚を恐れ、すさまじい恐怖のなかで生きている。そして叔父は、赤の他人の前で酒を飲んでは正体をなくし、四方八方に秘密を漏らしている。そういうわけです、デイヴィ様、これでジャマイカ館の真実がおわかりになりましたね」

メアリーは息を切らし、馬車の側壁に寄りかかった。感情を抑えきれずに、唇を嚙み締め、両の手をより合わせて。一気にしゃべったせいで消耗し、気が昂《たかぶ》っていた。心の奥底の暗い部分で、ひとつの映像が彼女の気持ちを無視し、自らの存在を主張して、光のなかへと進み出てきた。それは彼女の愛する男、ジェム・マーリンの顔だった。その顔はゆがみ、凶悪になり、おぞましくも溶けだして、ついには彼の兄の顔となった。

黒いシャベルハットの下の顔がこちらを向いた。メアリーはその白い睫毛が不意に震え、唇が動くのを見た。

「すると、あの宿の主《あるじ》は酔うとしゃべるわけですね?」彼は言ったが、メアリーにはその声がいつもほど穏やかでないように思えた。少し音域が高くなったのか、それはいつもより鋭い印象を与えた。だが彼女が見あげると、その目はいままでと変わらず冷たく無機質にこちらを見つめ返した。

「そう、しゃべります」彼女は答えた。「五日間ブランデーだけで過ごすと、全世界に心をさらしてしまうんです。わたしが到着した夜、本人がそう言っていました。そのときは酔ってはいませんでしたけど。でも四日前に意識を取りもどし、真夜中過ぎに足をぐらつかせながら台所に入ってきたとき――あの男はそのときにしゃべりました。わたしが秘密を知っているのは、だからです。それにたぶん、わたしが人間や神や自分自身を信じられなくなったのも、そのせいでしょう。そしてきょう、ランソンで馬鹿なまねをしたのも」

ふたりが話しているあいだに疾風はさらに強くなっており、道のカーブに差しかかったいま、馬車は真っ向から風を受け、ほとんど足踏み状態だった。高い車輪の上で車体はぐらぐら揺れている。突然、ひとつかみの小石のように、雨がザーッと窓に吹きつけた。風よけになるものなど、もうどこにもない。左右に広がるのは吹きさらしの原野であり、その上空を雲が疾走し、岩山にぶつかってはちぎれている。十五マイル彼方の海から吹き寄せる風は、湿っぽい潮の香りを帯びていた。

フランシス・デイヴィは座席のなかで身を乗り出した。「もうすぐ〈五つ辻〉、オルタナンへの分かれ道です」彼は言った。「御者の行き先はボドミンですから、あなたはこの馬車でジャマイカ館までお行きなさい。わたしは〈五つ辻〉で降りて、村まで歩いていくとしますよ。ところで、あなたの信頼を得て、秘密を打ち明けていただけたのは、このわたしだけですか？それとも宿の主《あるじ》の弟も同じ秘密を共有しているのでしょうか？」

その声に皮肉や嘲弄《ちょうろう》がこもっているのかどうか、今回もメアリーにはわからなかった。「ジェム・マーリンは知っています」彼女はしぶしぶ言った。「今朝、その話をしましたから。彼のほうはほとんど何も言いませんでしたけれど。彼が叔父と仲よくないことは確かですよ。でも、もうどうでもいいことですよね。ジェムは別の罪でつかまったんですもの」

「ですが、もし兄を売ることで彼が自分の身を救えるとしたら？　その場合はどうです、メアリー・イエラン？　考慮の余地があるのではありませんか？」

メアリーはハッとした。これは新たな可能性であり、一瞬、彼女はその藁《わら》をつかんだ。オルタナンの牧師は彼女の考えを読み取ったにちがいない。希望の裏付けを求め、その顔に目をやると、彼がほほえむのが見えた。まるで彼の顔が仮面で、その仮面にひびが入ったかのように、口の細い線が一瞬ほころび、表情がこぼれ出た。彼女は気まずくなって目をそらした。見てはならないものをついうっかり見てしまったような気分だった。

「もちろん、あなたにとっても彼にとっても、それは救いとなるでしょうね」牧師はつづけた。「仮に彼が関与していないならばですが。しかしその疑いは常にある。そうでしょう？　そしてあなたもわたしも、その疑問に対する答えは知りえないわけです。罪のある人間はふつう、自分の首にロープを巻くようなまねはしませんからね」

メアリーの手振りが無力感を表した。牧師は彼女の顔に絶望の色を認めたにちがいない。それまで厳しかったその声がふたたび優しくなり、牧師は彼女の膝に手を置いた。「明るい日々は終わった。我らは闇へと向かっている」彼は静かに言った。「もし牧師がシェイクスピアの台詞を説教に使えるなら、コーンウォールでは明日、一風変わった説教が行われたでしょう。しかしあなたの叔父さんとその一味は、わたしの教会の信徒ではない。もしそうだとしても、彼らにわたしの話が通じるとは思えませんし。あなたは首を振っていますね。そう、わたしの言いかたは確かに謎めいています。『この男からはなぐさめなど得られない』あなたはそう思っている。『彼は白い髪と目を持つ奇形なのだ』顔をそむけてはいけません。あなたの考えはお見通しですよ。ひとつ、なぐさめになることを言いましょう。これをどうとらえようとあなたの自由です。あと一週間で新年になる。偽の明かりが輝くのは、前回が最後でした。もうこれ以上、船が座礁することはありません。ロウソクは吹き消されたのです」

「どういう意味でしょう」メアリーは言った。「どうしてそんなことをご存知ですの？　新年がこれとどう関係しているんです？」

牧師は彼女から手を引っ込めると、上着のボタンをかけ、馬車を降りる支度を始めた。彼は窓を上げて、御者に向かって馬を止めるよう叫んだ。冷たい風が刺すような氷雨とともに、さっと車内に吹き込んできた。「わたしは今夜、ランソンで会議に出席してきたのです」彼は言った。「それはここ数年、何度も行われてきた会議のつづきなのですが、その席でついに、国内の沿岸の警備について帝国政府が来年中に相応の対策を講じるとの告知があったのです。今後、岸壁には灯光の代わりに見張りが立ち、現在、あなたの叔父さんとその一味のような連中のみが知っている小さな道は警察官によって踏み荒らされるわけです。

イングランド一帯に鎖が渡されるのですよ、メアリー。そしてその鎖を破るのはきわめて困難でしょう。これでわかりましたか？」牧師は馬車のドアを開け、路上へと降りた。彼は雨に頭をさらしており、メアリーには密生する白髪が光輪のようにその顔を囲んでいるのが見えた。牧師は彼女にほほえみかけて一礼した。それからもう一度、彼女の手を取り、しばらくそのまま握っていた。「あなたの悩みはもう終わりです」彼は言った。「荷馬車の車輪はじきに錆びついてしまうでしょうし、廊下の奥の閉め切った部屋は応接室にすることだってできますよ。あなたの叔母さんはまた、安らかに眠れるようになり、叔父さんのほうは飲み過ぎて死ぬか、ウェスリー派に宗旨替えして、街道で旅人たちに説教をしだすかでしょう。あなたはと言えば、また馬車に乗って南部に帰り、新しい恋人を見つけるのではないかな。今夜はよくおやすみなさい。明日はクリスマスですから、オルタナンでは平和と親善を願って鐘が鳴らされます。わたしはきっとあなたのことを考えるでしょうね」牧師は御者に手を振り、馬車は彼を残してふたたび出発した。

メアリーは窓から身を乗り出して牧師に声をかけたが、彼は右に曲がって〈五つ辻〉の道のひとつを歩きだしており、その姿はすでに見えなくなっていた。

馬車はガタゴトとボドミンへの街道を進んでいった。ジャマイカ館の長い煙突が彼方に見えてくるまでに、まだ三マイル行かねばならない。そしてその道は、ふたつの町を結ぶ二十一マイルの全行程中、どこよりも荒れた吹きさらしの区間なのだ。

メアリーはいまになって、フランシス・デイヴィと一緒に行けばよかったと思った。オルタナンでは風の音は聞こえず、雨もまた護られた小道にしとしとと降っているだろう。そして明日は彼女も、ヘルフォードを離れて以来初めて、教会でひざまずき、祈ることができただろう。牧師の話がもし本当なら、結局、祝う理由はあるわけで、感謝を捧げることにも多少の意味はある。破船賊の時代は終わった。新たな法によりあの男はくじかれる。彼もその同類もだ。二十年、三十年前に海賊が一掃されたように、連中はこの地方から一掃されるだろう。そして彼らに関する記憶は消え失せ、次代の者たちの心を汚す記録も一切残るまい。彼らの名前など聞いたこともない新たな世代が生まれるのだ。船は恐れることなくイングランドを訪れ、潮の変化に伴う収穫はもう得られない。かつて、砂利を踏む足音やささやきかわす男たちの声の響いた洞窟は、ふたたび静かになり、静寂を破る叫びはカモメの声だけとなる。静かな海面の下、海洋底には、名もない髑髏《どくろ》、かつて金色だった緑色の硬貨、船の古い骨が散らばっているが、そうしたものは永遠に忘れ去られる。それらの知る恐怖は、その主《ぬし》とともに消滅するのだ。これは新時代の夜明けだ。人々がなんの不安もなく旅をし、土地が人に属する時代。この広大なムーアで、農夫はきょうと同じように各自の土地を耕し、泥炭を積みあげて天日に干すが、彼らを覆っていた暗い影はもはやない。おそらくジャマイカ館の立っていた場所には、ふたたび草が生え、ヒースが生い茂るだろう。

メアリーは、新たな世界を思い描きつつ、馬車の片隅にすわっていた。とそのとき彼女は、開いた窓越しに、風に運ばれ、夜の静寂《しじま》を破って、銃声がパーンと鳴り響くのを耳にした。それに、かすかな叫び、それに、どなり声を。闇の奥から男たちの声、路面をばたばたと打つその足音が聞こえてくる。雨に顔を打たれながら、彼女は窓から身を乗り出した。馬が尻込みしてよろめき、御者が怯えて声をあげるのが聞こえた。道は谷から急な登りとなって丘の頂《いただき》までくねくねとつづいており、遠い地平線上には、他の何よりも高く、ジャマイカ館の細長い煙突が絞首門のようにそそり立っていた。男たちの一団が道を駆け下ってくる。先頭に立つ男は、野兎《のうさぎ》よろしくぴょんぴょん飛び跳ね、走りながらカンテラを振り回していた。ふたたび銃声が鳴り響き、御者がくずおれて御者台から転がり落ちた。馬はまたもやよろめいたかと思うと、やみくもに道路脇の溝へと向かった。馬車が一瞬、車輪の上でぐらぐらと揺れ、それから停まった。誰かが天に向かって悪態をつき、誰かが大声で笑った。口笛の音と叫び声が聞こえた。

馬車の窓にぬっと顔が現れた。額に垂れたもつれた髪に、血走った真っ赤な目。唇は開いて、白い歯がのぞいている。車内に光が射し込むよう、カンテラが窓に向かって掲げられた。ひとつの手がカンテラを持ち、もうひとつの手が煙の立つピストルの銃身をつかんでいる。それはすらりとした長い手で、指は細く先が尖っていた。美しい優雅な手。丸い爪には泥がこびりついている。

ジョス・マーリンは笑みを浮かべた。毒に侵され、そのせいで正気を失い、高揚した者の、熱を帯びた狂った笑いだ。彼はメアリーにピストルを向け、車内に身を乗り出してきた。銃口が彼女の喉に触れた。

それから彼は声をあげて笑った。ピストルをうしろへ放り捨て、馬車のドアをぐいと開けると、メアリーの手をつかんで路上へと引きずり出し、みんなに彼女が見えるようカンテラを高高と掲げた。路上には、十人から十二人ほどの男たちが立っていた。ぼろをまとい、髪はぼさぼさで、その半数は首領《かしら》と同じく酔っ払っており、髭もじゃの顔から狂気じみた目でこちらを見つめている。何人かはピストルを手にしており、割れた瓶やナイフや石で武装している者もいた。物売りのハリーは馬の頭のそばに立ち、あの御者は溝にうつぶせに倒れていた。一方の腕を下敷きにしたまま、その体はぐったりと動かない。

ジョス・マーリンはメアリーを引き寄せ、彼女の顔を明かりのほうに向けた。それが誰なのかわかると男たちの一団からわっと笑いが起こり、物売りは指を二本、口に入れてヒューッと指笛を吹いた。

宿の主《あるじ》は彼女のほうに身をかがめ、酔っ払いらしく馬鹿丁寧にお辞儀をした。それから、彼女のほどけた髪をつかむと、それを撚り合わせて一本のロープにし、犬みたいにくんくんとにおいを嗅いだ。

「するとおまえだったんだな」彼は言った。「哀れっぽく鳴くチビの雌犬みたいに、尻尾を巻いて帰ってきたわけだ」

メアリーはなんとも答えなかった。男たちの顔を順繰りに見ていくと、男たちも彼女をじろじろと見返した。そうしながら彼らは、彼女を取り囲み、嘲弄し、濡れた服を指さして笑い、胴着やスカートをいじくった。

「口がきけんのか?」叔父はそうどなって、手の甲でメアリーの顔をひっぱたいた。彼女はあっと叫び、一方の腕で身をかばったが、彼はその腕を払いのけ、手首をつかんで背中側にねじあげた。メアリーが苦痛の叫びを漏らすと、彼はまた笑った。

「おまえをおとなしくさせるには、殺しちまうしかないんだろうな」彼は言った。「おまえ、その猿面と無鉄砲とでこの俺に刃向かえるとでも思ってるのか? 真夜中に半裸で背中に髪を垂らして雇いの馬車で天下の公道を乗り回すたあ、いったいどういう料簡だ? 結局、おまえはありきたりのあばずれだったわけだな」手首をひねられ、メアリーは倒れた。

「わたしにかまわないで」彼女は叫んだ。「あんたにはわたしに触《さわ》る権利なんてない。わたしに話しかける権利もよ。あんたは人殺しの泥棒だし、そのことは警察も知っている。コーンウォールじゅうが知ってるわ。あんたの時代は終わったのよ、ジョス叔父さん。わたしがきょうランソンに行って、あんたを告発してきたんだから」

男たちの一団からざわめきが起こった。彼らは彼女に詰め寄り、口々に質問を浴びせたが、宿の主《あるじ》は彼らをどなりつけ、手を振って退けた。

「さがれ、この馬鹿野郎ども！　わからんのか。こいつははったりをかまして助かろうとしてやがるんだ」彼は怒号した。「なんにも知らねえこいつが、なんでこの俺を告発できるってんだ？　こいつがランソンまで十一マイル歩いていったわけはねえ。この足を見ろや。こいつは街道の先のどっかで男と遊んでやがったのさ。で、もうたくさんとなった男に、馬車で送り返されたってわけだ。さあ、立て。立たねえと地べたに鼻をこすりつけるぞ」ジョスはメアリーを引っ張りあげて、自分のそばに立たせた。それから空を指さしたが、そこでは低く垂れこめた雲を突風が吹き払いつつあり、潤んだ星がひとつ光っていた。

「見ろや」彼はどなった。「雲が切れて、雨が東に向かってるぞ。俺たちが着くまでに風はもっと強くなる。六時間後、海岸は曇り空の荒れた夜明けを迎えるだろうよ。もうこれ以上ぐずぐずしちゃいられねえ。その馬を連れてきな、ハリー。引き革につなぐんだ。俺たちのうち五、六人はこの馬車に乗ってける。それと、馬屋からポニーと農用の馬車を取ってこい。あの馬は一週間のらくらしてたんだ。さあ、この怠け者の酔っ払いども、金貨や銀貨が両手のあいだを流れ落ちるのを感じようじゃねえか。俺はこの七日間、豚みてえにごろごろ寝てた。今夜は餓《が》鬼《き》に返ったみてえで、また海に行きたくてしょうがねえんだ。キャメルフォードまで一緒に来るやつはどいつだ？」

十数人の男たちから一斉にわっと歓声があがり、いくつもの手が宙に突き上げられた。ひとりの男が頭上で瓶を振り回し、その場でくるくる回りながら、いきなり歌を歌いだした。それから男はよろめいてひっくり返り、うつぶせに溝にくずれ落ちた。物売りが倒れている男を蹴りつけたが、男はぴくりともしない。そこで物売りは轡《くつわ》を取って馬を引っ張り、たたいたりどなったりして急な坂へと追い立てはじめた。馬車の車輪が倒れた男の体を轢《ひ》いて進んでいく。恐怖と苦痛の悲鳴をあげて、男はしばらく手負いの野兎さながらに空《くう》を蹴り、泥のなかで身を起こそうとあがいていたが、やがて動かなくなった。

男たちは馬車とともに向きを変え、駆け足の音をばたばたと街道に響かせながらそのあとにつづいた。ジョス・マーリンは酔っ払いの惚《ほう》けた笑いを浮かべてメアリーを見おろし、しばらくその場に立っていた。と突如、衝動に駆られ、彼女に両腕を回すと、馬車のほうへ連れていき、ふたたびそのドアを開けた。彼は彼女を隅の座席に放り込んだ。それから窓の外に身を乗り出し、馬に鞭を振るって丘をのぼれ、と物売りにどなった。

馬車と並走する男たちも口々にその号令を繰り返した。ある者は踏み段に飛び乗って窓にしがみつき、ある者は誰もいない御者台にのぼって、棒きれや小石を雨あられと馬に浴びせた。恐怖のあまり馬は震え、汗をかいていた。イカレた男、五、六人が手綱にしがみつき、背後で叫び立てるなか、そいつは全力疾走で丘のてっぺんまでのぼりきった。

ジャマイカ館には煌々《こうこう》と明かりが灯っていた。ドアは開かれ、窓は開け放たれている。その家は生き物のように夜の奥でぽっかりと口を開けていた。

宿の主《あるじ》はメアリーの口を手でふさぎ、座席の背もたれに彼女を押しつけた。「告発するだと？」彼は言った。「警察に駆け込んで、この俺を猫みたいにロープにぶら下げるだと？ いいとも。そんならチャンスをやろう。おまえを海岸に立たせてやるよ、メアリー。風と海の真正面にな。夜が明けて、潮が差してくるのを見せてやる。それがどういうことかわかるよなあ？ 自分がどこに連れてかれるか、わかるだろ？」

メアリーはぞっとして彼を見返した。顔から血の気が引いた。しゃべろうとしたが、口をふさぐ彼の手がそうさせなかった。

「おまえは、俺なんぞ怖くないと思ってるんだろ？」彼は言った。「その色白の綺麗《きれい》な顔と猿みたいな目で俺を馬鹿にしてやがるんだよな。そうとも、俺は酔っ払ってる。王様みたいに酔っ払ってて、天地がひっくり返ったって気にもならねえ。今夜、俺たちは絶好調で馬車を駆る。俺たち全員そろってな。たぶんこれが最後だろうよ。おまえも俺たちと一緒に来るんだ、メアリー。海岸に……」

彼は頭をめぐらせ、仲間たちに何かどなった。馬がその怒号に驚き、馬車を引いてふたたび前進しはじめた。こうしてジャマイカ館の明かりは闇の奥へと消えた。

# 11

それは二時間あまりの悪夢の旅だった。手荒に扱われて傷を負い、心をくじかれたメアリーは、これから自分がどうなるのかを案じる余裕さえなく、消耗しきってただじっとすわっていた。叔父の隣の席には物売りのハリーと他ふたりの男がもぐりこんでおり、タバコのにおいと饐《す》えた酒のにおいに男たちの体臭も加わって、車内はたちまち悪臭に満たされた。

宿の主《あるじ》は、自分自身と一味の者たちを激しい興奮状態へと駆り立てていた。そして、なかにひとり女がいることは、一行の浮かれ気分に拍車をかけた。彼女の弱さと苦痛は彼らに快感を与えるのだった。

初めのうち、男たちは彼女に向かって、彼女のために話をし、その注意を引くために笑ったり歌ったりした。物売りのハリーがいきなり卑猥《ひわい》な戯《ざ》れ歌を歌いだし、その声は狭い車内に大音量で響き渡った。他の男たちは大喜びではやしたて、それによって彼らの興奮はいや増していった。

メアリーが羞恥心や不快感を見せることを期待して、男たちは彼女の顔色をうかがったが、彼女はすっかり疲れ果てており、どんな言葉も歌も心に響かなかった。疲労の霞《かすみ》を通して、男たちの声が聞こえてくる。叔父の肘が脇を突くのが感じられ、さまざまな苦痛にまた新たな痛みが加わる。頭が疼《うず》き、目がひりつくなか、紫煙の向こうにいくつものにやにや笑う顔が見える。彼らが何を言おうが何をやろうが、もうどうでもよかった。とにかく眠って、すべてを忘れてしまいたい。その切望は責め苦となった。

メアリーが抜け殻と化し、まるで反応しないとわかると、彼女がいることの面白味は消え、みだらな歌の刺激までもが失われた。ジョス・マーリンはポケットをさぐって、カードをひと組、取り出した。男たちはすぐさまそちらに興味を移し、その恵みのひととき、メアリーは叔父のむっとする獣臭さを避け、片隅の自分の居場所に縮こまると、目を閉じて、ガタガタ揺れる馬車の動きに身を委ねた。疲労が極限に達し、意識はもはや完全ではない。眠りと覚醒の境で、彼女は揺れていた。痛みは意識された。それに馬車の揺れも、ぼそぼそと聞こえる話し声も。しかしそれらは彼女とともにあるのではなく、彼女から遠のいていくようだった。自分自身とそれらのものとが結びつかない。天の賜物《たまもの》のように闇が押し寄せ、自分がそのなかに呑み込まれ、消滅するのを感じた。そのあいだ、時間は彼女とはまったく無縁のものとなっていた。彼女を現実に引きもどしたのは、揺れの休止だった。突然、動きが止まったこと。それと、馬車の窓から顔に吹き寄せるじっとりした冷たい風だ。

彼女はひとり隅の席にいた。男たちの姿はない。明かりも彼らが持ち去っていた。男たちに気づかれるのを恐れ、我が身に何が起きたのかもよくわからず、最初、彼女はじっとすわっていた。それから、窓のほうに身を乗り出そうとしたが、体の痛みとこわばりがひどすぎて、どうにもならなかった。寒さで麻痺していた肩に激痛が走った。その夜、彼女を濡れ鼠にした雨で胴着はいまも湿っている。彼女はしばらく待ってから、再度、身を乗り出した。風は前と変わらず強く吹いているが、あの豪雨は収まり、いまは冷たい霧雨が窓をぱらぱら打つばかりとなっていた。馬車は両側に崖がそそり立つ狭い谷間の道に放置され、馬は引き綱を解かれて連れ去られていた。道はこの先でこぼこになり、急な下り坂をたどるらしい。前方は数ヤード先までしか見通せなかった。夜はかなり深まっており、崖の狭間のその道は洞穴のように真っ暗だった。空にはもう星もなく、ムーアの強い風は、びゅうびゅう唸り、荒れ狂い、霧雨を引き連れてくる凶暴な獣と化していた。メアリーは窓から手を出し、崖の斜面に触れてみた。指が、雨に濡れそぼったゆるい砂と草の茎に当たった。ドアの取っ手を動かしたが、ドアには鍵がかかっていた。そこで彼女は耳をすませた。前方の暗闇に目を凝らし、その先の急な坂道をなんとか見通そうとしながら。するとそのとき、風に乗って音が運ばれてきた。その音を聞いて喜べないのは、生まれて初めてだった。心臓が跳ねあがり、不吉な予感に彼女は震えた。

それは海の音だった。崖のあいだのその道は、海岸につづいていたのだ。

空気がわずかにやわらかみを帯びていたわけがこれでわかった。手の上にそっと降り注ぐ霧雨がなぜ、ぴりっとした塩気を含んでいるのかも。吹きさらしの原野と対照的に、両側の高い崖はここが避難所であるかのような錯覚を招くが、人をあざむくその暗がりを離れてしまえば、幻想は消え失せ、引き裂くような疾風の叫びはより一層大きくなるのだろう。波が岩にぶつかるところに静けさなどあろうはずがない。メアリーはいまふたたび、その音を聞いていた。弱まった波が浜に身を任せ、不承不承退いていくときの、ざわめきとため息。そして、海がつぎ音《ごうおん》と衝撃の闘いのために態勢を立て直すときの、ほんのわずかな間《ま》。それから再度、充足の轟音と衝撃音が鳴り響き、打ち寄せる波が砂利の浜で咆え、その波に引きずられつつ無数の小石が悲鳴をあげる。メアリーは慄然とした。この下の暗闇のどこかで、叔父とその一味が満ち潮を待っているのだ。連中の発する音が少しでも聞こえたなら、空っぽの馬車のなかでただ待つこともこまでつらくはなかったろう。移動のあいだ連中にとっての景気づけだったあの野卑な歓声、哄笑、放歌は、厭《いと》わしくはあっても、救いになったろう。しかしこの静寂は不吉だった。仕事が連中の酔いを醒ましたのだ。彼らにはいまやるべき作業がある。すべての感覚がよみがえり、当初の疲労が消えたいま、メアリーはじっとしていられなくなった。彼女は窓のサイズに注目した。確かにドアには鍵がかかっている。でも力を振り絞り、身をよじれば、この小さな窓を通り抜けることはできるかもしれない。

危険を冒す価値はある。今夜何が起こるとしても、彼女自身の命の価値など大したものではない。叔父とその一味は、もしそうしたいなら、彼女をつかまえて殺せばいいのだ。連中はこのあたりの地理に明るいが、彼女のほうはちがう。その気なら彼らは、猟犬の一群よろしくたちどころに彼女を見つけ出すだろう。彼女は窓に挑み、体をそらせて隙間を通り抜けようとした。肩も背中もこわばっているため、それは余計にむずかしかった。馬車の屋根は濡れていてすべりやすく、うまくつかむことができない。それでも彼女は懸命に隙間に体をねじこんでいった。押しつぶされ、圧迫されるいやな感覚とともに、腰が通り抜けたときは、窓枠に深く皮膚を削られ、気が遠くなった。それから足がかりを失い、バランスをくずして、彼女は背中から地面に落ちた。

落下距離は大したことはなかったが、落ちたショックは大きかった。そのうえ、窓にひっかかった脇からはわずかながら血が出ていた。彼女はひと息入れて動揺を鎮めた。それから強いて立ちあがり、崖に護られた暗い谷間の小道をそろそろと登りはじめた。頭にはまだなんの計画もない。でも、谷と海を背に進んでいけば、一緒に来た連中との距離は広がる。連中が海岸に下りていったことはほぼまちがいないのだから。蛇行しながら左上に向かうこの道は、少なくとも崖の上まではつづいているだろう。いくら暗くても、その地の利は生かせる。どこかに一本、道路があるはずだ。あの馬車はその道を通ってきたにちがいない。そして道があれば、そう遠くないところに民家がある。そこには、事情を聴いてくれる堅気の人々がいるだろう。そして話を聞けば、彼らがこの一帯の人々の注意を喚起するだろう。

ときおり石につまずきながら、メアリーは狭い溝を手さぐりで進んでいった。髪が風に吹かれ、目に入り込むのが鬱陶《うっとう》しかった。いきなり現れた急な曲がり角を回りながら、彼女は目にかかった髪を両手でうしろへかきあげ、そうしていたため、そのすぐ先でうずくまっていた男の姿に気づかなかった。そいつは谷間の溝に膝をつき、こちらに背を向けて、前方の蛇行する道に警戒の目を注いでいた。メアリーは男にぶつかり、息が止まるほど驚いた。男のほうも不意を突かれて彼女もろとも転倒し、恐怖と怒りの叫びとともに、拳《こぶし》を握って彼女に殴りかかってきた。

ふたりは地べたでもみあった。メアリーは男から体を引き離し、両手でその顔をかきむしったが、力ではとてもかなわず、たちまち横向きに転がされた。両手で髪をねじあげられ、根本から引っ張られて、あまりの痛さに彼女は動けなくなった。男が彼女の上にかがみこんだ。倒れたときの衝撃のせいで、その息遣いは荒かった。彼は顔を近づけて、メアリーの顔をのぞきこんだ。ぽっかり開いた口から、何本もの欠けた黄色い歯が見えた。

それは物売りのハリーだった。メアリーはじっとしていた。相手が先に動くよう仕向けなくてはならない。彼女は自分を呪った。あんなふうにただ道を歩いてくるなんて馬鹿だった。子供が遊ぶときだって陣地に見張りは立てるだろうに。

ハリーは、彼女が泣くかもがくかするものと思っていた。しかしそのどちらでもないとわかると、彼は体重を肘に移して、ずるそうに彼女に笑いかけ、海岸の方角に首を傾けてみせた。「俺に会うとは思ってなかったろ?」彼は言った。「他の連中と一緒に海岸で餌を撒いてると思ってたんだよな? だから熟眠から目覚めると、お散歩としゃれこみ、小道をのぼってきたわけだ。せっかくのお出ましだもんな。俺が大いにもてなしてやるぜ」ハリーはにやにやと笑い、黒い爪の一本で彼女の頬に触れた。「この溝んなかは寒くて湿っぽかった」彼は言った。「だがそんなこたあ、もうどうでもいい。他のやつらはまだ何時間か下にいるんだ。あんたはずっとジョスに刃向かってきたんだろ。今夜のあの物言いを聞いて、わかったよ。あんたを籠の鳥みてえにジャマイカ館に囲っとく権利なんぞ、あいつにゃねえよな。綺麗《きれい》な着物も着せてやらねえでさ。あの野郎は胴着に付けるブローチひとつ、くれねえんじゃねえか? 心配するこたあねえぜ。この俺が首飾りや腕輪ややわらかい絹の肌着を買ってやるからさ……」

相変わらずずるそうなうすら笑いを浮かべたまま、ハリーは安心させるように彼女にうなずきかけている。こそこそ動くその手が肌に触れるのがわかった。彼女はすばやく動き、彼にパンチを食らわせた。拳は彼の顎に当たり、その口が罠のようにバタンと閉じた。思い切り舌を嚙んでしまい、彼は野兎《のうさぎ》のように甲高い悲鳴をあげた。彼女は再度殴りかかったが、今回、相手はその手をつかみ、彼女の上で身をかわした。優しい説得という体裁はいまや消え失せていた。彼の力は恐ろしいまでに強く、その顔面は蒼白《まさ》だった。彼はいま所有のために闘っているのだ。彼女にはそれがわかった。相手が力で勝っていること、最終的には勝利することを悟り、メアリーは突然ぐったりしてみせて、その一時、敵を優位に立たせてやった。ハリーは勝ち誇って低く唸り、彼女を押さえつける力をゆるめたが、これは狙いどおりだった。彼が体をずらし、頭を下げたとたん、彼女は力一杯、膝で蹴りを入れ、同時に敵の両眼に指を突っ込んだ。苦痛のあまり、彼はすぐさま体を折り曲げ、ごろりと横向きになった。一瞬後、メアリーは彼の下からもがき出て、どうにかこうにか立ちあがり、両手で腹を押さえてなすすべもなく転がっている相手をもう一度蹴りつけた。つづいて溝のなかをさぐり、彼に投げつける石をさがしたが、石がひとつも見つからないので、ゆるい土と砂をひとつかみすくいとって、一時、敵の目をくらませるために、また、仕返しを阻止するために、その顔と目に投げつけた。それから彼女は向きを変え、蛇行する道を狩られる者のように走りだした――口を開けたまま、両手を突き出し、轍《わだち》につまずき、よろめきながら。背後からハリーの叫び声と、ばたばたというその足音が聞こえてくると、恐怖が理性を呑み込み、彼女は道の片側の高い崖を登りはじめた。一歩踏み出すたびにやわらかな土のなかで足がすべったが、恐怖の生み出す狂気の力によって、なんとかてっぺんにたどり着き、すすり泣きながら、崖を縁取るサンザシの茂みの隙間を這って通り抜けた。顔からも両手からも血が出ていたが、そんなことはかまっていられず、とにかくあの道から遠ざかろうと、草の群生するでこぼこの地面の上を崖にそって走った。方向感覚は失われており、頭にあるのは、物売りのハリーという化け物から逃れることだけだった。

霧の壁が迫ってきた。それまでめざしていた遠い生垣が霞みだすと、海霧の危険に気づき、彼女はやみくもに突き進むのをやめた。霧にあざむかれれば、またもとの小道にもどってしまうかもしれない。そこですぐさま四つん這いになり、目を地面に据え、めざす方向へくねくねと向かう砂地の細い踏み分け道をゆっくり這って進みだした。進む速度はのろいが、直感的に物売りとの距離が広がっているのはわかった。いま重要なのはそのことだけだ。時間はまったくわからなかった。朝の三時か、四時だろうか。夜が明けて空が白みだすまでには、まだ何時間もあるだろう。霧の帳《とばり》を通り抜け、ふたたび雨が落ちてきた。海の音はまわりじゅうから聞こえてくるようで、そこから逃れるすべはなかった。波のどよめきはもうくぐもってはいない。それは前よりも大きく鮮明だった。風が方角を知るよすがとならないことに彼女は気づいた。いま風は背後から吹いている。だが風向きは一、二ポイント変わっていたらしい。そしてこの沿岸の地理に疎《うと》い彼女は、東に向かったつもりで、実は（海の音から判断するなら）いまも、まっすぐ海岸へとつづく崖の小道のどれかを進んでいたのだ。霧のせいで見えないが、波は前方の暗闇のどこかに打ち寄せている。なおかつ、その波が下ではなく自分と同じ高さにあることを悟って、彼女は愕然とした。これはつまり、このあたりで岸壁が海に向かって急傾斜しているということであり、例の崖の谷間の道は、乗り捨てられた馬車のなかで彼女がイメージしたのとはちがい、入江までだらだらつづく曲がりくねった長い道ではなく、海からほんの数ヤードのところにあったということだ。波の音は両側の崖で弱められていたのだろう。そう判断したちょうどそのとき、目の前の霧に空隙ができ、空が小さく顔をのぞかせた。メアリーはためらいがちにゆっくりと這い進んでいった。霧が消え、小道が広がっていく。風はふたたび向きを変え、正面から吹いている。気がつくと、彼女は流木や海藻《かいそう》や小石が散らばるところにひざまずいていた。そこは狭い磯だった。左右は上りの斜面となっており、まっすぐ前方、五十ヤード足らずのところでは、渦巻く高波が岸に打ち寄せている。

しばらくして暗闇に目が慣れると、彼らの姿が見えてきた。浜の広がりをさえぎるぎざぎざの岩を背に男たちがうずくまっている。寒気と危険を避け、身を寄せ合う小集団。彼らは前方の暗闇を無言で見つめていた。いつも以上に彼らが禍々《まがまが》しく見えるのは、まさにその静かさのためだった。この男たちはこれまで静かだったことなどないのだ。そのひそやかさ、岩を背に身じろぎもせずうずくまるその姿、一様に海に顔を向け、目を凝らすその様子は、いかにも不気味で、災いを暗示していた。

彼らがどなったり歌ったりしていたなら——互いに呼び交わし、あの乱痴気騒ぎで夜を汚し、重たい長靴《ちょうか》でガリガリと砂利を踏んで歩いていたなら、それはあの連中らしい行動であり、メアリーの予想どおりと言えただろう。しかしこの静寂には何か不吉なものがある。それは彼らがその夜の重大局面に至ったことを示唆していた。メアリーと吹きさらしの浜のあいだには小さな岩が突き出ている。気づかれるのが怖くて、それ以上先に進むことはできなかった。彼女は岩まで這っていき、そのうしろの砂利の地面に身を伏せた。顔の向きを変えると、前方の、視線のまっすぐ先には、こちらに背を向けた叔父とその一味の姿があった。

彼女は待った。男たちは動かない。あたりはしんとしていた。ただ、例のごとく単調に、波が岸で砕けては、磯を洗い、退いていき、漆黒《しっこく》の夜に白く細い波頭の列を見せているばかりだった。

ゆっくりゆっくりと霧が晴れはじめ、狭い入江の輪郭《りんかく》が浮かびあがった。岩々の形が鮮明になり、岸壁は固い質感を帯びた。湾岸からどこまでもつづく海岸線へと、海が大きく広がった。右手の彼方、崖のいちばん高い箇所から海へと向かう斜面に、メアリーは朧《おぼろ》な光の点を認めた。最初、彼女は、星がひとつ、最後に残った霧の帳の向こうで輝いているのだと思った。しかし考えてみると、星ならば白いわけはなく、崖の斜面で風に揺れたりもしないはずだ。メアリーはじっと見つめた。すると光がふたたび動いた。それはまるで暗闇のなかの小さな白い目だった。風自身によって点火され、運ばれているかのように、光は踊り、お辞儀をし、暴風に揺れた。吹き消されることのない生きた松明《たいまつ》。だが下の磯の男たちは、見向きもしない。彼らの目は白波の向こうの暗い海に注がれていた。

突然、彼らがなぜ無関心なのかがわかった。とたんに、最初は優しく快い存在に思えた小さな白い目、荒れた夜にひとつだけ勇敢に瞬《またた》く光が、恐怖のシンボルとなった。

始まりは、叔父とその一味によって置かれる偽の明かりなのだ。あの光点はいま、悪意を宿しており、風へのそのお辞儀は嘲弄《ちょうろう》と化していた。メアリーの空想のなかで、その光は前よりも強烈に輝き、光線を長く伸ばして岸壁を支配しようとしている。色ももはや白ではなく、かさぶたに似たくすんだ黄色だった。誰かが、その明かりが消えないようそばで見張っている。黒い人影が明かりの前を通り過ぎて、一瞬、光が見えなくなり、その後ふたたび鮮明に輝きだした。人影は灰色の岸壁に浮かぶしみとなり、浜の方向へ高速で移動している。誰かはわからないが、その男は磯の仲間をめざして斜面を下っているのだった。時間に追われているのか、男の動きはあわただしく、下りかたは荒っぽかった。その足もとで土や石がくずれて、下の浜にばらばらと落ちていく。下の男たちはこの音にぎくりとした。メアリーが見張りだして以来初めて、満ちてくる潮を見守るのをやめ、彼らは男を見あげた。メアリーは、男が口もとを両手で囲って何か叫ぶのを目にしたが、その声は風に流され、彼女のもとへは届かなかった。しかし磯で待機する小集団には男の声が届いた。一同は色めき立ち、群れはばらけ、なかの何人かは男を出迎えようと崖をのぼりはじめたが、男が再度、何か叫んで海を指さすと、この連中も波打ち際へと駆けおりていった。その瞬間の彼らは静かどころではなく、磯にどかどかと足音を響かせ、怒濤《どとう》の音より大きくてんでに声を張りあげていた。やがてなかのひとりが（その大きな歩幅と軽やかな足取り、肩幅の広さから、メアリーにはそれが叔父であることがわかったが）片手を上げて、静かにと合図した。そして彼らは待った——足もとで波が砕けるなか、磯に立ち、細く長い列を成し、烏の群れさながら白い浜に黒い姿を点々と並べて。メアリーも彼らとともに見守った。するとあの光点に応え、霧と闇の奥から、もうひとつ光点が現れた。この新たな光は、崖の光とちがって踊っても揺れてもいない。それは、重荷に耐えかねた旅人のように急降下して姿を消しては、その後ふたたび天を指して昇ってくる。これが最後と夜を打ち据える拳。通過を拒む霧の壁を打ち破らんとする必死の闘い。新たな光が崖の光に近づいていく。一方はもう一方を支配していた。まもなく両者は合流し、暗闇に浮かぶ一対の目となる。それでもまだ、男たちはじっと動かず、狭い磯にうずくまったまま、光が互いに近づくのを待っていた。

第二の光がふたたび降下した。いまメアリーには、船体のぼんやりした輪郭と、その上に指のように広がる黒い円材が見えた。白波がどっと押し寄せ、船体の下で渦巻き、ざわめき、ふたたび退いていった。ロウソクの灯に近づく蛾のように、魅了され、虜となって、帆柱の明かりが岸壁の篝火《かがりび》にさらに近づいた。

もう耐えられない。メアリーは大急ぎで立ちあがると、泣き叫び、頭上で両手を振りながら、浜を駆けおりていった。風と波に向かって声を放ったが、その声はただ虚《むな》しく投げ返されるばかりだった。誰かが彼女をつかまえ、浜に押し倒した。手で口をふさがれ、彼女は踏まれ、蹴りつけられた。粗麻布の猿轡《さるぐつわ》を嚙まされ、息がつまって、彼女の叫びは途絶えた。両腕はねじあげられて、背中で縛り合わされ、荒縄《うず》で皮膚が焼けるようだった。

そのあと彼女は、砂利のなかに顔を埋めたまま、放置された。二十ヤード足らずのところには、砕けた波が流れてくる。息を吐き切り、警告の叫びを喉につまらせ、なすすべもなくそこに横たわっていると、自分のものだった叫びが他の人々の叫びに変わり、あたりは音で一杯になった。その叫びは、波の轟《とどろ》きよりも大きく、風によって捕らえられ、運ばれてきた。そしてその叫びとともに、引き裂かれる木材のきしみ、巨大な生き物が障害物に激突する恐ろしい音、ねじれ、壊れる肋材の不気味なうめきが聞こえてきた。

磁石に吸い寄せられるように、波がサーッと磯から離れていく。ひときわ高い先頭の波が傾いた船に轟音《ごうおん》とともにぶつかった。メアリーは、かつて船だった黒い塊が、平たい巨大な海亀のように、ゆっくりと横倒しになるのを見た。帆柱と帆桁《ほげた》は、ひしゃげてくずれ落ちる木綿糸だった。海亀のつるつるすべる傾斜した表面には、黒い点がいくつもしがみついている。それらは、放り出されまいと、砕けつつある木材に笠貝よろしくぴったりと貼りついていた。やがてその下で、うねり震える塊がまっぷたつに割れて、空《くう》を切り裂くと、命も形もないそれらの小さな黒い点は、ひとつ、またひとつと波の白い舌のなかに落ちていった。

激しい吐き気がメアリーを襲った。彼女は目を閉じて、砂利のなかに顔を押しつけた。沈黙や抑制は忘れ去られた。寒いなか何時間も待ちつづけた男たちは、もう待ってはいなかった。狂気に駆られ、どなったり叫んだりしながら、理性も人間らしさも放り出し、てんでに浜を走っていくと、危険も顧《かえり》みず、用心など忘れ果て、腰が浸かるところまで海のなかを進んでいき、上げ潮に運ばれてくる、ぷかぷか漂うびしょ濡れの漂着物に飛びついた。

彼らは野獣と化し、木材の破片をめぐって争い、いがみあった。なかの何人かは海のなかを進みやすいよう服を脱ぎ捨て、十二月の夜の寒気のなかを裸で駆け回り、波が放って寄越す戦利品に手を伸ばしていた。誰も彼もが猿のようにしゃべりまくり、言い争い、互いの手から物をひったくっている。やがて、彼らのひとりが崖の麓《ふもと》のあの一隅で焚火を起こした。その炎は霧雨にも負けず力強く燃えていた。海の戦利品は浜に引きあげられ、火のそばに積まれた。焚火は浜に不気味な光を投げかけて、それまで漆黒だったものをまぶしい黄色に変え、男たちが勤勉におぞましく行ったり来たり駆け回るところにいくつもの長い影を落とした。

幸いにも息絶え、抜け殻となって、最初の犠牲者が打ち上げられると、男たちはそのまわりに群がって、貪欲な手をあちこちに突っ込み、骨だけきれいに残すように何もかもむしり取った。指輪をさがしてつぶれた指までかきむしり、死体を丸裸にしてしまうと、彼らはその残骸を、潮の残した緑藻のなかにあおむけに転がしたまま放り捨てていった。

これまでどんな方式でやってきたにせよ、今夜の彼らの働きかたには秩序などなかった。男たちはそれぞれ自分本位に手当たり次第、略奪した。みんな、思わぬ成功に混乱し、正気を失い、酔い痴《し》れていた。ご主人のあとを追いかけ、餌に食いつく犬たち。ジョス・マーリンは賭けに勝利した。これは彼の力、彼の栄光なのだ。髪から体へと水が流れるに任せ、波間を走る彼のあとを男たちが追う。彼は全員の上にそびえる巨人だった。

潮の流れが変わり、波が退きはじめた。空気は新たな冷たさを帯びていた。男たちの上の岸壁で揺れる明かりは、いつまでもふざけつづける皮肉屋の老人よろしく相変わらず風のなかで踊っているが、その光もいまは色褪せ、ぼやけていた。灰色が海を染めはじめ、空もこれに応えた。最初、男たちは変化に気づかなかった。彼らは相変わらず興奮状態で、獲物のことしか頭にないのだ。するとそのとき、ジョス・マーリンその人が大きな頭を起こし、くんくんと空気のにおいを嗅いだ。暗闇が退いていくなか、その場に立ったまま、彼はあたりを見回し、鮮明になった岸壁の形を見つめた。それから突如、静かにしろ、と男たちをどなりつけ、すでに鉛色に変化している薄暗い空を指さした。

男たちはためらい、もう一度、振り返って、つぎつぎ押し寄せ、波間を漂う漂着物を見つめた。それらはまだ誰のものにもならず、回収されるのを待っている。それから彼らは一斉に向きを変え、あの谷間の道の入口めがけて浜を駆けのぼりはじめた。言葉もない、身振りもない、次第に広がる光のもと、その顔は土気色で、怯えを宿していた。彼らは長居しすぎたのだ。成功が気のゆるみにつながった。夜は知らぬ間に明けており、いつまでもそこにいることで、彼らは危険を招いてしまった。昼の光は彼らに告発をもたらすだろう。まわりじゅうで世界が目覚めつつあり、ずっと味方だった夜はもはや彼らを隠してはくれない。

メアリーの口から猿轡をはずしたのは、ジョス・マーリンだった。彼はメアリーを乱暴に立ちあがらせた。彼女はひとりで立つことはおろか、自力では何もできなかった。それを見て、いまや弱さは彼女の一部であり、本人にはどうにもならないことを悟ると、ジョスは激しく彼女をののしりながら、刻一刻と角立ち、鮮明な形を成す背後の崖を振り返った。それから彼は身をかがめ、ふたたび地面に倒れていたメアリーを肩に担ぎあげた。彼女の頭は支えを得られずだらんと垂れ、両の手もぶらぶらしていた。ジョスの手が傷のある体の脇に食い込んで、再度、その部分を傷つけ、砂利で痺れた皮膚をかすめるのが感じられた。ジョスは彼女を担いで谷間の道の入口まで駆けあがっていった。彼の一味はすでにパニックの網にとらわれ、つないであった三頭の馬の背に浜から拾ってきた戦利品を放りあげていた。彼らはどたばたとあわただしく動いており、たががはずれて秩序という観念が吹っ飛んでしまったのか、その仕事ぶりはでたらめだった。一方、宿の主《あるじ》は必要に迫られ、しらふになったものの、その権威はなぜか失われていた。彼は男たちをののしったり脅しつけたりしたが、それはなんのかいもなかった。馬車は谷間の道の半ばで斜面につかえており、男たちがどうがんばっても動かなかった。そして幸運から不運へのこの突然の逆転により、パニックと混乱はさらに高まった。なかには、我が身可愛さにすべてを忘れ、ばらばらに小道を駆けあがっていく者たちもいた。夜明けは彼らの敵だ。そして、比較的安全な溝や生垣にひとりで隠れているほうが、五、六人で固まって路上にいるよりも、助かる見込みは高い。この海岸に大勢で群れていれば、疑惑を招くのは必至。ここでは誰もが顔見知りであり、よそ者は目立ってしまう。しかし密猟者や宿なしや流れ者は、自分の隠れ家、自分の道を見つけて、ひとりでなんとかやっていけるのだ。残った連中は、これら離脱者どもを口汚くののしりながら、馬車と格闘しつづけた。そしていま、頭の悪さにパニックも加わって、力まかせに斜面から引き離したがために、馬車はひっくり返って横倒しになり、車輪のひとつは砕けてしまった。

この決定的な災難が峡谷に地獄を解き放った。少し先に駐めてあった農用馬車に、また、すでに荷を積み過ぎている三頭の馬に、男たちが殺到する。いまも首領に従順で、やるべきことを心得ている誰かが、大破した馬車に火を点けた。それを谷間に放置すれば全員にとって危険であることは一目瞭然だった。つづいて起きた乱闘――内陸まで乗っていけそうな農用馬車をめぐる男同士の争いは、ひっかき噛みつき、石で歯を砕き、ガラスの破片で目を切り裂くという醜悪なものだった。

こうなれば、勝機はピストルを持つ者たちにある。宿の主《あるじ》は、唯一残された味方、物売りのハリーを脇に従え、農用馬車を背に立って、烏合の衆のなかに弾丸を撃ち込んだ。追われる恐怖に突如とらわれ、この連中はいま、彼を敵、自分たちに破滅をもたらした偽りの首領とみなしているのだ。一発目のその銃弾は大きくそれ、向かい側の斜面のやわらかな土にめりこんだ。するとと敵方のひとりがこの機に乗じ、ぎざぎざの火打ち石を投げつけて宿の主《あるじ》の目を切り裂いた。ジョス・マーリンは二発目はこの男を狙い、その腹のどまんなかを撃ち抜いた。致命傷を負った男は体を折り曲げて仲間たちのあいだに倒れ、そいつが泥のなかで野兎よろしくキイキイ泣いているさなかに、物売りのハリーがもうひとりの喉に一発撃ち込み、その弾は喉笛を引き裂いて、噴水のように血をほとばしらせた。

宿の主《あるじ》が馬車を勝ち取れたのは、その血のおかげだった。残った反逆者たちは、瀕死の仲間の姿に動転し、我を忘れ、一斉に向きを変えると、蟹《かに》の群れさながら曲がりくねった小道をばたばたと逃げていった。かつての首領から充分に距離を取りたい。彼らの頭にはそれしかなかった。煙の立つ凶器を手に、宿の主《あるじ》は馬車に寄りかかった。切れた目から流れる血などぬぐおうともしない。ふたりきりになったので、彼と物売りはもうぐずぐずしてはいなかった。彼らはメアリーを馬車に乗せ、谷間に運ばれた漂着物をその隣に放り込んだ。ろくでもない、儲けを生まない、雑多な品々。主要な戦利品はいまも浜で波に洗われている。危険を冒してそれを取りに行くことは、彼らにはできない。なぜならその仕事には十数人の働き手が必要だから、そして、曙光《しょこう》につづいてすでに朝日が姿を現し、この一帯は明るくなっていたからだ。もう一刻も猶予はならなかった。

撃たれたふたりは、馬車のそばに倒れていた。彼らにまだ息があるかどうかは、この際、問題ではない。その体には証拠が残っている。だからそれは始末せねばならないのだ。火のところまで彼らを引きずっていったのは、物売りのハリーだった。火は勢いよく燃えていた。馬車はすでにほぼ焼き尽くされ、ばらばらになった黒焦げの木材の上に赤い車輪がひとつ突き出すばかりとなっていた。

ジョス・マーリンが一頭だけ残っていた馬を引き綱につなぎ、ふたりの男は無言で馬車に乗り込んで、馬に進めと合図した。

馬車にあおむけに寝たまま、メアリーは低く空を流れていく雲を見つめた。夜の闇はもう消えている。その朝は薄暗く、空気はじっとりしていた。波の音はまだ聞こえるが、それは遠のいており、前ほど耳に入ってこない。時化《しけ》の最高潮は過ぎ、いま海は潮流に運ばれるままとなっていた。

風もまたやんでいる。崖の斜面の茎の長い草はそよとも動かず、海岸には静寂が降りていた。あたりには、湿った土とカブのにおい、夜じゅう大地に広がっていた霧のにおいがした。雲が暗い空と一体になった。そしてふたたび、霧雨がメアリーの顔に、上を向いたそのてのひらに落ちてきた。

馬車の車輪がでこぼこの小道の上でガリガリと音を立て、その後、右に曲がって、平らに均された砂利の上に出た。それは、低木の生垣のあいだを北に向かって走る道だった。遠くから、いくつもの野原と点在する田畑を渡って、楽しげな鐘の音が運ばれてきた。朝の空気のなかで、それは妙に場ちがいに聞こえた。

彼女は不意に思い出した。きょうはクリスマスなのだ。

# 12

その四角いガラス板には見覚えがあった。それは馬車の窓よりも大きく、内側に桟《さん》がせり出しており、ガラスには彼女がよく覚えているひびが入っていた。メアリーはそこにじっと目を据えて、記憶と格闘した。顔にかかる雨や絶え間ない風の流れをもう感じないのはなぜなのだろう。体の下は少しも揺れていない。まず頭に浮かんだのは、谷間の道で馬車がまた崖の斜面に突っ込み、立ち往生したのだ、という考えだ。成り行きと運命により、自分はすでに一度経験した恐怖を再演させられるのだろう。窓から抜け出すとき、転落し、怪我をする。そしてふたたび、曲がりくねった小道をのぼっていき、溝のなかにうずくまっていた物売りのハリーに出くわす。だが今回、彼女にはあの男と闘う力がない。下の磯では、男たちが上げ潮を待っている。そして、巨大な黒い亀に似た船が波の谷間で横倒しになり、凄絶《せいぜつ》な姿をさらす。メアリーはうめき声を漏らし、落ち着きなく左右に首を振った。すると目の隅に、茶色く変色した壁が映った。それに、かつて聖句が掛かっていたところに残る錆びた釘が。

彼女はジャマイカ館の自分の寝室に寝ているのだった。

大嫌いなこの部屋は、寒くてわびしいけれども、とにかく雨風と、物売りのハリーの手からは護られている。それに海の音も聞こえない。波の轟《とどろ》きに心を乱されることはもうないはずだ。

仮にいま死が訪れたなら、それは友のように思えるだろう。この世にいることにもう歓びはない。どのみち命は彼女から搾り出されてしまった。ベッドに横たわるこの体は抜け殻にすぎない。彼女は少しも生きたいとは思わなかった。ショックが彼女を人形に変え、力を奪い取ったのだ。自己憐憫の涙が目にこみあげた。

ふと気づくと、顔がひとつ、こちらに迫ってきた。メアリーは枕を背に縮こまり、両手を突き出して抗った。物売りの分厚い口と欠けた歯のことが、まだ忘れられなかった。

けれども彼女の両手は優しく包み込まれた。それに、彼女をのぞきこんでいるのは、びくびくした青い目で、彼女自身の目と同じく泣いたせいで縁が赤くなっていた。

それはペイシェンス叔母だった。ふたりは互いにしがみつき、なぐさめを求めて身を寄せ合った。メアリーがしばらく泣いて、自ら悲しみを和らげ、最高潮まで感情を昂《たかぶ》らせたあと、自然がふたたび指揮を執り、彼女は立て直され、以前の勇気と力がいくらかよみがえってきた。

「何があったかご存知なんでしょう?」メアリーがそう訊ねると、ペイシェンス叔母は、引っ込めさせまいとして、ぎゅっと彼女の手をつかみ、青い目で無言で許しを乞うた。その表情は、自分は悪くないのに罰せられた動物を思わせた。

「わたしはどれくらいここに寝ていたんです?」メアリーは訊ね、きょうが二日目だと教えられた。しばらくメアリーは黙ったまま、この思いがけない新事実について考えた。二日とは、ほんの少し前まで海岸で夜明けを見ていた者にとっては、長い時間だ。

それだけあれば、いろいろなことが起こりうる。なのに自分はふがいなく、このベッドに横になっていたのだ。

「起こしてくれればよかったのに」すがりつく手を押しのけ、彼女は荒っぽく言った。「わたしは子供じゃないんだから。ちょっと痣《あざ》をこしらえたくらいで、世話を焼かれたり甘やかされたりする必要はないんです。わたしにはやらなきゃならないことがあるんですよ。叔母さんはわかってらっしゃらないんだわ」

ペイシェンス叔母はメアリーをなでた。気弱で無益な愛撫だ。

「あんたは動けなかったんだからね」叔母はめそめそと言った。「かわいそうに、血も出ていたし、体じゅう傷だらけでね。まだ意識がないときに、わたしがお風呂に入れてあげたんだよ。最初はひどい怪我をしたんじゃないかと思ったけど、ありがたいことに、傷はどれも大したことはなかった。痣はいずれ治るだろうし、よく眠ったから体も休まったはずだよ」

「誰がこんなことをしたのか、叔母さんはご存知なんでしょう？　あの連中がわたしをどこに連れていったかも？」

苦い思いが彼女を残酷にしていた。自分の言葉が鞭となるのがわかっていながら、やめることができなかった。彼女は海岸で男たちが何をしたかを話しはじめた。今度は叔母のほうがしくしくと泣く番だった。その薄い口がさかんに動き、精気のない青い目が恐怖をたたえ、じっとこちらを見返している。それを見ると、自分で自分がいやになり、メアリーは先をつづけられなかった。彼女は身を起こして、ベッドの横に脚を下ろした。とたんに頭がくらくらし、こめかみが疼《うず》いた。

「どこに行く気なの?」ペイシェンス叔母が不安げに腕をつかんだが、メアリーはその手を振り払い、服を着はじめた。

「やらなきゃならないことがあるんです」彼女はそっけなく言った。

「叔父さんが下にいるんだよ。あの人はあんたをうちから出しゃしないよ」

「あんな人、怖くありません」

「メアリー、お願いだから。あんた自身のためにも、わたしのためにも、これ以上あの人に逆らわないでおくれ。あんたはもう充分、苦しんだでしょう。あんたを連れて帰ってきてから、あの人はずっと下ですわってる。真っ青な恐ろしい顔をして、膝に銃を載せているんだよ。宿の入口はどれも閉め切ってあるし。あんたがひどいもの、とても口にできないようなものを見たことはわかっているよ。でもね、メアリー、わかるでしょう? いま下に行けば、また痛い目にあわされるかもしれない。殺されるかもしれないよ……あの人のあんな姿は、わたしもこれまで見たことがない。あの人がどんな気分かもわからない。下には行かないでおくれ、メアリー。このとおり、ひざまずいてお願いするから」

叔母は床に膝を下ろしはじめ、メアリーのスカートをつかみ、彼女の両手をとらえてキスした。それは情けない、いらだたしい光景だった。

「ペイシェンス叔母さん、あなたのことを思って、わたしはずいぶんいろんなことに耐えてきました。もうこれ以上は無理ですよ。ジョス叔父さんが以前、叔母さんにとってどんな存在だったのか知りませんけど、いまのあの人は人間じゃない。いくら叔母さんが泣いたって、裁きからは逃れられません。そのことを理解しないと。あの人はケダモノです。ブランデーと流血とで半分おかしくなっているんです。大勢の人が海岸であの人に殺されたんですよ。わからないんですか？　大勢の人が海で溺れて死んだんです。わたしにはそのこと以外、何も見えない。死ぬその日まで、他のことは何ひとつ考えられないわ」

彼女の声が大きくなった。危険なまでに高く。ヒステリーまであと一歩だ。ひどく弱っているため、彼女にはまだ理路整然と考えることができなかった。街道に駆け出ていき、いつか必ず来るはずの助けを求めて叫んでいる自分の姿が目に浮かんだ。

ペイシェンス叔母が静かにと哀願したが、遅すぎた。警告のために立てたその指も無視された。ドアが開き、部屋の入口にジャマイカ館の主《あるじ》が現れた。彼はドア枠の下で頭をかがめ、じっとふたりを見つめた。その顔はやつれ、土気色だった。目の上の傷はいまも赤く生々しい。顔を洗った様子もなく、汚れており、目の下には黒い隈《くま》ができていた。

「庭で声がしたように思ってな」彼は言った。「下の応接室に行って、鎧戸《よろいど》の隙間からのぞいてみたが、誰もいなかったんだ。おまえたち、この部屋じゃ何か聞こえなかったかね？」

誰も答えなかった。ペイシェンス叔母が首を振った。その顔には夫の前でいつも見せるびくびくした小さな笑みが漂っていた。ジョスはベッドにすわって、その敷布をつかみ、窓からドアへと落ち着きなく目をさまよわせた。

「やつは来る」彼は言った。「必ず来るとも。俺は自分で自分の喉を掻き切ったんだ。やつに逆らったんだよ。一度、やつは警告した。だが俺は笑い飛ばして、耳を貸さなかった。自分で勝負したかったからな。俺たちゃもう死んだも同然だ。ここにすわってる三人全員――ペイシエンス、おまえもメアリーも、そして俺もだ。

いいか、俺たちゃもう終わりだ。勝負はついた。おまえたち、なんで俺に酒を飲ませたんだ？　なんで家じゅうの酒瓶をたたき割って、俺を部屋に閉じ込め、寝かせとかなかったんだよ？　そうしたとこで、俺はおまえらに手を出したりはしなかった。そうとも、髪の毛一本にだって触《さわ》りゃしなかったさ。だがいまとなっちゃもう手遅れだ。万事休すだよ」

虚《うつ》ろな目を血走らせ、大きな肩のあいだに首を埋《うず》めて、ジョスは女ふたりを見比べた。わけがわからず、女ふたりは彼を見つめ返した。これまで見たことのないその顔つきに、どちらも圧倒され、唖然としていた。

「どういう意味です？」ついにメアリーが訊ねた。「いったい誰を恐れているんですか？　誰が警告したっていうんです？」

ジョスは首を振って、指をひねくりながら、両手を口もとへやった。「いいや」彼はゆっくりと言った。「俺はいまは酔っちゃいねえよ、メアリー・イエラン。俺の秘密はまだ俺のもんだ。だがひとつだけ教えてやろう――言っとくが、おまえだってこの事実からは逃げられねえぞ。ペイシエンスとおんなじで、おまえもいまじゃ一味のひとりなんだからな――俺たちゃいま両側から敵にはさまれてる。一方にゃ警察、もう一方にゃ……」彼はここで思い留まり、以前の狡猾《こうかつ》そうな色をふたたび目に浮かべて、メアリーを見た。

「おまえさんは知りたいんだよな？」彼は言った。「その名前を聞き出したうえで、こっそりうちを出て、俺のことを密告したいんだろ。俺が吊るされるのを見たいってわけだ。まあいいさ。おまえさんを責める気はねえよ。俺は残る一生、忘れられねえくらい、おまえさんを痛めつけた。そうだろ？　だが、俺はおまえさんを救ってやったとも言えるんじゃねえか？　俺がその場にいなけりゃ、あの下衆どもがおまえさんに何をしたか、考えてみたかね？」ジョスは笑って、床に唾を吐いた。いつもの彼の一部がもどってきた。「その一点に関しちゃ、俺にいい点数をつけられるだろ」彼は言った。「こないだの夜は、俺以外、誰もおまえさんに手を出さなかった。俺にしたってその綺麗《きれい》な顔をぶっつぶしたわけじゃねえしな。切り傷だの痣だのは、そのうち治っちまう。そうだろ？　おまえだってわかってるよな、このひ弱いの。そうしたけりゃ、俺はおまえをジャマイカ館に来た最初の週にものにできたんだ。結局のとこ、おまえもただの女だからな。そうともさ。いまごろおまえは、ペイシェンス叔母さんとご同様に、俺の足もとに這いつくばっていただろう。腑抜けになって、飼い慣らされて、この俺にまとわりついていたろうよ。いまいましい馬鹿女がもうひとりできあがってたわけだ。ここを出ようや。この部屋は湿っぽくて臭くていけねえ」

ジョスはよろよろと立ちあがり、メアリーを引っ張って廊下に出た。そうして踊り場まで行くと、痣や切り傷のあるその顔に光が当たるよう、ロウソクの灯る燭台《しょくだい》の下の壁に彼女を押しつけた。彼は両手で彼女の顎をとらえ、しばらくそうしたまま、繊細で機敏な指で傷跡をなでていた。嫌悪で一杯になりながら、メアリーは彼を見つめ返した。その優しい優雅な手は、彼女が失い、捨て去ったすべてを思い出させた。そして、ペイシェンスがそばに立っているのもおかまいなしに、彼が憎いその顔を近づけ、弟そっくりのその口がほんの束の間、唇に触れたとき、幻想はおぞましいかたちで完成された。メアリーは震え、目を閉じた。ジョスが明かりを吹き消し、女ふたりはひとことも言わず、空っぽの家に鋭くぱたぱたと足音を響かせ、彼のあとから階段を下りていった。

ジョスは先に立って台所に入った。見ると、ここでもドアには閂《かんぬき》がかかり、窓は閉ざされていた。テーブルには二本、ロウソクが置かれ、室内を照らしていた。

それからジョスが振り向いて、ふたりの女と向き合った。彼は椅子を引き寄せ、その上にまたがると、女たちを見つめた。しばらくポケットをさぐりまわってから、彼はパイプを取り出して、そこにタバコを詰めた。

「よくよく考えて、作戦を立てんとな」彼は言った。「俺たちはもう二日近くただここでじっとしてる。罠にかかったネズミよろしく、とっつかまるのを待ってたわけだ。いいか、俺はもううんざりだぜ。この手の駆け引きはうまくやれたためしがねえんだ。どうも怖気づいちまうんだよ。どうせやりあわなきゃならねえなら、正々堂々とやってやろうじゃねえか」不機嫌そうに床をにらみ、敷石をトントン足でたたきながら、彼はしばらくパイプをふかしていた。「ハリーはまあまあ忠実だった」彼はつづけた。「だが、それでてめえが得すると見りゃ、あれこれしゃべって、仲間のみんなを危険にさらすだろうよ。残りの連中はどうかと言やあ――やつらはもうちりぢりだ。駄犬の群れみてえに尻尾を巻いて、クンクン鳴きながら、逃げてったよ。今度のことですっかり怯えちまってな。そうとも、俺も怯えてるさ。そりゃそうだろ。

いまはしらふなんだからな。自分がどんだけひでえ泥沼にはまってるのか、俺にゃちゃんとわかってる。吊るされずにすみゃあ、幸運ってもんだ。俺たち三人ともな。ああ、メアリー、笑いたきゃ笑えよ。そうやって白いお顔で見下してりゃいいさ。だがまずい立場にあるって点じゃ、おまえ自身、ペイシェンスや俺と変わらないんだぜ。おまえだってかかわってる。首までどっぷり浸かってるんだよ。どうしたってただじゃすまねえ。おまえさん、なんで俺を部屋に閉じ込めなかったんだ？　なんで俺が飲むのを止めなかったんだよ？」

ペイシェンスがそっと夫ににじり寄り、発言の準備に唇を舐め回しながら、彼の上着をつかんだ。

「なんだってんだ？」ジョスは猛々しく言った。

「いますぐこっそり脱け出したらどうだろうね。手遅れになる前に？」ペイシェンスはささやいた。「馬屋にゃ二輪馬車があるし。二、三時間でランソンに着いて、デヴォン州に入れるでしょう。夜のあいだに移動して、東部の州に向かえばいいよ」

「この馬鹿女め！」ジョスはどなった。「ここからランソンまでの道すじに住むやつらのことを知らねえのか！　連中はこの俺を悪魔だと思ってやがる。コーンウォールの犯罪を全部、俺におっかぶせたくてうずうずしてやがるんだ。クリスマス・イヴに何があったか、この地方じゃもう誰もが知っている。俺たちが高飛びしてみな。それがいい証拠ってことになるだろうぜ。そりゃあ俺だってとっととずらかりたいさ。ああ、そうとも。だがそうすりゃ、この一帯の人間がこぞって俺たちを指さすだろうよ。さぞ結構な図だろうな。市《いち》の日の百姓よろしく、ランソンの広場で、俺たち三人が家財を積んだ二輪馬車からお別れの手を振ってるってのは。いいや、俺たちにゃたったひとつ、百万にひとつのチャンスしかねえ。じっと静かにしてることだ。黙ってじっとしてることだよ。俺たちがジャマイカ館に引きこもってりゃ、みんな、どうしたもんかと頭をかき、鼻をこすりだすだろうぜ。いいか、連中は証拠をさがさなきゃならねえ。俺たちをしょっぴきたけりゃ、確かな証拠をつかまなきゃならねえんだ。そして、あの下衆野郎どもの誰かが寝返って密告でもしねえかぎり、連中にゃ証拠なんぞつかめっこねえのさ。

ああ、そうとも。確かに船はある。竜骨の折れたのが岩礁に乗り上げてるよ。それに、浜にゃブツが積んである。幾山も並んでるよな。すぐに運べるように誰かがそこに置いたんだ――連中はそう言うだろうよ。それに、黒焦げの死体ふたつと、灰の山も見つかるだろうな。『これはなんだ』連中は言う。『火が燃やされている。争いがあったんだ』そりゃあいかにも怪しげだろう。いかにもやばい感じがするよな。だが証拠はどこにある？　反論してみな。俺はクリスマス・イヴを堅気の人間らしく家族水入らずで過ごしたんだ。姪っ子とあやとりやスナップドラゴン（ブランデーの燃える皿から干し葡萄をつまみ出すクリスマス・イヴのゲーム）をしてな」ジョスは舌で片頬をふくませて目配せした。

「何かひとつ忘れていませんか？」メアリーは言った。

「いいや、お嬢ちゃん、忘れちゃいねえよ。あの馬車の御者が撃たれたことだよな。やつは、ここから四分の一マイル足らずのとこで、道路脇の溝に転げ落ちたわけだ。おまえさんは、俺たちがそのまんま死体を放り出してきたと思ってるんだろ？　ショックかもしれんがな、メアリー、あの死体は俺たちと一緒に海岸まで行ったんだ。俺の記憶が正しけりゃ、いまは高さ十フィートの岩壁の下に転がってるよ。もちろん誰かがやつをさがそうとするだろう。こっちもそれは覚悟してるさ。だがやつの馬車は見つかりっこねえからな。大したことにゃならんだろうよ。やつはかみさんに嫌気が差して、ペンザンスあたりに逃げたのかもしれんし。みんなであの町を好きなだけさがすがいいさ。さてと、お互い意識がもどったところで、あの馬車でいったい何をしてたのか、教えてくれんかね、メアリー。おまえさんはどこに行ってたんだ？　俺にゃおまえさんをしゃべらせる手がいくらでもあるんだぜ」

答えねえと、どうなるか——そりゃあもうよくわかってるよなあ？　俺にゃおまえさんをしゃべらせる手がいくらでもあるんだぜ」

メアリーは叔母を見やった。青い目を夫の顔に釘付けにし、叔母はまるで怯えた犬のようにぶるぶると震えていた。メアリーはすばやく頭を働かせた。嘘をつくのはわけもない。もしこの窮地から生きて抜け出すつもりなら、自分とペイシェンス叔母にとって、いま欠かせない要素——計算に入れ、大事にしなければならないものは、時間だ。それを考えてうまく立ち回り、叔父の手に自分で首をくくれるようロープを渡してやらねばならない。この男の自信はいずれ本人をつまずかせるだろう。彼女にはひとつ希望がある。救ってくれる人がすぐ近く、五マイルと離れていないオルタナンで、彼女からの合図を待っているのだ。

「では、あの日のことをお話ししますわ。信じても信じなくても結構ですよ」メアリーは言った。「あなたがどう思おうと、わたしにはどうでもいいことですから。クリスマスの前日、わたしはランソンまで歩いていって、市を見物したんです。でも八時には疲れてしまったし、雨が降りだして、おまけに風も出てくると、全身ずぶ濡れになってどうしようもなくなりました。だから馬車を雇ったんです。御者には、ボドミンまで行ってほしいとたのみました。ジャマイカ館と言えば、ことわられると思ったので。そんなところでしょうか。他には何もお話しするようなことはありません」

「ランソンじゃ、ずっとひとりだったのか？」

「もちろんひとりでした」

「誰とも話をしなかったのかね？」

「露店の女の人からハンカチを買いましたけど」

ジョス・マーリンは床にペッと唾を吐いた。「まあよかろう」彼は言った。「俺に何をされようと、おまえさんの話が変わることはねえ。そうなんだろ？　今回にかぎっちゃ、おまえさんに分があるしな。なにせ、おまえさんが嘘をついてるのかいねえのか、こっちにゃ証明のしようがねえんだ。まあ、これだけは言えるがね。その年ごろの娘っ子に、ランソンでひとりで一日過ごすやつはめったにいねえ。それに、そういう場合は、ひとりで馬車でご帰還したりはしねえもんだ。だが、もしおまえさんの話がほんとだとすりゃ、見通しはいくらか明るくなるな。御者の動きを追って、ここにたどり着くやつはいねえってことだからな。くそっ、この調子だとまた一杯やりたくなりそうだぜ」

ジョスは椅子をうしろに傾けて、パイプを吸った。

「おまえにゃ専用の大型馬車を乗り回させてやるよ、ペイシェンス」彼は言った。「帽子にゃ羽根飾りを付けさせ、ベルベットのマントを着せてやる。俺はまだ参っちゃいねえ。まずやつら全員を地獄に突き落としてやる。まあ、待ってな。俺たちは一からやり直す。思い切り贅沢《ぜいたく》に暮らそうじゃねえか。俺は酒をやめ、日曜ごとに教会に行くようになるかもしれねえぞ。そしておまえはな、メアリー、俺がよぼよぼの爺になったら、この手を握って、スプーンで俺に食事をさせるわけだ」

彼は頭をのけぞらせて笑った。だがその笑いが不意に途切れ、彼の口が罠のようにぱたりと閉じた。椅子をうしろにドシンと倒して、彼は部屋の中央に立った。その体は横に傾き、顔はシーツのように蒼白だった。「聞こえるか？」しゃがれ声で彼はささやいた。「あの音……」

女ふたりは彼の視線を追った。それは、鎧戸《よろいど》の隙間から流れ込む細い光にたどり着き、そこに固定された。

台所の窓を何かがそっとこすっている……ガラス板を軽く静かにトントンたたき、ためらいがちにひっかいている。

それはまるで、折れてだらりと垂れさがった蔦《つた》の枝が、風が吹くたびに揺れ動き、窓やひさしをくすぐるときの音のようだった。だがジャマイカ館の石板の壁に蔦は這っておらず、窓を覆うものはない。

摩擦音はつづいた。あきらめず、くじけずに。トン……トン……嘴《くちばし》がつつくように……トン……トン……手の指でたたくように。

台所はしんとしており、聞こえるのはペイシェンス叔母の怯えた息遣いだけだった。その手がゆっくりとテーブルの上を這い進み、姪のほうへと向かう。天井に巨大な影を投じ、身じろぎもせず立つ宿の主《あるじ》を、メアリーは見つめた。黒い無精髭の奥に見えるその唇は青かった。それから彼は身をかがめ、猫のようにつま先立ってうずくまると、片手を床にすべらせ、離れた椅子に立てかけてあった銃をしっかりとつかんだ。そのあいだも目は片時も、鎧戸の隙間のあの光から離さなかった。

メアリーはごくりと唾をのんだ。喉が乾き、いがらっぽい。窓の外の人物は自分の味方なのか敵なのか。この謎が不安と期待をさらに高める。希望が生まれる一方、心臓の鼓動は、恐怖に伝染性があることを彼女に告げていた。そしてまた、叔父の顔に浮かんだ玉の汗にも。彼女の手はじっとりと冷たくなり、震えながら口もとへと向かった。

ほんの束の間、ジョスは閉じた鎧戸の片側で待った。それからさっと飛び出し、蝶番《ちょうつがい》がちぎれんばかりの勢いで鎧戸を引き開けた。午後の鈍い光が室内に斜めに射し込んできた。窓の外には男がひとり立っていた。鉛色の顔をガラスに押しつけ、欠けた歯をむきだして笑っている。

物売りのハリーだ……ジョス・マーリンは悪態をついて、窓を開け放った。「このくそったれ、なかに入りやがれ」彼はどなった。「どてっ腹に弾をぶちこまれてえのか、このド阿呆が？　てめえのおかげで、俺はここに五分も馬鹿みてえに突っ立ってたんだ。この銃でずっとてめえの腹を狙ってたんだぞ。ドアの閂をはずしな、メアリー。幽霊みてえに壁に寄りかかってるんじゃねえ。ただでさえ、うちじゅうがぴりぴりしてんだ。このうえ、おまえにおかしくなられちゃかなわねえ」恐怖が過ぎたあと、男がみんなそうするように、彼は自分のパニックの責任を他者に負わせ、自信を取りもどすためにどなりちらしているのだった。メアリーはゆっくりとドアに向かった。物売りの姿を見ると、峡谷での格闘の記憶が鮮やかによみがえり、たちまち体が反応した。吐き気と嫌悪感がどっと押し寄せてくる。物売りに目をやることはできなかった。彼女は無言でドアを開け、そのうしろに姿を隠した。そして物売りが入ってくると、すぐさま向きを変え、鈍く燃える暖炉の前に行って、物売りに背を向けたまま、残り火の上に機械的に泥炭を積みはじめた。「それで？　何か情報でも入ったのか？」宿の主《あるじ》が訊ねた。

物売りはそれに応えて唇を鳴らし、親指で背後を示した。

「この地方はめらめら燃えてるぜ」彼は言った。「テイマー川からセントアイヴスまで、コーンウォールじゅうのおしゃべり野郎どもが騒いでやがる。きょうの昼前、俺はボドミンにいたんだがね、町はその話で持ち切りだったよ。みんな、血を求めてカッカしてるのさ。それと、裁きをな。ゆうべ、俺はキャメルフォードに泊まったが、宿じゃ誰もがげんこつを振り回して、隣のやつとしゃべりまくってた。この嵐の結末はひとつきりだろうぜ、ジョス。それがどんなやつか、あんたにゃわかってるよな？」

物売りは自分の喉に両手を回してみせた。

「とっととずらからねえとな」彼は言った。「それしか助かる道はねえ。街道すじはやばいぜ。特にボドミンとランソンはな。俺はずっとムーアを旅して、ガニスレイクの北からデヴォン州に入るつもりだ。もちろんその経路だと、時間は食うがね、それで命が助かるなら、しめたもんだろ。パンをひとかけ、もらえんかね、奥さん？　俺はきのうの昼前からなんにも食ってねえんだよ」

これは宿のおかみへの問いかけだが、物売りの視線はメアリーに落ちた。ペイシェンス・マーリンは、神経質に口を動かしながら、戸棚のなかをさぐってパンとチーズを取り出した。その動きはぎこちなく、心はどこかよそにあった。配膳しながら、彼女はすがるような目で夫を見つめた。

「この人の言うとおりだよ」ペイシェンスは訴えた。「ここでじっとしてるなんて正気の沙汰じゃない。わたしたちも発たなきゃ。いますぐ、手遅れになる前に。地元の人たちがあの一件をどれほど重く見ているか、わかるでしょう？　誰もあんたに情けはかけない。裁判もしないであんたを殺すでしょうよ。後生だから、この人の言うことを聞いてちょうだい、ジョス。自分がどうなろうが、わたしはかまわないんだよ。これはあんたのため……」

「口を閉じてろ！」ジョスは怒号した。「おまえの意見なんぞ俺にゃ必要ねえ。これまでもずっとそうだったし、いまだっておんなじだ。何が来ようと、俺はひとりで始末をつけられる。おまえが横で羊みてえにメエメエ鳴いてるこたあねえんだ。じゃあ、おまえも降参しようってんだな、ハリー？　牧師やウェスリー教徒どもがおまえの血を求めて吠えてるからって、尻尾を巻いて逃げ出そうってのかい？　別に連中が俺たちに不利な証拠をつかんだわけじゃねえんだろ？　どうなんだ？　それとも、良心ってやつが、おまえに何かしゃべらせでもしたのかね？」

「良心なんぞくそ食らえだ、ジョス。こりゃ常識ってもんだぜ。この地方はやばいことになってる。だから、いまのうちにずらかるのさ。証拠に関して言やあ、ここ数カ月、俺たちゃずいぶん危ねえ橋を渡ってきた。そうだろ？　俺はずっとあんたに忠義立てしてきたよな？　きょうだって、この首を危険にさらして、あんたに危険を知らせるためにわざわざここまで来てやったんだぜ。あんたの不利になることなんぞ俺は絶対しゃべらんよ、ジョス。だが、こんなひでえ泥沼に俺たちがはまりこんじまったのは、あんたの馬鹿のせいだよな。あんたは自分とご同様に俺たちをべろべろに酔っ払わせて、海岸まで連れてった。誰ひとり予定してなかった無茶な冒険に引きずりこんだんだ。俺たちゃ一か八かの勝負をして、負けちまった――まさにボロ負けさ。それってのも、俺たちが酔っ払ってて、正気をなくしてて、浜一面に戦利品と百もの痕跡をばらまいてきたからだ。で、こりゃあいってえ誰のせいなんだ？　もちろん、あんたさ。そうだろ？」ハリーはテーブルに拳《こぶし》をたたきつけると、ひび割れた唇に冷笑を浮かべ、下卑た黄色っぽい顔を宿の主《あるじ》の鼻先に突き出した。

ジョス・マーリンはしばらく相手を見つめていた。ふたたび話しだしたとき、その声は低く、危険な響きを帯びていた。「するとおまえは、この俺を非難するわけだな、ハリー？」彼は言った。「おまえも他の野郎どもと変わらねえな。どうも分が悪いと見りゃあ、蛇みてえにのたうって悪あがきするわけだ。俺のおかげで、おまえはさんざんいい思いをしてきたろうが。掃いて捨てるほど金をつかんで、何カ月も王様並みに豪勢に暮らしてたんだろ。ほんとならそのあいだ、本来の居場所の鉱山の地下を這いずり回っていたろうによ。仮にこないだの夜、俺たちがしらふでいて、それまで百遍もやってたように、夜明け前にきれいに引きあげてたら？　そんときゃどうなってたろうな？　おまえはポケットを一杯にしようってんで、俺に胡麻《ごま》をすってたんじゃねえか？　鼻をうごめかす他のカスどもと一緒に、俺にこびへつらって、ぶんどり品の分け前をせがんでたんじゃねえのかよ？　きっとおまえは俺を全能の神扱いして、この長靴《ちょうか》を舐め、地べたに這いつくばっていたろうさ。ああ、いいとも、そうしたきゃ、ずらかりな。尻尾を巻いてテイマー川までずらかって、地獄にでも落ちやがれ！　俺はひとりで世界と戦ってやるぜ」

物売りは笑いを絞り出し、肩をすくめた。「別にいがみあわなくたって、話はできるんじゃねえか？　俺はこれまであんたに逆らったこたあねえ。いまだって味方だぜ。クリスマスの前夜、俺たちゃ全員、無茶苦茶に酔ってた。わかってるさ。それはそれとしとこうや。もうすんだことだからな。いまや仲間はちりぢりだ。他のやつらのこたあ、計算に入れる必要はねえ。みんな震えあがってやがるんだ。尻尾を出して面倒を起こす気遣いはねえよ。残るはあんたと俺だよな、ジョス。俺たちゃずっとこの仕事をしてきた。俺たちふたりは、他のやつらより深くかかわってる。お互い助け合うのが、双方の身のためってもんだろ。俺がここに来たのは、だからなんだぜ。じっくり話し合って、自分らの立場を見極めようってわけさ」ハリーは締まりのない歯茎を見せてまた笑い、太短い黒い指でテーブルをトントンたたきはじめた。

宿の主《あるじ》は冷静な目で物売りを見つめ、ふたたびパイプに手を伸ばした。

「おまえの狙いはなんなんだ、ハリー？」テーブルに肘をつき、パイプにタバコを詰めながら、彼は言った。

物売りは歯のあいだから息を吸い込み、笑いを浮かべた。「別に何も狙っちゃいねえよ。俺はただ、誰もが得するようにしたいだけさ。俺たちゃ足を洗わなきゃならねえ。この点ははっきりしてる。吊るされたくなきゃそうなるだろ。しかしなあ、ジョス。空手のまんまやめるんじゃ、ちっともおもしろかねえよ。向こうの部屋にゃ、俺たちが運び込んだブツがある。二日前、海岸から持ってきたやつが、どっさりとな。ちがうか？　そしてそいつは当然ながら、クリスマス・イヴに働いた俺たち全員のもんだ。だが、権利を主張するやつはもういねえ。あんたと俺だけだよ。別に俺もその荷にすげえ値打ちがあるとは思ってないぜ。確かに大半はガラクタさ。しかしなかにゃいくつか、デヴォンに移ったあと生活の足しになるもんだってあるんじゃねえか？」

宿の主《あるじ》はパイプの煙を物売りの顔に吹きかけた。「するとおまえがここに来たのは、この俺の優しい笑顔が見たかったからじゃねえんだな？」彼は言った。「こっちはてっきり、おまえがここに来たのは、俺のことが大好きで、この手を握りたかったからだとばかり思ってたんだが」

物売りはふたたび笑いを浮かべ、椅子の上で姿勢を変えた。「よかろう」彼は言った。「俺たちゃ友達だもんな？　ざっくばらんに話したって別に害はあるまいよ。ブツはあの部屋にある。そして男がふたりいなけりゃ、そいつは動かせねえ。この女どもじゃ到底無理だろ。となりゃ、あんたと俺で手を組んでやっちまうのが、いちばんなんじゃねえか？」

宿の主《あるじ》は考え考えパイプをふかした。「おまえの頭はいいアイデアで一杯と見えるな。それを全部、盆に載せた飾り物みてえに綺麗に並べてあるわけだ。だが、結局、あそこにブツがないとしたら？　俺がもうすっかり処分しちまったとしたら、どうだ？　俺は二日間、ずっとここにいたんだぜ。それに、このうちの前は馬車が通るだろ。さあ、どうするね、ハリー坊や？」

物売りの顔から笑いが消えた。彼はぐいと顎を突き出した。

「ふざけんじゃねえ」その口調はいがむようだった。「このジャマイカ館じゃ、汚ねえ裏取引をしてるのか？　もしそうなら、得にゃならねえぜ。あんたは妙に無口になることがあるよなあ、ジョス・マーリン。ブツが動いてて、荷馬車が街道に出てるときにさ。俺はたまに、わけのわからんものを目にした。物音も聞いたしな。毎月毎月、あんたはそりゃもうみごとに采配を振ってきた。あんまりみごとすぎるんじゃねえか——俺たちのなかにゃそう考える者もいたよ。その割にゃ俺たちの実入りが少ねえ、いちばん危険を冒してるのはこっちなのにってな。それに、俺たちはどうやって荷をさばいてるのかあんたに訊かなかったよな？　なあ、ジョス・マーリン、あんたは誰か上のやつから指図を受けてるのか？」

電光石火、宿の主《あるじ》が物売りに襲いかかった。その握り拳が物売りの顎に命中すると、彼はうしろに吹っ飛んで頭から床に落ちた。ひっくり返った椅子が床の敷石にぶつかって大音響を立てた。物売りはすぐさま立ち直り、あたふたと膝立ちになったが、宿の主《あるじ》がその前にそそり立って、物売りの喉に銃の先を突きつけた。

「動いたら死ぬぜ」彼は静かに言った。

物売りのハリーは襲撃者を見あげた。卑しい小さな目は半ば閉じられ、むくんだ顔は黄ばんでいる。倒れた拍子に一時息《いっとき》が止まったせいで、その呼吸はせわしかった。格闘の兆しが見えたとたん、ペイシェンス叔母は恐怖に駆られ、壁にぴったり貼りついていた。その目が虚《むな》しく救いを求め、姪の目をとらえようとしている。メアリーはじっと叔父を観察した。今回、彼の心理状態を示すものは読み取れなかった。叔父は銃を下ろし、物売りを足でつついた。

「これでまともに話し合える。おまえと俺とでな」そう言うと、彼はふたたびテーブルに寄りかかって、腕に銃を載せた。物売りのほうは半ばひざまずき、半ばうずくまる格好で、床にすわりこんでいる。

「この仕事に関しちゃ、俺が首領《かしら》だ。これまでもずっとそうだった」宿の主《あるじ》はゆっくりと言った。「三年前に始めたときから、仕切ってたのは俺なんだ。ちっぽけな十二トンの帆船からパドストウに積み荷を流してたころ――それぞれが七ペンス半稼いで御の字と思ってた時分からな。そうして俺はこの仕事を、ハートランドからヘイルまでの一帯でいちばんでかいビジネスにしたわけだ。誰かが俺に指図してるだと？　冗談じゃねえ。そんな度胸のあるやつがいたら、ぜひお目にかかりたいもんだ。まあ、この勝負ももう終わりだがな。自然消滅。いい時は過ぎた。万事休すさ。おまえは今夜、俺に危険を知らせるためにここに来たわけじゃねえ。瓦礫《がれき》のなかに何か拾いもんがねえか、見に来たんだろ。宿は閉め切ってある。それを見て、おまえのちっぽけなさもしい心は浮き立った。そしておまえはそこの窓をいじくりだした。経験から、鎧戸の掛け金がゆるんでて、こじ開けるのが簡単なのを知ってたんだよな。まさかこの俺がここにいるとは思ってもみなかったんだろ？　おまえは、ここにいるのはペイシェンスかメアリーだと思った。あいつらなら脅すのはお茶の子だ、それに、壁のすぐ手の届くとこにゃ俺の銃が掛かってるだろうってな。おまえはいつもその銃を見てたわけだ。そいつを手にすりゃ、ジャマイカ館の主《あるじ》なんぞ屁でもねえ。なあ、ハリー、このチビのネズミ野郎め。こっちは全部お見通しなんだぜ。鎧戸を引き開けて、窓の外のおまえを見たとき、その目を見てすぐわかったとも。おまえがぎょっとして息をのんだのも、その黄色い面《つら》にあわてて笑いを浮かべたのも、ちゃんと気づいてたさ」

物売りは唇を舐め回し、ごくりと唾をのんだ。身じろぎもせず暖炉のそばに立つメアリーに、彼はちらりと視線を投げた。その小さな丸い目は油断がなく、追いつめられたネズミを思わせた。自分に不都合なことをメアリーが言いだすかどうか――彼はそれを案じているのだった。だがメアリーは何も言わなかった。彼女は叔父の出かたを見ていた。

「よかろう」彼は言った。「おまえの提案どおり、おまえと俺とで手を組もうじゃねえか。きっといい取引になるだろうぜ。結局、俺も考えが変わってな、相棒。俺たちゃおまえの手を借りてデヴォン州に向かうとするよ。ご指摘のとおり、確かにこのうちにゃ持ってく値打ちのあるブツがあり、そいつはひとりじゃ運び出せねえ。あしたは日曜――神聖な休息の日だ。この地方じゃ誰も彼もがひざまずいてて、仮に五十隻、船が難破したって立ちあがるやつはいねえ。日除けは下りたまんまで、牧師は説教を垂れ、みんな不景気な面《つら》をして、悪魔の仕業の災難に襲われた哀れな水夫たちのために祈りを捧げるこったろう。だが、連中が安息日にその悪魔をさがすこたあねえんだ。
猶予は二十四時間だな、ハリー坊。おまえは農用の馬車に俺のブツをせっせと積み込み、泥炭とカブでそいつを覆い隠す。そうしてあしたの夜、俺とペイシェンスに、それと、たぶんそこにいるメアリーにも、さよならのキスをするわけだが——そうだな、そんときゃおまえもひざまずいて、このジョス・マーリン様に感謝するがいいぜ。なんせ俺は命を取らずにおまえを放してやるんだからな。ほんとなら、その真っ黒い心臓に一発弾をぶち込んで、お似合いのどぶに転がったおまえの死体にくそでもしてやるとこなんだが」

彼はふたたび銃を持ちあげ、冷たい銃口をじりじりとハリーの喉に近づけた。物売りは泣き声をあげ、白目をむいた。宿の主《あるじ》は笑った。

「おまえの射撃の腕はなかなかだよな、ハリー」彼は言った。「こないだの夜、ネッド・サントを撃ったときゃ、ここんとこに当てたんじゃねえか？　おまえはやつの喉笛をぶち抜いた。血がピューッと噴き出したよな。ありゃあ、いい男だったよ。あのネッドってのは。ただちょいと口が軽かったが。おまえの弾は、あいつのここに命中したんだよな？」

銃口がさらに近づき、物売りの喉に押しつけられた。「もしもいま俺の手がすべったら、ハリー、おまえの喉笛は吹っ飛ぶぜ。ちょうどネッドの喉笛が吹っ飛んだみてえにな。おまえ、俺に手をすべらせてほしかねえだろ？」

物売りは口をきくことができなかった。その目玉はひっくり返り、一方の手は大きく開かれ、四本の指が床に打ち付けられたかのように広がっていた。

宿の主《あるじ》は銃口をそらしてかがみこむと、物売りをぐいと引っ張り、立ちあがらせた。「さあ」彼は言った。「こっちはひと晩じゅう、おまえと遊んでる気はねえんだ。おふざけは五分で充分。それを過ぎりゃ飽きがくる。台所の戸を開けて右に行き、俺が止まれと言うまで廊下を進みな。言っとくが、バーの出口からは逃げられねえぞ。このうちのドアや窓は全部、鍵をかけてあるからな。おまえ、海岸から持ってきたブツを調べたくて、手がむずむずしてたんだろ、ハリー？　あの倉庫で戦利品に囲まれてひと晩、過ごすがいいぜ。なあ、ペイシェンスや、俺たちがジャマイカ館にお客を泊めるのは、これが初めてじゃないかね？　そこにいるメアリーは数に入れんぞ。その娘は家族の一員だからな」ジョスは上機嫌で笑った。風見鶏がくるりと向きを変えるように、彼の気分は変わっていた。物売りの背中に銃を突きつけ、追い立てながら、ジョスは台所を出て、石畳の暗い廊下を進んでいった。バサット判事と彼の召使がぶち破ったドアは、新しい厚板や脇柱で補強され、前以上とは言わないまでも、前と同じくらい頑丈になっていた。この一週間、ジョス・マーリンはただぶらぶらしていたわけではなかったのだ。

ネズミが増えているから食われるなよ、との指令を最後に、宿の主《あるじ》は部屋に鍵をかけて友人を閉じ込め、その後、胸の奥で低く笑いながら、台所に引き返した。

「きっとハリーは裏切るだろうと思ってたよ」彼は言った。「ここ何週間か、やつの目つきでこうなることはわかってた。この災難に見舞われるずっと前からな。ありゃあ勝ち馬に乗っかる男だ。風向きが変わりゃ、手に噛みついてきやがるのさ。やつはねたんでやがったんだ。そのせいで芯まで腐りきってやがるんだよ。やつらはみんな俺をねたんでた。俺に脳みそがあるのがわかってて、それで俺が憎かったわけだよ。何をじろじろ見てるんだ、メアリー？　さっさと飯を食って、床に就いたほうがいいぜ。明日の夜には長い旅に出るんだからな。いまのうちに言っとくが、その旅は楽なもんじゃねえだろうよ」

　メアリーはテーブルの向こうの叔父に目を向けた。自分に一緒に行く気がないという点は、とりあえずどうでもよかった。この男はなんとでも好きなように思っていればいいのだ。これまでに見たこと、やったことのすべてが重くのしかかっているため、疲れてはいたものの、頭のなかはさまざまな計画で沸き返っていた。

　明日、日が暮れる前のどの時点かで、なんとかしてオルタナンへ行かねばならない。そこに着いてしまえば、彼女の責任は終わる。誰か他の人々がしかるべき行動を起こすだろう。ペイシェンス叔母も、彼女自身も、たぶん最初はつらい思いをするかもしれない。法律がからむ複雑で細かな事柄を、彼女は何も知らない。でも、とにかく正義は勝つはずだ。自らの汚名、そして叔母の汚名を晴らすのはさほどむずかしくはあるまい。いま目の前にすわり、カビ臭いパンとチーズを頬張っている叔父が、うしろ手に縛られ、初めて、かつ、永遠に無力になるのだと思うと、激しい歓びが湧きあがり、彼女はその光景を脳内で何度も再生して、そこに色をつけていった。ペイシェンス叔母もいずれは立ち直る。過去の年月は叔母から排出され、ついには安らぎが、そして静穏がその心に訪れるだろう。いざ時が来たら、逮捕はどのように行われるのだろうか——メアリーは想像をめぐらせた。おそらく自分たちは叔父の計画どおり出発する。そして街道に出て、叔父がもう大丈夫と思い、笑っているときに、数と武器において勝《まさ》る男たちの一団が自分たちを取り囲むのだ。叔父が地べたにねじ伏せられ、虚しくあがいているさなか、彼女はその上に身をかがめてほほえむ。「あなたには脳みそがあったはずですよね、叔父さん」彼女は叔父にそう言ってやる。彼はしてやられたと悟るだろう。

メアリーは叔父から視線を引きはがすと、ロウソクを取りに低い食器棚へと向かった。「今夜は夕食はいただかないことにします」彼女は言った。

自分の皿の白パンの厚切りから目を上げて、ペイシェンス叔母が不満げな声を漏らしたが、ジョス・マーリンは妻を蹴って黙らせた。「本人がふてくされてたいってなら、そうさせときな」彼は言った。「こいつが食おうが食うまいが、おまえにゃなんの関係もねえことだろう？女と獣は飢えさせるのがいちばんだ。連中はそれで這いつくばる。こいつも朝になりゃおとなしくなってるさ。ちょっと待ちな、メアリー。俺が部屋に鍵をかけてやるから。そのほうがよく眠れるだろう。廊下をうろつかれるのはごめんだしな」

ジョスの視線が壁に立てかけてある銃へと向かい、その後、半ば無意識に鎧戸にもどった。台所の窓の前で、それはいまも大きく開かれていた。

「あの窓をきっちり閉めな、ペイシェンス」彼は考え深げに言った。「そして鎧戸に閂をかけるんだ。飯を食いおわったら、おまえももう寝ていいぞ。俺のほうは、今夜はずっと台所にいるからな」

その声の調子に衝撃を受け、ペイシェンスはひどく怯えて夫を見あげた。彼女は何か言いかけたが、たちまちジョスにさえぎられた。「いい加減、覚えちゃどうだ。俺にあれこれ訊くんじゃねえ」彼はどなった。ペイシェンスはあわてて立ちあがり、窓へと向かった。メアリーはロウソクに火を灯し、ドアの前で待っていた。「ようし」ジョスは言った。「なんだってそこに突っ立ってるんだ？　行けって言ったろうが」メアリーは台所を出て、ロウソクの光の落とす影を背に、暗い廊下を歩いていった。突き当たりの倉庫の部屋からは、なんの物音もしなかった。物売りはそこで暗闇に横たわり、油断なく目を光らせ、朝を待っているのだろう。あの男のことを考えると、まるで彼が仲間とともに閉じ込められたネズミであるかのように嫌悪感が湧き、突如、ネズミの爪を持つあの男が、ドア枠をひっかいたり齧《かじ》ったりして、夜の静寂《しじま》のなか自由への道を掘っている姿が目に浮かんだ。

メアリーは身を震わせた。叔父が自分を閉じ込めると決めたことが妙にありがたかった。今夜のこの家は油断がならない。彼女の足音は敷石の上で虚ろな音を立てており、壁からもこだまがつぎつぎ生まれている。この家でただ一箇所、ある程度の温かみと日常性を持つ台所までもが、ロウソクの光に不気味に黄色く染められて、立ち去る彼女をぽかんと見つめていた。叔父はずっとそこにすわっているつもりなのだろうか？　ロウソクを消し、膝に銃を置き、何かを……誰かを待って？……メアリーが階段をのぼりだしたとき、ジョスがホールに出てきた。彼は彼女につづいて二階に上がり、ポーチの上の寝室までやって来た。

「鍵を寄越しな」叔父にそう言われ、メアリーは無言で鍵を手渡した。彼はしばらくそこに立って彼女を見おろしていた。それから、身をかがめて、彼女の口に指を触れた。

「俺はおまえにゃ弱くてな、メアリー」彼は言った。「さんざん痛めつけてやったのに、おまえはまだ根性も度胸もなくしてねえ。今夜、おまえの目を見て、それがわかったよ。もっと若けりゃ、俺はおまえを口説いてたろうな、メアリー。ああ、そうとも、きっとおまえをものにして、一緒に逃げて、幸せになってたろうさ。おまえだってわかってるんだろ？」

メアリーは何も言わなかった。ドアの外に立つ彼を、彼女はただじっと見つめ返した。自分では気づかなかったが、燭台を持つ手はかすかに震えていた。

ジョスは声を落として、ささやいた。「俺にゃ危険が迫ってるんだ」彼は言った。「警察なんぞどうだっていい。いざとなりゃ、はったりかまして、なんとか自由になってやる。コーンウォールじゅうが追っかけてきたって、俺は平気だ。俺が用心しなきゃならんものは、他にある。足音だよ、メアリー。夜なかにやって来て、また行っちまう足音。それと、俺を瞬時にぶっ殺す手だ」

ほのかな光が照らし出す彼の顔は痩せ細り、老い込んでいた。その目に彼の胸中がちらりと現れた。それは炎のように弾けて、彼女に何か伝えようとし、それからふたたび鈍くなった。「ジャマイカ館と俺たちをテイマー川で隔てようぜ」ジョスは言った。そして彼はほほえんだ。メアリーにとってその口の曲線は痛いほどになつかしく、過去からのこだまのように馴染み深いものだった。ジョスは部屋のドアを閉め、外から鍵をかけた。

彼がドカドカと階段を下り、廊下に入っていくのが聞こえた。その足音は角を曲がって台所へと向かい、やがて途絶えた。

そのあとメアリーはベッドに行って腰を下ろし、両手を膝に乗せた。子供時代の小さな罪や、明るい昼間には思い出されない夢と同様に、後《のち》に押しのけられ、忘れ去られて、説明されぬままとなるある理由から、彼女はジョスがしたように自分の唇に指を当て、そこからその指を頬へとさまよわせ、ふたたび唇にもどした。

そして静かに、人知れず、彼女は泣きだした。手に落ちていく涙は苦い味がした。

# 13

彼女はすわったその場で、服も脱がずに、いつしか眠り込んでいた。まず意識にのぼった考えは、嵐がまた来た、雨が運ばれてきて窓に降り注いでいる、というものだった。彼女は目を開けた。夜は静かで、風の起こすそよぎはない。パラパラという雨音もしなかった。五感がたちまち鋭敏になり、彼女は眠りを破った音が再度聞こえてくるのを待った。一瞬後、ふたたび同じ音がした。下の庭から窓ガラスに土が浴びせられたのだ。彼女は床にさっと脚を下ろし、脅威の有無を頭のなかで推し量りつつ、耳をすませた。

仮にこれが危険を知らせる手だとしたら、いかにもまずいやりかただ。無視するに越したことはない。あるいは、この宿の間取りに疎い誰かが彼女の部屋を主《あるじ》の部屋とまちがえたのかもしれない。叔父は階下で膝に銃を置き、訪問者を待ちかまえている。たぶんその訪問者が現れ、いま前庭に立っているのだろう……結局、好奇心に勝てなくなり、突き出た壁の陰に隠れて、彼女はこっそり窓辺に忍び寄った。外はまだ真っ暗で、いたるところに影があったが、空の低いところには、夜明けを告げる細い雲のすじが見えた。

だが勘違いではなかった。床に散らばる土は確かに現実のものだ。それに、ポーチの前に立つ人影――男の姿も。彼女は窓辺にしゃがみこんで、男のつぎの出かたを待った。彼はふたたび身をかがめ、応接室の窓の前の荒れた花壇をかきまわすと、腕を振りかぶって、小さな土の塊を彼女の部屋の窓に投げつけ、小石ややわらかな土をガラスの表面に撒き散らした。今回は男の顔が見え、その奇跡にメアリーは、ずっと心がけてきた用心も忘れ、驚きの声をあげた。

下の庭に立っていたのは、ジェム・マーリンだった。すぐさま身を乗り出して窓を開け、声をかけようとしたが、彼は片手を上げて、静かにと合図した。それから、姿が隠れてしまわないようポーチを迂回し、壁際までやって来ると、両手で口を囲い、上に向かってささやきかけた。「下りてきて、このドアを開けてくれ」

メアリーは首を振ってみせた。「下には行けない。部屋に閉じ込められてるの」彼女は言った。ジェムは困惑し、わけがわからないといった様子で、彼女を見つめた。家が自ら解決策を提示してくれるとでも思ったのか、彼はそちらに目をもどした。それから、板石の外壁を両手でなでまわして調べ、遠い昔、蔦《つた》を留めるのに使われていた錆びた釘をさぐった。それはなんとか足がかりとして使えそうだった。ポーチの低い屋根は彼の手の届くところにある。だが屋根の表面につかみどころはなかった。これでは無駄に宙にぶら下がるだけだろう。

「ベッドから毛布を取ってきてくれないか」彼はそっと呼びかけた。

彼の考えにすぐさま気づき、メアリーは毛布の片端をベッドの脚に結わえてから、もう一方の端を窓から投げ落とし、彼の頭上にだらりと垂れさがらせた。いま、彼にはつかめるものがある。張り出したポーチの低い屋根からぶら下がったあと、彼は板石の壁に足をかけ、建物本体とポーチの壁のあいだで体を押しあげて、窓の高さと同じ屋根の上までのぼってくることができた。

彼は脚を広げて、ポーチの屋根にまたがった。その顔はいま、彼女の顔のすぐ前にあり、彼の横には毛布がだらりと垂れさがっている。メアリーは窓の枠と格闘したが、どうにもならなかった。窓は一フィート程度しか開かない。ガラスを割らないかぎり、彼が部屋に入ることはできなかった。

「ここで話すしかないな」彼は言った。「こっちに寄ってくれ。あんたの顔が見えるように」メアリーは床に膝をついて、窓の開口部に顔を寄せた。ふたりはしばらく何も言わずに見つめ合っていた。彼の顔には疲れが出ており、目はずっと眠らずに労苦に耐えてきた者のように虚《うつ》ろだった。口もとには、メアリーがこれまで気づかなかった皺《しわ》が見られた。それに、その顔にほほえみはなかった。

「あんたに謝らなきゃならんね」ようやく彼は言った。「クリスマスの前日、俺は説明もなしに、あんたをランソンに置き去りにしちまった。許せるかどうかはあんたの気持ち次第だが、あれにはわけがあったんだ——そのわけってのは話せないんだがね。ごめんよ」

こんな冷たい態度は、ジェムらしくない。彼はずいぶん変わったように見えたが、その変わりかたはメアリーにとってうれしいものではなかった。

「あなたが無事なのかどうか心配したわ」彼女は言った。「〈白鹿亭〉まで行ってみたけど、そこにいた人に、あなたは馬車でどこかに行ったと言われたの。それ以上は何もわからなかった。

ことづてがない。説明がないんだもの。あの男たちがあそこにいたのよ。暖炉の前に、市場であなたに話しかけてきたあの馬喰《ばくろう》が。ほんとにいやな連中だった。いかがわしい、信用ならない連中よ。わたしはポニーを盗んだことがばれたのかと思った。情けなかったし、不安だったわ。あなたを責める気なんてない。あなたが何をしようとあなたの勝手なんだから」

メアリーはジェムの態度に傷ついていた。これは期待していたこととはちがう。窓の下に立つ彼の姿を目にしたとき、彼女は彼を愛する男だとしか考えなかった。その男が夜、自分を求め、訪ねてきたのだとしか。彼の冷淡さは彼女の炎を弱めた。この深い失望に相手が気づいていないものと信じて、メアリーはすぐさま自分の殻に引っ込んだ。

彼女があの夜どうやって帰ったのか、彼は訊こうともしない。その無関心さはショックだった。「なんであんたは部屋に閉じ込められているんだよ？」彼は訊ねた。

メアリーは肩をすくめた。質問に答えたとき、その声には抑揚も精気もなかった。

「叔父さんは立聞きされるのが嫌いなの。わたしに廊下をうろつかれて、偶然秘密を知られるのが心配なのよ。あなたのほうも干渉されるのはお嫌いなようだけど。今夜ここに何しに来たのかわたしが訊いたら、きっと迷惑なんでしょうね？」

「ああ、好きなだけ嫌味を言やあいいさ。悪いのはこっちだからな」ジェムは突然、カッとなった。「あんたにどう思われてるかはわかってる。いつか説明できる日が来るかもな。そのときまであんたがこっちの手の届くとこにいりゃあ、だが。ちょっとのあいだ男になって、傷ついたプライドと好奇心は脇にどけといてくれんかね。俺はいま、綱渡りをしてるんだよ、メアリー。一歩まちがや、命はない。兄貴はどこにいるんだい？」

「今夜はずっと台所で過ごすと言ってたけど。あの人は何かを怖がってる。あるいは、誰かを。窓もドアも閉め切って、銃をかかえてるのよ」

ジェムは冷ややかに笑った。「そりゃあ怖がってるだろうさ。まあ、見てな、もう何時間かすりゃ、もっと怯えることになるから。俺は兄貴に会いに来たんだが、もしやつが銃を膝に乗せてるんなら、訪問は明日、もっといいときにするかね」

「明日じゃ遅すぎるかもね」

「どういう意味だい？」

「あの人は明日、日が暮れたら、ジャマイカ館を出るつもりなの」

「その話、ほんとなのか？」

「なんで今更、わたしがあなたに嘘をつくのよ？」

ジェムは黙り込んだ。どうやらその情報は予想外のものだったらしい。彼は頭のなかであれこれ考えていた。疑いと迷いに苛まれながら、メアリーは彼をじっと見つめた。彼に対する以前の疑惑が一気にもどってきた。彼こそが叔父の待ちかまえている訪問者、つまり、叔父に憎まれ、恐れられている者なのではないか。叔父の命の糸を握っているのは、彼なのではないか。物売りのあざけりの表情がよみがえってきた。また、叔父の怒りの炎を煽《あお》ったあの言葉も――

「なあ、ジョス・マーリン、あんたは誰か上のやつから指図を受けてるのか？」宿の主《あるじ》の力を利用する才覚のある男、二階の空き部屋に潜んでいた男。

彼女はふたたび、自分を馬車に乗せてランソンに連れていった、よく笑う屈託のないジェムのことを思った。自分と手をつないで市場を歩いたジェム、自分を抱いてキスしたジェムのことを。彼はいま、まじめで口数が少なく、その顔は影に包まれている。二重人格という考えは、彼女を悩ませ、また怯えさせた。今夜の彼は、彼女には理解できない恐ろしい目的にとりつかれており、まるで見知らぬ人のようだ。宿の主《あるじ》の逃亡の意志を彼に知らせたのは、失敗だった。それによって彼女の計画は頓挫《とんざ》するかもしれない。だが、ジェムが何をしたにせよ、何をするつもりにせよ、また、彼が嘘つきで、裏切者で、人殺しであっても、彼女は肉の弱さゆえに彼を愛さずにはいられず、警告を与えないわけにいかないのだった。

「お兄さんに会うときは、充分用心しないとね」彼女は言った。「いまのあの人は危険だから。計画を邪魔する人間は命を賭けることになる。これはあなたの身のためを思って言ってるのよ」

「俺はジョスなんぞ怖くない。これまで怖がったこともないしな」

「そうでしょうね。でも向こうがあなたを怖がってるとしたら？」

ジェムはこれには答えなかった。彼は突然、身を乗り出して、彼女の顔をのぞきこみ、額から顎にかけて走る傷に触れた。

「誰にやられたんだ？」鋭くそう訊ね、彼はその傷から頬の痣《あざ》に視線を移した。メアリーはちょっとためらい、それから答えた。

「クリスマス・イヴにこしらえた傷よ」

ジェムの目がきらりと光り、彼がその意味を理解したこと、あの夜の出来事を知っていることと、だからこそ、いまジャマイカ館にいることがただちにわかった。

「あんたは連中と一緒にあそこに――あの海岸にいたんだな?」彼はささやいた。

注意深く彼を観察し、余計なことを言わないよう用心しつつ、メアリーはうなずいた。これに応えて、彼は悪態をつき、拳《こぶし》を固めて窓ガラスをたたき割った。ガラスの割れる音にも、たちまち手から噴き出した血にも、頓着しなかった。これで窓には侵入できるだけの穴ができた。そして、メアリーがまだ事態を呑み込めずにいるうちに、ジェムは部屋に這い込み、気がつくとすぐそばにいた。彼はメアリーを抱きあげてベッドまで運び、その上に下ろした。それから、暗闇のなか手さぐりでロウソクをさがし、ようやくそれが見つかると、火を灯して、こちらにもどってきた。ベッドの横にひざまずいて、彼はメアリーの顔を明かりで照らした。その指が痣をたどって彼女の首すじを下りていく。彼女が痛みに身をすくめると、彼はハッと息をのんだ。そしてふたたび、彼が悪態をつくのが聞こえた。「俺がいたら、こんなことはさせなかったのにな」彼は言った。それから明かりを吹き消して、ベッドにすわり、彼女の手を取った。彼はその手をしばらくぎゅっと握ってから、彼女の膝にもどした。

「それにしても、なんだってやつらと一緒に行ったりしたんだよ?」彼は訊ねた。

「みんな、酔っ払っておかしくなってたの。自分たちが何をしているのかもわかってなかったと思うわ。連中にしてみりゃわたしなんて子供みたいなもので、とてもかなわなかった。総勢十人以上。叔父は……連中を指揮してたのは、あの人よ。それと、物売りね。もうあのことを知ってるなら、なぜわたしに訊くの? 思い出させないでよ。わたしは思い出したくない」

「どれだけ痛めつけられたんだ?」

「打撲傷に引っ掻き傷——自分で見ればいいわ。逃げようとして、そのとき脇もすりむいた。もちろん、またつかまったけれど。海岸で手足を縛られ、叫べないように粗麻布の猿轡《さるぐつわ》を嚙まされたのよ。船が霧のなかから出てくるのが見えたのに、わたしにはなんにもできなかった。わたしはそこでひとりで、雨と風に打たれていた。あの人たちが死ぬのをただ見てなきゃならなかったの」

声が震え、言葉が途切れた。メアリーは横を向いて、両手で顔を覆った。ジェムは彼女をなぐさめようとはしなかった。彼は隣で無言のままベッドにすわっており、メアリーには彼が秘密に包まれた遠い存在のように思えた。

これまでにも増して彼女は孤独だった。

「あんたをいちばん痛めつけたのは、兄貴なのか?」まもなくジェムが言った。

メアリーはうんざりしてため息をついた。もう全部起きてしまったことなのだ。今更どうでもいいではないか。

「さっき言ったでしょう。叔父は酔ってたの」彼女は言った。「そういうときのあの人がどうなるか、あなたも知っているはずよ——たぶんわたし以上に」

「ああ、知ってるとも」ジェムはしばらく間《ま》を置いて、それからふたたび彼女の手を取った。

「あいつには死んでもらうよ」彼は言った。

「あの人が死んだって、あの人が殺した人たちは帰ってこないわ」

「俺がいま考えてるのは、そんなやつらのことじゃないんだ」

「わたしのことを考えてるってなら、どうぞおかまいなく。わたしは自分のやりかたで仕返しするから。とにかくひとつだけは学んだの――他人をあてにしちゃいけないって」

「いくら度胸があったって、女なんて弱いもんだぜ、メアリー。あんたはもう手を引いたほうがいい。全部、俺に任せときな」

メアリーは答えなかった。彼女の計画は彼女だけのものであり、ジェムを入り込ませる余地はない。

「あんたはどうする気なんだ？」彼は訊ねた。

「まだ決めていないの」メアリーは嘘をついた。

「やつが明日の夜ここを出るなら、選択肢はあんまりないよな」彼は言った。

「あの人はわたしが一緒に行くものと思ってるのよ。それにペイシェンス叔母さんも」

「で、そうするのか？」

「明日の成り行き次第かしら」

ジェムに対する気持ちがどうであれ、彼女には自分の計画を彼に打ち明ける気などなかった。彼はいまも未知数であり、他の点はともかく、法の敵であることにまちがいはないのだ。そのとき、ある考えが頭に浮かんだ。叔父を裏切ることで、自分はジェムをも裏切ることになるのかもしれない。

「ひとつあなたにお願いがあるんだけど。あなたはなんて答えるかしらね」メアリーは言った。

するとはじめてジェムが、ランソンのときと同じに鷹揚に、からかうようにほほえんだ。この変化に勇気づけられ、メアリーの心は彼に向かって舞い上がった。

「どんなたのみかわからんことにはな」ジェムは言った。

「あなたにここを離れてほしいの」

「もう帰るところだよ」

「そうじゃなくて。この原野《ムーア》から、ジャマイカ館から、離れてほしいの。もう二度とここにはもどらないと言ってちょうだい。わたしはひとりであなたのお兄さんと闘える。あの人はもうわたしには何もできないわ。だから明日はここに来ないで。お願いだから、よそに行くと約束してちょうだい」

「あんたはいったい何を企んでるんだ？」

「あなたには直接関係ないこと。でも、あなたの身にも危険が及ぶかもしれない。わたしに言えるのは、ここまでよ。あとはわたしを信じてもらうしかない」

「信じろだと？　もちろん俺は、あんたを信じてるさ。信じてないのはそっちだろ、この馬鹿なあまっちょめ」彼は静かに笑うと、身をかがめて両腕をメアリーに回した。それから、ランソンでしたように彼女にキスしたが、今回、そのキスはわざとらしく、憤慨といらだちがこめられていた。

「それじゃひとりで自分の勝負をするんだな。こっちはこっちの勝負をさせてもらうよ」彼は言った。「男のまねをしなきゃ気がすまないってなら、俺にゃ止めようがない。だが、俺がキスしたその顔、またキスするつもりのその顔のために、危ないまねはしないでくれよ。あんたも死にたかないだろう？　さて、もう行かんとな。一時間もすりゃ夜が明ける。それで、俺たちの計画が両方とも頓挫した場合は？　あんたはこれっきり俺に会えなくてもいいのかい？　ああ、もちろん、あんたは平気なんだよな」

「そんなこと言ってないでしょう。あなたはわかってないのよ」

「女の頭の働きは男とはちがうからな。女は別の道を行く。だから俺は女が好きじゃないのさ。やつらは面倒と混乱を引き起こすから。あんたをランソンに連れてくのは実に楽しかったがね、メアリー、今回みたいな生死にかかわる局面じゃ、あんたには百マイル彼方にいてほしいって思わずにはいられんよ。でなきゃ、どこか自分にふさわしい小綺麗《こぎれい》な居間で、針仕事でもしながら行儀よくすわっててくれたらってな」

「そんな生活、わたしはしたことがないし、この先もしないでしょうよ」

「なんでだよ？　あんたもいずれは、お百姓か小さな店の主《あるじ》の嫁さんになって、いい暮らしをするんだぜ。ご近所さんに囲まれてさ。その連中には、以前、ジャマイカ館で暮らしてて、馬泥棒に口説かれたなんて言うなよな。きっとつまはじきにされちまうからな。じゃあ、さよなら。幸運を祈るよ」

ジェムはベッドから立ちあがって、窓へと向かった。自分が割ったガラスの穴から外に這い出ると、彼は片手で毛布につかまり、ポーチの屋根から脚をぶらぶらさせて地面に降り立った。

メアリーは窓辺で彼を見送り、無意識に別れの手を振ったが、ジェムのほうは振り返らずに向きを変え、影のように庭をするする移動して、そのまま姿を消した。メアリーはゆっくりと毛布を引きあげ、もとどおりベッドの上に置いた。まもなく朝になる。いまからまた眠る気はなかった。

メアリーはベッドにすわってドアの鍵が開くのを待ちながら、来る《きた》夜のために計画を練った。その長い一日のあいだ、彼女は疑われてはならないのだ。おとなしく、いやむしろ、ぼんやりと、ついに感情が死んでしまったかのように、振る舞わねばならないだろう。彼女は宿の主《あるじ》とペイシェンス叔母との旅を承諾するつもりだった。

それからあとになって、何か（たとえば、疲れたからなどと）口実を設け、夜の苛酷な旅の前に部屋で休みたいと言う。そのあとが正念場だ。彼女はこっそりと気づかれぬようジャマイカ館を出て、オルタナンまで野兎《のうさぎ》のように走っていかねばならない。今回はフランシス・デイヴィもわかってくれるだろう。そこから先は時間との闘いだ。牧師はそれを考慮して動かねばならない。彼女のほうは、牧師の許しを得て宿にもどる。自分の不在は気づかれていないものと信じるしかない。これは博打なのだ。もし宿の主《あるじ》が部屋に来て、出かけたことがばれたなら、彼女はあっさり殺される。それは覚悟しておかなくては。そのときはどんな言い訳も通るまい。だがもしあの男が、彼女はずっと眠っていたものと思うなら、勝負はさらにつづくだろう。彼らは旅の支度をする。馬車に乗り込み、街道に出る段階まで行くかもしれない。彼女の責任はそこで終わる。彼らの運命を握るのは、オルタナンの牧師なのだ。彼女にはその先のことは考えられなかったし、先を知りたいという強い気持ちもなかった。

だからメアリーは一日の始まりを待った。そしていざそれが始まると、その長い時間は彼女の前に果てしなくのびていた。一分一分が一時間であり、一時間は永遠のひとかけらだった。家内の空気は明らかに張りつめていた。沈黙のなか、すさんだ気分で、彼らは夜を待った。日のあるうちは、ほとんど何もできなかった。いつ邪魔が入るかしれないからだ。ペイシェンス叔母は、廊下や階段に絶えずぱたぱた足音を響かせながら、台所と自室のあいだをうろうろし、たよりなく不器用に旅の支度をしていた。彼女は手もとにまだあるわずかばかりの衣類をまとめては、入れ忘れた衣装の記憶にさまよう心を揺さぶられ、再度包みを開いていた。また、台所をあてもなく歩き回って、戸棚を開けたり引き出しをのぞいたりし、どれを持っていき、どれを置いていくか決めかねて、鍋や釜を落ち着きなくいじくるのだった。メアリーは精一杯、叔母を手伝ったが、結局、無益なことだと思うと、どうも身が入らなかった。叔母は知らないが、彼女にはこの作業がすべて無駄になることがわかっているのだ。

ときどき先のことを考えてしまい、彼女は不安に襲われた。ペイシェンス叔母はどんな反応を見せるだろう？　夫を奪い去られるときは、どんな顔をするだろうか？　あの人は子供みたいなものだから、子供みたいに面倒を見てやらねばならない。またしても叔母が台所からぱたぱた出てきて、二階の自室に向かい、階段をのぼっていった。まもなく叔母が箱を床に引きずり出す音、行きつもどりつする音が聞こえてくるだろう。叔母は燭台《しょくだい》を一本、肩掛けにくるみ、それを欠けたティーポットや色のさめたモスリンの縁なし帽と並べて箱に入れ、結局、またその荷を開けて、もっと古い宝物とそれらを交換するのだ。

ジョス・マーリンは不機嫌そうに妻を眺めており、彼女が床に物を落としたり、何かにつまずいたりするたびに罵声《ばせい》を浴びせた。彼の気分は夜のあいだにまた変わっていた。台所での寝ずの番でその機嫌がよくなるということはなかった。待っていた訪問者が現れず、夜間何事もなかったことが、それまで以上に彼をそわつかせているようだった。ときおりぶつぶつ何かつぶやき、こっそり近づく者がないか窓をのぞいて確かめながら、神経を尖らせ、上の空で、彼は家のなかをうろついた。その緊張は彼の妻とメアリーにも伝染した。ペイシェンス叔母は不安そうに彼を見つめる。そして、自分も窓に目を向けて、口を動かし、エプロンをさかんにひねくりながら、耳をすませるのだった。

物売りが閉じ込められたあの部屋からは、なんの物音もしなかった。また、宿の主《あるじ》もその部屋には行かず、彼の名を口にすることもなかった。そしてこの静寂はそれ自体不気味であり、不可解で不自然だった。仮に物売りが大声で悪態をつき、ドアをドンドンたたいていたら、そのほうがあの男らしく思えただろう。ところが彼は音ひとつ立てず、じっと動かず、ただそこにいるのだ。あの男を忌み嫌いながらも、彼が死んでいる可能性を思い、メアリーは戦慄した。

昼食は、三人そろって台所でテーブルを囲み、無言でこそこそと食べた。いつもは雄牛並みに食欲旺盛な宿の主《あるじ》も、不機嫌そうにテーブルを指で連打するばかりで、自分の皿の冷肉にはまったく手をつけなかった。一度、メアリーは視線を上げ、彼がもじゃもじゃの眉の下からじっと自分を見ているのに気づいた。疑われているのではないか。この男はこちらの計画を知っているのではないか――そう思うと、激しい恐怖が心を駆けめぐった。前夜の彼の上機嫌を彼女はあてにしていたのだ。その機嫌に調子を合わせ、必要とあらば、冗談には冗談を返し、彼の意向には一切逆らわないつもりだった。ところが彼は憂鬱《ゆううつ》に包まれ、むっつりとすわっている。こういう気分の彼は以前にも見たことがあり、いまではその危険性もわかっていた。ついに彼女は度胸を決めて、何時にジャマイカ館を出るつもりなのか、彼に訊ねた。

「俺の用意ができたらだ」彼はそっけなく答え、それ以上は何も言わなかった。

それでもメアリーはつづけることを自らに課した。そして食後のかたづけを手伝ったあと、欺瞞《ぎまん》に欺瞞を重ね、旅に備えて食糧を籠に詰めましょう、と叔母に提案してから、彼女は叔父のほうを見て、もう一度、話しかけた。

「今夜、出発するなら、ペイシェンス叔母さんとわたしは、元気に旅立てるように、午後一杯、休んでおくべきじゃないでしょうか？　今夜はみんな眠れないでしょうし。ペイシェンス叔母さんは明けがたからずっと立ちっぱなしですもの。そう言えば、わたしも同じだわ。ここで夜が更けるのを待っていたって、何もいいことはないでしょう」なるべくさりげない口調をと心がけたものの、怖くてたまらず、胸が締め付けられるようだった。答えを待つあいだ、彼女には叔父の目を見ることができなかった。彼はしばらく考えていた。不安を和らげるために、彼女は戸棚のほうを向き、何かさがすふりをした。

「そうしたけりゃ休むがいいさ」ついに叔父は言った。「ふたりともあとで働いてもらわにゃならんからな。今夜は眠れねえってのは、確かにそのとおりだ。じゃあ、行きな。しばらくおまえらが消えててくれりゃ、こっちとしてもありがたい」

第一段階が終了した。急いで台所をあとにすれば怪しまれるのではないかと思い、メアリーはしばらくそのまま戸棚の前でさがしもののふりをつづけた。操り人形のようにいつも人の言いなりの叔母は、そのときが来ると、メアリーのあとからおとなしく階段をのぼってきて、従順な子供よろしく廊下の先の自室へと向かった。

ポーチの上の小さな部屋に入ると、メアリーはドアを閉めて鍵をかけた。冒険を前に鼓動は速くなっていたが、興奮と恐怖のいずれが勝《まさ》っているのか、自分でもわからなかった。街道を行けば、オルタナンまでは四マイルほど。その距離は彼女の足で一時間だ。暗くなりだす四時ごろにジャマイカ館を出れば、六時過ぎにはもどってこられる。宿の主《あるじ》が七時前に彼女を起こしに来ることはあるまい。となると、猶予は三時間。彼女はそのあいだに自分の役目を果たせばいい。抜け出す方法はすでに決めていた。ジェムが今朝やった要領で、ポーチの屋根に這い出ていき、下に飛びおりるのだ。どうということはない。かすり傷をひとつ負い、一瞬ひやりとする程度。それで脱出はかなうだろう。とにかく、下の廊下で叔父に出くわす危険を冒すよりは、こうするほうが気が楽だ。玄関の重たいドアは開けるとき必ずきしむし、バーから出ていくとなると台所の開いたドアの前を通ることになる。

彼女はいちばん暖かな服を着た。それから、熱を帯びた震える手で、古いショールをしっかりと肩に巻きつけた。何よりもいらだたしいのは、ここでしばらく待たねばならないことだった。いったん街道に出てしまえば、歩く目的が勇気を与え、四肢の動きそれ自体が刺激となってくれるはずだ。

彼女は窓辺にすわって、がらんとした前庭と通る者のない街道を眺めながら、階下のホールの振り子時計が四時を打つのを待った。ついに鐘が鳴ったとき、それは警報さながらに静寂《しじま》に響き渡り、彼女の神経を殴りつけた。ドアを開け、彼女はしばらく耳をすませた。鐘の音を追うように足音が聞こえてくる。それに、何かがさらさらいう音も。

もちろんそれは気のせいだった。動くものは何もない。時計はつぎの時刻に向かってチクタクと進んでいる。いまは一秒一秒が貴重だ。ぐずぐずしてはいられない。彼女はドアを閉めて、もう一度鍵をかけ、窓のところへ行った。ジェムがしたように、窓の桟《さん》に手をついて、ガラスの穴から外に這い出すと、しばらくはポーチの屋根にまたがったまま、下の地面を見おろしていた。

いざそこに出てみると、地面は思っていたより遠く思えた。それに、彼女には落下の勢いを緩和する毛布もない。ジェムがやったようにぶら下がることはできないのだ。ポーチの屋根の瓦《かわら》はすべりやすく、足も手もかけられなかった。安全な窓の桟が突如、愛おしく馴染み深いものに思えた。彼女は必死でそこにしがみつきながら、体の向きを変えた。それからぎゅっと目を閉じて、手を離した。即座に足が地面に着いた——予想していたとおり、なんということはなかった。ただ、手と腕を瓦ですりむいてしまい、そのせいでまたしても、この前の転落、海端の谷間の道で馬車から落ちたときの記憶がまざまざとよみがえってきた。

彼女はジャマイカ館を見あげた。窓はすべて閉ざされ、迫りくる夕闇のなかに立つその姿は禍々《まがまが》しく陰鬱《いんうつ》だった。彼女はこの家が見てきた数々の惨事のことを思った。祝いの宴や暖炉の明かりや人々の笑いの古い思い出とともに、いまその壁に埋め込まれているいくつもの秘密のことを。死者の家に本能的に背を向ける者のように、彼女はジャマイカ館に背を向けて街道に出た。

その夕べはよく晴れており、それがせめてもの幸いだった。メアリーは前方にのびる長く白い道に目を据え、目的地をめざして大股で進んでいった。歩いているうちに黄昏《たそがれ》が訪れ、左右に広がる原野を闇で染めていった。左手の彼方で、最初は霧に覆われていた高い岩山の一群が暗闇に取り込まれていく。あたりはしんと静まり返っていた。風はまったくない。しばらくすれば、月が出るだろう。叔父は自身の計画を照らすこの自然の力を計算に入れていたのだろうか？ メアリーにしてみれば月はどうでもよかった。今夜の彼女は原野など少しも恐れてはいない。それは問題ではないのだ。いま大事なのは街道だ。歩く者もなく、誰の目にも留まらぬとき、原野はその意味を失う。それは彼方に、遠く離れて、ぼんやりと見えるばかりだった。ついに〈五つ辻〉に至った。道はそこで枝分かれしている。メアリーは左に折れ、オルタナンの丘の急な坂を下っていった。煙突の煙のなつかしいにおいが漂うなか、コテージの瞬《また》く灯火をつぎつぎ通り過ぎていくと、身内で興奮が高まった。ここには、長いこと彼女から奪われていた、人々の暮らしの音がある。犬の吠える声、木々のざわめき、井戸から水を汲むときのガチャガチャというバケツの音。あちこちに開け放たれたドアがあり、なかから声が聞こえてくる。生垣の向こうで、鶏がコッコと鳴いている。どこかで女が甲高い声で子供を呼び、子供が大声で答えた。荷馬車が一台、メアリーを追い越していく。夕闇の奥へガタゴトと向かいながら、御者台の男が、こんばんは、と声をかけた。ここには、のどかな日常、静穏と平和がある。彼女がよく知り、理解している昔ながらの村のにおいがすべて。彼女はそれらを通り過ぎ、教会の隣の牧師館に至った。ここには明かりはなかった。家は闇に包まれ、森閑《しんかん》としている。木々は家の間近に迫っており、それを見ると、この家は過去を生きているのだ、現在のことなど何も知らず、いまは眠っているのだ、という第一印象が鮮やかによみがえってきた。彼女はドアをたたき、その音が空っぽの家にこだまするのを聞いた。窓をのぞきこんでみたが、目に映るのは、希望をくじく静かな闇ばかりだった。

それから自分の愚かさを呪い、彼女は教会のほうへ引き返した。もちろん、フランシス・デイヴィはそこにいるのだ。きょうは日曜なのだから。どうしたものか決めかねて、彼女はちょっとためらった。するとそのとき門が開いて、女がひとり、花を携え、道に出てきた。よそ者だと気づき、女はメアリーをじっと見つめた。それから、ごきげんようと言い、そのまま行ってしまいかけたが、メアリーは向きを変えて女を追った。

「すみません」彼女は言った。「いま、教会から出ていらっしゃいましたわね。デイヴィ牧師がこちらにおいでかどうか、教えていただけないでしょうか」

「あのかたはおられませんよ」女は言った。それから少し間を置いて――「牧師様に会いたいんですか？」

「ええ、大至急」メアリーは言った。「おうちに行ってみましたが、どなたもお出にならないんです。力になっていただけませんか？」

女は好奇の眼《まなこ》で彼女を見つめ、それから首を振った。

「お気の毒ですけど、牧師様はお留守です。きょうは、何マイルも離れた別の教区にお説教に行かれたので。今夜はオルタナンにはおもどりになりません」

# 14

メアリーは信じられずにまじまじと女を見つめた。「お留守？」オウム返しに言った。「でもそんなはずありませんわ。何かのまちがいじゃありません？」

うまくいくものと強く思い込んでいたため、自分の計画を突如見舞ったこの決定的な打撃を、メアリーは本能的に拒絶していた。女は不愉快そうだった。彼女にしてみれば、このよそ者に自分の言葉を疑われる筋合いはないのだ。「牧師様はきのうの午後、オルタナンをお発ちになりました」女は言った。「夕食後に馬車で出発なさったんです。まちがいありませんよ。わたしはあのかたの家政婦ですから」

メアリーの失望が多少なりとも伝わったにちがいない。女は気持ちを和らげ、優しい口調になった。「もし何か、牧師様がおもどりになったとき伝えてほしいことがおありなら――」女はそう言いかけたが、メアリーは意気阻喪《そそう》して首を振った。新たに知った事実により、彼女の熱意と勇気は一瞬にして消えていた。

「それじゃ遅すぎると思います」絶望のうちに彼女は言った。「これは生死にかかわる問題なんです。デイヴィ様がいないとなると、誰をたよればいいのか――いったいどうしたらいいんでしょうね」

ふたたび女の目が好奇心にきらめいた。「どなたかご病気になったのかしら?」彼女は訊ねた。「それでお役に立てるなら、村のお医者様のお宅を教えてあげますけど。今夜はどちらからいらしたんです?」

メアリーは答えなかった。この窮状をどう脱したものか、彼女は必死で考えていた。いったんオルタナンに来てしまってから、人の手を借りずにジャマイカ館に帰ることは不可能だ。村の人々はあてにできないし、そもそも彼らがこちらの話を信じるとは思えない。誰か権威のある人――ジョス・マーリンやジャマイカ館のことをよく知っている人を見つけなくては。

「いちばん近くにお住まいの治安判事は、どなたでしょう?」ついに彼女は言った。

女は眉を寄せて考え込んだ。「このオルタナンの近くには、治安判事などいませんよ」女はあやふやに言った。「いちばん近いのはノースヒルのバサット様でしょうし、あそこまではここから四マイルはあるはずです――四マイル前後。確かなところはわかりませんけど。わたしは行ったことがないのでね。まさか今夜、あそこまで歩いていく気じゃないでしょう?」

「行かなきゃならないんです」メアリーは言った。「他に方法がありませんから。それに、一刻もぐずぐずしてはいられませんし。わけのわからないことばかり言って、ごめんなさい。でも、いま大変なことが起こっていて、わたしにはこちらの牧師様か治安判事以外たよれる人がいないんです。どうか教えてください。ノースヒルまでの道は、わかりにくいんでしょうか?」

「いいえ、とっても簡単ですよ。ランソンに向かう街道ぞいに二マイル行ったら、右に折れて門のある道に入ればいいんです。でも、あなたみたいな若い娘さんが日が暮れてからあの道を行くのはどうなのかしらね。わたしなら絶対に行きませんよ。原野にはときどき荒っぽい連中がいるし、その手の輩《やから》は信用できませんからね。近ごろじゃわたしたち村の者は家を出ないようにしているんです。街道すじでも、強盗が出るんですから。暴力沙汰もありますしね」

「ご心配いただいて、ありがとう。本当にご親切に」メアリーは言った。「でも、わたしは生まれたときからずっと淋しいところで暮らしてきたので。ちっとも怖くはありませんわ」

「それではお好きになさいな」女は言った。「本当はここで牧師様のお帰りを待つのがいちばんなんですけどねえ」

「そうはいかないんです」メアリーは言った。「でも牧師様がお帰りになったら、お伝えいただけませんか……いえ、待って。紙とペンをお持ちでしたら、わたしが自分で事情を説明する手紙を書きます。そのほうがいいでしょう」

「では、わたしのコテージにいらっしゃい。そこなら、いくらでも手紙をお書きになれますよ。あとでわたしが牧師様のお宅に行って、テーブルに置いておきますから。あのかたがお帰りになったら、すぐにごらんになるように」

　メアリーは女のコテージまでついていき、女が台所でペンをさがすあいだ、いらいらしながら待った。時間はどんどん過ぎていく。さらにノースヒルまで行かねばならないことで、計算はすっかり狂ってしまった。

　バサット氏に会ったあと、ジャマイカ館に帰れる見込みはまずない。そして彼女の不在はほぼまちがいなく発覚する。叔父は危険を察知し、予定より早く出発するだろう。その場合、彼女の努力は水泡に帰すのだ……女が紙と鵞ペンを持ってもどってきた。メアリーは言葉を選ぶ余裕もなく、必死でペンを走らせた。

「お力を借りるつもりでこちらに参りましたが、牧師様はお留守でした。クリスマス・イヴにこの沿岸で起きたあの忌まわしい難破については、もうお聞き及びでしょう。この地方の誰もが耳にしているでしょうから。あれはわたしの叔父の仕業です。叔父とジャマイカ館の叔父の一味がやったのです。牧師様もすでに気づいておいでかと思います。叔父は遠からず自分に疑いがかかることを承知しており、今夜、宿を発って、テイマー川を渡り、デヴォン州に入ろうとしています。牧師様がお留守なので、わたしはいまから大急ぎでノースヒルのバサット様のところに行き、何もかもあのかたにお話しします。逃亡の計画についてもお知らせし、手遅れになる前にジャマイカ館に追っ手を差し向けて叔父を捕らえていただくつもりです。この手紙は、牧師様の家政婦さんに託します。そのかたが、牧師様がおもどり次第ごらんになるよう、目につくところにこれを置いてくださるはずです。では、取り急ぎ、メアリー・イエラン」

メアリーは手紙をたたんでかたわらの女に手渡すと、礼を述べ、夜道など少しも怖くないからと請け合って、ふたたび出発した。今度は、ノースヒルまで四マイル強、歩かねばならない。重い心とみじめな孤独感をかかえ、彼女はオルタナンを出て丘をのぼっていった。

フランシス・デイヴィをあまりに強く信じていたため、彼が自分を救うためにそこにいなかったという事実がいまだに呑み込めなかった。もちろん彼は、メアリーに必要とされていることを知らなかったわけだが。それに、たとえ知っていたとしても、おそらく牧師の予定は、彼女の問題より優先されただろう。何ひとつ達成されないまま、オルタナンの町明かりをあとにするのは、情けなく、悔しかった。いまこの瞬間にも、叔父は彼女の寝室のドアをガンガンたたき、出てこいと呼び立てているかもしれない。彼はしばらく待ってから、ドアを押し破るだろう。そして彼女がいないことに気づき、割れた窓を見て脱出方法を悟るだろう。このことが彼の計画を狂わせるのかどうかは、なんとも言えない。それを知るすべはないのだ。気がかりなのは、ペイシェンス叔母のことだった。主人に束縛され、震えている犬のように、叔母が旅立つことを思うといたたまれず、メアリーは両の拳《こぶし》を握り締め、顎をぐいと突き出して、土の露出した白い道を走りだした。

ついに門に着き、彼女はオルタナンのあの女に言われたとおり、曲がりくねった細い道に入った。道の両側には高い生垣が連なっており、暗い原野は押しのけられて、彼女の目から隠されていた。ヘルフォードの小道がそうだったように、その道もくねくねと蛇行している。殺風景な街道は背後となり、この舞台の激変が彼女の自信をよみがえらせた。バサット一家を（ちょうどトレロウォレンのヴィヴィアン一家のような）理解と同情をもって話を聴いてくれる親切で礼儀正しい人々として思い描くことで、メアリーは自らを励ました。彼女はまだ判事様のいちばんいい面を見たことがない。この前ジャマイカ館を訪れたとき、彼はすこぶる不機嫌だったのだ。いまになって彼女は、彼をだますのにひと役買ったことを悔やんだ。彼の奥方はと言えば、あの人はもうランソンの市場で馬泥棒に一杯食わされたことに気づいているにちがいない。ポニーがその正当な持ち主に再度売られたとき、ジェムと並んで立っていなかったのは、メアリーにとって幸いだった。彼女はさらにバサット一家をめぐる空想をつづけたが、あの小さな事件のことはそのさなかにも頭に浮かんできた。心の奥底で、来《きた》る尋問を思い、彼女は怯えていた。

地形がふたたび変化し、周囲の土地が隆起して樹木の生い茂る暗い丘となった。前方のどこかで、小川が石を乗り越え、カラコロと流れている。荒れ地はもうどこにもない。いまでは彼方の木立のてっぺんに月が顔を出しており、メアリーは自信をもって歩いていた。月光が煌々《こうこう》と小道を照らし、下の谷間へと彼女を導いていく。木々が親しげに押し寄せてきた。やがて彼女は番小屋の門に至った。それは私道の入口で、前方の小道はそのまま村へとつづいていた。

あの村がノースヒルにちがいない。そして、これが治安判事のお屋敷なのだ。メアリーは家へとつづく並木道を進んでいった。どこか遠くで、教会の鐘が七時を告げた。ジャマイカ館を出てもう三時間になるのだ。カーブを曲がって家に近づくと、不安がよみがえってきた。暗闇のなかで、その邸宅は大きく厳めしくそびえ立っている。月もまだそれを照らすほどには高く昇っていない。メアリーが大きな鐘のひもを揺すると、その音にただちに反応し、猟犬たちが激しく吠えだした。彼女は待った。ほどなくなかから足音が聞こえてきて、召使の男の手でドアが開かれた。ドアのほうに鼻を突き出し、メアリーの足のにおいを嗅ぐ犬たちを、その男が叱りつける。彼女は自分の古い服やショールを意識し、引け目を覚えた。男は彼女が話しだすのを待っていた。「火急の用件で、バサット様にお目にかかりたいんですが」彼女は言った。「バサット様はわたしの名前をご存知ないでしょう。でもほんの何分か会っていただければ、事情をご説明いたします。本当にとっても重要なお話なんです。そうでなければ、こんな時間に、それも日曜の夜に、バサット様を煩わせたりしませんわ」

「バサット様は今朝、ランソンに行かれました」男は答えた。「急に呼び出されてお出かけになり、まだおもどりにならないのです」

今回ばかりはメアリーも自制しきれず、思わず絶望の声を漏らした。

「せっかくここまで来たのに」そうして嘆くことで判事を呼び出せるかのように、彼女は心情を吐露した。「一時間以内にバサット様に会えないと、大変なことになるんです。極悪非道の犯罪者が法の手を逃れてしまうんですよ。ぽかんとわたしを見てらっしゃるけど、これはほんとの話ですから。ああ、誰かたよれる人がいればいいのに……」

「バサットの奥様はご在宅ですよ」好奇心を刺激され、男は言った。「もしあなたのご用件に本当におっしゃるほどの緊急性があるのなら、たぶん奥様が会ってくださるでしょう。こちらへどうぞ。図書室にご案内します。犬たちのことはご心配なく。あなたに危害を加えたりはしませんから」

メアリーは夢のなかにいる心持ちでホールを歩いていった。わかっているのは、またしても計画が狂い、唯一のチャンスが失われたこと、そして、いまや自分は無力であり、人にたよるしかないということだった。

暖炉があかあかと燃える広い図書室は、メアリーには現実離れして見えた。暗闇に慣らされていた彼女は、光の洪水に迎えられ、パチパチと目を瞬《しばたた》いた。女がひとり、暖炉の前の椅子にすわって、ふたりの子供に本を読んで聞かせている。メアリーにはすぐにそれがランソンの市場で見たあの上流婦人であることがわかった。メアリーが部屋に通されると、女は驚いて顔を上げた。

召使が興奮ぎみに説明を始めた。「こちらの娘さんは旦那様に大変重要なお話がおありなのだそうです」彼は言った。「奥様にじかに会っていただくのがいちばんかと思いまして」

バサット夫人はすぐさま立ちあがり、その膝から本がすべり落ちた。

「まさか馬たちのことじゃないでしょうね?」夫人は言った。「ソロモンがずっと咳をしているとリチャーズが言っていたけれど。それに、ダイヤモンドはちっとも食べないというし。厩《うまや》番《ばん》の助手があれじゃ何が起きてもおかしくはないわ」

メアリーは首を振った。「奥様のおうちにはなんの問題もありませんわ」彼女は重々しく言った。「わたしがお知らせしたいのは、そういう種類の事柄ではないんです。できましたら、内密にお話ししたいんですが……」

バサット夫人は自分の馬たちが無事とわかって安堵したようだった。夫人が子供たちに早口で何か言うと、子供たちは召使のあとにつづいて部屋から駆け出ていった。

「私にできることがあれば、どうぞなんでもおっしゃって」夫人はしとやかに言った。「あなたはお顔の色がよくないし、疲れておいでのようだわ。おかけになりません?」

メアリーはいらだって首を振った。「ありがとうございます。でもそんなことより、バサット様がいつお帰りになるか、教えていただけませんか」

「それはわかりませんわ」夫人は言った。「主人は今朝、急に出かけることになったのです。実は、私もとても心配しているんですよ。あの恐ろしい宿の主《あるじ》がもしも抵抗したら――きっとするにちがいないのですけれど――主人は負傷するかもしれませんもの。たとえ兵士たちがいてもです」

「それはどういうことでしょう?」メアリーは急いで訊ねた。

「主人はとても危険な任務のために出かけましたの。あなたのお顔を見るのは、私、初めてです。きっとノースヒルのかたではないのでしょうね。この町の住民なら、ボドミンへの街道で宿を営むあのマーリンという男の噂を聞いたことがあるはずですもの。主人は、その男が恐ろしい犯罪に手を染めているものとにらんでいました。ただ、これまでは充分な証拠がなかったのです。そしてこの朝やっと、それがつかめたのですわ。応援を集めるために、主人はただちにランソンに向かいました。出かける前に話してくれたのですけれど、今夜、宿を包囲して、住人たちを捕らえるつもりのようですよ。もちろん、きちんと武装していくでしょうし、大勢連れていくわけですけれど、主人が無事にもどるまでは、私も気が休まりません」

メアリーの表情の何かが警鐘を鳴らしたにちがいない、夫人は急に色を失い、暖炉のほうにあとじさって、壁に下がった呼び鈴の太いひもに手をやった。「あなたが主人の言っていた娘なのね」夫人は早口に言った。「宿にいる娘、主《あるじ》の姪でしょう。そこを動かないで。さもないと、召使たちを呼びますよ。そう、あなたはその娘だわ。主人が話してくれたから、わかります。いったい私になんの用なの？」

メアリーは手を差し伸べた。その顔は暖炉の前の女に劣らず青ざめていた。

「奥様に危害を加える気はありません」彼女は言った。「どうか呼び鈴を鳴らさないで。事情を説明させてください。ええ、わたしはジャマイカ館の娘です」バサット夫人はメアリーを信用じなかった。不安げな目でじっと彼女を見つめており、手も呼び鈴のひもにかけられたままだった。

「ここにはお金はありませんよ」夫人は言った。「私には何もしてあげられません。叔父君の命乞いにノースヒルに来たのなら、もう遅すぎます」

「奥様は誤解なさっています」メアリーは静かに言った。「そもそもジャマイカ館の主《あるじ》は親戚とはいえ、わたしとのあいだに血のつながりはないんです。なぜわたしがあの家で暮らしているかは、いまはどうでもいいことです。話せば長くなるでしょうし。とにかくわたしは、奥様よりもこの地方の他の誰よりも、あの男を恐れ、嫌っていますし、それにはちゃんと理由があるんです。わたしがここに来たのは、今夜、あの男が宿を発つつもりだということ、逃亡して裁きを逃れようとしていることをバサット様にお知らせするためです。わたしはあの男の犯行の確たる証拠を握っています。そして、バサット様はそうした証拠をお持ちじゃないと思っていたんです。奥様のお話だと、バサット様はすでにお発ちになっていて、おそらくはいまこの瞬間、ジャマイカ館にいらっしゃるわけですね。だとすれば、わたしがここに来たのは、時間の無駄だったんですわ」

言い終えると、彼女はすわって両手を膝に置き、ぼんやりと暖炉を見つめた。知恵も力も尽きてしまい、この瞬間は前を向くことができなかった。疲れた心が告げるのは、その夜の彼女の努力になんの意味もなかったということばかりだ。ジャマイカ館の寝室を抜け出す必要などなかった。バサット氏はどのみち宿に来ていたのだ。そして、こそこそと余計なまねをすることで、彼女はとんでもない事態を招いてしまった。これこそ何より避けたいことだったというのに。彼女は長く家を空けすぎている。叔父はすでに何が起きたかを察知し、十中八九、逃げ出しただろう。バサット判事とその配下は、もぬけの殻のジャマイカ館に乗り込むことになるのだ。

メアリーはふたたびこの家の女主人を見あげた。「ここに来るなんて、本当に分別のないことでした」打ちひしがれて、彼女は言った。「いい考えだと思ったんです。なのに結局、馬鹿を見ただけ。他のかたがたに馬鹿を見させただけでしたわ。わたしの部屋が空っぽなのに気づけば、叔父は即座に裏切られたと悟るでしょう。きっとバサット様が到着なさる前に、ジャマイカ館を発ってしまいます」

判事夫人は呼び鈴のひもから手を離し、メアリーに歩み寄った。

「あなたのお話には誠意が感じられるし、お顔だって正直そうだわ」夫人は優しく言った。「ごめんなさい。最初は判断を誤ってしまったようです。でもジャマイカ館の評判はひどいものですからね。いきなりあの宿の主《あるじ》の姪が目の前に現れたら、誰しも同じ過ちを犯すんじゃないかしら。あなたはずっと恐ろしい立場に置かれていらしたのね。それに、今夜ここに来てくださったのは、本当に勇敢なことだと思いますよ。主人に急を知らせるために、あの淋しい道を何マイルも歩いていらしたなんてねえ。私なら恐ろしさのあまりおかしくなっていたでしょう。問題はね――いまあなたが私に何をしてほしいかです。私は喜んでお力になるつもりですよ。あなたがいちばんよいとお思いになるかたちでね」

「わたしたちにできることは何もありませんわ」首を振って、メアリーは言った。「わたしはバサット様のお帰りをここで待たなければいけないんでしょう。わたしがすべてをぶち壊したことを知れば、あのかたはいい顔をなさらないでしょうけれど。でもわたしは非難されるだけのことをしたわけですし……」

「私が口添えしてさしあげますわ」バサット夫人は言った。「主人がすでに情報を得ていたことなど、あなたは知る由もなかったわけですから。いざというときは、私が即座にあの人をなだめてさしあげます。いまはとにかく、ここに無事に着いたことに感謝なさいな」

「でもバサット様にこんなに急に真相がつかめたのはどうしてなんでしょう？」

「私には見当もつきませんわ。さきほどお話ししたとおり、主人は今朝いきなり呼び出されたのです。私に詳しい説明をする間もなく、馬に飛び乗って行ってしまったのですよ。さあ、ひと休みなさって。しばらくこのいやな問題はお忘れになってはいかが？　きっと何も食べていなくて、お腹もお空きでしょう」夫人はふたたび暖炉に歩み寄った。今回、彼女は呼び鈴のひもを三、四回引いた。不安と苦悩のさなかにありながら、メアリーはこの状況の皮肉さに気づかずにはいられなかった。いま、この家の女主人はメアリーをもてなそうとしている。だがその人は少し前まで、召使たちを呼んで彼女を取り押さえると脅していたのだ。なおかつ、それと同じ召使たちがこれから彼女の食事を運んでくるわけだ。メアリーはまた、ベルベットのマントをまとい、羽根付きの帽子をかぶったこのご婦人が、自分のポニーを高額で買い取った市場での場面を思い起こした。あのペテンはすでにばれているのだろうか？　もしメアリー自身の詐欺への加担が明るみに出れば、バサット夫人もここまで気前よく彼女をもてなす気にはならないだろう。

そうこうするうちに、いかにも興味津々といった顔をして、あの召使が現れ、メアリーの食事を運んでくるよう、女主人に命じられた。犬たちも彼についてきていたが、今回はこのよそ者と仲よくなろうと尻尾を振り振り寄ってきて、メアリーを家族の一員として受け入れ、やわらかな鼻を彼女のてのひらに押しつけた。ノースヒルの領主館に自分がいるという事実にはいまだに現実感がなかった。それに、努力はしてみたものの、メアリーには不安を脇に放り出してくつろぐことができなかった。外の暗闇ではジャマイカ館を前に生と死が組打ちしているというのに、あかあかと燃える暖炉の前にこうしてすわっている権利など自分にはないのだという気がした。彼女は機械的に食べ、体に必要な食べ物を無理やり飲み下した。かたわらでは、バサット夫人があれこれしゃべりつづけている。夫人は絶え間ない世間話こそ不安を和らげる唯一の方法だと思い込み、親切のつもりでそうしているのだが、実はそのおしゃべりは逆に不安を増すばかりだった。メアリーが食事を終え、ふたたび両手を膝に置いてすわり、暖炉を見つめると、バサット夫人は何か気晴らしになるものはないかと知恵を絞り、自分の描いた水彩画のアルバムを持ってきて、お客を楽しませようと一枚一枚ページを繰りはじめた。

炉棚の時計が鋭い音で九時を告げたとき、メアリーの我慢は限界に達した。この長い無為な時間は、危険や労苦より悪い。「ごめんなさい」そう言いながら彼女は立ちあがった。「奥様は本当によくしてくださいました。いくら感謝しても感謝しきれませんわ。でもわたしは心配でたまらないんです。かわいそうな叔母のこと以外、何も考えられません。叔母はまさにいま地獄の苦しみを味わっているかもしれない。ジャマイカ館で何が起きているか、どうしても確かめなくては。そのために必要なら、いまからひとりで歩いてでもあそこに帰ります」

バサット夫人はあわてふためき、アルバムを取り落とした。「もちろんご心配でしょうとも。最初からそれはわかっておりましたよ。だからこそ、お気持ちを紛らわせようとしていたのです。本当に恐ろしいこと。私も主人のことがありますから、あなたに劣らず心配しています。でも、あそこまで歩いて帰るわけにはいきませんよ。いまからおひとりでは、とても無理。きっと着く前に真夜中になってしまいます。それに途中で何があるかわかりませんし。こちらで馬車を用意させましょう。それに、リチャーズをお供に付けますから。あの男は誰よりも信頼できますし、たよりになります。万が一に備え、武器も持たせますわ。もし闘いが起きていたら、丘の麓《ふもと》からそうとわかるでしょう。そのときは決着が着くまで、近づいてはいけませんよ。私もご一緒したいのですが、いまは体の具合があまりよくないので……」

「当然ですわ。いらっしゃるなんていけません」メアリーは急いで言った。「わたしは危険にも夜道にも慣れていますが、奥様はちがいますもの。それに、こんな時間に馬丁を呼び立てて馬の支度をさせるのは、とてもご面倒でしょう。わたしなら大丈夫。もう疲れは取れましたし、歩いていけますから」

しかしバサット夫人はすでに呼び鈴を鳴らしていた。「すぐに馬車を回すよう、リチャーズに伝えてちょうだい」仰天する召使に夫人は言った。「その先のことは、彼が来てから直接、私が指示します。なるべく急ぐように言うのよ」それから夫人は、厚手の頭巾《ずきん》付きマントと分厚い膝掛けと湯たんぽとでメアリーに支度をさせた。そのあいだもずっと、体の具合さえよければ自分も一緒に行くのだけれど、と主張していたが、メアリーとしては夫人が同行しないことが本当にありがたかった。バサット夫人はどう見ても、こんな無茶で危険な冒険に理想的な連れとは言えない。

十五分後、二輪馬車が玄関の前に寄せられた。御者はリチャーズだ。それが以前バサット氏とともにジャマイカ館に来たあの従僕であることに、メアリーはすぐに気づいた。日曜の夜に暖炉の前を離れることへのリチャーズの不満は、彼が自身の使命を知らされるなり掻き消えた。大型のピストルを二丁、ベルトに挿したあと、馬車を襲う者がいたら誰でもかまわず撃つよう命じられると、この男は急にそれまでの彼には無縁だった自信たっぷりの好戦的な態度を見せた。犬たちが一斉に吠え立て、別れの挨拶をするなか、メアリーは彼の隣に乗り込んだ。自分はおそらく無謀で危険な遠征に乗り出したのだ——そう気づいたのは、私道がカーブし、家が見えなくなってからだった。

彼女がジャマイカ館を出てすでに五時間。それだけあれば、何が起きていてもおかしくない。それにたとえ馬車でも、十時半より前に向こうに着くことはまず望めない。計画など立てようがなく、こうなったら出たとこ勝負でいくよりほかなかった。いま高く昇った月のもとで、そよ風に吹かれていると、彼女は勇気が湧き、どんな災難にでも向き合える気がした。こうして現場に赴《おもむ》くことは、たとえ危険であっても、無力な子供のようにただすわってバサット夫人のおしゃべりを聴いているよりましだった。リチャーズという男は武装している。自分も必要とあれば銃を取ろう。リチャーズはもちろん好奇心ではちきれそうだったが、彼女は彼の質問に短く答え、それ以上あれこれ訊かれないよう努めた。

その後、車中はほぼずっと静かだった。聞こえるのは、馬の蹄《ひづめ》がパカパカと路面を打つ規則正しい音ばかりで、そこにときおり、静かな木立からホーホーと鳴くフクロウの声が加わった。生垣の葉擦れの音や田園のざわめきは、馬車がボドミン街道に出たときに後方に退き、いまはふたたび左右に広がる暗い原野が砂漠さながら道路にひたひた打ち寄せていた。リボンのような街道は月光に照らされ、白く輝いている。それはくねくねとのび、歩く者もない裸の丘の襞《ひだ》のなかへと消えていた。今夜は彼ら以外、この道を旅する者はない。クリスマス・イヴにメアリーがここを通ったときは、風が馬車の車輪を激しく揺さぶり、雨が窓を打ち据えていた。いま、空気は冷たく、妙に静かだ。原野もまた月光のもと、穏やかに銀色に横たわっている。黒い岩山はその寝顔を空に向けており、降り注がれる光によって花崗岩《かこうがん》の目鼻は和らぎ、なめらかになっていた。彼らの気分は平和的であり、古い神々は安らかに眠っている。

馬と二輪馬車は、メアリーがひとりで歩いたあの果てしない道を着々と進んでいった。ここまで来れば、道のカーブはひとつひとつ識別できたし、ところどころ原野が道を侵略して、丈の長い草やエニシダのねじれた茎を蔓延《はびこ》らせている様子にも覚えがあった。

この先の谷間には、オルタナンの町明かりが輝いているはずだ。すでに、〈五つ辻〉が手の指のように街道から分岐しているのも見える。

前方にはジャマイカ館までの荒涼たる道がのびていた。静かな夜でさえ、ここでは風がくるくる飛び回っている。さえぎるもののないこの開けた場所では、それは四方八方へと向かう。そして今夜、風は西の彼方の〈ぎざぎざ岩〉から、荒れた草地や流れる小川を越え、途中、沼地のにおいを集めつつ、ナイフのように鋭く冷たくビュービューと吹き寄せていた。のぼりくだりを繰り返し原野を走る街道には、相変わらず人や獣の気配はなく、いくら目と耳を凝らしても、メアリーには何も聞こえなかった。こんな夜にはかすかな音でも増幅されるものだから、リチャーズによれば総勢十数人だというバサット氏の部隊が接近すれば、その音は二マイル以上先からでも、容易に聞き取れるはずだった。

「俺たちより向こうのほうが先に着いてるんじゃないかね」リチャーズが彼女に言った。「行ってみたら、あの宿の主《あるじ》が両手を縛られ、旦那様に悪態をついてたなんてことになるかもな。やつが始末されりゃ、この近隣は大助かりだ。旦那様がお好きなようにやれてりゃ、もういまごろそうなってたんだがね。もっと早く来られなかったのが残念だよ。やつを仕留める場面ってのは、痛快だったろうにな」

「バサット様が行ってみたら小鳥がもう逃げてたとなりゃ、痛快どころじゃないわ」メアリーは悄然と言った。「ジョス・マーリンはこのムーアを自分の手の甲みたいによく知っているの。一時間でも、半時間でも、先に動きだしてりゃ、もうこのへんにはいないでしょうよ」

「うちの旦那様だって、あの宿の主《あるじ》とおんなじで、このへんの育ちなんだよ」リチャーズは言った。「野山が舞台の捕り物となりゃ、俺はいつだって旦那様に賭けるね。あのかたはこの土地で狩りをしてきた。子供のころから五十年近くもだ。キツネが逃げりゃ、どこだろうと判事様も追っかけていく。だが、今度の獲物は逃げ出す前にとっつかまるだろうよ。俺の見込みちがいでなけりゃな」メアリーは彼をしゃべらせておいた。この男がときおり唐突に話しだすのは、彼の女主人の優しいおしゃべりとはちがい、苦にならなかった。緊張に満ちたこの夜、彼の広い背中と実直そうないかつい顔は、彼女に勇気を与えてくれた。

彼らは下り坂に差しかかっていた。すぐそこには、フォイ川にかかる狭い橋が見えている。メアリーにはさざなみの音が聞こえた。それに、石の上を流れる早水の音も。ジャマイカ館に至る急峻な丘は、白々と月に照らされ、彼らの前にそびえていた。その頂《いただき》に黒っぽい煙突が現れると、リチャーズは黙り込み、ベルトのピストルを手でさぐった。それから彼は、小さくびくっと頭を振って咳払いした。メアリーの鼓動は速くなっていた。彼女は馬車の側面にしがみついた。馬が頭を下げ、前傾姿勢になって坂を登りだす。路面に響くその蹄の音がひどく大きく感じられ、メアリーは、もっと静かに、と念じた。

丘の頂上が近づくと、リチャーズが振り向いて、彼女の耳もとにささやきかけた。「ここらで馬車を路肩に寄せて、あんたは車内で待ってたほうがよくはないかね？　俺が先に行って、連中がいるかどうか見てくるから」

メアリーは首を振った。「わたしは行きたいんです」彼女は言った。「あなたは少しうしろからついてきてくださらない？　でなきゃここを動かずに、わたしが呼ぶまで待っているか。こんなに静かなんだもの、判事様の部隊はまだ来てないんでしょう。宿の主《あるじ》のほうは逃げてしまったんじゃないかしら。でも仮にあの人が——つまり、わたしの叔父が、まだあそこにいた場合、わたしなら出くわしてもなんとかなる。あなたはそうはいかないでしょう。ピストルを一丁、貸してちょうだい。それさえあれば、あんなやつ、怖くないわ」

「ひとりで行くのはまずいんじゃないかね」リチャーズは懐疑的だった。「やつに向かってまっすぐ突っ込んでくことになりかねんし。そうなりゃこっちはあんたの声を二度と聞けんだろうよ。だが、確かにこの静かさは奇妙だね。俺は叫び声や戦闘の音が聞こえるものと思ってたんだが。そのなかでもとりわけでかい、うちの旦那様のどなり声をさ。こりゃあどうもおかしいよ。判事様の部隊はランソンで足止めを食らってるにちがいない。あの脇道に入って部隊が来るのを待つほうが利口なんじゃないかね」

「今夜はもう充分待ったわ。そのせいで半分気が変になってるくらい」メアリーは言った。「こんな溝のなかで何も聞こえず、何も見えないまま、じっとしてるくらいなら、真正面から叔父にぶつかるほうがまだましよ。わたしは叔母のことが気がかりでならないの。あの人は子供みたいなもので、この件じゃなんの罪もないんだから。できることなら、わたしが助けてあげたいわ。ピストルを貸して、行かせてちょうだい。わたしは猫みたいに静かに歩けるのよ。自分から輪縄に頭を突っ込んだりはしない。絶対に大丈夫」メアリーは夜の冷気から自分を護ってくれていた頭巾付きの分厚いマントを脱ぎ捨てて、リチャーズがしぶしぶ差し出したピストルをつかんだ。「わたしが呼ぶか合図を出すかするまで、追ってこないでくださいね」彼女は言った。「銃声が聞こえたら、来てくれたほうがいいかもしれない。でもその場合も用心して。何もふたりそろって馬鹿みたいに危険に飛び込むことはないんですから。わたし自身は、叔父はもう逃げたものと思っているけれど」

いまの彼女は、そうであるよう願っていた。叔父がデヴォンに逃亡することで、この一件に終止符を打ったのであればいいと。それでこの地方はあの男を排除できる。いちばん安あがりな方法で厄介払いできるのだ。あの男は、本人が言っていたように、人生を一からやり直すかもしれない。あるいは、(こちらのほうが見込みが高いが) コーンウォールから五百マイルも離れたどこかに身を隠し、死ぬまで飲みつづけるかだろう。あの男を捕らえることに、彼女はもうなんの興味もなかった。とにかくこれを終わらせて、脇へ押しやりたい。いちばんの望みは、あの男のことを忘れ、ジャマイカ館から遠く離れて、自分の人生を送ることだった。仕返しなど無益だ。縛られ、無力になって、判事とその配下に囲まれている叔父を見たところで、さしたる満足は得られまい。リチャーズの前では自信ありげに振る舞ったが、武器を持ってはいても、彼女は叔父との遭遇を恐れていた。すぐにも襲いかかろうと身構え、血走った目で見おろすあの男に、宿の廊下でいきなり出くわすことを思うと、敷地の前で足が止まった。彼女はリチャーズと馬車の待つ路肩の暗がりを振り返った。それから、ピストルをかまえ、引き金に指をかけ、石塀の角から前庭をのぞきこんだ。

庭はがらんとしていた。厩舎《きゅうしゃ》の扉は閉まっている。宿は彼女が七時間前にあとにしたときと同様に暗く静かで、窓やドアはすべて閉ざされていた。メアリーは自分の部屋の窓を見あげた。窓ガラスには、その午後、彼女が這い出したときと変わらず、ぽっかりと大きな穴が開いていた。

前庭に荷車の痕跡はひとつもない。出発の準備は行われていないのだ。メアリーは忍び足で厩舎まで行き、扉に耳を押しつけた。しばらく待っていると、馬房のなかでポニーが落ち着きなく動く音が聞こえてきた。蹄が丸石の上でカチャカチャ音を立てている。

つまり、叔父夫婦は発っていないのだ。あの男はまだジャマイカ館にいるわけだ。

メアリーの心は沈んだ。馬車のところにもどって、リチャーズが言うように、バサット判事とその部隊の到着を待ったほうがよいのだろうか？　彼女は閉ざされた家をもう一度、振り返った。本当に発つつもりなら、叔父はもういまごろいなくなっているはずだ。荷馬車一台であっても荷を積むのには一時間かかるし、時刻はもう十一時近い。あるいは、あの男は計画を変更し、徒歩で逃げることにしたのか。だがそうなると、ペイシェンス叔母は同行できない。メアリーは迷った。これは実に不可解な、ありえない状況だった。

彼女はポーチのそばに立って、耳をすませた。玄関のドアノブを動かしてみさえした。もちろんドアには鍵がかかっていた。そこで思い切って家の角を回り、バーの入口を通過し、台所の裏手の菜園まで行ってみた。いま、彼女は足音を忍ばせ、明るいところを避けながら進んでいる。やがて、台所の鎧戸《よろいど》の隙間からロウソクの光が見えるはずの地点に至った。光は見えない。彼女は鎧戸に歩み寄って、隙間に目を当てた。台所は真っ暗だった。ドアノブに手をかけてゆっくりと回すと、驚いたことにノブは動き、ドアが開いた。こんなに簡単に進入路が見つかるとは。予想外の展開に、彼女はその一瞬、呆然とした。なかに入るのが恐ろしかった。もしも叔父が銃を膝に置き、椅子にすわって待っていたら？　こちらにもピストルはあるが、だから大丈夫だとはまったく思えなかった。

　彼女はそろそろとドアの隙間に顔を寄せた。なんの音も聞こえてこない。視野の端に暖炉の灰が見えたが、火はほとんど消えていた。そのとき、そこに誰もいないことがわかった。直感が、ここ数時間、台所は無人だったのだと告げている。メアリーはドアを大きく押し開けて、なかに入った。室内は寒く、じめじめしていた。彼女は暗闇に目が慣れるのを待った。やがてテーブルとそのそばの椅子の形が見えてきた。テーブルの上にロウソクが一本あったので、彼女はそれを暖炉のかすかな残り火のなかに突っ込んだ。ロウソクに炎が移り、明滅する。その火が力強く燃えだすと、彼女は頭上高くロウソクを掲げて、あたりを見回した。台所は出発の準備のために、いまも散らかっていた。ペイシェンス叔母の荷物がひとつ椅子に載っており、床の上にはこれからたたむ毛布の小山がある。部屋の隅のいつもの場所には、叔父の銃が立てかけられていた。すると、叔父夫婦は日を改めることにして、いまは二階の部屋で眠っているわけだ。

廊下に通じるドアは大きく開け放たれていた。静寂がさらに重苦しさを増した。それは肌が粟立つような異様な静けさだった。

何かが前とはちがう。何かの音が足りないのだ。妙に静かなのはそのせいにちがいない。そのときメアリーは、振り子時計の音がしないことに気づいた。チクタクというあの音がやんでいる。

彼女は廊下に出て、もう一度、耳をすませた。やはりそうだ。家が静まり返っているのは、時計が止まっているためだった。一方の手にロウソクを持ち、もう一方の手にピストルをかまえて、彼女はゆっくりと前進した。

長く暗い廊下の分岐点で、角を曲がってホールのほうに行くと、振り子時計が目に入った。いつも応接室のドアのそばで、壁を背に立っているその時計は、うつぶせに倒れていた。ガラスが砕けて敷石に飛び散り、木材の部分は割れている。壁はそれまで時計のあった箇所が露出して、いまはひどく無防備に見え、壁紙が色褪せた周囲と対照的にそこだけ濃い黄色であるため、奇妙に感じられた。時計は狭い廊下をさえぎる格好で倒れており、その向こうにあるものがメアリーに見えたのは、階段の前に至ったときだった。

ジャマイカ館の主《あるじ》が残骸のなかにうつぶせに倒れていた。

最初、その姿は倒れた時計の陰に隠れていたのだった。彼は暗がりに横たわり、一方の腕を頭の上に大きく振りあげ、もう一方の腕でばらばらに壊れた時計の扉にしがみついていた。靴の片方を壁板に突っ張らせ、両脚を左右に大きく広げているため、死んだ彼はこれまでにも増して大きく見えた。その巨体は玄関ホールを壁から壁までふさいでいた。

石の床には血溜まりができていた。彼の肩のあいだの、ナイフが刺さった箇所にも、すでに黒っぽくなったほぼ乾いた血があった。

背後から刺されたとき、彼は両手を伸ばし、よろめいて、時計につかまったにちがいない。そしてうつぶせに倒れるとき、道連れに時計を引きずり倒し、その扉をつかんで、そこで死んだのだ。

# 15

メアリーが階段のそばを離れたのは、かなり経ってからだった。本来そなわっている力の一部が抜けてしまい、彼女自身も床の上の亡骸《なきがら》と同じく無力になっていた。その目はいつまでも、つまらないどうでもよいものを見つめつづけた。時計の文字盤のガラスの破片とそこに付いた血を。また、時計に隠れていた壁の一部の色のちがう箇所を。

蜘蛛《くも》が一匹、叔父の手の上にとまった。その手が動かないこと、蜘蛛を追い払おうとしないことが、メアリーには奇妙に思えた。あの叔父ならそいつを振り払っただろう。するとそのとき、蜘蛛が手から這いおりて、腕を駆けあがり、肩の先までのぼっていった。傷口にたどり着くと、そいつはためらい、それから近くをぐるりと一周し、興味津々で再度、傷口にもどってきた。恐れ気もないそのすばやい動きは、なぜかおぞましく冒瀆的に思えた。その蜘蛛は、宿の主《あるじ》が自分に何もできないことを知っているのだ。メアリーもそれは知っているが、彼女は蜘蛛とちがって恐怖をぬぐいきれなかった。

彼女にとって何より恐ろしいのは、この静寂だった。時計はもうチクタクいっていない。そのため彼女の全神経が張りつめ、時計の音を求めていた。あのヒューヒューという緩慢な呼吸音は常に変わらないもの、正常の証《あかし》だった。

ロウソクの光はちらちらと壁を照らしているが、階段のてっぺんまでは届いていない。そこでは闇が深い淵《ふち》のようにぽっかりと口を開いていた。

メアリーには、自分が二度とその階段をのぼれないことがわかっていた。自分にはもう、誰もいないあの踊り場に足を踏み入れることはできない。今後、この上にあるものは、いじらずにそっとしておかねばならないのだ。今夜、死神がこの家を訪れ、その暗い霊気はいまもあたりを漂《ただよ》っている。メアリーはいま、ジャマイカ館がずっと恐れ、待っていたものはこれなのだと感じていた。湿っぽい壁、ぎしぎし鳴る床板、虚空《こくう》を漂うささやき、正体不明の足音。それらはみな、長いこと脅かされてきた家からの警告だったのだ。

メアリーは震えた。そして彼女は、この静けさの持つ特質が、遠い昔に埋められ、忘れ去られたものに由来することを悟った。

他の何よりも彼女が恐れているのは、パニックだった。悲鳴が口もとにこみあげ、足はあたりをさぐりつつ激しくよろけ、手は逃げ道を求めてばたばたと空《くう》を打つ——そんなパニックが訪れ、理性を破壊するのではないか。最初の衝撃が和らいだいま、彼女には、それが押し寄せ、自分を包囲し、息をつまらせかねないことがわかった。指は感覚を失い、ロウソクは手から転がり落ちるだろう。そのとき、彼女はひとりきりで、闇に包まれることになる。走って逃げたいという衝動が襲ってきた。彼女はそれを克服した。風に煽《あお》られ明滅するロウソクを手に、彼女はホールから廊下へとあとじさった。台所に至り、開いたままのドアから庭の一画が見えたとき、理性は吹き飛んだ。彼女はやみくもにドアを駆け抜け、冷たい自由な外気のなかへと飛び出した。喉の奥で嗚咽《おえつ》し、両のてのひらで石の壁に触れながら、家の角を曲がると、追われる者のように前庭を走っていき、街道に出たところで、判事の馬丁のお馴染みのたくましい姿に遭遇した。彼は両手を差し出してメアリーを抱きとめ、彼女は安心を得ようと手さぐりで彼のベルトをさがした。

「あの男は死んでいた」彼女は言った。ショック反応が全開となり、いまや歯はガチガチと鳴っていた。「床に倒れていたの。この目で見たわ」がんばってはみたが、歯のガチガチも体の震えも止めることができなかった。リチャーズは道路脇の馬車を駐めたところまでメアリーを連れていき、車内からマントを取って、それで彼女をくるみこんだ。その温かさに感謝しつつ、メアリーはマントをかき寄せた。

「あの男は死んでいた」彼女はもう一度、言った。「背中を刺されて。上着の裂けたところを見たし、血も出ていた。うつぶせになっていて、振り子時計が一緒に倒れているの。血は乾いていた。しばらく前からその状態だったようよ。家のなかは暗くて、しんとしていた。他には誰もいなかったわ」

「叔母さんは行っちまったのかね?」リチャーズがささやいた。

メアリーは首を振った。「わからない。確かめなかったの。すぐにその場を離れたかったから」

リチャーズは、その顔からメアリーがふらふらでいまにも倒れそうなことに気づき、彼女を助けて馬車に乗せると、自分も隣の席に乗り込んだ。

「もう大丈夫」彼は言った。「大丈夫だよ。ここに静かにすわっといで。誰もあんたにゃ手を出せない。もう大丈夫だからな」そのがらがら声にメアリーは救われた。温かなマントに顎まで埋《うず》めて、彼女はリチャーズの隣で丸くなった。

「そりゃあ若い娘の見るようなもんじゃなかったな」彼は言った。「だから俺を行かせりゃよかったんだ。今更だが、あんたがこの馬車で待っててくれてりゃと思うよ。さぞ怖かったろう。やつが死んで倒れていたなんて、それも殺されてたなんてなあ」

会話はメアリーの心を鎮めてくれた。リチャーズの武骨な同情もまた快かった。「馬屋にはまだポニーがいた」彼女は言った。「扉の前で耳をすませたら、動いている音がしたの。あの夫婦は旅の支度もまだすませていなかった。勝手口のドアは鍵が開いていて、台所の床には荷物が置いてあったわ。それに毛布も。すぐに荷馬車に積み込めるように。あれは何時間か前に起きたことなのよ」

「それにしても不思議だね。旦那様は何をなさっているのやら」リチャーズは言った。「もうここに着いてなきゃおかしいんだが。あのかたが来てくださりゃ、俺も気が楽になるんだが。あんただってあのかたに事情を話せるしな。今夜はうまくいかないことだらけだよ。あんたはやっぱり来るべきじゃなかったのさ」

沈黙が落ち、ふたりとも判事が来るのを期待して道を見つめた。

「しかし、どこのどいつが宿の主《あるじ》を殺したのかね」リチャーズが不思議そうに言った。「あの男ならたいていの男と闘える。やられちまうわきゃないんだよ。もっとも手を出しそうなやつは大勢いるがね。憎まれてる男と言やあ、あいつだからな」

「そう言えば物売りがいた」メアリーはゆっくりと言った。「あの物売りのことを忘れていたわ。犯人はあいつにちがいない。鍵のかかった部屋から抜け出してやったのよ」

メアリーはもうひとつの考えから逃れるために、その考えにしがみついた。そして彼女は、物売りが昨夜、宿にやって来たことを勢い込んで語った。あの男の犯行であることはそれで証明され、他の解釈はありえないように思えた。

「そいつは遠くに行く前に、判事様につかまるだろうよ」馬丁は言った。「その点は絶対確かだ。このムーアにゃ誰も隠れられんさ。土地の者なら別だがね。物売りのハリーなんてやつのことは、俺は聞いたこともない。もっともやつらはコーンウォールのあらゆる穴や隅っこから出てきてるって話だからな。ジョス・マーリンの手下どもはさ。連中はいわば、この地方の滓なんだよ」

ちょっと間《ま》を置いてから、彼は言った。「よかったら、俺が宿に行って、そいつが何か痕跡を残してないか見てきてやろうか。ひょっとすると何か手がかりが……」

メアリーは彼の腕にしがみついた。「二度とひとりになる気はないから」彼女は急いで言った。「そう思いたきゃ、臆病者だと思ってちょうだい。でもわたしは耐えられない。一度なかに入ってみれば、あなただってわかるでしょうよ。今夜、あの家は、そこにある哀れな死体のことなんか気にも留めず、ただ異様に静まり返っているの」

「俺はあんたの叔父さんがあそこに来る前のことを覚えてる。当時あの家は、空き家でね」リチャーズが言った。「俺たちゃ気晴らしに犬どもをあそこに連れてって、ネズミを追っかけさせたもんさ。そのころは、そんなふうにゃちっとも思わなかったがなあ。ただ、住む者のない、空っぽの淋しい家って感じでさ。だが、いいかね、旦那様はいつもきちんと手入れをなさってた。そうして借り手がつくのを待ってらしたんだ。俺はセントネオットの出で、判事様に仕えるようになるまでこっちに来たことはなかったが、昔はよく、ジャマイカ館は陽気な宿で客筋もいいって話を聞いたもんだ。気さくな連中が楽しく暮らしてて、街道を行く旅の者にゃいつでもベッドが用意されてるってな。いまじゃ考えられんが、当時は乗合馬車もここに寄ったし、バサット様の少年時代にゃ、週に一度、猟犬どもがここから狩りに出発したんだ。またそんな時が来るかもしれんよ」

メアリーは首を振った。「わたしは悪いものしか見ていない」彼女は言った。「わたしが見たのは、ずっとつづいてきた苦しみ、残虐行為や苦痛だけよ。叔父がジャマイカ館に来たとき、よいものをすべて自分の影で覆ってしまったんだわ。そういうものは全部、死んだのよ」ふたりの声はささやきになっていた。そして彼らは半ば無意識に背後を振り返って、宿の長い煙突を盗み見た。月明かりのもと、それらは空を背にしてくっきりと灰色にそそり立っていた。ふたりは同じことを考えていたが、どちらも先にそれを言いだす勇気がなかった。馬丁のほうは遠慮と気遣いから、メアリーのほうは恐怖からだ。だがついに、かすれた低い声で、メアリーが言った。

「叔母の身にも何かあったのよ。まちがいない。叔母はもう死んでいる。だからわたしは二階に行くのが怖かったの。叔母はあそこに倒れている。上の踊り場の暗がりに。何者かはわからないけど、叔父を殺した人間は叔母も殺したでしょう」

馬丁は咳払いした。「叔母さんは原野に逃げたかもしれんよ」彼は言った。「助けを求めて、街道に駆け出てったかもしれんし」

「いいえ」メアリーはささやいた。「叔母がそんなことをするわけない。生きていれば、あの人は夫と一緒にいる。ホールで叔父のそばにうずくまっているはずよ。叔母は死んだの。わたしにはわかる。もしわたしが叔母をひとりにしなかったら、こんなことにはならなかったのに」

リチャーズは黙っていた。彼には何もしてやれない。結局のところ、彼にとってこの娘は赤の他人なのだ。彼女があの家で暮らしていた期間に、その屋根の下で何があったにせよ、それは彼とはなんのかかわりもないことだ。肩にのしかかるその夜の責任は重すぎるほど重く、彼はご主人が早く来てくれるよう願った。闘いや怒号なら理解できる。そこには道理があるのだ。だが、この娘が言うように本当に殺人事件が起こり、宿の主《あるじ》が、それにその妻までもが、死んで倒れているとなると――いやいや、自分たちがここにいることには、なんの意味もない。こっちまでもがお尋ね者みたいにこの溝に縮こまっているよりも、ここを離れて、民家が見え、その生活の音のするところまで街道を行ったほうがいい。

「俺は奥様のご指示でここに来たわけだがね」彼はぎこちなく切り出した。「あのかたは、旦那様がここにおられるから、とおっしゃっていたんだよ。旦那様がおられない以上……」

メアリーは、静かに、と片手を上げた。「ほら」彼女は鋭く言った。「何か聞こえない？」

ふたりはそろって北に耳を傾けた。まちがいない。かすかに蹄《ひづめ》の音がする。それは谷の向こうから、遠い丘の頂《いただき》を越えて聞こえてきた。

「来たぞ！」リチャーズが色めき立った。「旦那様だ。ようやくあのかたがいらしたんだ。よく見てなよ。じきに連中が坂を下って谷に下りてくるから」

ふたりは待った。一分が経過したとき、先頭の騎手が硬い白い道を背に黒い影のように現れた。つづいて二番手、三番手も。彼らは縦一列に長くのび、疾走しながらふたたび間隔を縮めた。路肩で辛抱強く待っていたコブ種の馬が耳をそば立て、なんだろうと頭をめぐらせた。蹄の音がさらに近づき、リチャーズはほっとして、一行を迎えるために、大声で叫び、両手を振りながら、道に駆け出ていった。

馬丁の姿に驚きの声をあげ、先頭の男は脇に逸れて手綱を引いた。「いったいここで何をしてるんだ?」男は叫んだ。それは判事その人だった。彼は手を上げて、うしろから来る者たちに、止まれ、と合図した。

「宿の主人はもう死んでいます。殺されたんです」馬丁は叫んだ。「わたしはあの男の姪を馬車でここまで連れてきたんです。奥様ご自身がわたしをここに寄越しましたんで。この娘の説明を聞いてやってください」

主人が馬から下りるあいだ、その馬を押さえながら、彼は主人の繰り出す質問にできるかぎりの速さで答えた。まわりに集まった男たちの小集団も、最新情報を求め、口々に彼に質問を浴びせた。なかの何人かは馬を下り、暖を取ろうと足踏みしたり両手に息を吐きかけたりしていた。

「おまえの言うとおり、あの男が本当に殺されたとしたら、それは自業自得ってもんだ」バサット氏は言った。「わたしとしちゃこの手であの男に手錠をかけてやりたかったがね。死人が相手では仕返しはできんからな。おまえたち、このまま進んで宿の前庭に入れ。わたしはその娘に事情を聞いてみるとしよう」

責任から解放されたリチャーズは、たちまちみなに取り囲まれ、殺人の現場を見つけたうえ、犯人を単独で取り押さえた男として、英雄扱いされたが、やがて本人がしぶしぶながら、この冒険における自分の役割が大したものでないことを認め、その誤解を解いた。頭の回転が鈍い判事は、メアリーが馬車で何をしてるのか理解できず、彼女を馬丁の捕虜だと思い込んでいた。

自分に会うために彼女がノースヒルまでの長い道のりを歩き通したこと、それだけでは飽き足らず、ふたたびジャマイカ館までもどってきたことを聞くと、判事は仰天した。「まったくわけがわからんな」彼はがみがみと言った。「あんたは叔父とぐるなんだとばかり思っていたんだが。ではこの前、わたしがここに来たとき、なぜ嘘をついたのかね？　あのときあんたは、何も知らんとわたしに言ったろう」

「嘘をついたのは叔母のためです」メアリーは疲れ果てて言った。「あのときわたしが何をお話ししたにせよ、それは全部、叔母を思ってのことですわ。それに、あのときはいまほどいろいろ知りませんでしたし。必要とあれば、わたしは法廷で何もかもお話しするつもりです。でもいまご説明したところで、判事様にはご理解いただけないでしょう」

「こっちには聴いている暇もないしな」判事は答えた。「わたしに急を知らせるためにはるばるノースヒルまで歩いていったとは、実に勇敢なことだ。あんたのために、そのことは覚えておこう。だがあんたがこの前、わたしに対して妙な隠し立てをしなければ、こういう面倒はすべて避けられたし、クリスマス・イヴのあの恐るべき犯罪行為も防ぐことができたんだよ。ともあれ、その問題はあとまわしだ。うちの馬丁によると、あんたは叔父さんが殺されているのを発見したが、その犯行についちゃ何ひとつ知らないそうだね。あんたが男だったら、これから一緒にあの宿に連れていくところだが、それは勘弁してやろう。あんたはもう充分つらい目に遭ったようだからな」判事は声を大きくして、馬丁に呼びかけた。「馬車を前庭に入れて、この娘さんのそばに付いていてやれ。われわれは宿に突入する」それからメアリーを振り返って、こう言った。「庭で待っててもらわにゃならんよ。あんたにその根性があればだが。ここにいる者のなかで、多少なりともこの件について知っているのはあんただけだし、生きている叔父さんを最後に見たのもあんただからな」メアリーはうなずいた。いまの彼女は、警察の従順な道具にすぎず、言われたとおりにするしかないのだ。少なくとも判事は、空っぽの宿に再度入って叔父の亡骸を見るという試練を免除してくれた。彼女が着いたとき闇に包まれていた前庭は、いま活動の場となっていた。馬たちは玉石の上で足踏みしており、あたりには馬具が揺れてリンリンと鳴る音が響いている。男たちの足音や話し声もし、そのなかで判事のどら声の命令がとりわけ大きく聞こえていた。

メアリーの説明に従い、彼は男たちを率いて裏手に回った。ほどなく、もの淋しい静かなその家の閉ざされた雰囲気は消え失せた。バーの窓が、つづいて応接室の窓が、さっと大きく開かれた。男たちの何人かが二階に行って、空いている客室を調べているらしく、それらの窓も鎧戸《よろいど》を開かれ、外気に向かって開け放たれた。分厚い玄関のドアだけが閉じたままだった。そしてメアリーは、そのすぐ向こうに宿の主《あるじ》の遺体が横たわっていることを知っている。

家のなかで鋭く呼び声が響き、声のざわめきと判事からの問いかけがそれに応えた。屋内の音はいま、応接室の開いた窓から外の庭まで明瞭に聞こえていた。リチャーズが横目でメアリーを見た。その顔色の青さから、彼は彼女にも話が聞こえたことを悟った。

宿のなかに入らずに、馬たちのそばに立っていた男が、馬丁に向かって叫んだ。「連中のいまの話、聞こえたか?」彼は興奮ぎみに言った。「もう一体、死体があったんだ。二階の寝室だと」

リチャーズはなんとも言わなかった。メアリーはマントをさらにかき寄せて、顔の前に頭巾《ずきん》を下ろした。ふたりは無言で待った。ほどなく判事その人が前庭に現れ、馬車のほうにやって来た。

「残念だが」彼は言った。「悪い知らせがあるんだよ。おそらくあんたも予想していただろうが」

「はい」メアリーは言った。

「苦しみはしなかったと思う。即死だったにちがいない。廊下の突き当たりの寝室を入ったところに倒れていたよ。叔父さんと同様に、刺されていた。本人には何もわからなかったろう。本当にお気の毒にな。わたしがなんとかしてあげられたら、よかったんだが」弱り果てて居心地悪そうに彼女のそばに立ったまま、判事はもう一度、苦しんだはずはない、あの人は何もわからないうちにやられたのだ、と繰り返した。それから、自分はなんの力にもなれない、この娘はひとりにしてやったほうがいいのだと気づき、彼は家のほうへともどっていった。

メアリーはマントにくるまり、身じろぎもせずすわっていた。そして彼女は自分なりのやりかたで祈った。ペイシェンス叔母が自分を許してくれるように。どこにいるにせよ、いまは心安らかであるように。そして、人生の重い鎖から解き放たれ、自由になっているように。また、こうも祈った。自分が何をしようとしたのか、叔母が理解してくれるように。そして何よりも、母がそこにいて、叔母がひとりぼっちでないように。これらの祈りがかなうと信じないかぎり、彼女は救われない。ここ数時間の出来事を振り返ってみれば、たどり着く結論はひとつしかないのだ。自分がジャマイカ館に留まっていれば、ペイシェンス叔母は死なずにすんだだろう。

ここでふたたび、家のなかからざわめきが聞こえてきた。今回は叫び声があがり、ばたばた駆け回る音がし、複数の者が一斉に声を張りあげている。リチャーズもこの一時、興奮のあまり自らの責任を忘れ、応接室の開いた窓へと走っていって、片脚を桟《さん》にひっかけ、なかをのぞきこんだ。やがて木材の砕ける音がして、あの閉ざされた部屋の窓から鎧戸が引きはがされた。どうやらいままで誰もそこには行っていなかったらしい。男たちが木材のバリケードをどけている。誰かが松明《たいまつ》を掲げて室内を照らした。メアリーには、風のなかでその炎が躍っているのが見えた。

それから光が消え、声が途絶えた。メアリーには、家の奥へとどかどか進む足音が聞こえた。

ほどなく、角を回って彼らが庭に現れた。六、七人の男たちが、判事に率いられ、のたうち身をよじる何者かを引っ立ててくる。そいつは自由になろうと暴れ、しゃがれ声で抗議の叫びをあげていた。「やったぞ！　犯人がつかまったんだ！」リチャーズがメアリーに向かって叫んだ。彼女は顔を覆う頭巾を払いのけ、馬車に到達した男たちの一団を見おろした。囚われた男は目に光を浴びせられ、しょぼしょぼと瞬きしながら、彼女を見あげた。その服は蜘蛛の巣だらけで、顔は髭が伸び、黒ずんでいた。それは物売りのハリーだった。

「こいつは誰なんだ?」男たちは叫んだ。「あんたはこいつを知ってるのか?」判事が馬車の正面に回り、男をそばまで連れてきてメアリーによく見せるよう部下たちに指示した。「この男についてあんたは何か知っているかね?」彼はメアリーに言った。「あの閉め切った部屋で、麻袋の上に寝ているのを見つけたんだが。本人は例の殺しのことは一切知らんと言うのだ」

「その男も一味のひとりです」メアリーはゆっくりと言った。「昨夜、宿に来て、叔父と口論になったんです。叔父はこの男をやっつけ、逆らえば殺すと脅してあの部屋に閉じ込めました。この男には叔父を殺す理由が充分にあります。やれた人間は他に誰もいませんし。この男は嘘をついているんですよ」

「だがドアには鍵がかかっていたわけだしな。外からドアをぶち壊すのも、三人がかりだったんだ」判事は言った。「こいつはあの部屋から一歩も外に出ていない。この服を見てごらん。それにこの目。まだ光をまぶしがっているじゃないか。こいつは犯人ではないな」

物売りは、あの小さな卑しい目を左右に走らせ、護衛の男たちをこそこそ盗み見ていた。判事の言うことにまちがいがないことは、メアリーにもすぐにわかった。物売りのハリーには犯行は不可能だ。二十四時間以上前に、宿の主《あるじ》に閉じ込められてから、この男はずっと鍵のかかったあの部屋にいたのだから。彼は暗闇のなかで、解放されるのを待っていた。そしてその長い時間のどこかで、何者かがジャマイカ館を訪れ、夜の静寂《しじま》のなかで仕事をかたづけ、ふたたび去っていったのだ。

「やったのが誰であれ、そいつはこのならず者が奥の部屋に閉じ込められているとは思ってもみなかったわけだ」判事はつづけた。「そしてわたしの見るかぎり、この男は証人としちゃまるで用をなさない。何ひとつ見ても聞いてもいないんだからな。ともあれ、われわれはこの男を牢に入れる。また、もしその処罰に値するなら――いや、値するに決まっているが、縛り首にもするつもりだ。だがまず、この男を検察側の証人とし、仲間の名前を残らず吐かせにゃならん。そのなかのひとりが報復のために宿の主《あるじ》を殺したんだ。この点はまちがいなかろう。われわれは必ずそいつを見つけ出す。コーンウォールじゅうの猟犬を一匹残らず駆り出すことになろうともな。おまえたち、何人かでこの男を連れていき、馬屋に放り込んでおけ。残りの者はわたしと一緒に宿のなかにもどるんだ」

男たちは物売りを引きずっていった。物売りは、なんらかの犯罪行為が発覚していて、自分に疑いがかかる可能性があるのだと悟り、ようやく口がきけるようになって、べらべらと潔白を主張しはじめた。彼は泣き声で情けを乞うたり、父と子と聖霊にかけて誓ったりしていたが、そのうち、誰かがびんたの一撃で彼を黙らせ、いますぐ馬屋の扉の上に吊るすぞ、とロープを見せて脅した。これで物売りはおとなしくなり、数ヤード先の馬車にすわるメアリーにときおりあのネズミみたいな目を向けながら、小声で悪態をつきはじめた。

頭巾を下ろし、両手で頬杖をついて、メアリーはそこで待っていた。物売りの悪態は耳に入らず、こそこそ動くその細い目も見えなかった。彼女は夜明け方、自分を見あげた別の目、自らの兄について冷静に冷ややかに語っていた別の声を思い出していたのだ――「あいつには死んでもらう」

ランソンの市《いち》に行く道々、無頓着に放たれた言葉が聞こえてきた――「俺は一度だって人を殺したことはない――いまのところは」そしてまた、市場にいたジプシー女の言葉も――「あんたの手には血がついている。いつかあんたは人を殺す」忘れてしまうはずの些細《ささい》な事柄がすべてよみがえり、彼に対する告発の声をあげている。兄に向けたあの憎悪、酷薄な性格、情のなさ、そして、汚れたマーリン一族の血。

彼の罪を証《あか》すのは、他の何よりもその血だろう。似た者同士。同類。自身の約束どおり、彼はジャマイカ館を訪れ、その誓いのとおり、彼の兄は死んだ。醜悪でおぞましい真実がじっとこちらを見あげている。そして彼女は思った――ずっと家にいればよかった。自分も彼に殺されればよかった。彼は泥棒だ。だから夜陰に紛れて現れ、また去っていったのだ。彼女が証人になれば、彼の罪の証拠はひとつひとつ固めることができる。それは彼を囲い込む逃げ道のない柵となるだろう。彼女はただ判事のところに行き、こう言えばいいのだ。「犯人が誰か、わたしは知っています」男たちは全員、彼女の話に耳を傾けるだろう。追跡を前に息を弾ませる猟犬の一群よろしく彼女のまわりに押し寄せ、臭跡を追って彼のもとへとたどり着くだろう。ラッシーフォードを過ぎ、〈トレウォーサ沼〉を越え、〈十二人が原《トウエルヴマンズ・ムーア》〉へと。おそらく彼はいま、そこで眠っている。犯した罪のことなど忘れ、少しも気にせずに、自分と兄が生まれたあの淋しいコテージでベッドに横になっているのだ。朝が来れば、彼は行ってしまう。たぶん口笛を吹き吹き、馬にひょいとまたがって、永遠にコーンウォールを出ていくのだろう。父親と同じ人殺しとなって。

空想のなかで彼女は、彼の馬がパカパカと道を行く音を聞いた。それは静かな夜、はるか彼方で、別れのテンポを刻んでいる。だが空想は推論となり、推論は確信となり、耳を打つ音は彼女の想像力の産む幻ではなく、街道の路面を打つ本物の馬の蹄の音となった。

彼女は頭をめぐらせ、耳をすませ、集中力を限界まで高めた。マントをかき寄せた両手はじっとり汗ばみ、冷たくなっていた。

蹄の音がさらに近づいてくる。馬は速くも遅くもない一定の速度で走っており、彼が路面で奏でるそのリズミカルな駆け足の調べは、メアリーのドクドク鼓動する心臓にこだましていた。

いまや耳をすませているのは、彼女ひとりではなかった。物売りを見張る男たちも低い声でささやきあい、道のほうに目を向けている。彼らと一緒にいた馬丁のリチャーズはちょっとためらってから、足早に判事を呼びに行った。馬が丘をのぼってくる。その蹄の音はいまや大きく鳴り響いており、森閑《しんかん》とした夜への挑戦のように聞こえた。そして馬が頂上に至り、塀を回って姿を現したちょうどそのとき、判事が部下を従えて家から出てきた。

「止まれ！」彼は叫んだ。「国王陛下の名において、わたしはあなたに、今夜、いかなる用件でこの道を通るのかうかがわねばならない」

馬上の男は手綱を引き、前庭に入ってきた。黒い乗馬用マントからそれが何者なのか知るすべはなかったが、男が頭を下げて頭巾を取ると、密生する髪の光輪が月下に白く輝いた。判事の誰何《すいか》に答えたその声は、静かで優しかった。

「ノースヒルのバサットさんですね」彼はそう言うと、一枚の紙を手に、鞍の上から身を乗り出した。「これはジャマイカ館のメアリー・イエランからわたしがもらった手紙です。彼女は窮地に陥り、わたしに助けを求めてきたのです。しかし、ここにみなさんがお集まりのところを見ると、わたしは遅すぎたようですね。あなたはもちろん、わたしを覚えておいででしょう。わたしたちは以前お会いしていますから。わたしはオルタナンの牧師です」

## 16

メアリーは牧師館の居間にひとりすわって、泥炭のくすぶる火を見つめていた。長いこと眠ったので、体は休まり、疲れは取れている。だが彼女が焦がれる心の平和はいまだ訪れていない。

誰もが彼女に親切で、寛容だった。たぶん親切すぎたのかもしれない。長くつづいた緊張のあと、それはあまりに唐突で意外に思えた。バサット氏その人も不器用ながら善意から、傷ついた子供にするように彼女の肩をたたき、例の荒っぽい親切な口調でこう言った。「あんたは眠らにゃいかんよ。そうして、これまでのことはきれいさっぱり忘れるんだ。いいかね、もう全部過ぎたことなんだからな。叔母さんを殺した男は、われわれがすぐに見つける。つぎの巡回裁判で縛り首にしてやろう。そして、ここ数カ月のショックが多少なりとも癒えたら、これから何をしたいか、どこに行きたいか、あんたの気持ちを聞かせてもらうよ」

メアリーには自分の意思などなかった。周囲の人々は彼女の代わりになんでも決めることができた。フランシス・デイヴィにうちに泊まってはどうかと言われると、自分の気のない感謝の言葉が少しもありがたそうに聞こえないのを意識しつつ、彼女はおとなしく、なんの感慨もなくその申し出を受け入れた。心身ともに参っているのを当然のこととみなされ、問題にもされなかったとき、またしても彼女は女に生まれた屈辱を味わった。

もしも彼女が男だったら、手荒な扱いを受けるか、いいところ冷淡にあしらわれるかで、証言のためにただちにボドミンかランソンに向かうよう求められただろう。宿泊場所は自分で見つけるのが当然とみなされ、尋問が終われば地の果てまで行くのも勝手ということで話がついたにちがいない。そして用済みになると、彼女は旅立ち、どこかで船に乗り込んで、甲板で船賃を稼ぎながら旅をする。あるいは、ポケットに一ペニー入れ、足の向くまま気の向くままに陸路を行ったかもしれない。ところが現実の彼女はこのとおり、あふれ出そうな涙をこらえ、疼《うず》く頭をかかえて、悲劇のあとの女子供がみなそうであるように、厄介者、遅延の要因として、慇懃《いんぎん》な言葉と身振りとで現場から取り急ぎ送り出されようとしている。

牧師は自ら馬車の手綱を取って、彼の馬に乗った判事の馬丁をうしろに従え、メアリーを乗せていった。少なくとも牧師には沈黙の才があった。彼は質問など一切せず、無視されて無駄になるにちがいない同情の言葉をつぶやくこともなく、すみやかにオルタナンへと向かい、彼の教会の時計が一時を打つころに町に到着した。

牧師は近くのコテージに住む彼の家政婦、メアリーが夕方に話をしたあの女を起こし、自分と一緒に牧師館に来て、お客を泊める支度をするよう指示した。家政婦は無駄口をきかず驚きの声もあげずに、即座に行動を起こし、よく風を当てた敷布を自宅から持ってきてベッドに敷いた。メアリーが服を脱いでいるあいだに、彼女は炉床に火を入れ、目の粗い羊毛の寝間着をその前で温めた。ベッドの用意ができて敷布が折り返されると、メアリーは子供のように導かれるままにそこに行った。

目を閉じようとすると、不意に肩に腕が回され、耳もとで声がした。「これを飲みなさい」説得力のある冷静な声だった。フランシス・デイヴィがグラスを手にベッドの脇に立ち、あの不思議な白い目で無表情に彼女の目を見つめていた。

「さあ、眠って」牧師は言った。彼の作ってくれた熱い飲み物は苦い味がした。メアリーには、そこに何かの薬が入っていることがわかった。牧師は彼女の荒れ狂う苦しい胸の内を理解して、それを入れたにちがいない。

最後に記憶にあるのは、額に置かれた彼の手と、すべて忘れなさいと告げるあの静かな白い目のことだ。その後、彼が命じたとおり、彼女は眠った。

目が覚めたのは、午後の四時近くになってからだった。そして十四時間の睡眠は、牧師が意図したとおりに作用し、後悔の切っ先をそらし、彼女の痛みを鈍らせた。ペイシェンス叔母の死がもたらした痛切な悲しみは和らいでいた。それに、痛恨の念も。理性が彼女に、自分を責めることはないと告げたのだ。彼女はただ良心の命じるままに行動したにすぎない。正義が第一。愚かな彼女には悲劇が予見できなかった。すべてはそのせいだ。悔いは残るが、悔いたところでペイシェンス叔母は帰ってこない。

これが目覚めたときの彼女の考えだった。ところが服を着替え、階下の居間に下りてみて、暖炉が燃え、カーテンが引かれ、牧師が何か用事で出かけているのを知ると、執拗につきまとう不安な感覚がもどってきた。彼女にはあの惨事の責任がすべて自分にあるように思えた。ジェムの面影はずっと彼女とともにそこにあった。それは最後に見たときのあの顔、おぼろな光のなかでげっそりとやつれて見える顔だった。あのとき彼の目には決意の色があった。固く引き結ばれた口にも。彼女はそれを頑として無視してきたのだ。彼は最初から最後まで未知の要素だった。ジャマイカ館のバーを訪れたあの最初の朝からずっと。なのに彼女は真実を見まいと目をつぶってきた。彼女は女であり、理屈抜きで彼を愛している。彼は彼女にキスした。だから彼女は永遠に彼に結びつけられたのだ。以前は強かった自分が堕落して、心身ともに弱くなったような気がした。彼女の独立とともに彼女の誇りも消えたのだった。

帰宅した牧師へのひとこと、判事へのことづてひとつで、ペイシェンス叔母の復讐は果たせる。ジェムは父親と同じように首にロープを巻かれて死ぬだろう。そして彼女はヘルフォードに帰り、いまもよじれたまま土に埋もれている昔の生活という糸をさがすのだ。

メアリーは暖炉の前の椅子から立ちあがると、いかにも難題に取り組んでいるといった風情で、部屋を行ったり来たりしはじめた。だがそうしているさなかにも、彼女にはそれが嘘であること、良心をなだめるための下手なペテンであることがわかっていた。自分は絶対に告発などしない。

ジェムにとって彼女は脅威ではない。彼女の犠牲により、彼は歌を口ずさみ、笑いながら、彼女のことも兄のことも神のことも忘れ、馬で去っていくだろう。一方、彼女は、沈黙による疵をつけられたまま、失意と怒りのうちに何年もだらだらと時を過ごし、果ては、過去に一度だけキスされて、それを忘れることができない、世をすねた独身女として物笑いの種になるのだ。

皮肉と感傷は避けるべき両極である。それに、体と同様に落ち着かない心をかかえ、室内をさまよい歩いていると、フランシス・デイヴィがあの冷たい目でじっとこちらを見つめ、胸の内をさぐっているような気がした。彼が不在のいまも、結局は部屋が彼の気配を維持しているのだ。彼女には、絵筆を手に隅のイーゼルのそばに立ち、死に去った諸物《しよぶつ》を窓から眺める彼の姿を思い浮かべることができた。

イーゼルのそばの壁には複数のキャンバスが裏返しに立てかけてあり、メアリーは好奇心からそれらを明かりに向けてみた。教会の内部の絵。彼の教会だろう。真夏の黄昏時《たそがれ》に描いたものらしく、身廊は闇に包まれていた。アーチには奇妙な緑の残照が注がれ、それが天井までのびていた。やや唐突で不自然な感じのするこの光が絵を脇に置いてもなお心に残っていたため、彼女はそこに引き返して、再度それを眺めた。

この緑の残照は見たままを忠実に描いたもので、オルタナンの教会の特徴なのかもしれない。とはいえ、それが頭から離れない不気味な光をその絵に投げかけていることは否めなかった。メアリーは、仮に自分に家があったら、その絵は飾りたくないだろうと思った。

その違和感は言葉では表しようがなかった。それはまるで、何かの霊がその教会のことをまったく知らないまま、そろそろと内部に入ってきて、暗い身廊に異質な空気を吹き込んだかのようだった。一枚一枚、絵をこちらに向けてみると、そのすべてが同じかたちで同じ程度に損なわれていることがわかった。高く湧き立つ雲と〈ブラウン・ウィリーの丘〉を背景に、春の日の原野を描いたスケッチも、本来ならばみごとな作品であるはずなのに、その暗い色調と、絵全体を小さく見せ、景色を圧倒する雲の姿とともに、すべてを支配するこの緑の光によって台なしになっていた。

初めて彼女は、自然の気まぐれの産物、アルビノとして生まれたがために、彼の色覚にもどこか異常があるのではないかと思った。彼の視覚は正常でも精確でもないのかもしれない。そう考えればすじが通るのだが、キャンバスをもとどおり裏返し、壁に立てかけたあともなお、違和感は消えなかった。彼女は部屋の探検をつづけたが、室内は家具や調度に乏しく、装飾品も書物もまったくないため、ほとんど何もつかめなかった。牧師の机にさえ手紙も何も載っていない。それはめったに使っていないように見えた。メアリーはつややかなその天板を指でトントンたたきながら、牧師はここで説教の原稿を書くのだろうかと考えた。それから突然、魔が差して、天板の下の浅い引き出しを開けた。なかは空だった。またしても自分を恥じ、彼女は引き出しを閉めようとした。ところがそのとき、底に敷かれた紙の角がめくれているのが目に留まった。その裏側には、何か絵が描かれていた。メアリーは紙を手に取り、そのスケッチを眺めた。これもまた教会の内部を描いたものだが、今回は信徒席に会衆が集まっており、説教壇には牧師自身が立っている。最初、メアリーはそのスケッチになんの異常も認めなかった。それは、画才のある牧師が選ぶものとしてごく自然な題材だった。だがさらによく見たとき、彼女はあの牧師が何をしたかに気づいた。

スケッチなどではない。それは恐ろしくも醜悪な戯画だった。信徒たちは婦人帽をかぶり、ショールを肩に掛け、日曜日の晴れ着を着ているが、牧師がその肩の上に描いているのは人間の頭ではなく羊の頭だ。羊たちは愚かしくぽかんと口を開け、虚《うつ》ろな目でしかつめらしく説教者を見つめている。その蹄《ひづめ》は祈りの形に組み合わされていた。実在の人物を描写したものなのか、羊の顔はひとつひとつ丹念に描かれているが、どの羊も表情は同じ――何も知らず、知ろうともしないうつけの表情だった。黒い法衣をまとい、髪を輝かせた説教者は、フランシス・デイヴィだ。しかし彼は自らに狼の顔を与えており、その狼は自分の下に並ぶ一群の羊たちをあざ笑っていた。

それは、冒瀆的で邪悪なひどい作品だった。メアリーは急いでそれを覆い隠し、白い面を上にして引き出しにもどした。それから引き出しを閉め、机の前を離れて、ふたたび暖炉のそばの椅子にすわった。偶然、秘密を知ってしまったが、その秘密は知らないままでいたほうがよかった。これは彼女にはなんのかかわりもないことであり、創作者と彼の神との問題なのだ。

外の小道で牧師の足音がすると、メアリーは急いで立ちあがり、彼が入ってきたとき陰のなかにいて、顔を読まれずにすむように、離れたところに明かりを移した。

椅子の背はドアのほうを向いている。メアリーはそこにすわって牧師を待った。しかしいつまで経っても彼が入ってこないため、ついにしびれを切らし、足音がしないかと頭をめぐらせた。すると、そこに牧師がいた。彼はホールから音もなく入ってきて、彼女の背後に立っていたのだ。彼女がハッと息をのむと、彼は明るいところに歩み出て、いきなり現れたことを詫びた。

「失礼しました」牧師は言った。「こんなに早くもどるとは思っていなかったでしょう。せっかく空想に耽っていたのに、邪魔をしてしまいましたね」

　メアリーは首を振って、しどろもどろに言い訳をした。そのあとすぐに、牧師は彼女に体調はどうか、また、よく眠れたかどうかを訊ね、話しながら、厚手の外套を脱いで、黒い法服姿で暖炉の前に立った。

「きょうは食事を取りましたか？」彼はそう訊ね、メアリーが何も食べていないと言うと、懐中時計を取り出して時刻を見た。六時少し前。彼はこれを机の上の時計と照らし合わせた。

「あなたは以前、わたしと食事をしましたね、メアリー・イエラン。もう一度、そうしてもらいますよ」彼は言った。「ただし今回は、あなたさえよければ、そして、充分に体が休まっているのであれば、台所からお盆を持ってきて、テーブルの用意をしていただけませんか。食事はハンナが作っておいてくれたはずです。でもこれ以上、彼女に面倒はかけますまい。わたしのほうは少し書き物をしなくてはならないのです。これはもちろん、もしあなたにご異存がなければ、ですが」

　メアリーは、もう充分に休んだからと請け合い、お役に立てればそんなうれしいことはないと言った。すると牧師はうなずいて言った。「では七時十五分前に」彼がこちらに背を向けたので、メアリーは、これはもう行ってよいということだろうと思った。

　牧師の突然の帰宅にややうろたえながら、彼女は台所へと向かった。牧師が現れたときはまだ話をする心の準備ができていなかったので、彼がさらに三十分、ひとりの時間を与えてくれたのがありがたかった。たぶん夕食は簡単なもので、それがすめば牧師はまた机にもどり、こちらはまたひとりでいろいろ考えることができるだろう。あの引き出しを開けたことを彼女は悔やんだ。例の戯画のことがいつまでも頭を離れず、あと味が悪かった。ちょうど、親がいけないというものを見るか聞くかしてしまい、あとになって罪の意識と恥ずかしさとでうなだれ、うっかり口をすべらせて自分のしたことを明かしてしまうのではないかと怯えている子供のような気分だった。お客ではなく女中として扱われ、この台所でひとりで食事をさせてもらえたほうが、彼女としては気が楽だったろう。ところが、現実の彼女の立場は曖昧《あいまい》だった。これは、牧師の態度に慇懃な部分と支配的な部分とが奇妙に混在しているためだ。しかたなく彼女は、お馴染みの台所のにおいのなか家で夕食を取ることを空想しつつ、時計による知らせを待った。教会が自らの鐘で四十五分を告げると、もう逃れようはなくなり、胸の内が一切顔に出ていないよう祈りつつ、居間に盆を運んだ。

牧師は暖炉を背に立っており、テーブルはその前に引き出されていた。メアリーは牧師に目を向けなかったが、それでも彼に見られていることはわかった。彼女の動きはぎこちなかった。また、彼女は室内のものが動かされたことにも気づいていた。視野の隅にはイーゼルがたたまれているのが見えたし、壁にはもうキャンバスは立てかけられていない。机はいま初めて、書類や書状で散らかっていた。それに牧師は手紙を燃やしていたらしい。泥炭の下の灰のなかには、焦げて黄色くなった紙の切れ端が落ちていた。

ふたりは一緒にテーブルに着き、牧師が彼女の皿にコールド・パイを載せた。

「きょう一日、わたしが何をしていたのか訊かないとは、メアリー・イエランの好奇心は死んでしまったのだろうか?」ついに牧師がそう言ってメアリーを優しくからかい、彼女の頬はうしろめたさでたちまち真っ赤になった。

「牧師様が何をなさっていたかは、わたしにはかかわりのないことですもの」彼女は答えた。

「それはちがいますね」牧師は言った。「あなたにはかかわりがあるのです。長い一日、わたしはあなたの問題に首を突っ込んでいたのですよ。あなたはわたしに助けを求めた。そうでしょう?」

メアリーは恥ずかしくなり、なんと答えればよいのかわからなかった。「牧師様がすぐにジャマイカ館に駆けつけてくださったのに、わたしはまだお礼も申し上げていませんでした」彼女は言った。「昨夜、泊めてくださったことにも、きょう休ませてくださったことにも。さぞ恩知らずだとお思いでしょう」

「そんなことは言っていません。わたしはただ、あなたの我慢強さに驚いているだけですよ。昨夜、わたしがあなたに眠るように言ったとき、時計はまだ二時を打っていなかった。そしていまはもう夜の七時です。長い時間ですね。それに状況は絶えず変化するものです」

「それじゃ、牧師様はあのあとお休みになりませんでしたの?」

「朝の八時まで休みました。それから朝食を取り、また出かけたのです。わたしの青馬はいま蹄鉄《ていてつ》に不具合があって使えません。だから、あのコブで移動するのにひどく時間を食いましたよ。彼はカタツムリよろしくのろのろとジャマイカ館に駆けていき、その後、ジャマイカ館からノースヒルまで行ったのです」

「ノースヒルにいらしたんですか？」

「バサットさんが昼食に招いてくれたのでね。出席者は八名から十名でしょうか。誰も彼もが聞いてもいない隣席の人に向かって自分の意見をわめき立てていましたよ。実に長い食事会で、ようやく終わったときは、ほっとしたものです。しかし、あなたの叔父さんを殺した犯人がそう長く自由の身ではいられないという点では、全員の意見が一致していました」

「バサット様には誰か特に疑っている者がいるんでしょうか」メアリーの口調は用心深かった。彼女は自分の皿に目を注いでいた。口のなかの食べ物はおがくずのような味がした。

「バサットさんは自分にまで容疑をかけそうな勢いですよ。あの人は半径十マイル以内に住む者全員を尋問しています。昨夜、屋外にいた不審者の数は膨大ですから、その全員から真実を引き出すのには一週間以上かかるでしょう。しかしそれは問題じゃない。バサットさんは少しもひるんでいませんからね」

「遺体は――わたしの叔母はどうなったんでしょう？」

「遺体は両方とも今朝、ノースヒルに運ばれました。向こうで埋葬されることになっているのです。すべて手配されていますから、ご心配には及びませんよ。その他のことについては――そうですね、いまにわかるでしょう」

「あの物売りは？　まさか釈放されてはいませんよね？」

「ええ、ドアに鍵をかけられ、しっかり閉じ込められて、口汚くわめき立てていますよ。わたしはあの物売りは好きじゃありませんね。あなたもそうでしょう」

メアリーは口もとに運びかけたフォークを下ろし、またもや味を見ないまま皿に肉を置いた。

「それはどういう意味です?」ややむきになって彼女は言った。

「あなたはあの物売りを好きじゃなかろうと言っているのです。お気持ちはよくわかりますよ。あんなに不愉快で下品な男はこれまで見たことがありませんからね。バサットさんの馬丁のリチャーズから聞いたのですが、あなたはあの物売りが犯人じゃないかと疑い、バサットさんにもそう言ったのだそうですね。ゆえにわたしの結論はこうです――あなたはあの男を好きではない。例の鍵のかかった部屋によって彼の潔白を証明されたのは、われわれみんなにとって残念なことですよ。あの男なら最高の生贄《いけにえ》になったでしょうし、それで多くの面倒が省けたわけですからね」

牧師は健啖ぶりを発揮して食事をつづけたが、メアリーは食べているふりをするばかりで、彼がお代わりをすすめると、それをことわった。

「そこまであなたのご不興を買うとは、あの物売りはいったい何をしたのです?」牧師はこの問題に妙にこだわり、執拗にそう訊ねた。

「あの男は一度、わたしを襲ったんです」

「そうだろうと思った。いかにもああいう男のしそうなことです。あなたはもちろん、抵抗したのでしょう?」

「相当、痛い目に遭わせたんだと思います。それっきりわたしには手を出しませんでした」

「ああ、そうでしょうね。それはいつのことですか？」

「クリスマス・イヴです」

「〈五つ辻〉でわたしと別れたあとですね？」

「ええ」

「なるほど、だんだんわかってきましたよ。するとあなたはあの夜、宿にもどらなかったわけだ。街道で宿の主《あるじ》の一行に出くわしたんでしょう？」

「ええ」

「そして連中は、より一層気分が盛り上がるよう、あなたを一緒に海岸へ連れていったわけですね？」

「お願いです、デイヴィ様、これ以上お訊ねにならないでください。あの夜のことは話したくありません。いまも、今後もずっと、です。この世には深く埋《うず》めてしまったほうがいいこともあるんです」

「もう何も訊きませんよ、メアリー・イエラン。あなたをひとりで行かせたわたしが悪かったのです。だが、その澄み切った目と肌、頭のもたげかた、それより何よりそのつんと突き出た顎を見るかぎり、あなたには試練の痕跡などみじんも残っていない。教区牧師の言葉などさしてありがたみがないかもしれませんが——あなたはすばらしい胆力を見せています。敬服しますよ」

メアリーは牧師を見あげ、それからまた目をそらして、手のなかのパンをむしりはじめた。

「物売りのことを考えると」ややあって、自分の皿にスモモの煮込みをたっぷりとよそいながら、彼はつづけた。「あの鍵のかかった部屋を調べなかったとは、犯人も抜かったものだと思いますよ。時間に追われていたのかもしれませんが、一、二分ですむことですからね。それさえやっていれば、もっときっちりかたをつけられたでしょうに」

「どういうことでしょう、デイヴィ様？」

「物売りという問題にけりをつけるということですよ」

「その男が物売りも殺しただろうというんですか？」

「そのとおり。生きていたところで、あの物売りは少しも世のためにならない。死ねば、少なくとも蛆虫の餌にはなる。それがわたしの意見です。なおかつ、物売りがあなたを襲ったことを仮に知っていたなら、その男には物売りを二度殺しても飽き足らないほど強い動機があったわけです」

メアリーはほしくもないケーキをひと切れ、切り取って、無理に口に押し込んだ。食べているふりをすることで、彼女はなんとか平静な顔を保っていた。それでも、ナイフを持つ手が震え、ケーキをうまく切ることはできなかった。

「わかりませんわ」彼女は言った。「わたしがそのことになんの関係があるんでしょう？」

「あなたはご自身に対する評価が低すぎますよ」牧師は答えた。

ふたりは無言で食事をつづけた。メアリーはずっとうつむいたまま、皿にしっかり目を据えていた。本能が彼女に、牧師は釣り人が針にかかった魚を弄ぶように自分を弄んでいるのだと告げた。ついに彼女は我慢できなくなり、彼にいきなり質問をぶつけた。「では結局、バサット様をはじめ、捜査に当たっているみなさんはまだ何もつかめずにいて、犯人はいまも逃げつづけているわけですね？」

「いやいや、われわれもそこまで動きが鈍くはありませんよ。多少の進展はあったのです。たとえば、あの物売り。一縷の望みもないというのに、なんとか助かろうとして、彼は検察側の証人となり、自分の知っていることを洗いざらいしゃべってくれました。さして役には立ちませんでしたがね。われわれはあの男から、クリスマスの前夜、海岸で起きたことについて――本人によれば、彼は一切関与していないそうですが――生々しい説明を聞きました。また、それ以前の長年にわたる犯行に関しても、全体像を組み立てることができましたよ。その他の詳細とともに、夜、ジャマイカ館を訪れる荷馬車のことも聞きましたし、一味の者たちの名前もつかめました。これはつまり、あの男が知っている者たちの名ということですが。問題の組織は、従来考えられていたよりもはるかに大規模なものだったようなのです」

メアリーはなんとも言わなかった。牧師にスモモの煮込みをすすめられると、彼女は首を振った。

「事実」と牧師はつづけた。「あの物売りは、ジャマイカ館の主《あるじ》は名のみの首領だったんじゃないか、とまで言っているのです。あなたの叔父さんは誰か上の者の命令を受けていたんじゃないかというわけですよ。これによってもちろん、この件は新たな様相を呈することになります。紳士がたは色めき立ち、いささか動揺していました。この物売りの説をあなたはどう思いますか?」

「もちろん、ありえますね」

「確かあなたも以前、同様のことをわたしに言っていましたね」

「言ったかもしれません。覚えていませんけれど」

「もしそうだとすれば、この謎の首領と殺人者は同一人物ではないかと考えられます。そう思いませんか?」

「ええ、まあ。たぶんそうでしょう」

「となると、かなり範囲は絞られますね。一味の有象無象は無視できる。われわれは、誰か頭脳と存在感のある者をさがせばいいのです。ジャマイカ館でそのような人物を見たことはありませんか?」

「いいえ、一度も」

「その男は秘かに行き来していたにちがいない。おそらく、あなたや叔母さんがベッドで眠っているときに、夜の静けさのなかを。街道を来たわけはない。もしそうしていたら、馬の蹄の音があなたたちに聞こえたはずですからね。しかし、その男は歩いてきた可能性もある。そうじゃありませんか?」

「ええ、おっしゃるとおり、その可能性もあります」

「だとすれば、その男は原野をよく知っているにちがいない。少なくとも、この近隣の地理には明るいわけです。紳士がたのひとりは、その男は近くに住む者じゃないかと言っていました。

つまり、徒歩か馬で移動できる圏内ということですね。だからこそ、バサットさんは半径十マイル以内に住む者を残らず尋問しようとしているのです。そのことは、食事を始めたときにお話ししましたよね。ですから、おわかりでしょう。網は四方からその男に迫っている。ここでぐずぐずしていれば、彼は必ずつかまる。われわれはみな、そう確信しています。もう食事はおすみですか？　ほとんど食べませんでしたね」

「お腹が空いていないんです」

「それは残念ですね。ハンナが自分のコールド・パイはおいしくなかったのだと思うでしょう。それはそうと、もうお話ししましたかね？　わたしはきょう、あなたのお知り合いに会ったのですよ」

「うかがっていませんわ。わたしにはあなた以外お友達はいませんし」

「ありがとう、メアリー・イエラン。実にうれしいお言葉ですね。素直に受け止めておきますよ。ですが、それは完全に本当とは言えないでしょう。あなたには知り合いがいる。あなたがご自分でわたしにそう言ったのですよ」

「誰のことでしょう、デイヴィ様」

「ほら、思い出して。宿の主《あるじ》の弟があなたをランソンの定期市に連れていったじゃありませんか」

メアリーはテーブルの下で両手を握り締め、爪を皮膚に食い込ませた。

「宿の主《あるじ》の弟？」彼女はオウム返しにそう言って、時間を稼いだ。「その人にはそれ以来会っていないんです。どこかよそに行ったものと思っていました」

「いいえ、彼はクリスマス以来ずっとこの地区にいたのです。本人がそう言っていましたからね。実を言うと、彼はわたしがあなたに宿を貸していることを耳にしたのです。それで、あなたへのことづてをたのみにわたしのところに来たわけですよ。『本当に気の毒に、と伝えてください』これが彼の言葉です。たぶん叔母さんのことを言っていたのでしょう」

「彼が言ったのはそれだけですか?」

「もっと何か言おうとしていたようですが、バサットさんが割って入ってきたものでね」

「バサット様? 彼が牧師様に声をかけたとき、バサット様もその場にいらしたんですか?」

「もちろんです。室内には何人か紳士がたがいましたよ。あれは夕方、わたしがノースヒルを出る直前、その日の話し合いが終わったときのことでした」

「なぜジェム・マーリンがその話し合いに出ていたんです?」

「彼にはその権利があるのでしょう。故人の弟ですからね。兄の死を深く悼んでいるようには見受けられませんでしたが。たぶんあの兄弟はうまが合わなかったのですね」

「あの――バサット様と紳士がたは彼を尋問したんでしょうか?」

「彼らはきょう一日ずいぶんたくさん話をしました。弟のほうのマーリンはどうやら利口な男のようです。どの質問にも非常に抜け目なく答えていましたよ。彼は兄よりもはるかに頭がいいんじゃないかな。あなたは、彼が少々無軌道な生きかたをしていると言っていましたね。確か馬泥棒なのでしょう?」

メアリーはうなずいた。その指はテーブルクロスの模様をなぞっていた。

「他にいい話がないときは、それをやっていたようですが」牧師は言った。「頭を使うチャンスが巡ってくると、彼はすかさずそのチャンスをつかんだわけです。しかしまあ、非難はできないでしょうね。かなりの金をもらったのでしょうから」

その優しい声を聞いていると、頭がおかしくなりそうだった。言葉のひとつひとつがチクチクと神経を刺している。彼女は自らの敗北を悟った。もうこれ以上、無関心を装いつづけることはできない。顔を上げたとき、その目は自制の苦しみに満ちていた。メアリーは哀願するように両手を広げた。

「あの人はどうなるんでしょう、デイヴィ様？」彼女は言った。「あの人はどうなるんでしょう？」

淡い無表情な目がメアリーを見つめ返した。彼女は初めてその目に影がよぎるのを見た。それと、かすかな驚きの色とが。

「どうなる？」明らかに戸惑って、牧師は言った。「どうもなりはしませんよ。バサットさんとは和解したわけですし、もう何も恐れることはないはずです。あれだけ協力したわけですからね。あの人たちも過去の罪を蒸し返したりはしないでしょう」

「どういうことです？　彼がどんな協力をしたんです？」

「今夜は頭の働きが鈍っているようですね、メアリー・イエラン。それに、どうやらわたしは謎めいた言いかたをしているらしい。ジェム・マーリンが兄を告発したことを、あなたは知らなかったのですか？」

　メアリーは馬鹿のようにまじまじと牧師を見つめた。脳は停滞し、働くことを拒んでいた。彼女は勉強を教わる子供よろしく彼の言葉を復唱した。

「ジェム・マーリンが兄を告発した？」

　牧師は皿を押しやって、盆の上に空いた食器を並べはじめた。「そのとおり」彼は言った。「バサットさんはそう言っていましたよ。クリスマスの前夜、ランソンであなたの友達に出くわしたのは、判事ご自身だったようです。それで判事は試しに彼をノースヒルまで連れていったのです。『おまえはわたしの馬を盗んだ』判事は言いました。『それに、あの兄に引けを取らない大悪党だしな。わたしには力がある。明日にもおまえを牢にぶち込んでやれるんだ。そうなれば、この先十数年、おまえが馬を目にすることはあるまいよ。だが、ジャマイカ館のおまえの兄がわたしの思うとおりの男だという証拠をひとつ提供すれば、おまえのほうはお咎めなしだ』

　あなたの若いお友達は、少し時間をくれ、と言ったそうです。そして時間切れになると、首を振ったのです。『だめだな。やつをつかまえたきゃ、自力でどうぞ。お上と取引するくらいなら、死んだほうがましなんで』しかし判事は彼の鼻先に布告書を突きつけました。『それを見ろ、ジェム。おまえはこの一件をどう思う？　クリスマスの前夜に船が一隻、無惨なかたちで難破したんだ。あんなむごたらしいのは、レディー・グロスター号が昨冬パドストウで座礁して以来だよ。どうだ、考えは変わらんかね？』話のつづきは、わたしにはよく聞こえませんでした――始終、人が行き来していたものですから――しかし、どうやらあなたのお友達はその夜、隙を見て逃げ出したようです。ところが、きのうの朝、誰もがもう二度と彼の姿を見ることはあるまいと思っていたときに、またもどってきて、落ち着き払ってこう言ったのだそうです。『いいでしょう、バサットさん、証拠を提供いたしますよ』ついさっきわたしが、ジェム・マーリンは彼の兄より頭がいいと言ったのは、そういうわけですよ」

牧師はテーブルをかたづけ、盆を隅に置いた。だが彼はそのまま、暖炉の前に脚を差し出し、背もたれの高い狭い椅子でくつろいでいた。メアリーは彼の動きなど見てもいなかった。牧師の話に精神を打ち砕かれ、彼女はじっと自分の前の虚空《こくう》を見つめていた。あんなにも恐れ、苦悩しつつ、彼女が築いてきた愛する男の罪の証拠は、ひと組のトランプのカードさながらにばらばらにくずれ去ったのだ。

「デイヴィ様」彼女はゆっくりと言った。「わたしはコーンウォール州一の大馬鹿者のようですね」

「そのようですね、メアリー・イエラン」牧師は言った。

その皮肉な口調は、いつもの優しい声に慣れている耳に痛く、それ自体が叱責のようだったが、メアリーは謙虚にそれを受け入れた。

「何があろうと」彼女はつづけた。「これでわたしは、勇敢に、恥じるところなく、未来に向き合うことができます」

「それはよかった」牧師は言った。

メアリーは顔から髪を振り払い、知り合って以来、初めて牧師にほほえみを見せた。ようやく彼女から不安と恐れが去ったのだ。

「ジェム・マーリンは他にどんなことを言ったりしたりしたんでしょう?」メアリーは訊ねた。

牧師は懐中時計に目をやると、ため息とともにそれをしまった。

「話してあげる時間があればいいのですが」彼は言った。「もうそろそろ八時ですからね。ふたりとも時の経つのを忘れていたようです。とりあえずジェム・マーリンの話はこれくらいにしておきましょう」

「ひとつだけ教えてください——牧師様がノースヒルを出るとき、あの人はまだそこにいたんでしょうか?」

「いましたよ。事実、わたしが急いで帰宅したのは、彼が最後にあることを言ったためなのです」

「あの人が牧師様に何を言いましたの?」

「特にわたしにというわけではありませんが。彼は今夜、ウォーレッガンまで馬を走らせ、その鍛冶屋を訪ねるつもりだと言ったのです」

「デイヴィ様、わたしをからかっていらっしゃるのね」

「いいえ、とんでもない。ノースヒルからウォーレッガンまではかなり距離がありますが、あの男なら暗いなかでもきっと道はわかりますよ」

「ジェムが鍛冶屋を訪ねるとして、それがあなたとどんな関係があるんです?」

「彼は、ジャマイカ館の下のヒースの原で見つけた釘を鍛冶屋に見せると言うのです。その釘は馬の蹄鉄から落ちたものです。つまり、釘がきちんと打たれていなかったわけですよ。釘は新品でした。そして、ジェム・マーリンは馬泥棒ですから、このムーアのあらゆる鍛冶屋の仕事を知っています。『こいつを見てくださいよ』彼は判事に言いました。『今朝、あの宿の裏手の原っぱで見つけたんです。あんたがたの話し合いももうすんで、この俺はお役御免なわけだから、お許し願えるなら、これからひとつ走りウォーレッガンまで行ってきますよ。トム・ジョリーの野郎の面にこの釘を投げつけて、てめえの雑な仕事ぶりをしっかり見せてやりたいんでね』」

「ええ、それで?」

「きのうは日曜でしたね。日曜に仕事に精を出す鍛冶屋などどこにもいません。よほどお客に敬意を抱いていれば、別ですがね。きのうトム・ジョリーの鍛冶屋に寄った者はひとりだけです。その人物は、自分の馬の具合が悪い蹄鉄に新しい釘を打ってくれとたのみのみでした。時刻はそう、夜の七時ごろでしょうか。そのあと、彼はジャマイカ館経由で旅をつづけたのです」

「どうしてそんなことをご存知なんです?」メアリーは訊ねた。

「なぜならその人物というのが、オルタナンの牧師だったからですよ」彼は答えた。

17

部屋に沈黙が落ちた。暖炉の火は前と変わらず燃えつづけていたが、空気にはそれまでなかった冷気が感じられた。どちらも相手が口を開くのを待っており、一度、フランシス・デイヴィがごくりと唾をのむ音がした。ついに牧師の顔を見たとき、メアリーは予想どおりのものを目にした。あの淡い落ち着いた目が、じっとこちらを見つめている。それはもう冷たくはなく、彼の顔である白い仮面のなかで初めて生き物のように燃えていた。彼が何を伝えようとしているのかわかっていながら、メアリーは何も言わなかった。身を護るすべとして、なんとしても知らないふりをつづけようとし、唯一の味方である時を稼いだ。

彼の目が、何か言えと要求している。メアリーはそれまでどおり暖炉で手を温めながら、無理に笑みを浮かべた。「今夜は謎めいたことばかりおっしゃるんですね、デイヴィ様」

牧師はすぐには答えなかった。ふたたび唾をごくりとのむ音がした。それから、突然、話題を変えて、彼は椅子から身を乗り出した。

「わたしはきょう、ここにもどる前に、あなたの信頼を失った」彼は言った。「あなたはわたしの机に行って、あの絵を見つけた。そして動揺したのですね。いや、見ていたわけじゃない。わたしはのぞき見などしませんから。でも、あの紙が動かされたことはわかったのです。以前にもそうしたように、あなたは自分にこう問いかけた。『あのオルタナンの牧師とは、どういう人間なんだろう？』そして外の小道でわたしの足音がすると、わたしの顔を見なくてすむように、暖炉の前のその椅子にすわって背を丸めたわけです。逃げないでください、メアリー・イエラン。ふたりのあいだでは、もう芝居の必要はない。わたしたち、あなたとわたしは、お互いに正直であっていいのです」

メアリーは彼のほうに目を向け、それからふたたび顔をそむけた。彼の目は何かを伝えようとしていたが、それを読み取るのは怖かった。「あなたの机に近づいたりして、すみませんでした」彼女は言った。「してはならないことですし、どうしてそんな気になったのか自分でもわかりませんわ。絵については、わたしはそういうものに疎いので、上手下手は言えませんけれど」

「上手下手はどうでもいい。あれを見てあなたは怖くなった。そうでしょう？」

「はい、デイヴィ様、怖くなりました」

「あなたは再度、自分に問いかけた。『あの男は自然の気まぐれが産んだ者だ。彼の世界はわたしの世界とはちがう』そう、あなたは正しいのです、メアリー・イエラン。わたしは過去に生きている。人間が今日のように卑しくなかった時代に。歴史上の英雄たちの時代のことではありませんよ。中世の胴衣《ダブレット》とタイツを身に着け、先のとがった靴を履いた連中は、わたしの友とはなりえない。そうではなく、遠い昔、世界が始まったころ、川と海がまだひとつで、古い神々が丘をさまよっていた時代のことです」

彼は椅子から立ちあがって、暖炉の前に立った。その姿は黒く細く、髪と目は白い。彼の声はいま、メアリーが初めて聞いたときのように優しくなっていた。

「あなたが学生なら理解できたのでしょうが」彼は言った。「しかしあなたは女であり、すでに十九世紀を生きている。それゆえに、わたしの言葉はあなたにはなじまないわけです。そう、わたしは自然界の変種であり、時代の変種でもあります。わたしはここに属していない。この時代に不満を抱き、人類に不満を抱いて、生まれてきたのです。十九世紀に平和を見出すことはきわめて困難です。静けさは消えてしまった。丘陵にさえそれはない。わたしはキリスト教の教会にそれを見出そうとした。ところがその教義は吐き気を催すようなものでした。その土台自体がおとぎ話の上に作られているのですから。キリスト自身も看板にすぎない。人間によって作られた操り人形みたいなものです。

しかし、こういう話はあとにしましょう。ほとぼりが冷め、追跡の手がゆるんだときに。わたしたちの前には永遠がある。少なくともこれだけは言えますよ――わたしたちには馬車も荷物もない。その代わり、遠い昔の旅人のように、身軽に旅することができるのです」

椅子の肘掛けを両手でぎゅっとつかんで、メアリーは彼を見あげた。

「おっしゃっている意味がわかりませんわ、デイヴィ様」

「いいや、ようくわかっているでしょう。あなたにはもう、ジャマイカ館の主《あるじ》を殺したのがわたしであることがわかっている。わたしは彼の妻も殺した。それに、あの物売りも、仮にわたしがその存在に気づいていたら、いまごろ生きてはいない。さっきわたしが話しているあいだに、あなたは頭のなかで話を組み立てたはずだ。あなたの叔父さんに逐一指示を与えていたのがこのわたしだったことも、彼が名のみの首領だったことも、あなたにはわかっている。わたしはよく、コーンウォールの地図をテーブルに広げ、あなたのその椅子にすわる彼と一緒に夜を過ごしました。わたしが話しかけると、この地方の恐怖の的、ジョス・マーリンが手のなかで帽子をひねくりまわしたり前髪に触《さわ》ったりしたものです。あの男はこの仕事に関しては子供も同然で、わたしの指示なしには何ひとつできませんでした。右手と左手の区別もつかない、ただ威張り散らすだけの哀れな暴君ですね。彼の虚栄心はわたしたちを結ぶ絆のようなものでした。仲間内で悪名が高まれば高まるほど、彼は喜んだのです。わたしたちはうまくやってきました。彼はよく仕えてくれましたよ。われわれの秘密の関係を知る者は他に誰もいませんでした。

われわれをつまずかせたのは、メアリー・イエラン、あなたでした。あなたは、好奇心で一杯のその大きな目と勇敢で穿鑿《せんさく》好きな心とともに、われわれの前に現れた。そしてわたしは終わりが近いことを悟ったのです。どのみちぎりぎりの勝負をしてきて、そろそろ終止符を打つ頃合いでしたからね。あなたはその勇気と良心とでどれほどわたしを悩ませたことか！　また、それゆえにわたしはどれほどあなたを賛美したことか！　当然のごとく、あなたは宿の空っぽの客室にわたしがいるのに気づいてしまった。そして、こっそりバーまで下りていき、梁《はり》からぶら下がるロープを見てしまったわけです。それがあなたの最初の挑戦でした。

つづいてあなたは、家を抜け出し、叔父さんのあとをつけて原野に出ていった。あのとき彼は〈ぎざぎざ岩〉でわたしと落ち合うことになっていたのです。あなたは暗闇で彼を見失い、偶然出くわしたわたしを腹心の友にしてしまった。そう、わたしはあなたの友になった。そしてよいアドバイスをしてあげたでしょう？　実際、判事だってあれに勝《まさ》るアドバイスはできなかったはずです。あなたの叔父さんは、わたしたちの奇妙な同盟のことは少しも知らなかった。たとえ知ってても理解できなかったでしょう。命令を無視することで、彼は自ら死を招いたのです。わたしにはあなたの決意がわかっていた。機会さえあれば、即座に叔父さんを密告することも。それゆえ彼は、どんな証拠もあなたに与えてはならなかった。時が経てば、あなたの疑いも鎮まったはずなのです。ところがクリスマスの前夜、叔父さんは正気を失うまで飲み、愚かな野人のように暴れ回って、この地方全体に怒りの火を点けてしまった。そのときわたしは、彼がじきにつかまることを悟った。そして、首に縄をかけられれば、あの男が最後の切り札を使い、首領としてわたしの名を出すことも。それゆえ彼は死なねばならなかったのです、メアリー・イエラン。それに、彼の影法師であるあなたの叔母さんも。また、昨夜、わたしがジャマイカ館に立ち寄ったとき、仮にそこにいたなら、あなた自身も――いや、あなたは死ななかったな」

彼は身をかがめると、ふたりの高さが同じになるよう、両手を取ってメアリーを立ちあがらせ、その目を見つめた。

「そう」彼はもう一度、言った。「あなたは死ななかった。今夜わたしについてくるように、あのときもあなたはわたしについてきただろう」

メアリーは彼を見返し、その目を見つめた。そこからは何ひとつ読み取れなかった——以前そうだったように、それは冷たく澄み切っていた。しかし彼の手の力は強く、彼女の手首を放す気配はなかった。

「あなたはまちがっています」メアリーは言った。「あなたはわたしを殺したでしょう。いまわたしを殺すように。わたしはあなたについていきませんから、デイヴィ様」

「恥辱よりは死を、ですか?」彼はほほえみ、その仮面の顔に細いひびが入った。「そのような難問をあなたに突きつける気はありませんよ。あなたはこの世界に関する知識を古い本から得ているのです、メアリー。そのなかでは悪者がマントの下に尻尾を垂らし、鼻の孔から火を噴いているわけです。あなたは危険な敵であることを証明してきた。だからわたしは、あなたをそばに置きたいのです。いいですか、これは賛辞ですよ。あなたは若い。そして、壊してしまうのは惜しいある種の優雅さをそなえている。それに、時が経てば、わたしたちはもとの友情を立て直せることでしょう。今夜それは、こじれてしまったわけですが」

「あなたがわたしを馬鹿な子供のように扱うのは当然ですわ、デイヴィ様」メアリーは言った。「あの十二月の夜、馬に乗ったあなたに出くわして以来、わたしはずっと馬鹿な子供でしたから。わたしたちのあいだに友情があったとしても、それはわたしを貶め愚弄するものです。手についた罪のない男の血がまだ乾きもしないうちに、あなたはわたしにアドバイスを与えたんです。酔っていようがしらふであろうが、わたしの叔父は少なくとも正直ではあった。自分のしたことをあちこちでしゃべり、夜はその夢を見て——恐れおののいていた。ところがあなたは――あなたは疑惑から身を護るために聖職者の衣をまとっている。十字架の陰に隠れているんです。友情がどうのこうのとおっしゃいますが……」

「あなたが反発し、嫌悪するほど、わたしは楽しいのですよ、メアリー・イエラン」彼は答えた。「あなたには太古の女たちが持っていた炎の激しさがある。あなたを連れにする幸せは放り捨ててはならないものです。ともあれ、わたしたちの議論から宗教は除外しておきましょう。あなたがわたしをもっとよく知るようになったら、わたしたちはまたこの問題に立ちもどるでしょう。そのときは、わたしが自分自身から逃れるためにキリスト教に救いを求めたことを話してあげますよ。その結果、わたしは、太古の異教の蛮性が飾らず無垢であるのに対し、キリスト教が憎悪や嫉妬や強欲、人の造った文明の付属物の上に成り立っているのを知ったのです。わたしは心を腐らせてきたのですよ……かわいそうなメアリー、十九世紀にしっかり足を踏み締めたまま、戸惑った牧羊神の顔でわたしを見あげている。自らを変種であり、あなたの小さな世界の厄であると認めるこの男を。用意はできましたか？　あなたのマントはホールにかかっています。わたしは待っているのですよ」

時計に目を据えて、メアリーは壁際へとあとじさった。しかし彼はなおも彼女の手首をつかんだままで、その手にぐっと強く力を加えた。

「おわかりですね」彼は優しく言った。「この家には誰もいない。それはあなたもご存知でしょう。みっともなく悲鳴をあげたところで、誰にも聞こえはしないのです。善良なハンナは、教会の向こう側のコテージで、暖炉にあたっています。あなたが思っているよりも、わたしには力があるのですよ。哀れな白いフェレットは華奢《きやしや》に見え、その姿で人をあざむく。そうでしょう？　でも、あなたの叔父さんはわたしの力を知っていました。わたしはあなたに手荒なことをしたくないのです、メアリー・イエラン。それに、沈黙のために、あなたの持つその美しさを損なうのも気が進まない。しかし、あなたが抵抗するなら、わたしはそうせざるをえません。さあ、あなたの冒険心はどこへ行ったのです？　あなたの度胸、あの勇気は？」

メアリーは現在の時刻から、彼がすでに時間的限界を超えており、もうほとんど余裕がないことを知った。彼はいらだちをうまく隠しているが、それは確かにそこに――目の小さな動きと引き結んだ唇とに見られた。いまは八時半。もうジェムはウォーレッガンの鍛冶屋と話をしただろう。この家との距離は十二マイル程度、それ以上はない。そして、ここに至るまでのメアリー自身とはちがい、ジェムは馬鹿ではない。彼女はすばやく頭を働かせ、成否の見込みを計った。フランシス・デイヴィに同行すれば、彼女は彼の足手まといになり、そのスピードを鈍らせるだろう。それは避けがたいことであり、彼は一か八かの賭けをしているのだ。追っ手は猛追してくるだろうし、その場合は心臓を刺されるのが関の山だ。あれこれ賛辞を並べてはいるが、もし同行を拒んだら？　彼女がいれば、いずれ彼の正体は周囲に知れることになる。

彼が手負いの同行者をかかえていくわけはない。

彼はメアリーを勇敢だと言った。それに、冒険心があると。では、その勇気で自分がどこまで行けるか、見てもらおう。彼と同様、自分も命を賭けられることを。彼が正気でないなら（メアリーはそう思っているが）その狂気は彼に破滅をもたらすだろう。そして彼が狂っていないとしても、メアリー自身が、いままでずっとそうであったように、彼の障害となる。彼女の小娘の機知が彼の頭脳と対決するのだ。正義はこちらにある。それに、彼女は神を信じている。彼のほうは、自ら創造した地獄をさまよう宿なしなのだ。

決断を下し、メアリーはほほえんで、彼の目をまっすぐに見つめた。

「一緒に行きます、デイヴィ様」彼女は言った。「でも、わたしは膚に刺さる棘《とげ》、進む道の小石となるはずです。あなたはいずれ後悔しますよ」

「敵であろうと味方であろうと、わたしにとっては同じことです」彼は言った。「あなたはわたしの首に掛けられた碾臼《ひきうす》となる。そしてわたしは、そのために一層あなたを好きになるのです。あなたもじきにその型にはまった行動様式を放り出すでしょう。子供のころに身に染みついた文明の貧相な虚飾もすべて。わたしが生きかたを教えてあげますよ、メアリー・イエラン。人間がもう四千年以上、実践していない生きかたを」

「道中、わたしは楽しい連れにはなりませんよ、デイヴィ様」

「道中？　誰が道を行くと言いました？　わたしたちは、かつてケルト民族の祭司らがしたように、原野を渡り、丘を越え、花崗岩《かこうがん》とヒースを踏んでいくのです」

もう少しで彼の面前で笑ってしまうところだったが、そうする間もなく彼は向きを変え、メアリーのためにドアを開けた。彼女はわざとらしくお辞儀をして、廊下に出た。いまは向こう見ずな冒険心で一杯で、牧師が怖いとも、夜が怖いとも思わなかった。もう何も思い煩うことはない。彼女の愛する男は自由の身であり、その男に血の汚れはついていない。彼女は堂々と彼を愛することができる。そうしたければ、大声で愛していると叫んでもいい。自分のために彼が何をしてくれたか、彼女は知っている。また、彼がふたたび自分のもとへ来ることも。空想のなかでメアリーは、自分たちを追って彼が馬を駆る音を、彼の誰何《すいか》の声、その勝利の雄叫びを聞いた。

フランシス・デイヴィのあとにつづき、メアリーは厩舎《きゅうしゃ》まで行った。見ると、馬たちには鞍が付けられていた。彼女にはこれは予想外だった。

「馬車は置いていくんですか?」メアリーは訊ねた。

「お荷物はあなただけで充分ではありませんか?」彼は答えた。「そう、メアリー、わたしたちは身軽に自由に旅しなければなりません。あなたは馬に乗れるはずです。農場で生まれた女はみな馬に乗れますからね。わたしが手綱を取りましょう。スピードはお約束できませんよ。悲しいかな、コブは一日働かされたので、不平たらたらでしょうし、青馬のほうは、ご存知のとおり、うまく歩けませんから、ほとんど距離を稼げないでしょう。ああ、レストレス、こうして旅立つはめになったのは、半分はおまえのせいだぞ。知らぬこととはいえ、ヒースの原に釘を落としたとき、おまえはご主人の秘密を暴露したんだ。償いに女をひとり乗せていかねばならないよ」

その夜は暗く、空気はじっとり湿気をはらみ、風は冷たかった。空は低く走る雲に覆われ、月は隠されている。道を照らす明かりはないだろうから、馬たちは見咎められずに進んでいけるだろう。それはまるで、最初の賽《さい》の目がメアリーに不利に出て、夜そのものがオルタナンの牧師に味方しているようだった。彼女は鞍にまたがった。大声で叫び、助けを呼んだら、この眠れる村を起こすことはできるだろうか。そんな考えが頭をよぎったとたん、牧師の手が足に触れ、あぶみのなかにそれを収めた。彼を見おろすと、そのケープの下で鋼《はがね》がきらりと光るのが見えた。彼は顔を上げて、ほほえんだ。

「それは愚策というものですよ、メアリー」彼は言った。「オルタナンではみな早く床に就くのです。彼らが起き出して目をこするころには、わたしはあの原野の彼方にいるでしょう。そしてあなたは――あなたは長い濡れた草を枕に、うつぶせに倒れている。その若さも美しさも損なわれているのです。さあ、いらっしゃい。冷えた手足も、馬で行くうちに温まります。レストレスは乗り心地がよいはずですよ」

メアリーは何も言わず、ただ両手で手綱を取った。彼女はもう引き返せないところまで来てしまっている。この運任せのゲームをやり切るしかないのだ。

彼は栗毛のコブにまたがった。青馬の引き手綱はコブに結ばれていた。こうして彼らは、ふたりの巡礼のように、風変わりな旅を始めた。

闇に包まれ、閉ざされた、静かな教会を通り過ぎていくとき、牧師は芝居がかったしぐさで黒いシャベルハットを取って頭をさらした。

「わたしの説教をあなたに聞かせたかったな」彼は小声で言った。「信者たちは、わたしが描いた絵そのままに、羊よろしく席にすわっていた。彼らの口はぽかんと開き、魂は眠っていた。教会は、彼らを囲む石の壁と頭上の屋根にすぎないが、建てられたとき人の手で祝福されたというだけで、彼らはそれを神聖だと思っているわけです。土台の石の下に、自分たちの異教の祖先がいることを彼らは知らない。また、そこに古い御影石の祭壇があることも。その上には、キリストが十字架で死ぬよりはるか以前に生贄《いけにえ》が置かれたのです。わたしは真夜中に教会のなかに立ち、静寂に耳を傾けたことがあるのですよ、メアリー。空気にはかすかな声が宿っていました。深い土のなかで育ち、オルタナンの教会のことなど何も知らない、不穏なもののささやきが」

彼の言葉はメアリーの心にこだまし、彼女を運び去り、ジャマイカ館の暗い廊下に連れもどした。床に横たわる叔父の遺体を前にそこに立っていたときのことを、彼女は思い出した。その壁に、遠い過去に源を発する恐怖と不安が宿っていたことを。叔父の死など取るに足りない。それははるか昔、ジャマイカ館がいま立つ場所にヒースと石以外何もなかったころに起きたことの繰り返しにすぎない。あのとき、人のものでない冷たい手で触れられたかのように、体が震えたことを、彼女は思い出した。そしていま、白い髪と目――過去を見てきた目を持つフランシス・デイヴィの姿に、彼女はふたたび震えた。

彼らは原野の境《さかい》に至り、でこぼこの小道をたどって川の浅瀬まで行き、さらにその浅瀬を渡って、原野の広大な黒い中心部に入った。そこからはもう踏み分け道もなく、ただ硬い草と枯れたヒースが生えているばかりだった。馬たちは始終石につまずいたり、沼地の縁《ふち》のやわらかな地面に沈み込んだりしたが、フランシス・デイヴィは空を舞う鷹のように、一瞬たたずんで足もとの草を観察しては、行くべき道を見つけ、ふたたびコースを変えて、地面の固いところへと向かうのだった。

岩山がふたりの周囲にそそり立って、その背後の世界を消し去っており、二頭の馬の姿は丘の襞《ひだ》のあいだに隠されていた。横に並び、小さな歩幅で危なっかしく、彼らは枯れた蕨《わらび》の茂みのなかを慎重に進んでいった。

希望がぐらつきはじめ、メアリーは黒く連なる丘を振り返って眺めた。その前では自分がいかにもちっぽけに思える。ウォーレッガンと彼女のあいだには何マイルもの距離があり、ノースヒルはすでに別世界に属するものとなっていた。これらの原野には、永遠の隔たりを作り、そこに近づくことを不可能にする魔力がある。しかしフランシス・デイヴィは原野の秘密を知っており、目の見えない者が自分の家を自在に歩くように、暗闇のなかを進んでいた。

「わたしたちはどこに向かっているんです?」ついにメアリーがそう訊ねると、彼は振り返って、シャベルハットの下でほほえみ、北を指さした。

「警官たちがコーンウォールの海岸を巡回する時が来る」彼は言った。「この前ふたりで話したとき――ランソンから一緒に馬車に乗ってきたあのときに、わたしはあなたにそう言いましたね。しかし今夜は、それに明日も、そういった邪魔は入らないでしょう。ボスキャッスルからハートランドまで、岩壁を訪れるのはカモメやその他の野鳥だけです。大西洋は以前、わたしの友でした。荒々しくて、わたしが思っていた以上に無情だったかもしれない。それでも友ではあったのです。あなたも船の話を聞いたことがあるでしょう、メアリー・イエラン。このところはそういう話をする気にはなれなかったでしょうがね。わたしたちをコーンウォールから運び去るのは船なのです」

「では、わたしたちはイングランドを離れるんですね、デイヴィ様？」

「他に何かいい案がありますか？　きょう以降、オルタナンの牧師は神聖なる教会とのつながりを断ち、ふたたび逃亡者となるのです。あなたにスペインを見せてあげますよ、メアリー。それにアフリカも、太陽について学べるように。よかったら、砂漠の砂も踏ませてあげます。わたしはどこでもいいのです。行き先はあなたに選ばせてあげましょう。なぜあなたは笑って首を振っているのです？」

「あなたの言うことは全部幻想で、ありえないことだから、それで笑っているんですよ、デイヴィ様。チャンスがあり次第――たぶん最初に着いた村で、わたしがあなたから逃げることは、わたしにもあなたにもわかっている。今夜、わたしが一緒に来たのは、そうしなければ殺されるからです。でも昼間、人の目があり、生活の音がするところでは、あなたはいまのわたしと変わらず無力なはずです」

「お好きになさい、メアリー・イエラン。わたしは危険は承知のうえです。あなたはいい気になって忘れていますが、コーンウォールの北の海岸は、南とはまるでちがうのですよ。あなたはヘルフォード出身ですよね。そこでは、綺麗《きれい》な小道が川ぞいを曲がりくねって進み、村々が数珠《じゅず》つなぎに連なり、道ぞいにはコテージが立っている。いまにわかるでしょうが、北海岸はあまり人に親切とは言えません。この原野と同じで、旅する者もない、淋しいところなのですよ。わたしの思う港に着くまで、あなたがわたし以外の人の顔を見ることはないでしょうね」

「では、その点はおっしゃるとおりだとしましょう」内心の恐怖を抑えつけ、逆に強気な口調で、メアリーは言った。「わたしたちは海に至り、あなたの思う船に乗り込み、海岸をあとにする。仮にそうなるとしましょうよ。アフリカ？　スペイン？　どこでもお好きな国を挙げてください。わたしがそこまで、人殺しという正体を暴かずに、あなたについていくと思いますか？」

「そのころには、あなたはそんなことは忘れていますよ、メアリー・イエラン」

「わたしが叔母を殺されたことを忘れると言うんですか？」

「そうです。それに他のこともね。ムーアのことも、ジャマイカ館のことも、へまばかりやるその足でわたしと出くわしたこともです。ランソンからの帰り道、街道で流した涙のことも、その涙の原因となった若い男のことも、みんな忘れてしまいますよ」

「人の秘密に踏み込んで喜んでいるんですね、デイヴィ様」

「あなたの痛いところに触れて喜んでいるわけです。そんなふうに唇を噛んだり、顔をしかめたりしないように。わたしにはあなたの考えが読めるのです。前にも言いましたが、わたしは昔、告解を聴いていたのでね。女であるあなた以上に、女がどんな夢を持つものか、よく知っているのです。その点、わたしはあの宿の主《あるじ》の弟より有利なわけですよ」

彼がふたたびほほえみ、その仮面に細くひとすじのひびが入った。自分を蔑《さげす》む彼の目を見まいとして、メアリーは顔をそむけた。

ふたりは無言で進みつづけた。しばらくすると、メアリーには夜の闇が深まり、空気が前より濃密になったように思えた。それまでとはちがい、周囲の丘も見えなかった。馬たちは慎重に歩を進めており、たぶんどちらへ行ったものかわからず、怯えているのだろう、ときおり立ち止まっては鼻を鳴らした。地面はいま、ぬかるんで、不安定だった。右も左も景色はもう見えないが、ずぶずぶ沈むやわらかい草地の感触から、メアリーには自分たちが沼地に囲まれていることがわかった。

馬たちが怯えているのは、そのためにちがいない。メアリーは連れをちらりと見やって、その表情をうかがった。彼は鞍から身を乗り出して、刻々と深まり、見通しにくくなる闇に目を凝らしていた。その緊張した横顔と罠のようにぴたりと閉じた薄い唇から、メアリーにはわかった。彼は自分たちの行く道に全神経を集中しているのだ。それは突如、新たな危険で一杯になっていた。馬の不安が乗り手に伝わり、メアリーは真昼の光のもとで見たこれと同じ沼地のことを思い出した。茶色の草の塊が風に揺れ、その向こうで、ぎっしりと立つ丈の長い細い葦《あし》が、微風に震えてさらさら音を立てながら、一群となって動いている。そして、その下では黒い水が沈黙のうちに待っているのだ。ムーアに住む者たちでさえ道をまちがえ、足を取られ、いま自信を持って歩いていたかと思えば、つぎの瞬間よろめいて、いきなり沼にのまれることを、彼女は知っている。フランシス・デイヴィはムーアを熟知しているが、その彼でさえ絶対大丈夫とは言えず、道に迷いかねないのだ。

小川はカラコロと流れ、歌を奏でる。石の上を流れる小川の音は、一マイル以上先まで聞こえる。だが沼地の水はなんの音も立てない。一歩まちがえば、それで終わりとなるかもしれない。メアリーの神経は張りつめていた。馬が急によろめいたら、そして、不吉にずぶずぶ沈みながら、密生する草のなかをやみくもに足でさぐりはじめたら、そのときはすぐ鞍から飛び出せるよう、半ば無意識に身構えていた。連れがごくりと唾をのむのが聞こえ、その小さな癖が彼女の恐怖をかき立てた。まわりがよく見えるよう帽子を脱いで、彼は左右をうかがった。湿気はすでにその髪をきらめかせ、衣類にまとわりついていた。じっとりした靄《もや》が低地から立ちのぼってくる。メアリーは葦の酸敗臭に気づいた。つづいて彼らの正面に、夜の奥から巨大な霧が湧き出して、あらゆるにおいと音を殺す白い壁となり、それ以上進むことはできなくなった。

フランシス・デイヴィは手綱を引いた。二頭の馬は身を震わせ、鼻を鳴らしながら、ただちに彼に従い、その脇腹から立ちのぼる蒸気が靄と混じり合った。

彼らはしばらくそのまま待った。泥炭地の霧は発生したときと同様に突然、消え去ることもあるからだ。だが今回、その霧には細い隙間も、消えていくすじもなかった。それは蜘蛛《くも》の巣のように彼らにまとわりついていた。

やがてフランシス・デイヴィがメアリーに顔を向けた。彼女のかたわらで、睫毛《まつげ》と髪に霧をまとい、いつもと同じ何も読み取れない白い仮面の顔をした彼は幽霊のように見えた。

「神々は結局、わたしの敵に回ったわけです」彼は言った。「わたしはこういう霧をよく知っています。この霧は数時間、晴れないでしょう。沼地のあいだをいまこのまま進むのは愚の骨頂。引き返すほうがまだましなくらいです。わたしたちは夜明けを待たねばなりません」

メアリーはなんとも言わなかった。当初の希望がよみがえろうとしている。だがそう思ったとたん、彼女は霧が追跡の妨げとなることに気づいた。それは狩られる者の敵であるのと同様に、狩る者の敵でもあるのだ。

「ここはどこなんです?」メアリーは訊ねたが、そう言っているさなかに、彼がふたたび彼女の手綱を取って、左に行くよう馬たちを促した。そうして彼らは、低い地帯を離れ、地盤のゆるい草地がそれより固いヒースと石ころの地に変わるまで、そのまま進んでいった。霧もまた、一歩ごとに彼らとともに動いた。

「結局、あなたはひと息つけるわけですよ、メアリー・イエラン」彼は言った。「洞窟があなたの宿、花崗岩がベッドです。明日はまた現世にもどれるでしょうが、今夜、あなたは〈ぎざぎざ岩〉で眠るのです」

馬たちが力を出すべく前傾姿勢になった。そして彼らは霧を抜け出し、その先の黒い丘へとのろのろ坂を登っていった。

しばらくの後、メアリーは亡霊のようにマントに包まれ、虚《うつ》ろな岩に背中をあずけてすわっていた。膝を顎に引き寄せ、両腕でぎゅっとかかえこんでいたが、そうしていても、寒気はマントの襞《ひだ》のあいだに入り込み、ひたひたと肌に打ち寄せてきた。岩山のぎざぎざした巨大な頂《いただき》は、霧の上の冠さながら天を振り仰いでおり、その下には雲がみっしりと固まったまま垂れこめている。それは、侵入を許さない巨大な壁だった。

ここでは空気は澄み切って、一片の曇りもなく透き通り、生き物たちが霧のなかを手さぐりで進み、よろめき歩く下界の知恵を蔑んでいた。ここには、岩のくぼみでささやき、ヒースをそよがす風があった。祭壇に吹き寄せ、洞窟にこだまする、ナイフのように鋭い、冷たい吐息が。その音は互いに交じり合い、虚空《こくう》に響く小さな喚声となる。

それから風はふたたび弱まり、鎮まる。そして、もとの静寂がその場所に下りてくる。馬たちは風を避け、岩を背に立って、仲間同士で頭を寄せ合っているが、そんな彼らもそわそわと落ち着かず、ときおり主人のほうを振り返っていた。牧師はメアリーから数ヤード離れたところにすわっている。だが彼女はその目がときどきじっと自分を見つめ、成功の見込みを推し量っているのを感じた。襲撃に備え、彼女は絶えず警戒し、絶えず身構えていた。彼が不意に動いたり、平石の上で向きを変えたりするたびに、膝をかかえる両手はゆるんだ。そして彼女は拳《こぶし》を握り締めて待つのだった。

彼は眠るように言ったが、今夜、眠りが彼女を訪れることはないだろう。

もしも眠りがこっそり忍び寄ってきたら、彼女はそれを両手で払って撃退する。打ち負かさねばならない敵と思って、打ち負かすつもりだった。睡魔はまったく突然、気づかぬうちに襲ってくるかもしれない。そして目覚めると、彼の冷たい手が喉に触れており、あの白い顔が上にある。そのとき彼女は、白髪の光輪が彼の顔を縁取るのを、また、あの表情のない静かな目がいままで見たことのない光に輝くのを目にするだろう。ここは彼の王国だ。ねじくれた巨大な花崗岩の頂を盾とし、眼下の白い霧を帳《とばり》として、静けさのなか、彼はひとりそこにいる。一度メアリーは、彼が何か言いたげに咳払いをするのを聞いた。そして彼女は、他の生き物の生活圏から自分たちがどれほど隔絶されているかを思った。永遠のなかに一緒に放り出されたふたつの命。これは悪夢だ。なおかつ、この悪夢が醒める新たな一日はない。だから彼女は自分を見失い、彼の影に溶け込んでいくだろう。

牧師は何も言わない。そして、静寂のなかからふたたび風のささやきが起こった。それは強くなっては弱まり、石の表面でうめき声をあげた。この風は、嗚咽と叫びを従えた新たな風、どこからともなく吹き寄せる、どの海岸から来るのでもない風だった。それは石そのものから、そして、石の下の土から生まれた。またそれは、空っぽの洞《うろ》や岩の割れ目のなかで歌った。最初はささやくように、やがては慟哭の声をあげて。それは死者の合唱さながらに、虚空を奏でるのだった。

メアリーはマントをしっかりかき寄せ、頭巾《ずきん》を耳の下まで下ろして、音を防ごうとしたが、そうしているさなかにも風は激しさを増し、彼女の髪を吹きなぶり、その小さな支流は甲高く叫びながら背後の洞窟へと駆け込んでいった。

この嵐に源はない。岩山の下では、雲を運び去る風ひとつ吹かないため、濃い霧がいつにも増して執拗《しつよう》に地上にまとわりついているのだ。それでもここ頂上では、突風が荒れ狂い、嘆き悲しみ、恐れをささやき、流血と絶望の古い記憶にすすり泣いている。そこには忘れ去られた荒々しい調べがあった。その音は、まるで神々自身がそこに立ち、その偉大な頭で天を振り仰いでいるかのように、メアリーのはるか頭上、〈ぎざぎざ岩〉の頂点で、花崗岩にこだましていた。空想のなかで、彼女は千もの声のささやきと千もの重い足音を聞き、自分のかたわらで岩たちが人に変身するのを見た。その顔は人間の顔には似ず、時よりも老いており、花崗岩のようにぎざぎざで、ごつごつしていた。また、彼らはメアリーには理解できない言語で話し、その手足は鳥の鉤爪《かぎづめ》のように湾曲していた。

彼らがメアリーに石の目を向け、彼女を無視して、その背後を透かして見たとき、メアリーは自分は風に吹かれ、あてもなくあちらこちらへ舞う一枚の木の葉にすぎないのだと知った。これに対し、彼ら、古代の怪物のほうは生きており、しっかりと立っている。

彼らが肩を並べてこちらに向かってきた。メアリーの姿は見えず、その声も聞こえないのに、彼女を破壊するために盲目の者のように動いている。彼女は思わず声をあげ、立ちあがった。体じゅうの全神経が脈動し、活性化していた。

風が弱まった。それはもう髪にかかる息吹にすぎない。板状の花崗岩の一群は、以前と変わらず、黒っぽく静止したまま、向こうに立っており、フランシス・デイヴィが両手で顎を支えて、じっとこちらを見つめていた。

「あなたは眠っていましたよ」彼は言い、メアリーはそれを否定しつつも、自分の言葉を疑った。心はなおもさきほどの夢ではない夢と格闘していた。

「あなたは疲れている。なのに、どうしても夜明けを見ようと言うのですね」彼は言った。「まだ真夜中にもなっていませんから、長い時間、待つことになりますよ。自然に身を任せなさい、メアリー・イエラン。緊張を解いて。わたしがあなたに危害を加えるとでも思うのですか?」

「別に何も思っていません。ただ眠れないだけです」

「マントひとつで石にもたれてそこにうずくまっていると、ひどく寒いでしょう。わたしのほうも似たようなものですが、ここなら岩の割れ目から風が吹き込むことはありません。お互いに暖め合えば、快適だと思いますよ」

「いいえ、わたしは寒くありません」

「わたしがこんなことを言うのは、夜のことをいくらか知っているからです」彼は言った。

「いちばん寒いのは夜明け前なのです。ひとりですわっているのは賢明とは言えませんね。ここに来て、わたしに背中合わせに寄りかかりなさい。そうして眠る気があれば、眠ればいいのです。わたしはあなたに触れる気などないし、触れたいとも思っていませんからね」

メアリーは首を振って、マントの下でぎゅっと両手を握り合わせた。フランシス・デイヴィは横を向いて、暗がりにすわっているので、その顔は見えなかったが、彼女には、彼が暗闇のなかでほほえみ、彼女の恐怖をあざけっているのがわかった。彼の言うとおり、彼女は寒かった。体はぬくもりを切望していたが、それでも彼に庇護《ひご》を求める気はなかった。両手は凍えており、足もすっかり感覚を失っている。それはまるで花崗岩が体の一部となり、彼女を抱き寄せているかのようだった。脳は夢と現実のあいだを行ったり来たりしつづけた。やがて、フランシス・デイヴィがそこに入ってきた。白い髪に白い目、巨大で幻想的な姿の彼が、メアリーの喉に触れ、耳もとにささやきかける。彼女は新たな世界に至り、それは彼の同類が住む世界で、その者たちは腕を伸ばして彼女の前進を阻んだ。それから、顔を刺す冷たい風に現実に引きもどされ、彼女はふたたび目覚めた。すると闇も霧も、夜そのものも、何ひとつ変わっていなかった。過ぎた時間はほんの六十秒なのだ。

ときどき彼女は、フランシス・デイヴィとともにスペインを歩いた。彼はほほえみながら、紫の花弁を持つ巨大な花をメアリーのために摘み集める。そして彼女がその花を投げ捨てようとすると、それらは巻きひげのようにスカートにからみつき、首へと這いのぼり、命取りとなる恐ろしい力で彼女の喉を締め付けるのだった。

またあるときは、彼女は彼と並んで、甲虫のようなずんぐりした黒い馬車に乗っていた。すると壁が迫ってきて、ふたりを一緒に押しつぶし、命と息を搾り出し、やがて彼らはぺしゃんこにつぶされ、破壊されて、互いに重なり合ったまま、ふたつの平らな花崗岩さながら、永遠のなかへと漂っていった。

この最後の夢から目覚めたとき、彼女は口に触れる彼の手を感じていた。そして今回、これは彼女のさまよう心の幻覚ではなく、確固たる現実だった。抗おうとしたが、フランシス・デイヴィはしっかりと彼女を押さえつけ、じっとしているよう鋭くささやいた。

彼はメアリーの両手をうしろにやると、少しも急がず、手荒なこともせず、冷静に慎重に自分のベルトで縛った。効果的な縛りかただが、痛くはなかった。彼はベルトの下に指を挿し入れて、それが皮膚を傷めていないか確認した。

メアリーはなすすべもなく彼を見つめ、彼の脳から何かが伝えられるのを待つように、その目を目でさぐった。

すると、彼が上着のポケットからハンカチを取り出し、それを折りたたんで、メアリーに猿轡《さるぐつわ》を噛ませた。これでもうしゃべることも叫ぶこともできない。彼女はただそこで、勝負のつぎの一手を待つしかなかった。作業を終えると、彼はメアリーを立ちあがらせた。脚は自由なので、彼女も歩くことはできる。彼はメアリーを連れ、花崗岩の巨礫《きょれき》より少し先の丘の斜面まで進んだ。「ふたりのためにこうしなければならないのです、メアリー」彼は言った。「昨夜この旅を始めたとき、わたしは霧のことを計算に入れていなかった。わたしが負けるとすれば、それはそのためでしょう。耳をすませてごらんなさい。そうすれば、なぜわたしがあなたを縛ったかがわかります。あなたが声を出さなければ、わたしたちにまだ助かる見込みがあることも」

メアリーの腕をつかんで断崖に立ち、彼は眼下の白い霧を指さした。「よく聴いて」彼は言った。「あなたはわたしより耳がいいのではないかな」

いまになって彼女は、自分が思っていたより長いあいだ眠っていたことを悟った。朝が訪れ、頭上では闇が薄れだしている。雲は低く、霧を織り込まれたかのように点々と散らばっており、東の空には、しぶしぶ昇ってくる淡い太陽の先触れのかすかな光が見えた。

霧はなおも残っており、白い毛布のように眼下の原野を覆い隠していた。メアリーは彼の手の指す方角を目で追ったが、霧と濡れたヒースの茎以外、何ひとつ見えなかった。そこで彼女は、彼の言葉に従って耳をすませた。するとはるか彼方、霧の下のほうから、虚空に響くノックの音のように、叫びとも呼び声ともつかぬ何かが聞こえてきた。最初それはあまりにもかすかで、なんなのかわからなかった。その音域は妙に高かった。人間の声とはちがう。男たちの叫びとはちがう。それは次第に近づいてきて、そのやかましさで空気をつんざいた。いまもなお睫毛と髪に白い霧をまとったまま、フランシス・デイヴィがメアリーを振り返った。

「あれが何かわかりますか？」彼は訊ねた。

メアリーは彼を見返して、首を振った。仮にしゃべることができたとしても、彼女にはなんとも言えなかったはずだ。これまでにそんな音は聞いたことがなかった。すると彼はほほえんだ。それは、ゆっくりと顔を切り裂いていくような恐ろしい笑いだった。

「わたしは前に一度、これを聞いたことがある。このことを忘れていましたよ。ノースヒルのあの治安判事はブラッドハウンドを飼育しているのです。わたしたちのどちらにとっても不幸なことですが、メアリー、わたしはその点に思い至らなかったわけです」

メアリーは理解した。あの勢い込んだ遠い声が何を意味するのか——不意にそれに気づくと、彼女は恐怖を目にたたえて連れの顔を見あげ、つづいて、二頭の馬に視線を移した。彼らはこれまでどおり板状の岩のそばに辛抱強く立っていた。

「そう」彼女の視線を追って、フランシス・デイヴィが言った。「わたしたちはあの二頭を放して、下の原野に追いやらねばなりません。彼らはもうわたしたちの役には立たない。ただあの犬たちをわたしたちのもとへ導くだけですから。かわいそうなレストレス、おまえはまたわたしを裏切るだろう」

胸を痛めつつメアリーが見守る前で、彼は馬たちの綱を解き、丘の急斜面へと連れていった。

それから地面にかがみこみ、石を拾い集めると、その石を馬たちの尻に雨あられと降らせた。馬たちは斜面の濡れたシダのなかで逃げまどい、すべったりよろめいたりしていたが、彼の猛攻がつづくと、ついに本能に突き動かされ、恐怖に鼻を鳴らしながら、なだれ落ちる岩や土砂とともに崖を駆け下っていき、そのまま眼下の白い霧のなかへと姿を消した。猟犬たちの吠える声はさらに近づいていた。それは低く、執拗につづいている。フランシス・デイヴィが膝まで届く黒い外套を脱ぎ捨て、ヒースのなかに帽子を投げ飛ばして、メアリーに駆け寄ってきた。

「おいで」彼は言った。「敵でも味方でも、わたしたちはいま同じ危機に直面しているんだ」

ふたりは巨礫や板状の花崗岩のあいだをよじ登っていった。彼の腕は彼女を支えていた。両手を縛られているため、彼女はなかなか進むことができなかった。岩の裂け目や隙間を通り抜け、濡れたシダや黒いヒースに膝まで埋《うず》め、〈ぎざぎざ岩〉の巨大な頂をめざして、彼らは上へ上へと向かった。ここ最高峰では、花崗岩がゆがめられ、ねじ曲げられて、屋根に似た異様な形をしていた。息を切らし、いくつもの搔き傷から血を流しながら、メアリーは板状の大きな岩の下にすわりこんだ。一方、フランシス・デイヴィは岩のくぼみに足をかけ、彼女の上へと登った。彼はメアリーに手を差し伸べた。彼女が首を振って、もうこれ以上登れないと合図すると、彼は身をかがめ、彼女を引っ張り、もう一度立ちあがらせて、その手を縛るベルトを切り、口からハンカチをむしり取った。

「それじゃ自力で助かってみろ」白い顔のなかでぎらぎらと目を光らせ、白い髪の光輪を風になびかせて、彼は叫んだ。メアリーは疲労困憊し、息を弾ませながら、地面から十フィートほどの石の台にしがみつき、彼のほうは、彼女の上へ、さらにその先へと登っていった。細く黒いその姿はなめらかな岩肌に取りついた蛭を思わせた。眼下の霧の層から立ちのぼってくる犬たちの声は、気味の悪い残忍な響きを帯びている。そしていま、吠え立てる彼らの声に男たちの叫びと怒号が加わった。あたりを音で一杯にするその喧噪は、何も見えない分、余計に恐ろしかった。雲は空を疾走しており、やがてひとすじの靄の上に、太陽の黄色い光が浮上してきた。靄がちぎれて消えていく。それはねじれた蒸気のすじとなって地上から立ちのぼったあと、通り過ぎる雲にからめとられていき、長いこと霧に覆われていた大地はいま、生まれ変わった青白い空を見あげていた。メアリーは丘の中腹を見おろした。そこには、膝までヒースに埋め、陽光を浴びて立つ男たちの小さな点が見えた。鳴き騒ぐ犬たちは一行の先に立ち、灰色の石を背に赤茶の体を浮き立たせて、巨礫のあいだをネズミのように走っている。

彼らはたちまち踏み分け道に至った。五十人以上もの男たちが叫んだり、巨大な岩の板を指さしたりしており、一行が近づいてくると、犬たちの騒ぐ声は、岩の割れ目にこだまし、洞窟の空洞にキンキンと鳴り響いた。

霧が消えたように雲もまた消えはじめ、空が彼らの頭上に人の手より大きな青い断片をのぞかせた。

誰かがふたたび何か叫んだ。するとひとりの男が、メアリーから五十ヤード足らずのところで、ヒースのなかに膝をつき、銃を肩に当てて発砲した。

弾丸はメアリーをかすりもせず、花崗岩の巨礫に当たった。そして男が立ちあがったとき、彼女はそれがジェムであることに気づいた。また、自分の姿が彼に見えていないことにも。

彼がふたたび発砲した。今回、弾丸はメアリーの耳のすぐ横をヒュッと通過し、彼女は顔をよぎるかすかな風を感じた。

犬たちはシダのなかを身をくねらせて進んでいる。なかの一匹がメアリーの下の突き出た岩に飛びついて、大きな鼻面で石のにおいをクンクン嗅いだ。そのとき、ジェムがふたたび発砲した。メアリーは後方を振り返り、自分のはるか頭上で、祭壇に似た大きな平たい岩の上に立つフランシス・デイヴィの姿を認めた。その黒い長軀は空を背にくっきり浮かびあがっている。髪をなぶる風のなか、彼はしばらく彫像のように静止していた。それから、飛び立つ鳥が翼を広げるように両腕をさっと広げると、不意に体を前に倒し、落ちていった――彼の花崗岩の頂から、濡れそぼつヒースと砕けた石塊《いしくれ》の地へと。

# 18

一月初旬のよく晴れた寒い日だった。日頃、泥や水が数インチ溜まっている街道の溝や穴にはうっすらと氷が張り、馬車の轍《わだち》は霜で白くなっていた。

それと同じ霜が白い手で原野《ムーア》全体を覆っており、野は澄み渡った青天とは対照的に、地平線までぼんやりとした淡い色を呈している。地面には霜柱が立ち、短い草は足の下で砂利のようにザクザクと音を立てた。小道や生垣のある地方なら、太陽も春を装い、暖かく輝くのだろうが、ここでは空気がぴりっと冷たく、頬を刺すようで、地上はいたるところ荒々しくどんよりした冬の風情を宿している。顔を打つ寒風のなか、メアリーはひとり〈十二人が原《トウエルヴマンズ・ムーア》〉を歩いていた。左手に見える〈キルマー岩〉がかつての禍々《まがまが》しさを失ったのはなぜなのか、彼女は不思議に思った。それはいま、天蓋の下に黒く隆起する傷だらけの丘にすぎない。たぶん、不安が彼女の目をふさぎ、美を見せなかったということだろう。彼女は人と自然とを頭のなかで混同していたのかもしれない。ムーアの厳しいイメージには、叔父とジャマイカ館に対する恐れと憎しみが奇妙な具合に織り込まれていたのだ。原野は相変わらず荒涼としており、丘々にも優しさはないが、かつての彼らの敵意は消え失せ、メアリーは無頓着にそこを歩くことができた。

いまの彼女はどこへ行こうが自由だ。そしてその思いは、ヘルフォードと南部の緑の谷へと向かった。彼女の心には奇妙な病的なまでの望郷の念があった。なつかしい人々の温かな顔を見たくてたまらなかった。

大河は海へと流れ出て、浜にはその水がひたひたと打ち寄せていた。胸の痛みとともに、メアリーは長いこと身近にあったあらゆるにおいと音を思い出した。親である川からいくつもの支流がつむじ曲がりな子供のように分かれ出て、木立のなかやさらさら流れる小川へと消えていくさまを。

森は疲れた者に安らぎの場を与えていた。夏は涼やかな葉擦れの音に音楽があり、冬にさえ裸の枝の下には避難所があった。メアリーは鳥たちが恋しかった。木々のあいだを飛び回るその姿を見たくてたまらなかった。それに、農場の素朴なざわめきも恋しかった。雌鶏たちがコッコと鳴く声やラッパのように鳴り響く雄鶏の叫び、鵞鳥《がちょう》たちがあわてふためきガアガア騒ぎ立てる声が聞きたかった。彼女は濃厚で温かい厩肥《きゅうひ》のにおいをもう一度、嗅ぎたかった。手にかかる牛たちの熱い息を感じ、庭を歩く重い足音や、井戸端でガチャガチャいうバケツの音を聞きたかった。門にもたれて村の小道を眺め、通り過ぎる友人におやすみと声をかけ、煙突から渦を巻いて立ちのぼる青い煙を見たかった。そこには彼女の耳に優しく素朴に響くお馴染みの声がある。台所の窓からは笑いが聞こえてくるだろう。そして彼女は農場の仕事に勤しむ。朝は早起きし、井戸で水を汲み、自信を持ってゆったりと所有する少数の家畜らのなかを歩き回り、背を丸めて働き、労苦を歓びとも痛みを癒す薬ともみなすだろう。どの季節もそれぞれのもたらす収穫ゆえに歓迎され、彼女の心は満ち足りて安らかになるだろう。彼女は土に属している。だからふたたび土に帰り、彼女の祖先がそうしてきたように、そこに根を下ろすのだ。ヘルフォードは彼女に命を与えた。死んだとき、彼女はふたたびその一部となるだろう。

孤独であることは取るに足りない問題であり、メアリーは考慮に入れなかった。労働者は淋しさなど顧《かえり》みず、一日の仕事が終われば眠りに就くものだ。彼女はどの道を行くかすでに心に決めており、それは有望なよい道に思えた。今週はずっと優柔不断にお茶を濁《にご》してきたが、もうこれ以上ぐずぐずする気はなく、昼食にもどったらバサット夫妻に自分の計画を話すつもりだった。ふたりは親切にあれこれと（ちょっとうるさいくらいに）提案してくれた。せめて冬のあいだだけでもうちにいてほしいと懇願し、メアリーが負担をかけているなどと思わないよう気遣って、自分たちの家で（たとえば、子供の世話係とか、バサット夫人のお相手役として）彼女を雇おうとまで言ってくれた。

そういった話に、メアリーは熱意なくおとなしく耳を傾け、何も約束せず、礼を尽くすよう努め、夫妻のこれまでの厚意に対し繰り返し感謝を述べた。

判事は昼食の席で、武骨な口調で機嫌よく、彼女の沈黙を叱った。「これこれ、メアリー、笑顔と感謝も結構だが、いい加減、心を決めにゃいかんよ。ひとり暮らしをするには、あんたは若すぎるんだ。それに率直に言って、あんたは綺麗《きれい》すぎるしな。ここノースヒルにはあんたを迎え入れる家がある。わかっとるだろう？　家内もわたしと一緒で、ぜひあんたにいてほしいと言っておる。やることはいくらでもあるぞ。本当にいくらでも。家に飾る花は切らにゃならんし、手紙も書かにゃならん。子供らは叱らにゃならんしな。請け合うよ。あんたが暇を持て余すことはない」そして図書室では、バサット夫人がメアリーの膝に優しく手を乗せ、同じようなことを言った。「あなたが来てくださって、私たちは本当に喜んでいるのよ。このままずっとうちにいてくださればいいのに。子供たちもあなたが大好きだし。ヘンリーなどはきのう、あなたがそうすると言ったら、自分のポニーをあげるとまで言ったんですからね！　あの子にしてみれば、これは大きな贈り物なんですよ。私たちは、あなたになんの心配も気兼ねもなく、居心地よく気楽に過ごしていただきたいと思っています。主人が留守のときは、私のお相手もしていただきたいし。それでもまだ、あなたはヘルフォードのおうちが恋しいのかしら？」

メアリーはほほえんで、再度、夫人に礼を述べた。だが、自分にとってヘルフォードの思い出がどれほど大きな意味を持つか、言葉にすることはできなかった。

親切なバサット夫妻は、ここ数カ月の心労がいまも影を落としているものと考え、なんとかして彼女の心を癒そうとした。しかしノースヒルのバサット夫妻の家は従来と変わらず常に開放されている。何マイルも離れたところからつぎつぎと隣人が訪れており、当然ながらその話題はみな同じだった。五十回、百回と、バサット判事は例の事件について語り、メアリーは本来なら永遠に忘れてしまいたいオルタナンやジャマイカ館の名をいやというほど聞かされるのだった。

旅立ちのもうひとつの理由はここにある。彼女は好奇の的、話題の人物となってしまった。

しかも、バサット夫妻は彼女をヒロインとしてやや自慢げに友人たちに紹介するのだ。

メアリーは精一杯感謝を表そうと努めたが、彼らのなかではまるでくつろげなかった。彼らは彼女の同類ではない。別の人種、別の階級の人々なのだ。彼女は彼らを尊敬し、好きになり、信頼もしたが、彼らを愛することはできなかった。

親切心から、夫妻はメアリーをお客たちとの会話の輪に加え、なんとしても端のほうにはすわらせまいとした。そして彼女はそのあいだもずっと、静かな自分の寝室に引きこもりたい、あるいは、馬丁のリチャーズの質素な台所で、林檎《りんご》の頰をした彼の妻の歓待を受けたいと切望しているのだった。

一方、判事は存分にユーモアを発揮して、自分の言葉にいちいち大笑いしながら、彼女に意見を求める。「オルタナンにはいま聖職の空きがあるんだがな。あんた、牧師にならんかね、メアリー？　わたしが保証するよ。あんたは前のやつよりいい牧師になるだろう」そしてメアリーは彼のためにほほえまなくてはならない。その言葉がどんな苦い思い出を呼び覚ますか――そこに思いが及ばない判事の鈍感さが彼女には驚きだった。

「ジャマイカ館はもう二度と密輸には使わせんよ」彼は言う。「もしわたしの勝手が通るなら、飲酒も禁止とするんだが。わたしはあの家をきれいに掃除するつもりなんだ。蜘蛛《く　も》の巣もすっかり払ってな。作業がすんだ暁には、密猟者や宿なしは誰ひとりあそこにゃ顔を出せんだろうよ。あの宿は、生まれてこのかたブランデーのにおいなんぞ嗅いだこともないような実直者に任せるよ。その男はエプロンを腰に巻いて、戸口の上に〝歓迎〟と書くわけだ。で、そいつを真っ先に訪ねるのは誰だと思うね？　そうとも、メアリー、あんたとわたしさ」そう言うと、彼はわっと笑いを爆発させて、膝をピシャピシャたたく。メアリーのほうはそれに応え、彼の冗談が不発に終わらぬよう無理に笑いを浮かべるのだ。

〈十二人が原〉をひとりで歩きながら、メアリーはこういったことを思い返していた。そして彼女は、一刻も早くノースヒルを去らねばならないことを悟った。あの人たちは彼女の身内ではない。それに、自身の故郷、ヘルフォード渓谷の森や小川のほとり以外、彼女がふたたび安らぎと充足を得られる場所はない。

荷馬車が一台、野兎《のうさぎ》よろしく白い霜に通った痕を残しながら、〈キルマー岩〉から彼女のほうに向かってきた。静まり返った平原に動くものは他にひとつもない。メアリーは疑いの目で荷馬車を見つめた。この周辺に民家はないのだ。例外はトレウォーサの一軒、この先の谷間の〈ウィジー・ブルック〉の近くに立つ小屋だが、トレウォーサのそのコテージが空き家になっていることをメアリーは知っている。なおかつ、〈ぎざぎざ岩〉でその主《ぬし》に危うく撃たれかけて以来、彼女は彼を見ていなかった。「あの恩知らずなならず者めが。一族の他のやつらとおんなじだな」判事は言った。「わたしがいなければ、やつはいまごろ牢のなかだったろう。心が萎《な》えてしまうほど長い刑を言い渡されていたろうよ。しかしわたしが圧力をかけたので、やつは屈服せざるをえなかったわけだ。そう、確かにその後、やつはよく働いてくれたよ、メアリー。あんたとあの黒服の悪党を追跡するときも役に立ったしな。だがやつは、今度の件でわたしがやつの疑いを晴らしてやったことに礼のひとつも言わなかった。ひょっとすると、いまごろはもう地の果てにいるのかもしれんな。マーリン家の人間はろくでもないやつばかりだが、あの男も他の連中と同じ道を行くんだろうよ」というわけで、トレウォーサのコテージは空き家となり、馬たちは野生化して仲間とともに自由に原野をさまよっている。彼らの主人はメアリーの予想どおり、歌を口ずさみつつ馬にまたがり、この地をあとにしたのだった。

荷馬車が丘の斜面に近づいてきた。メアリーは額に手をかざして、その動きを見守った。馬は懸命に馬車を引いている。そいつが、鍋釜やマットレスやいくつもの棒といった妙な荷を運んでいるのが見えた。誰かが家を丸ごと背負って移動しているのだ。そのときになってもまだ、メアリーは真相に気づかなかった。馬車が自分の下まで来て、そのかたわらを歩いていた男が、こちらを見あげて手を振ったとき、彼女は初めてそれが誰であるかに気づいた。うまく無関心を装いつつ、彼女は斜面を下りていき、馬車のところに着くなり、馬に向かって話しかけ、その体をなではじめた。一方、ジェムは車輪の下に石を蹴り込んで、安全のためのつかえをした。

「体のほうはもういいのかい？」馬車のうしろから彼は叫んだ。「あんたは病気で寝込んでるって聞いたが」

「それは聞きまちがいよ」メアリーは言った。「わたしはずっとノースヒルのあのお屋敷にいて、敷地内をこの足で歩き回っていたんだから。この近隣がいやになってることをのぞけば、別に何も問題ないわ」

「あんたはあの家に落ち着いて、バサット夫人のお相手役になるんだって聞いたぜ。そっちは本当なんだろうな。まあ、あの人たちと一緒なら、穏やかに暮らしていけるだろうよ。いったん仲よくなっちまえば、親切な連中なんだろうし」

「母が死んで以来、あのかたたちほどよくしてくれた人はこのコーンウォールに他にいない。そのことだけは心にひっかかるけどね。それでもわたしはノースヒルにずっといる気はないの」

「へえ、そうなのか」

「ええ。わたしはヘルフォードに帰るつもり」

「そこで何をするんだい？」

「もう一度、農場を始めてみる。とにかくそれを目標に働くわ。まだお金がないわけだから。でもあの村には友達がいる。ヘルストンにもよ。最初のうちは、それをたのみにすればいいの」

「だけど、どこに住むんだよ？」

「村には、わたしが我が家と呼べないようなコテージは一軒もないのよ。南部じゃみんなご近所同士、仲がいいの」

「俺にゃご近所さんなんていたことがない。だから反論はできないがね。俺は昔から、村で暮らすなんてのは、箱のなかで暮らすようなもんだと思ってた。門の上に鼻を突き出して、よそんちの野菜畑をのぞきこんでさ、もしそいつのジャガイモが自分のよりでっかけりゃ、それが話の種になって、なんだかんだ言い合うんだろ。で、こっちが夕飯に兎を料理すりゃ、そいつが自分ちの台所でそのにおいを嗅ぎつけるわけだ。ぞっとするね、メアリー、そんなのは人間の暮らしとは言えないぜ」

彼がいかにもおぞましげに鼻に皺《しわ》を寄せているので、メアリーは笑ってやった。それから、ごちゃごちゃと荷物が積まれた彼の荷馬車に目をやった。

「それで何をするつもりなの？」彼女は訊ねた。

「こっちもあんたとおんなじで、この近隣がいやになっちまってね」彼は言った。「泥炭と泥沼のにおいから逃げ出そうってわけさ。あの醜い面《つら》で朝から晩まで俺をにらんでる〈キルマー岩〉ももう見飽きたしな。これが俺の家だよ、メアリー。俺の財産は全部、この荷馬車のなかにある。俺はそれを持って、気の向くままにどこへでも行って、この家を建てるわけだ。餓鬼《がき》のころから、俺は風来坊だった。何にも縛られず、どこにも根を下ろさず、遠い先の夢も持たない。きっと死ぬときも風来坊のまんまだろうよ。俺にとっちゃ、それが唯一の生きかたなんだ」

「放浪生活に安らぎはないわよ、ジェム。そこには平穏もない。余計な苦労を背負《しょ》い込まなくても、生きていること自体、充分な長旅じゃないの。いつかきっとあなたも自分の土地がほしくなるわ。四方の壁と頭上の屋根、疲れた哀れな骨を横たえる場所がね」

「俺にしてみりゃ、この地方が丸ごと自分のものなのさ、メアリー。空が屋根、地面がベッドだ。あんたは女だからな。自分の家――それと、お馴染みの日常のこまごました事柄が、あんたの王国ってわけだ。俺はそんな生きかたをしたことはないし、今後もそんな生きかたはしない。ある夜、丘で野宿したかと思えば、つぎの夜は町で眠るんだ。俺は行く先々で運試しするのが好きでね。仲間は赤の他人、友達はゆきずりの連中だ。道で誰かと知り合えば、しばらく一緒に旅をする。一時間か、一年か、それはわからない。で、そいつはまたいなくなるわけだよ。俺たちは話す言葉がちがうんだな。あんたと俺はさ」

メアリーは馬をなでつづけた。健康なその膚が手に温かく湿っぽい。口もとにかすかな笑みを浮かべ、ジェムは彼女を見ていた。

「どっち方面に向かうの?」メアリーは訊ねた。

「テイマー川の東のどこか。どこだっていいのさ」彼は言った。「白髪頭の老いぼれになって、いろんなことを忘れちまうまで、もう西部にはもどってこない。ガニスレイクから北に向かって、中部地方に行こうかと思ってるんだ。向こうの連中は金持ちだし、誰よりも進んでるんだぜ。ひと儲けしようってやつにゃ、そのチャンスがあるだろうよ。いつか俺も裕福になって、馬を盗むんじゃなく、趣味で馬を買うようになるかもな」

「中部地方の土は、黒くて汚いのよ」メアリーは言った。

「俺は土の色なんぞ気にしないね」ジェムは答えた。「このムーアの泥炭だって黒いだろ? 雨もヘルフォードのあんたの豚小屋に降り込みゃ黒くなるしな。どこだって同じじゃないか」

「ただ議論を吹っかけてるだけでしょう、ジェム。あなたの言うことにはなんの意味もないわ」

「意味のあることなんて言いようがないだろ。あんたは俺の馬にもたれかかって、くしゃくしゃのその髪をたてがみにからませてる。そして、五分か十分もすりゃ、俺はあんたを連れずあの丘を越え、テイマー川をめざしてて、そっちはバサット判事とお茶を飲むためにノースヒルに向かってるんだからな」

「それじゃ出発を遅らせて、一緒にノースヒルにいらっしゃいよ」

「馬鹿言うなよ、メアリー。この俺が判事と一緒にお茶を飲み、あの人の子供を膝の上で遊ばせてる図なんて、想像できないだろ？　俺はあの人とは階級がちがう。あんたもそうだしな」

「わかってる。だからこそヘルフォードに帰ろうとしてるの。わたしはホームシックなのよ、ジェム。あの川のにおいをもう一度、嗅ぎたい。ふるさとの土を踏みたいの」

「それじゃそうしな。俺に背を向けて、いますぐ歩きはじめろよ。十マイルも行きゃボドミンに通じる道に出るし、その道はボドミンからトゥルーロへ、トゥルーロからヘルストンへとつづいてる。ヘルストンにゃ友達がいるんだろうから、自分で農場が持てるようになるまで、せいぜいそいつらと楽しく暮らしゃいいさ」

「きょうのあなたはひどく意地悪で容赦ないのね」

「馬どもが強情で、手に負えないとき、俺はやつらを容赦なくとっちめる。だからって、連中を愛してないわけじゃないけどな」

「あなたは何かを愛したことなんて一度もないでしょうに」メアリーは言った。

「これまでその言葉にゃあんまり用がなかった。それだけのことさ」ジェムは言った。

　彼は荷馬車のうしろに回って、車輪の下から石を蹴りのけた。

「何をしてるの？」メアリーは訊ねた。

「もう正午過ぎだ。俺は行かなきゃならない。これ以上ここでぐずぐずしちゃいられんよ」彼は言った。「あんたが男だったら、一緒に来てくれって言うとこなんだがな。あんたは座席にすわって脚を投げ出し、両手をポケットに突っ込む。そうして、気の向くかぎりいつまでも、俺と並んで揺られてくわけだ」

「南部に連れてってくれるなら、いまだってそうするけど」メアリーは言った。

「だよな。だが俺は北に向かってる。それにあんたは男じゃない。ただの女だ。もし俺と来りゃ、いやってほどそれを思い知るだろうよ。引き革から離れな、メアリー。それと、手綱をひねくりまわすのはやめてくれ。俺はもう行くよ。元気でな」

　彼は両手でメアリーの顔をはさんでキスした。それから彼女は、彼が笑っているのに気づいた。「ヘルフォードでミトンをはめた老嬢になったとき、あんたはこのことを思い出すだろうよ」彼は言った。「きっと最期の日まで忘れないぜ。『あの人は馬泥棒だった』あんたはそう独り言を言うんだ。『女嫌いの男だったよ。変なプライドさえなけりゃ、あたしはいまごろあの人と一緒にいたろうにねえ』なんてな」

　ジェムは荷馬車に乗り込むと、鞭を鳴らし、あくびをしながら、彼女を見おろした。「日が暮れる前に五十マイル行くつもりだ」彼は言った。「そのあとは、道端にテントを立てて、子犬みたいにぐっすり眠る。焚火を焚いて、夕飯にゃベーコンを焼くよ。あんたは俺のことを考えるかな？　どうかね？」

　だがメアリーは聴いていなかった。彼女はためらい、両手をより合わせ、南に顔を向けて立っていた。あの丘陵の向こうで、荒涼たる原野は牧場《まきば》へと変わる。そして、牧場は谷や小川へと。その流れる水の岸辺で、ヘルフォードの平和と静けさが彼女を待っているのだ。

「プライドじゃないの」彼女はジェムに言った。「わかってるでしょう。問題はプライドじゃない。わたしの心には、ふるさとや失ったすべてのものを恋しがる病気があるのよ」

ジェムはなんとも言わず、ただ手綱を引いて、馬に口笛で合図した。「待って」メアリーは言った。「待ってよ。馬を止めて、手を貸してちょうだい」

ジェムは鞭を脇に置いて、手を差し出し、御者台の自分の隣に彼女を引っ張りあげた。

「それで？」彼は訊ねた。「どこに連れてってほしいんだ？　ヘルフォードは逆方向なんだがな。わかってるのかい？」

「ええ、わかってる」

「俺と一緒に来たら、苦労するぜ、メアリー。ときには、無茶苦茶な生活をするはめになる。泊まるところもない。休んだり楽《らく》したりはほぼできない。男なんて不機嫌になったときゃいい連れとは言えんし。なかでも俺は最悪だよ。あんたは農場と引き換えに、ろくでもないものをつかんじまうわけだ。あんたがほしくてたまらない平穏なんぞ手に入る見込みはまずないしな」

「それでも挑戦してみるわ、ジェム。あなたの不機嫌にも向き合ってみる」

「俺を愛してるのかい、メアリー？」

「どうもそうみたいよ、ジェム」

「ヘルフォードよりも？」

「それはなんとも言えないわね」

「じゃあ、なんだって俺の隣にすわってるんだよ？」

「だって、そうしたいから。そうしなきゃならないからよ。いまも、この先もずっと、ここがわたしの居場所だから」メアリーは言った。

するとと彼は声をあげて笑い、メアリーの手を取って、手綱をあずけた。彼女はそのまま一度もうしろを振り返らずに、テイマー川の方角にまっすぐ顔を向けていた。

# 訳者あとがき

一九三五年にデュ・モーリア自身が本書の原作 *Jamaica Inn* に付したノートによれば、デュ・モーリアはこの作品を百二十年ほど前の物語とイメージして書いたということです。したがって、本作の時代設定は一八一五年ごろとなりますが、一八一五年と言えば、ナポレオン率いるフランス軍とイギリス・オランダ連合軍が戦った〈ワーテルローの戦い〉の年です。作中で言及される「国王陛下」「ジョージ王」は、ジョージ三世となります。本作を読むときは、その当時の時代背景や風俗を思い描いていただければ、より一層、雰囲気をつかみやすいのではないかと思います。たとえば（国はちがいますが）、ヴィクトル・ユーゴーの『レ・ミゼラブル』の時代と考えれば、イメージしやすいかもしれません。

本作の舞台となるボドミン・ムーアは、コーンウォール州北部、デヴォン州との境であるテイマー川の西に広がる荒野であり、作中きわめて重要な役割を果たすボドミン街道は、このムーアのほぼまんなかを突っ切るかたちで、南西（ボドミン）から北東（ランソン）へと走っています。登場するムーアの岩山や丘、池や原も、その多くが実在のものです。〈ぎざぎざ岩〉(Rough Tor)、〈ブラウン・ウィリーの丘〉(Brown Willy)、〈ドーズマリー池〉(Dozmary Pool)、〈東が原〉(East Moor)、〈キルマー岩〉(Kilmer Tor) など、地図で見つけられますので、その位置を確認し、登場人物たちの動きを追ってみるのも一興でしょう。

ジャマイカ館もまた、一七五〇年にボドミン街道を行く乗合馬車の中継地として始まった実在の旅館です。〈ジャマイカ館〉とは不思議な名前ですが、この名は十八世紀、地元の有力な地主一族の者たちが当時イギリス領であったジャマイカの総督を務めたことに由来するのだそうです。

その昔、ジャマイカ館に宿泊する旅人のなかには、密輸品の隠し場所としてこの宿を利用する者もいたといいます。十八世紀、イギリスに密輸されるブランデーの半分は、コーンウォール州とデヴォン州の海岸で陸揚げされていたのだとか。デヴォン州に向かう街道すじの人里離れた場所にあるジャマイカ館は、密輸品運搬の格好の拠点だったわけです。そのためこの宿には、密輸や賊にまつわる伝説が多数あるようです。

デュ・モーリアは小説*Jamaica Inn*を書く以前、一九三〇年に、友人とボドミン・ムーアに遠乗りに出かけて、霧のなかで道に迷い、馬たちに連れられてなんとか無事ジャマイカ館に帰り着くという経験をしています。この事件後、デュ・モーリアが元気を回復するまでの期間、地元の牧師は密輸の話や幽霊譚を語り聞かせて彼女を楽しませたそうです。自らの恐ろしい経験と、この牧師から聞いた物語、荒野の街道にぽつんと立つジャマイカ館の姿がこの作家の想像力を刺激し、本作を産み出す力となったのでしょう。

デュ・モーリアはその後、ジャマイカ館に長期滞在し、この場所への愛情を一層深めたといいます。

# 解説

瀧井朝世

本書『原野《ムーア》の館』（原題*Jamaica Inn*）はデュ・モーリアが一九三六年に発表した長篇である。小説第一作『愛はすべての上に』を刊行したのが一九三一年であるから、長い作家生活を考えると初期作品と言える。過去に『埋れた青春』（山本恭子訳）、『埋もれた青春』（大久保康雄訳）という邦題で刊行されており、本書は新訳版である。

彼女の小説はいくつも映像化されており、本作もアルフレッド・ヒッチコック監督によって一九三九年に映画化された。映画の原題は原作と同じで、邦題は『巌窟の野獣』。小説の内容を知っているとやや違和感があるものの、実際に映画を観ると納得する。このモノクロ作品は賊たちの悪事のシーンで始まり、その後メアリーが馬車でジャマイカ館に向かう原作の冒頭場面へと移るが、そこからの展開はかなり原作とは異なっているのだ。メアリーは治安判事の家に立ち寄った後でジャマイカ館に到着、その夜に悪党が集まって騒ぐ様子を上の階からうかがって叔父の正体を知り愕然とし、彼に吊るし首にされた男をロープを切断して救出、二人で逃げ出し、追われる身となる。ちなみにジェムやフランシス牧師は登場しない。メアリー役は『わが谷は緑なりき』などの名女優、モーリン・オハラ、治安判事役にヒッチコック作品では

『パラダイン夫人の恋』にも出演しているチャールズ・ロートン、叔父役には同監督作の『暗殺者の家』や『無敵艦隊』にも出演しているレスリー・バンクス。周知のことと思うので蛇足だが、ヒッチコックはこの翌年にデュ・モーリアの『レベッカ』を映画化してアカデミー賞作品賞を受賞、また、一九六三年に製作された名作『鳥』も、彼女の短篇が原作だ。

映画化作品は小説と別物と考えてもよいかもしれないが、観ると改めて、デュ・モーリアの卓越した描写力を再確認することになる。

まず、風景描写。映画はほぼセット内で撮影したと思われるが、小説はやはりコーンウォールの土地の描写が見事で、観るより読んだほうがこの土地がよく目に浮かぶくらいだ。コーンウォールはイギリスの南西部、地図でいうと左下の突き出た部分にあたる。デュ・モーリアはロンドン生まれだがこの場所が気に入って移り住み、小説の舞台としてもしばしば登場させ、この地で生涯を終えている。この地域の沿岸のほとんどはリアス式海岸の断崖で、内陸は東西に尾根がわたっており、その高地にある街がボドミンだ。ジャマイカ館はこの街を通る街道沿いにあるという設定だ。読めば花崗岩がむき出しになった吹きさらしの不毛な土地のようだが、たとえば四十九ページで描写される、雲の流れによる太陽光の差異が生み出す色彩の変化は実に神秘的で魅力的。こうした光景はメアリーの心にも影響を与えているようで、〈風をさえぎるもののないこの場所が、どれほど厳しく、どれほど敵意に満ちていようと、また、どれほど不毛で荒れていようと、その空気にはメアリーに挑みかかり、冒険へと駆り立てる何かがあった。それは肌を刺し、頬に血潮をのぼらせ、目に輝きを与えた（以下略）〉と、彼女に活力を与えている。一方、彼女の心の持ちようによって景色の印象も変わり、空に向かって突き出た堅牢なキルマー岩は恐ろしげな姿に見えることもあれば、禍々しさを失ったただの岩山に見えたりもする。風景と心境を連動させ、読者の心にイメージを喚起させる表現力は実に巧妙だ。同じ風景を不穏にも美しくも描けるのは、やはり著者がこの土地のことをよく知っているからだろう。

そして人物描写、心理描写は、もはや彼女の真骨頂である。本作は勇気を持って邪悪な人間たちに立ち向かう女性の物語だといえるが、メアリーの心理は実に複雑である。彼女を駆り立てるのは正義感だけではない。叔父に対して嫌悪と恐れは抱いているものの、〈次第に募る興味と好奇心はそれにも勝って〉おり、〈しぶしぶながらその手腕に敬意を抱かざるをえなかった〉という側面もある。彼女が「叔父とのこの闘いにはある種の暗い満足感があって、ときにはそれがわたしを奮い立たせるんです」と語る、その「暗い満足感」という表現からも、人間臭さを感じとることができる。馬泥棒と知って軽蔑しながら叔父の弟のジェムと打ち解けていく様子にも矛盾し揺れる心が現れている。彼女にとっては倫理観や正義感よりも好奇心や冒険心が大きな原動力なのだ。だからこそ、読者はこの先メアリーがどんな行動をとるのか予想ができず、はらはらしてしまう。また、父の死後一人で自分を育ててくれた母親の影響もあり、ロマンスに幻想は抱かず、結婚せずに一人で生きていきたいと願う自立心の強さや、女らしく振る舞うことを拒み、むしろ女扱いされることに屈辱すらおぼえるあたりは痛快なくらいだ。

男性に従属する生き方に対する怒りも感じられ、前世紀の作品ながらなかなか現代的な女性像なのである。ただ、だからといって男性を敵視し拒絶するわけではなく、先述の通りジェムと距離を縮めていくのだから面白い。もしメアリーが一本筋の通ったブレのない主人公であったらやや退屈で、ここまで読者を引きこむ物語にはなっていなかったのではないか。

叔母に関しても、今の時代に読めば夫のモラルハラスメント、DVによって抑圧された、あるいは共依存的な状態に陥っているのではないか、と思わせる。夫が留守の間はのびのびと振る舞い在宅中は怯えているのに、どこまでも献身的であろうとする姿はそうした女性の心理や行動をよくとらえていて驚くくらいだ。もちろん女性だけではない。中身は醜悪な人間であるが手の動きが優雅であったりと妙に色気もある叔父、ワルで粗暴ではあるが人懐こいジェム、親切だがどこか冷たい印象のある牧師のフランシスなど、一人一人の人間に一辺倒ではない要素を与え、読者を翻弄する筆さばきに惚れ惚れする。

ミステリ、冒険小説、サスペンス、アクションの要素がたっぷり、一人の女性の精神的な成長も盛り込まれ、多様な読み方ができるのも本作の魅力だ。もちろんジャマイカ館をめぐる犯罪にどう立ち向かうかが主軸ではあるが、たとえばメアリーとジェムに関しては、「出会った時の印象が最悪」という、ある種ラブコメの王道パターンを踏襲しており、また、ジェムだけでなくフランシス牧師も彼女と近しくなって三角関係を彷彿《ほうふつ》させるあたり、コミカルなロマンス要素も含まれているともいえる。ちなみに、最後に彼女が下した決断についてはハッピーエンドととらえる人もいれば、「この先絶対うまくいかないだろうになぜ」と思う人もいるだろう。実は、正直、個人的には違う選択を期待していたのだが、まだ若くこれからも人生をやり直せるだろう彼女が、恋心というより好奇心に駆られて冒険に乗り出すことを決めた、と思えば腑に落ちる。

デュ・モーリアは多くの作品を残している。本作が初読だという方のために、現在邦訳で入手しやすいものを挙げておく。長篇は他に二冊ある。富豪と結婚してマンダレーの大邸宅の女主人となった主人公が、屋敷や使用人の間に色濃く残る死んだ前妻、レベッカの影に悩まされる古典的名作『レベッカ』（茅野美ど里訳、新潮文庫、上下巻）、従兄が結婚後に急逝、彼の妻のレイチェルが死をもたらしたと恨む青年が、彼女に会うなりその魅力の虜となっていく『レイチェル』（務台夏子訳、創元推理文庫）。また、彼女は短篇の名手として知られており、それは「デュ・モーリア傑作集」の『鳥』『いま見てはいけない』『人形』（いずれも務台夏子訳、同）で存分に堪能できる。いずれも描写の上手さ、そして古びなさに痺れること間違いないので、ぜひ。

本文中には現在では穏当を欠くと思われる表現が含まれますが、原書の発表当時の事情を考慮し、かつ文学作品の原文を尊重する観点から原則としてそのまま掲載しました。

（編集部）

検印
廃止

**訳者紹介**　英米文学翻訳家。訳書にオコンネル『クリスマスに少女は還る』『愛おしい骨』『氷の天使』、デュ・モーリア『鳥』、スワンソン『そしてミランダを殺す』『ケイトが恐れるすべて』、エスケンス『償いの雪が降る』などがある。

原野《ムーア》の館


2021年3月12日　初版

著者　ダフネ・デュ・モーリア

訳者　務《む》台《たい》夏《なつ》子《こ》

発行所　(株) 東京創元社
代表者　渋谷健太郎

162-0814/東京都新宿区新小川町1-5
電話　03・3268・8231-営業部
03・3268・8204-編集部
URL　http://www.tsogen.co.jp
DTP　工友会印刷
暁印刷・本間製本





ISBN978-4-488-20606-2　C0197

もうひとつの『レベッカ』

MY COUSIN RACHEL◆Daphne du Maurier

# レイチェル

**ダフネ・デュ・モーリア**
**務台夏子 訳** 創元推理文庫

◆

従兄アンブローズ——両親を亡くしたわたしにとって、彼は父でもあり兄でもある、いやそれ以上の存在だった。

彼がフィレンツェで結婚したと聞いたとき、わたしは孤独を感じた。

そして急逝したときには、妻となったレイチェルを、顔も知らぬまま恨んだ。

が、彼女がコーンウォールを訪れたとき、わたしはその美しさに心を奪われる。

二十五歳になり財産を相続したら、彼女を妻に迎えよう。

しかし、遺されたアンブローズの手紙が想いに影を落とす。

彼は殺されたのか？　レイチェルの結婚は財産目当てか？

せめぎあう愛と疑惑のなか、わたしが選んだ答えは……。

もうひとつの『レベッカ』として世評高い傑作。